熱源

NETSUGEN

川越宗一

目次

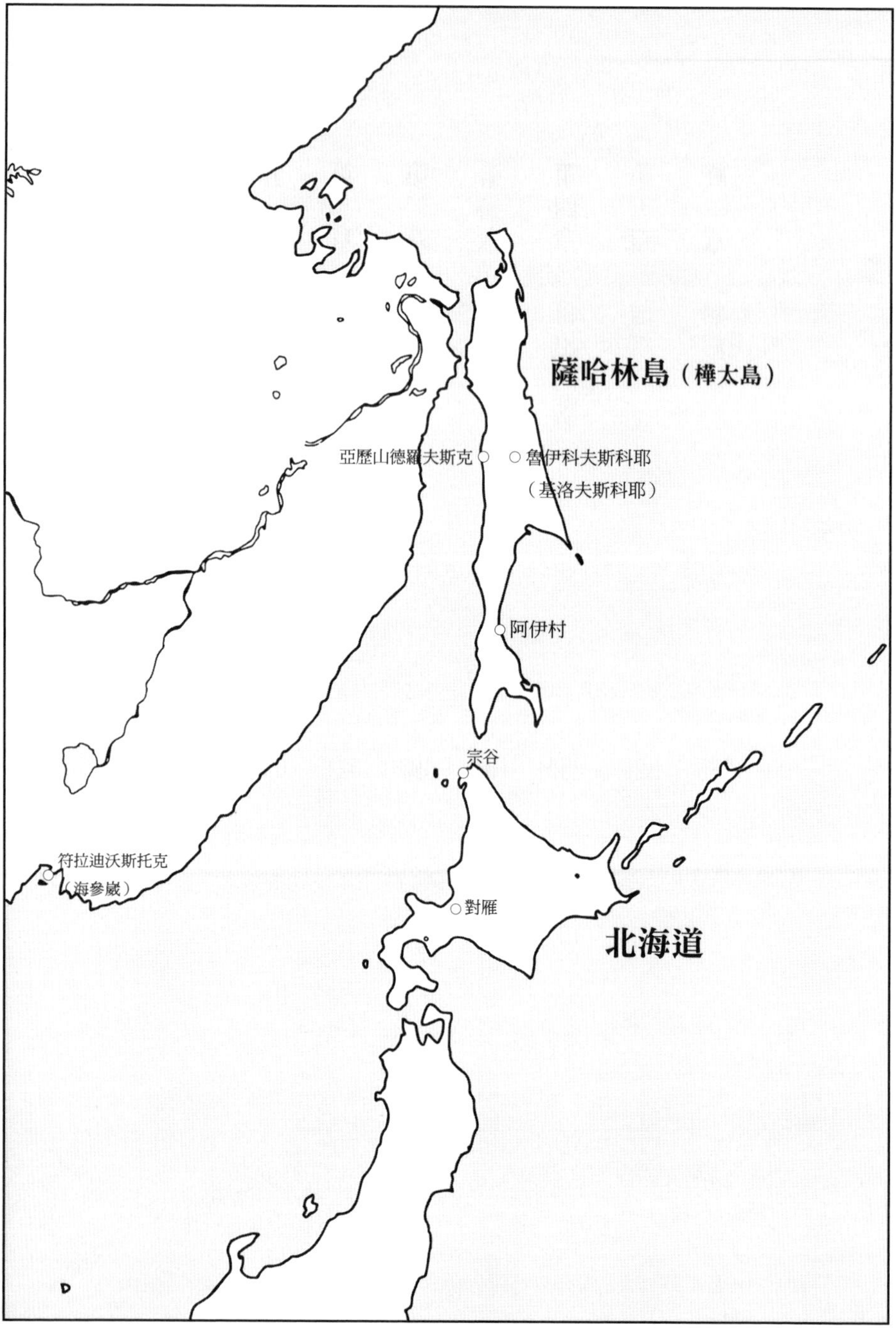
薩哈林島（樺太島）
亞歷山德羅夫斯克
魯伊科夫斯科耶
（基洛夫斯科耶）
阿伊村
宗谷
符拉迪沃斯托克
（海參崴）
對雁
北海道

熱源

登場人物

亞尤馬涅克夫（山邊安之助） 樺太島出生的阿伊努人。幼年時從樺太島移居北海道對雁村。

西西拉托卡（花守信吉） 樺太島出生的阿伊努人。

千德太郎治 亞尤馬涅克夫和西西拉托卡的童年玩伴。父親日本人，母親阿伊努人。

基薩拉絲伊 對雁村第一美人，五弦琴高手。

契可畢羅 對雁村的阿伊努首領。

巴夫恩凱 樺太島的阿伊努首領。經營數個漁場的企業家。

伊沛卡拉 巴夫恩凱的養女。喜歡彈五弦琴。

秋芙桑瑪 巴夫恩凱的姪女。因流行病而失去丈夫孩子。

布羅尼斯瓦夫・畢蘇斯基 波蘭人。因預謀刺殺沙皇而被流放至薩哈林島（樺太島）。

亞歷山大・烏里揚諾夫 布羅尼斯瓦夫的大學學長，具有革命思想。

列夫・史坦伯格 恐怖組織「人民意志」的餘黨，住在薩哈林島的民族學者。

瓦茨瓦夫・科瓦爾斯基 俄羅斯地理學協會的會員。為調查阿伊努民族而來到北海道。

約瑟夫・畢蘇斯基 布羅尼斯瓦夫的弟弟，被哥哥牽連而流放西伯利亞。

金田一京助 東京帝大的學生（後來成了副教授）。研究阿伊努語。

白瀨矗 陸軍中尉，探險家。渴望成為到達南極點的第一人。

序章　結束的隔天

一

卡車在狂野的駕駛之中不斷地搖晃。

蓋著帆布篷的貨斗黑漆漆的。擠在一起的十二名士兵的汗水、嗆人的體味、嚴苛的八月熱度，這些東西全混在一起，車內充滿了濕黏的熱氣。

好冷。

我用手擦去脖子上的汗水，確切地這麼覺得。正確說來，有一種類似嚴寒刺骨的奇怪感覺一直揮之不去。我不記得是從什麼時候開始有這種感覺的，但我上戰場之前從來沒有過。

我用雙手抱住靠在肩上的槍。在這幾年之間，為我抵擋了敵軍和身為女人會碰上的麻煩的只有這把槍。

沒有一個人開口說話，只有引擎的低鳴和輪胎聲不絕於耳。

這也是理所當然的，我用置身事外的態度這麼想著。我們這些蘇聯士兵在五月才剛離開德國，現在又要前往新的戰場。

這個新戰場的對手是日本，如今以一國之力對抗全世界的遠東帝國。在滿洲和薩哈林島上，戰爭已經開始了。

外面的喧囂傳進了貨斗，看來已經接近目的地了。或許是感到了解脫，士兵們開始吱吱喳喳地聊了起來。

「庫尼可娃下士。」

坐在我右邊的士兵低聲叫著我。他魁梧身體上那張有稜有角的紅通通臉龐看起來很像磚頭。

「如果我快要死了……」

那張紅臉用哀戚的語氣說道。

「妳可不可以親我啊？」

周圍發出了一陣低級但不帶惡意的哄笑。

「如果可以親到像下士這樣的美女，就算死個一兩次也值得。這紅褐色的頭髮留長了應該很漂亮，像男人一樣剃短就太可惜了。不管是怎樣的男人，只要看到妳那罕見的深藍色眼睛……」

「給我閉嘴，雷巴柯夫上等兵。」

我直截了當地說出了心中的煩躁。

在紅軍之中女性士兵並不少，但男性還是占了絕大多數。我早就習慣聽別人談論我的女性特徵了，而且只要想到說這些話的人總是籠罩在死亡的恐懼底下，就不會覺得特別生氣。不過，我也不否認自己對此感到厭煩。

伴隨著裂帛般的煞車聲，卡車突然停了下來。男人們都歪了身子。

「到了，快下車，別拖拖拉拉的。」

下了副駕駛座的中士怒吼道。默默恢復嚴肅表情的士兵們重新背上行囊，扛起槍，戴好船形軍帽，陸陸續續地爬出貨斗。

一到地面，身上的熱氣立刻被海風一掃而空。夏天的刺眼陽光讓我忍不住瞇起眼睛。朦朧的視野出現了一片清澈的藍色海洋，讓人覺得彷彿已經擺脫了戰場上的泥巴和塵埃。當然，這只是錯覺。

鋪著水泥的寬廣地面上鬧哄哄的，起重機依次吊起了戰車、各種車輛，以及大大小小的火砲，接連不停地搬到靠在岸邊的運輸船上。一批批到達岸邊的士兵爬上了舷梯，或是用小船接駁。

對著韃靼海峽（間宮海峽）的蘇維埃港的碼頭上盡是重機械的運轉聲、軍靴的腳步聲、對妨礙工作的強勁海風的咒罵聲，以及凶惡的號令聲。

「整隊，立正！」

中士吼道。隊伍依照指示排好，敲響鞋跟。

在我們這些抬頭挺胸的士兵面前，中隊長索羅金上尉穿著聲音響亮的長靴出現了。他有著憂鬱的五官，削瘦的臉頰和鬍碴給人一種冰冷的印象。

「同志們，戰爭就要開始了。」

中隊長顫抖著尖細的下巴，展開了慷慨激昂的演講。一旁擔任副中隊長的年輕尉官搬來木材，像畫架一樣組合起來，掛起了一大張地圖。藉著圖中那一塊形狀很像上鉤魚兒的南北向細長陸地，可以推斷出我們還沒見過的戰場的概況。

薩哈林島。和這蘇維埃港隔著韃靼海峽對望，相距約一百公里的東方。從前整個島

都是俄羅斯帝國的領土，但在四十年前，日本占領了北緯五十度以南的土地。（註1）

「從八月九日開戰以來，我軍對滿洲的攻勢進行得很順利。薩哈林島的戰事也因靠近我們的邊境而占了優勢。」

換句話說，我們在薩哈林島上的軍隊被綁死在邊境了吧。

「我們即將乘船前往薩哈林島。今晚出航，明早會在邊境南方六十公里處、位於日軍前線後方的海港市鎮塔路町登陸奇襲，牽制敵軍。這是重要的一役，務必奮勇作戰。」

中隊長說到這裡停頓了一下，朝士兵掃視一圈。

「在此向大家宣布，昨天十四日，日本已經投降了，今天正午，日本天皇也向全國廣播了這件事。」

聽到士兵們開始竊竊私語，中隊長搶先提高音量說：

「但是那些不聽話的傢伙並沒有停止和我軍戰鬥。我們不能饒過這些傢伙，既然地球上最後的法西斯想要自尋死路，那我們就成全他們吧。」

戰爭到底要怎樣才會結束呢？我不解地思索著。

「這是名正言順的戰爭，我們要親手取回四十年前被搶走的半座薩哈林島。」

中隊長以豪氣干雲的語氣補上一句像是藉口的話。真正想要繼續打下去的或許是蘇聯吧。

最後中隊長用一句「完畢」收尾，士兵們紛紛鼓掌或敬禮，接著士官們開始吆喝「要登船了，快收拾」。士兵們如機械般面無表情地動了起來。

1　指一九〇五年的日俄戰爭。俄國在戰後簽訂《樸茨茅斯條約》把薩哈林島北緯五十度以南的領土割讓給日本。

「庫尼可娃下士。」

不知何時來到我身邊的中隊長索羅金叫了一聲，我的身體立刻反射性地動起來，背脊挺直，敲響軍靴。

「我有話要跟妳說，妳來一下。」

中隊長摸著滿是鬍碴的尖細下巴說道。中隊長很少直接向士兵說話，但士兵不可表露出訝異之類的人類情感。

我回答「是」，跟著已經率先走開的中隊長。背後傳來了「前進」的號令聲，以及士兵們散漫行軍的腳步聲。

「妳之後再去跟他們會合就好了。」

我才剛開始擔心，中隊長就先這麼說了。他的語氣不像剛才在軍隊面前那樣漠然，而是帶著一種理性的味道。

在登船的喧鬧之中，我們沉默地走著。海風漸漸增強，吊在起重機上的戰車被吹得搖搖晃晃。工作員發出咒罵，穿著白底藍條上衣的海軍和陸軍吵個沒完，政治委員向等待登船的軍隊熱烈宣講著戰爭的意義。

「聽說妳加入軍隊之前是列寧格勒大學的學生。妳讀的是什麼？」

中隊長突然問道，同時放慢了步伐，走在我的右邊。然後他似乎注意到我的表情，就苦笑著說：

「我不否認妳很有魅力，但我沒有不良企圖，只是想要了解一下新的部下。聽說妳已經殺了一百零七個法西斯分子是吧。」

一週前剛成為我長官的這個男人說得像是在數饅頭似的。我只回答了「是」。

「我可沒有勇氣當第一百零八人。那妳大學讀的是？」
「民族學。」我無可奈何地回答。「但是沒有畢業。」
「為什麼讀民族學？」
「不為什麼。」
我回答得這麼冷淡，是因為懶得解釋。中隊長也沒有再繼續問下去。
我會去讀民族學，或許是為了更深入了解當時和我相戀的韃靼族青年吧。現在看來，那個理由一點意義都沒有，因為在我深入了解之前，我的戀人就死了。
「為什麼沒有畢業？」
「因為我決定從軍。」
進入大學的隔年，一九四一年六月，德軍像山洪爆發似地湧入了蘇聯。全國突然有無數青年迸發出愛國心，自願加入軍隊。他們接連不斷地被送上前線，後來一個也不剩地死於德軍的戰車履帶之下，其中也包含了我的戀人。在那混亂的戰事中還能收到戰死通知，簡直就是個奇蹟。
德軍在九月到達列寧格勒的近郊。在幾乎沒有男人的城市裡，我和四個大學女同學一起衝進徵兵事務所就是在那時候。
蘇聯各地都有像我這樣的女人渴望上前線。我們追求的是戰爭的狂熱、突擊的號令、重機砲的掩護、機關槍的咆哮、敵人的臨死慘叫，還有復仇的許可。我們像男人一樣剪短頭髮，穿上可作為粗製濫造最佳寫照的軍服，衝入融雪後的泥濘，鑽過砲火聲，開槍射擊，丟手榴彈，哭泣吼叫著作戰。
德軍如中世紀的攻城戰一般包圍了列寧格勒，增援、燃料、糧食已經全都耗盡的這座城市籠罩在砲火、寒冬、飢餓的侵襲中。曾經是俄羅斯帝國首府聖彼得堡的這個城市所遺留下來的貴重家具和書本，幾乎全都為了烹煮不是食物的東西或一時的取暖而燒掉了。後來甚至有店家開始販賣人肉，但很快就被揭發了。奪走我父母性命的是砲彈，然而飢餓和寒冷早就奪走了他們逃難的體力。

我沒辦法直接去問希特勒，總之我聽說他下令要把列寧格勒的所有居民消滅殆盡，因為斯拉夫人之類的蘇聯各民族都是低劣的民族，頂多只能抓來當奴隸。

就這樣，在我出生長大的城市裡，生下我、養育我的人死去了。我奔跑於屍體、殘瓦和廢墟之間，開槍射穿法西斯那金光閃閃的軍階徽章。

好冷。帶著這種感覺大約三年之後，戰況改變了。德軍放棄包圍，開始撤退，不知不覺間我們的砲火打進了柏林，戰爭本該就此結束。

視野豁然開朗。我和中隊長站在運輸船剛出港的岸邊。天空陰翳多雲，但無雲之處蔚藍明亮。擠滿船隻的狹窄海灣之外是寬闊的海洋，水平線被薄霧遮掩著。

「亞歷山德拉・雅科夫列夫娜・庫尼可娃下士。」

聽到這一本正經的稱呼令我回過頭去，中隊長索羅金把手背在背後，以一副高級軍官的姿勢看著我。

「是。」我說出了不知第幾次的回應後，中隊長看了看周遭。剛目送船隻離岸的工作員和海軍幾乎都走光了，只剩幾個人在遠處收拾著粗繩索。

「聽說妳在柏林射殺了政治委員？」

「是。」

因為這是事實，所以我回答得很簡潔。

二

三個月前，在五月的夜晚，我走在柏林的街頭。我剛把形式上的機密文件送去上級司令部。

缺角月亮的光輝把曾經是富麗建築的磚瓦和曾經是行道樹的成排燒焦木柱照得白白亮亮的，如神殿般莊嚴的柏林的角落裡傳來了細微的人聲。

在磚瓦之間，有條人影出現在月光下。一個我認識的政治委員慌慌張張起身，親暱地叫著我「亞歷」，接著客氣地改成「亞歷山德拉・雅科夫列夫娜」，然後又討好地稱呼我為「雅科夫列夫娜同志」，最後則是高高在上地叫著「庫尼可娃下士」。他稍微凌亂的上衣有著符合政治委員身分的明顯褶痕，但除了鞋子以外一絲不掛的下半身令人一看就噁心。

從他後方的暗處傳來了女人的哭泣聲，一隻滿是擦傷的裸腿在月光下格外顯眼。我完全聽不懂德語，但我知道她想保護的東西被人奪去了。

「請妳不要告訴別人我有『女友』的事。」

我真想知道，這傢伙是用怎樣的字典來學習才當上政治委員的？

身體擅自動了起來。我拔出軍方給我防身用的手槍，對準他的眉心，扣下扳機，火藥爆炸，政治委員倒了下去。

聽著女人撕心裂肺的尖叫，我不由得思索。

這幾年間死去的幾百萬人到底算什麼？難道是為了鋪路讓這德國女人遇見政治委員，才需要死那麼多人嗎？

我回到軍營，把手槍還給長官。長官取出彈匣，平靜地問我「為什麼用了槍？」，我如實回答，被關了幾天禁閉之後，就被告知要調到已經往遠東出發的部隊。那位政治委員似乎牽涉了侵占公款還是私自販賣物資……總之是槍殺以外的嫌疑，而且又死得很不光彩，所以我並沒有遭到判罪。

就這樣，我為了追上已經出發的部隊，依次搭乘船、卡車和火車橫越西伯利亞，到達了遠東。

「我確實在柏林射殺了政治委員。」

在八月的蘇維埃港的岸邊，我幾乎只用索羅金中隊長說過的話來回答他。我本應早已成為射殺敵人的機器，此時卻湧出了過去身為人類的情感。

「那又怎麼樣？那個男人本來就該死。」

我憤怒地說道。

「雖然我無權制裁他，但他有義務接受制裁。」

「妳現在還能作戰嗎？」

中隊長停頓了一下，說出令我意想不到的話。

「借用妳剛才說的話，我有權接受妳的退役申請，也有義務除去部隊的絆腳石。退役。回家。我無法想像這件事，沉默地盯著中隊長，他皺起了眉頭。

「沒什麼好哭的。妳已經為國家奮戰了很久，這是妳應得的權利。」

「不是的。」

我的聲音嘶啞，鼻內酸楚。這世上已經沒有等待我的人，也沒有我想見的人。

「我要繼續作戰，我剩下的只有戰鬥了。」

短暫恢復的人類情感讓我說出了這句話。

索羅金中隊長摸摸滿是鬍碴的下巴，點頭說「我很期待」，接著又說「下士，妳的狀況似乎不太好」。

「我們部隊將在一七〇〇搭乘貝加爾號掃雷艦出港。我准許妳去休息，出港前三十分鐘回來登船。」

中隊長刻意以公事公辦的態度說出唆使我摸魚的指示，然後轉身離去。我放下行囊坐在上面，等待海風吹乾淚水。

我對水平線另一邊的新戰場並非一無所知。

薩哈林島上有各式各樣的原住民，在我學習過的民族學的領域一直極受注目。因為俄羅斯帝國是多民族國家，民族學從帝俄時代以來發展蓬勃，而蘇聯也繼承了這個傳統。在我沒讀完的母校裡，還有一位致力於研究薩哈林島吉里亞克人（尼夫赫人）的民族學泰斗史坦伯格培育出了許多學生。

所以我對那座島多少有一些認識。

薩哈林島原本是無主之地，後來被俄羅斯帝國和日本共同占領，之後全島都歸於俄羅斯統治，在四十年前的俄日戰爭後，把經過島中央的北緯五十度線以南的地區割讓給日本。蘇聯取代俄羅斯帝國後，將南薩哈林島視為必須收復的失土，而日本也非常重視薩哈林島，趁著蘇聯剛建立的混亂時期占領過北薩哈林島五年左右。

這個島嶼在西方大國和南方新興國家之間不斷地搖擺著。住在那邊的是怎樣的人呢？

在選擇主修項目時，我因著些微的興趣查過一些薩哈林島的資料。我因那些異國風

味的照片而興奮不已，又因龐大的論文而有了受挫的預感後，拿起了用蠟筒製成的唱片。（註2）

布羅尼斯拉夫・畢思多斯基。寫在圓筒外盒的錄音者名字喚醒了我光是背誦下來的枯燥回憶。剛誕生的蘇聯和剛恢復獨立的波蘭發生戰爭，當時的波蘭領導人也叫畢思多斯基，他以獨裁者的形象廣為人知。我覺得這兩者應該不是同一人，但波蘭姓氏之複雜是出了名的，同姓的人非常少，所以或許是親戚吧。在我進入大學的前一年，波蘭因為被德國和蘇聯占領，再度從地圖上消失了。

圓筒上還寫著西西拉托卡、雅西諾斯凱這行字，大概是音譯的原住民名字吧。

我借來了以發條驅動的愛迪生留聲機，裝上圓筒，按下按鈕，無人的資料室迴盪著帶有雜音的男人聲音。

——這是薩哈林島阿伊努人的歌曲和琴聲。

這應該是布羅尼斯拉夫的聲音吧，在這溫柔厚實的聲音之後開始傳出男人的歌聲和撥弦樂器的演奏。從未聽過的樂聲令我頗感興趣，但我分辨不出好不好聽或技巧的優劣。

我又播放了另一個圓筒。剛才那個男人的聲音說「這是薩哈林島阿伊努人的傳說」，接著喇叭型擴音器傳出高低起伏的陌生言語。我嘆氣道看來研究民族學也需要有語言學的知識，又換了一個圓筒。剛才和著琴聲唱歌的聲音用俄語斷斷續續地說話。

——別人說我們是正在毀滅的民族。

2　比黑膠唱片更早期的留聲裝置，材質是金屬皂類。

寫在外盒的錄製年代是一九〇四年。差不多是四十年前的事。錄音的人恐怕已經不在世上了，又或者會因我們如今在薩哈林島揭起的戰火而死去。

在錄製這張唱片的時代，他們過得幸福嗎？我雖覺得有很多矛盾和不合理，還是忍不住要這樣想。

我站起來，背上行囊，扛起殺過一百零七人的槍。

戰爭結束的隔天，我帶著嚴寒刺骨的感受前往新的戰場。

第一章　歸回

一

「基薩拉絲伊，我喜歡妳！」

四目交會的瞬間，亞尤馬涅克夫就身不由己地大喊。

在三月的藍天底下，因融雪而喧譁不已的石狩川的河邊還是很冷，但他的身體卻熱得像火在燒。

「你在說什麼啊！」站在右邊的西西拉托卡發出哀號。

「咦？怎麼跟說好的不一樣？」身材嬌小的千德太郎治追了上來，用童稚的聲音正經八百地說道。

——我到底在說什麼啊？

亞尤馬涅克夫被自己不經大腦的行動嚇到了。

在三人的面前，有位年輕女孩坐在一顆大石頭上，她正在彈五弦琴的手停了下來。

少女亮麗堅韌的黑髮優雅地裹著寬幅頭巾，海豹皮製成的銀色衣服上用布帶掛著金屬飾品和小刀等物品，成熟秀麗的眉眼和尚未刺青的稚嫩嘴唇柔媚夢幻得彷彿徘徊在某種界線上。

基薩拉絲伊。芳齡十七歲的她在居民超過八百人的對雁村裡被譽為第一美人。

「別管這個人。」

西西拉托卡一把推開亞尤馬涅克夫，往前走了一步，他挑起一雙粗眉毛，露出堅決的表情。他從過短的絣織衣服下襬露出的白皙小腿雖然結實，看起來卻很寒愴，不過亞尤馬涅克夫的穿著也是這樣。

「請妳聽我說的話，不，聽我這百年之戀的呼喚吧，基薩拉絲伊。」

「數字不對耶。」

太郎治很自然地潑了他冷水。

「西西拉托卡和亞尤馬涅克夫一樣是十五歲，基薩拉絲伊是十七歲，你們都不可能從一百年前開始戀愛吧。」

眨著從母親那裡繼承來的雙眼皮大眼睛，如此說著的太郎治只有十歲。不知是因為他那曾是武士的日本人父親的要求還是他阿伊努人母親的體貼，他穿的一直都是像武士一樣褶痕清楚的裙褲。

原本低著頭的基薩拉絲伊稍微抬高了臉。

「滾開。」她的聲音如雪中的風聲一樣低沉，表情冰冷得嚇人，再加上她標緻的容貌，令人不禁想起人煙未至的雪山。

女性到了十八歲就是適婚年齡，所以她的身邊已經出現了大批追求者。有說很會捕魚的，有說擁有很多奇珍異寶的，有說男人味十足的，有說打算養狗的，有說不會酗酒的，有說現在普普通通但將來一定如何如何的，充滿技巧和熱情的求婚者不絕於途。

基薩拉絲伊只用一號表情冰冷地拒絕了所有人。也有人在療癒心碎時還說著她就是高傲這點迷人，亞尤馬涅克夫雖然也是男性，但他經常受不了地感嘆男人真是愚蠢的動物。他從來沒有想過，自己有朝一日也會成為他們之中的一分子。

亞尤馬涅克夫在對雁村裡算是少數毫無優點的少年，比周遭人們更高的身材和高挺的鼻子倒是很引人注目。他和同齡的西西拉托卡——有時也加上太郎治——每天都優遊於學校和原野間，原本應該對基薩拉絲伊在村子裡引起的騷動毫無興趣才是。

不過，在河邊見到基薩拉絲伊時，他突然覺得心跳加速，嘴巴擅自動了起來。

「為什麼？」他想起了自己剛才的舉止。「我為什麼會那樣說？」

「誰知道啊！你這個叛徒！」

西西拉托卡灰色的衣襬飛起，氣憤地一把揪住亞尤馬涅克夫。

他生氣是理所當然的。原本想要來向基薩拉絲伊示愛的就是西西拉托卡，亞尤馬涅克夫只不過是陪他來的。

太郎治直勾勾地盯著西西拉托卡。

「西西拉托卡要怎麼辦呢？要讓給亞尤馬涅克夫嗎？」

「誰要讓給他啊。基薩拉絲伊！」

西西拉托卡放開背叛者的衣襟，換了一種黏膩噁心的語氣。

「我現在在此向妳求婚，我一定會讓妳幸福的，妳願意接受嗎？」

她面對求婚時的表情更冷峻了，讓人不禁擔心石狩川又要結冰了。

「基薩拉絲伊喜歡哪一個？亞尤馬涅克夫還是西西拉托卡？」

太郎治天真無邪地提出了令人驚恐的問題。亞尤馬涅克夫心想，他真是狡猾地利用了自己的年齡。

「請妳選擇我，一定要選擇我。」

西西拉托卡上身前傾，基薩拉絲伊卻流露出「哎呀，路邊的石頭樹木開口說話了呢」的眼神。她歪著的脖子散發出連年紀尚輕的亞尤馬涅克夫都感到驚訝的性感魅力。

不過亞尤馬涅克夫只是感到驚訝，卻沒有受她吸引。就連說過「我喜歡妳」之後也是。

「為什麼我會喜歡基薩拉絲伊？」

亞尤馬涅克夫問著自己。在一陣愕然的沉默之後，西西拉托卡說著「你到底是怎樣」，朝他撲上來。

二

「我的好友啊。我……」

西西拉托卡向亞尤馬涅克夫說出心底話是今天午休的事，在學校裡。

他打算加入激烈的基薩拉絲伊丈夫寶座爭奪戰。聽到好友這麼說，亞尤馬涅克夫立刻出言阻止，因為西西拉托卡個性衝動，很容易跟人動手，他擔心事情會演變到見血的局面。說得更直接點，看在亞尤馬涅克夫的眼中，這位好友絕對算不上眉清目秀。

說起長相我還比他帥多了。亞尤馬涅克夫從來沒跟親密的好友說過這句話。

可是西西拉托卡甚至開始說起「我打算先跟她發展成能聊天的關係」之類的周詳計畫。亞尤馬涅克夫從收起了衝動個性的好友身上察覺到了絕不放棄的決心，所以聽到「我一個人會怕，你陪我去吧」如此踏實的要求，他立刻就答應了。

基薩拉絲伊每天都會在村子裡的製網所編織漁夫們的漁網。在那裡工作的都是老婦和年輕女子，她們到了家事繁忙的午後就會結束工作，在此之後直到她們開始煮飯的傍晚為止，就不知道在忙什麼了。

能夠發現基薩拉絲伊沒有幫忙家務而是跑來石狩川彈琴，全都是憑著西西拉托卡的執著。

他打算假裝從彈琴的基薩拉絲伊面前碰巧經過，既然是同村的人當然互相認識，打個招呼也不會顯得不自然，趁這個機會閒聊幾句，漸漸發展成相談甚歡的情誼，這麼一來就能隨時跟她親暱地說話了。

這就是西西拉托卡今天的預設目標。

「這個計畫既不特別也不巧妙，不過正當的道路就是又遠又難走啊。你說是吧，好友。」

因農業實習而掘土過無數次的學校操場一角，西西拉托卡邊啃著魚乾邊望向遠方。

「可是啊……」同樣啃食著魚乾的亞尤馬涅克夫把最後一塊碎片丟進嘴裡。

「我們又沒有很會說話，而且基薩拉絲伊也不跟男人說話。」

但西西拉托卡很得意地用指尖敲了自己的太陽穴幾下。

「我有個好主意。喔，你來得正好。」

西西拉托卡揮揮手，下半身穿著寬裙褲的千德太郎治慢慢地走來。

「你們在幹麼啊，都不好好讀書。」

這傢伙真是一點都不可愛。亞尤馬涅克夫又一次地這麼想。由於與生俱來的才能，再加上曾是武士的父親的教育方式，太郎治跨越了五歲的差距，在學校的成績非常好。

太郎治同時兼具了不會因此驕傲的優點，以及因為不驕傲而很難讓人覺得他可愛的缺點。

「你跟基薩拉絲伊說過話嗎？」

西西拉托卡問道，太郎治回答「只有聊過天氣」。西西拉托卡又轉頭看著亞尤馬涅克夫，臉上露出狡猾的笑容。

「可見基薩拉絲伊還是願意跟小孩子說話。只要有太郎治，就有辦法跟她攀談了。」

看到朋友執著到不惜利用小孩來達成自己的野心，亞尤馬涅克夫不禁感到戰慄。

太郎治聽完西西拉托卡熱情的說明後，就說「好像很有趣的樣子」，很爽快地答應了。下午還要上課，打發完時間，三人再次會合，一起走出學校時，已經過了下午三點。西西拉托卡的課後輔導一結束就立刻出發。

有一條寬敞的路和石狩川平行，道路兩旁有很多樹皮屋頂房子的那一帶被稱為對雁村。到了沒有房子的地方，道路繼續朝著寬廣的河灘延伸出去，通往住了屯田兵的鄰村——江別村。三人意氣風發地走在這條大道上。

「哇，差點踩到。」

或許是確信會成功吧，西西拉托卡神情愉悅地閃過了一堆馬糞。這裡的人常用馬匹來代步或運貨，所以走路的時候要格外注意。

走了好一陣子，終於聽到潺潺流水聲中摻雜著珠玉般的聲音。

是琴聲。

感覺好像是什麼東西神聖地從天而降，亞尤馬涅克夫不由得停下腳步。那是埋在他記憶深處的聲音。

亞恩凱莫西里——靠陸地的島。亞尤馬涅克夫出生的故鄉有個很簡單的名字。那是對雁村所在的北海道北方海面上的南北向細長大島，陸續來到島上的俄羅斯人叫它薩哈林島，因漁業而頻繁造訪的日本人叫它樺太島，在日本國內生活的對雁村居民也都叫它樺太島。

那是覆蓋著針葉樹森林、一年之中有半數的日子都被雪和浮冰封閉的地帶。飼養馴鹿的鄂羅克人（烏爾塔人）（註3）、用狗拉雪橇的尼古奔人（尼夫赫人。在當時也稱為吉里亞克人）（註4）、俄羅斯人、日本人，還有阿伊努人，這座島上有各式各樣的人居住，或是來訪。

島上的阿伊努人移居北海道是在亞尤馬涅克夫九歲的時候。雖然這段回憶要用來緬懷實在太過短暫，但他還是記得一些東西。冰凍的雪原，奔馳其上的雪橇犬，布滿雲層的天空，還有琴聲。

回過神來，他正在石狩川的河灘上奔跑。「怎麼了，好友？」「用走的啦。」亞尤馬涅克夫甩開這些呼喚的聲音，如雪橇犬一樣地狂奔。

最後出現在他眼前的是基薩拉絲伊。她似乎發現了他，就用冰冷得可怕的眼神盯著他，冷到讓他以為自己誤闖了雪原。

身體開始發熱。這和亞尤馬涅克夫對故鄉的記憶有著相同的感覺。

「啊？」發現的時候，拳頭已經近在眼前。他被打得踉蹌了幾步。

3　該民族自稱「烏爾塔」，意思是「和馴鹿一起生活的人」。鄂羅克是阿伊努語。

4　該民族自稱「尼夫赫」，意思是「人」。尼古奔是阿伊努語。吉里亞克是俄語。

「你這個叛徒！我會讓你明白你做了多可惡的事！」
西西拉托卡吼道。
「等一下！你聽我說啦！」
「誰理你啊！」
看到西西拉托卡快要哭出來的臉，亞尤馬涅克夫終於意識到自己犯下的錯。他確實背叛了好友，而且他長得比較好看，如果基薩拉絲伊有那個意思，他或許還會繼續背叛下去。既然如此，受到懲罰也是應該的。
「好。」亞尤馬涅克夫靜靜地說著，挺起胸膛。「我再讓你揍一拳。」
當他沉浸在懇切友情時，眼前突然變得一片白。沒想到西西拉托卡的拳頭這麼有力，到底是什麼時候偷偷練出來的？
「喂！你做得太過火了吧！」
他忍不住還手，西西拉托卡叫著「好痛！」，倒在地上。
「不是你自己叫我揍你的嗎！」
「你也該拿捏一下力道吧！」
「背叛了我還敢還手，你這卑鄙的傢伙！」
就這樣，兩人隔著友情的裂縫開始互相毆打唾罵。
「你們在幹麼啊？」太郎治一副受不了的樣子。「別管他們。」基薩拉絲伊說完又開始彈琴。
最後西西拉托卡逼著亞尤馬涅克夫跟他決鬥。
「正義和基薩拉絲伊會給我力量，讓我把卑鄙的叛徒打得落花流水！」

西西拉托卡每一拳的速度和力道都逐漸增加，令人不禁懷疑他的力氣究竟是從何而來。亞尤馬涅克夫舉起雙臂抵擋著他的亂拳，一邊等待機會。

反擊的時刻很突然地，而且是以他不希望的形式來臨了。

有一群和他們年紀相仿的少年經過，用日本人的語言興奮地叫著「打架耶，打架耶」。趁著西西拉托卡分心的時候，亞尤馬涅克夫如滑行般往前踏出一步，扭轉上身，緊握的右拳以理想的軌道揮出。

「阿～伊努。」（註5）

此時，其中一個日本人突然說道。

三

聽到這句話時，他全身的血液幾乎沸騰。

在這種時候，亞尤馬涅克夫真後悔在學校學了日本人的語言。他和西西拉托卡對上視線。當他發現對方好像想說什麼的時候，拳頭已經打中了好友的下巴。西西拉托卡被打倒在地，抗議道：「你打錯人了吧！」

「什麼嘛，原來是狗在打架。」

他們發出了哄笑。

那群日本人共有五人，我方只有兩個男人以及女人、孩子。他們一定是仗著自己人

---

5 「伊努」和日文的「狗」同音。這是在羞辱阿伊努人跟狗一樣。

多，真是太下流了。

「為什麼基薩拉絲伊要在這裡彈琴？」

亞尤馬涅克夫突然問道。因為往來方便，這地方漸漸走出了一條路，日本人當然也會走，很容易碰上像今天一樣的麻煩。

「在家裡會有人吵著要我幫忙做事。在村子裡有很多男人會糾纏我。」

基薩拉絲伊雖然語氣冷淡，畢竟還是回答了。

「再怎麼樣也比被人欺負好吧。」

「我帶了小刀。」

阿伊努女人為了日常用途原本就有帶著小刀的習慣，不過她的回答還真是凶狠得出人意料。

「喂，太郎治。」

西西拉托卡不知何時站了起來，他渾身都散發著殺氣。

「你之前說過被日本人欺負，就是那群人嗎？」

「我沒說過。」

太郎治難得氣得臉色發白。沒錯，太郎治確實沒說過。

幾天前，亞尤馬涅克夫和西西拉托卡一邊討論著地球的形狀一邊走在村子外。正當西西拉托卡說到「學校的地圖是方的，所以地球也是方的」之時，遇見了表情僵硬的太郎治。他的臉上有著大片瘀青，他們問了理由以後，太郎治沒有直接回答，只是反覆說著「在河灘那邊發生了一些事」。

「是日本人嗎？」

西西拉托卡這麼一猜，太郎治就哇一聲地哭出來。這等於是回答，但他並沒說到底發生了什麼事。義憤填膺的亞尤馬涅克夫和西西拉托卡立刻跑去河灘，但那裡已經沒人了，只能忿然頓足。

「那些人之中有你看過的人嗎？」

亞尤馬涅克夫看了那些喧鬧的日本人一眼，換了個問法。太郎治瞇起眼睛仔細打量。

「兩隻眼睛，一個鼻子，一個嘴巴。的確看過。」

太郎治的思路總是一板一眼的，說得好聽點是慎重，說得難聽點就是少根筋。

「有沒有更明顯的特徵啊？」

西西拉托卡不耐地問道。太郎治正在沉吟，日本人那邊有人喊道：

「你們在說什麼啊，狗。」

太郎治頓時沉下了臉，似乎是聽過那人的聲音。

西西拉托卡的眼中出現了好戰的光芒，發出吼叫衝向日本人。他高舉揮落的拳頭被對方閃開，使得他來不及收勢而跌倒。日本人立刻圍上去，對他拳打腳踢。

「好痛！好痛！」

此時珠玉般的聲音又傳了過來。基薩拉絲伊似乎懶得理睬男人們的愚蠢爭執，又彈起了琴。

身體很奇妙地湧出力氣。亞尤馬涅克夫衝出去，大喊著「吃我一拳」而舉起拳頭時，踩到了某種柔軟得感覺很噁心的東西。

「嗚哇啊啊啊！」

他腳下一滑，身體傾斜，好不容易才手忙腳亂地站穩，但還是以詭異的姿勢撞進人群，連帶撞翻了好幾個人。

「這傢伙踩到大便了！」

日本人哀號著從亞尤馬涅克夫的身邊逃開。他很氣在這裡拉屎的馬，一邊聞到腳下的臭味，一邊迅速站起，揍了那個傢伙，隨即又有別人向他揮拳。有人架住了他的手，他正覺得不妙，背後卻傳來了「嗚！」的一聲呻吟。

「放馬過來啊，日本人！」

不知何時已經起身的西西拉托卡大吼著。兩人被五人包圍住，還是繼續出拳、伸腿。吼叫、撞擊聲、踏地聲，還有蓋過其他一切感覺的疼痛。基薩拉絲伊的琴聲在此之間不停地流瀉而出。

雖然以二敵五勝算極低，但是被人羞辱了就絕對不能打輸。亞尤馬涅克夫累得手腳都快斷了，身上痛得像是骨折，但還是不斷爬起。就連他覺得必須更有毅力的西西拉托卡也不斷地發出充滿殺氣的喊叫。

此時傳來了另一種哀號聲。

「是大便啊！」

日本人叫嚷著，而太郎治正在對他們拋出黑色的塊狀物體。想必他是發現亞尤馬涅克夫他們居於下風，所以蒐集了附近的馬糞。

可是他的準頭很差，陸續飛來的馬糞不分敵我地攻擊。亞尤馬涅克夫想起了曾經參加鹿兒島戰爭的學校老師說過「大砲的砲彈很可怕喔」，而馬糞也砸在了他的臉上。

最後那些日本人口吐咒罵，紛紛逃走。

從手指到手肘都沾了馬糞的太郎治跑了過來。

「你們兩個都鼻青臉腫耶。」太郎治像大人一樣瞇著眼睛說道。

「我們贏了嗎？」

那腫脹變形、沾滿馬糞的東西歪著腦袋，用西西拉托卡的聲音說道。

「贏了吧。」

亞尤馬涅克夫心想自己的臉應該跟西西拉托卡差不多，一邊堅定地說道。

「他們逃走了，我們沒有逃走。」

「那個，那個……」太郎治扭扭捏捏地開口了。「謝謝。」

話還沒說完，太郎治已經哭出來了。謝謝。謝謝。他一邊哭，一邊說個不停。

西西拉托卡用不久之前還是眼睛的那條細線對著亞尤馬涅克夫。亞尤馬涅克夫笑了，但他不確定笑容是否順利地顯露在臉上。

琴聲不知何時已經停止。抱著琴的基薩拉絲伊像是在看路邊石頭一樣拋來冷冷的一瞥，然後就走了。

「她真的很漂亮。」

腫脹變形的肉塊發出了西西拉托卡陶醉的語氣。

明治十四年（一八八一年），離開故鄉之島的第七年春天，亞尤馬涅克夫在北海道沾滿了馬糞。

四

托烏！托烏！托烏！

亞尤馬涅克夫的往事是從這聲音開始的。

如豎耳傾聽似地回溯過往，他就能聽見狗兒們規律的喘息聲。

如定睛凝視一般想起的景色非常簡樸，被凍結成白色的海洋無限地延伸，遠方覆蓋著黑黑的森林，天空籠罩著淺灰色的雲。

在這片彷彿連顏色都結冰的寬廣世界裡，只有亞尤馬涅克夫乘坐的狗雪橇在移動。

「托烏!(前進!)」

眼前是穿著狗皮衣的駕橇人寬廣的背。狗兒在他的吆喝之下靈巧地踏雪前進，雪橇逐漸加速。冰冷的風撫過臉頰。

「會冷嗎?」

駕橇人轉頭問道。那張顴骨高聳、下顎寬大的粗獷臉龐露出了單純的笑容。

「不會。」亞尤馬涅克夫回答。「塞歐塞黑(很熱)。」

他指的並不是暖和，也不是因為懂的詞彙不多。他確實感到了熱。

迎面而來的強風冷得讓他以為臉頰都會被凍裂，但是空氣越冰冷，他就越能感覺到自己身體的熱度。

萌生記憶的這個場景並不是他自己記得的，而是後來別人告訴他的。

亞尤馬涅克夫出生於樺太島南端一個叫作雅馬貝齊的村莊，在他四、五歲時，雙親就因為流行病而過世了。村民和親戚們幫忙出了豐厚的葬儀之後，開始為了誰要負責養育亞尤馬涅克夫而爭執不休。他們不是互相推託，而是想要爭奪。樺太島的阿伊努人一向把孤兒當成自己的孩子照顧，而親戚也覺得自己有責任。

吵到最後，大家決定把亞尤馬涅克夫交給他的遠親——大首領阿次亞耶庫。他的長子契可畢羅駕著狗雪橇去把亞尤馬涅克夫接回雅馬貝齊。他最初的記憶就是這趟歸途。

「我和老爸當時都很錯愕，心想我們竟然要養一個連冷熱都分不清楚的孩子。」

比亞尤馬涅克夫大十二歲的契可畢羅一提起過往，那粗獷的臉龐就溫柔地笑了。

接下來的記憶比較清晰。還是在雪中，而且同樣感到熱。

養父阿次亞耶庫的村子裡來了很多人，最多的是阿伊努人，也有不少穿著長大衣或和服的日本人，以及穿著威風凜凜軍裝的俄羅斯人，用強壯的狗拉雪橇的尼夫赫人和用碩大的馴鹿拉雪橇的鄂羅克人也從遠方而來。

伊歐滿特——送熊靈。這裡即將舉行把化身為熊的山神附上豐富土產送回卡姆伊莫西里（神國）的儀式。

仍保持著前一天酒宴雀躍心情的群眾圍成一圈，一頭熊被拉了進來。熊踏碎路上積雪，發出咆哮，眾人頓時鴉雀無聲，隨即放聲大喊。

唏！唏！唏！

零零散散的喊叫匯集成狂熱的歡呼，日本人和俄羅斯人起初摸不著頭腦，但漸漸地也加入了歡呼的行列。

「好，帶過來吧。」

阿次亞耶庫搖曳著厚厚的灰鬍子，用古樹般渾厚的聲音下令。穿著全新純白草皮衣的年輕人一起拉動粗皮繩，被皮繩綁住的熊雖然低鳴、吼叫、顫抖著四肢試圖抵抗，還是被拉了進來。

唏！唏！唏！唏！

在一邊叫喊一邊跟著熊走進來的群眾之間，年幼的亞尤馬涅克夫也被感染了熱意。

契可畢羅緊跟在旁邊，拉著這新弟弟的手，免得他被人群沖散。
祭禮地點設置在開闊的空間，織了花紋的草蓆鋪在地上，也像牆壁一般地掛起來，背後豎立著無數的木幣（將木棍削出穗子而做成的祭器，外型類似神道教的御幣），而熊被繫在祭場前方的兩根柱子之間。
阿次亞耶庫拿著一根小小的木幣站到熊的前方，歡呼聲戛然而止。連不聽話的孩子都不敢吭聲的嚴肅靜默中，只能聽見熊的粗重喘氣。接著阿次亞耶庫緩緩揮動木幣，靜靜地宣告著熊即將踏上前往神國的旅途。
念完禱詞之後，阿次亞耶庫轉過身來，望著群眾。
「送熊靈的任務交給你了，契可畢羅。」
聽到這光榮的任務指定的人選，群眾都騷動了起來。亞尤馬涅克夫忍不住抬頭望去，契可畢羅苦笑著說「老爸的缺點就是對自己人偏心」。
契可畢羅接過弓和兩支箭，往前走去。熊似乎察覺到了什麼，突然發起性子，再次揚起了雪花。皮繩被扯緊，柱子跟著搖晃。契可畢羅走到熊的面前，摸摸臉頰，像是在思考，然後又往前一步。現場響起了驚呼聲和充滿殺氣的咆哮。即使銳利的爪子在眼前揮舞，契可畢羅還是不為所動，冷靜地拉緊弓弦。
熊用兩腳站起，箭矢立刻插進了牠的胸前。熊發出裂帛般的哀號倒下，痛苦地打滾，沾了滿身的雪，接著就不動了。長老們跑過去檢查。
「不用再補箭了。」一個老人站起來，用沙啞的聲音說道。
「太厲害了，契可畢羅！」
人們高聲地歡呼，男人都為了肢解熊而聚集過來，女人和孩子也吵吵鬧鬧地跟著走來，喜悅興奮和混亂席捲了全場。亞尤馬涅克夫被人群推擠著，看見契可畢羅混雜著害羞和驕傲的臉龐有些泛紅。

這一天也召開了盛宴。割下來的熊頭被抬進了首領家，接受人們的款待和祈禱。大家開始跳舞，歌聲和笑聲不絕於耳，接著響起了響亮的琴音。

好熱。

亞尤馬涅克夫確實感覺到熱。他覺得這冰天雪地的島嶼一定會永遠延續著這股熱意。

這情形是在他九歲時改變的。

阿伊努的男女老少聚集在秋天的海邊，亞尤馬涅克夫從未見過這麼多人。還沒結冰的藍色海洋停著噴出火花和黑煙的大蒸氣船，穿著西服的日本人在海邊等著。阿伊努人幾乎沒帶任何行李，陸陸續續地被小船送上蒸氣船。

養父阿次亞耶庫一直在和日本人說話。亞尤馬涅克夫被契可畢羅牽著，等待小船到來。

「我們就要搭船去『尼碰』了。」

契可畢羅的語氣很溫柔，但那粗獷臉龐的表情卻很僵硬。

「尼碰？」

這個陌生的詞彙令亞尤馬涅克夫歪了腦袋。

「就是日本人的國家。」

契可畢羅說，俄羅斯和日本決定了樺太島屬於俄羅斯。日本人都要離開了，想要一起走的阿伊努人也可以跟著移居日本。或許是因為阿伊努人透過捕魚工作和白米，與日本人交流已久，有超過八百人決定移居。留在島上的人更多，不過這已經是大規模的遷移了。

「看來這年頭……」

契可畢羅很難得欲言又止。

「只要是眼睛看到的東西都非得決定屬於誰不可。」

「我可以看到契可畢羅。」

長大以後再回頭看，當時的亞尤馬涅克夫說的話還真奇怪。

「契可畢羅也會屬於某人嗎？」

聽到這個沒有深奧含意的天真問題，契可畢羅露出凝重的表情說「我不會讓這種事發生的」。

「人不會屬於自己以外的任何人。」

可能是發現了亞尤馬涅克夫一臉的不解，契可畢羅稍微笑了一下。

阿伊努人被帶到了北海道的宗谷，在那裡可以看到祖先墳墓所在的故鄉島嶼，也能繼續從事熟悉的漁業。他們在管理移居事宜的日本機構「開拓使」的照顧之下生活了將近一年，蒸氣船又出現了。

在離開樺太島時日本人很照顧他們，這次日本人卻用槍砲逼他們上船。在航行之間，阿伊努人不斷抗議「這跟說好的不一樣」，但一點用都沒有，養父阿次亞耶庫也因勞心和憤慨而死在船上。

「從此以後就由我來照顧你了。」

契可畢羅硬擠出聲音對亞尤馬涅克夫說道。從那天以後，他再也沒看過契可畢羅露出超過禮貌程度的笑容了。

樺太島的阿伊努人最後被船載到石狩川旁的原野——對雁。開拓使要他們在這裡開墾田地，阿伊努人試著用「沒房子住」的理由來反抗，但是一聽到可以去附近的漁場工作就妥協了。

石狩川旁的那條道路兩側開始搭建包著樹皮的房子，開拓使也蓋了公務員的休息所、養蠶所、農業實驗場、製網場等職業訓練設施。

就這樣，對雁村誕生了。

兩年後又蓋了教育所，村裡的阿伊努子弟也可以和住在附近的日本人一起上學。亞尤馬涅克夫首先認識了西西拉托卡，一年之後又在這裡認識了太郎治。教學項目包括用日本人的言語讀書、習字、算盤、地理，還有農業實習。亞尤馬涅克夫的成績並不是特別好，但學習得很輕鬆。西西拉托卡對課業的用心還不如和睡魔奮鬥，太郎治則是跳級成了他們的同學。

「各位同學，你們必須成為堂堂正正的日本人，所以得先捨棄你們野蠻的習慣，學習文明開化的生活方式。」

在學校老是聽到這些話。

亞尤馬涅克夫完全無法想像，所謂的「日本人」到底是什麼樣的。

五

「打架＊＊＊＊＊很多次＊＊＊＊＊！（不可以打架，我不是說過很多次了嗎！）」

道守老師吼道，教職員室的玻璃窗彷彿害怕地搖晃。

幾年前參加過鹿兒島戰爭的道守老師一旦生氣就會開始說家鄉話。他們完全聽不懂他在說什麼，只能用全身來感受其中的涵義。

跟日本人大打出手的隔天早上，三位勇者一下課就被道守老師叫出去，帶到教職員室，門一關上，老師就暴跳如雷地大罵。

「對不起！」

站在左邊的西西拉托卡用日語叫道。他臉上的腫脹還沒消退，像是一顆做壞了的球。站在右邊的太郎治也小聲地跟著說「對不起」。

「你＊＊＊？（那你呢？）」

老師用刀刃般的銳利眼神瞪著亞尤馬涅克夫，他不禁懷疑老師是不是把戰鬥和教育搞混了。

「我也覺得很抱歉。」

亞尤馬涅克夫反射性地說出日語，但他還來不及感慨自己學得很熟練，就說出多餘的一個「但」字。

「『但』？」

老師低聲問道。亞尤馬涅克夫覺得脖子冷得像是有一把刀按在上面。他知道道守老師絕對不會打學生，但或許從今天起就不是這樣了。

「我們又沒有錯，是他們先罵我們的。」

亞尤馬涅克夫雖然害怕，還是說了出口。

「＊＊＊＊＊＊＊大人＊＊＊＊（那你應該來找我們這些大人啊）。」

難道老師會去幫忙打架嗎？他眼神之中的好戰光輝令亞尤馬涅克夫不禁這樣想。

「＊＊＊讀書＊＊＊。＊＊＊＊＊＊打架。（小時候要用功讀書，絕對不可以打架。）」
「為什麼不可以打架？」
「刀劍＊＊＊＊時代＊＊＊＊。（動刀動劍的時代已經過去了。）」
老師大聲說完，臉上浮現了悔恨的表情。原先那種渴望見血的戰士氣魄逐漸消去。
「現在是文明的時代。」
老師講話時不再有濃厚的鄉音，大概是恢復冷靜了。
「在這個時代，勝負取決於文明，成敗取決於知識。所以你們要趁著年輕時多讀點書。」
老師說「就這樣」，揮了揮手。看起來有些落寞。
三人說著「告退了」，走出了教職員室。通往玄關的走廊筆直延伸。
走廊兩旁是木造牆壁，四面大玻璃窗整齊排列其上。從右邊窗戶望出去，操場上有一條條在農業實習課挖出來的田壟。大人們雖然勤於捕魚，但很少從事農業，想要鼓勵農耕的開拓使就把希望都放在學生身上了。
左邊的教室窗戶裡面傳來了笑聲，等著上課的學生們似乎敏銳地發現了滿臉瘀青的勇者們。
教室窗戶之間的牆上貼著大大的紙張，上面寫著上次考試成績優秀的學生名字。看到五個並列名字最後的「八夜招」，亞尤馬涅克夫突然有一種奇怪的感覺。我招來夜晚八次到底是要做什麼？
今年十二月，四年級結束後，亞尤馬涅克夫就要畢業了。只要他願意，可以升上小學中等科繼續學習，但他已經到了可以去漁場工作的年紀。有不少學生來不及畢業就被趕去工作了，所以他對自己的際遇只有感激之意。

不過，畢業之後要做什麼呢？

亞尤馬涅克夫所知的阿伊努人生活之中並沒有所謂的職業，生存所需的食物是自己從山上或海裡抓來的，想要的工具是自己用小刀削出來的，想買錦緞、珠寶、菸酒的時候就去抓貂或熊剝皮來賣。阿伊努人自古以來的生活方式不知何時已漸漸喪失，部分原因是外族壓迫，部分原因是自己捨棄的。

如今的阿伊努人會捕捉自己吃不完的漁獲拿去賣，賺到的錢用來買衣服、時鐘、白米，養活家族。原本可能會死的傷者病患現在有醫生診治，很少人會再去求助於巫術。亞尤馬涅克夫身上穿的棉布衣服是開拓使配發的，雖然小了點，但比草皮衣暖和，穿慣了以後也不覺得觸感不好。

他覺得文明已經漸漸磨去了樺太島阿伊努人身上的阿伊努本色。他們真的應該變成沒有任何特徵、光滑平坦的文明人嗎？

「好了，要開始上課了。」

後面傳來道守老師的聲音。

「快進來吧，『八夜招』。」（註6）

在日語音韻培育下長大的人似乎都聽不到「夫」這個音。

我有一天也會變得光滑平坦吧。亞尤馬涅克夫噘起嘴巴補上「夫」這個音，跟著老

6　日語的「八」讀作「亞」，「夜」讀作「尤」，「招」讀作「馬涅克」。這是亞尤馬涅克夫的音譯日本名字。

師進入教室。

「西鄉先生是一個偉大的人。」

這天的課堂是從他們聽過無數次的話開始的。就算沒有機會，道守老師還是要稱讚他家鄉的英雄西鄉隆盛。道守老師生起氣來很嚇人，但平時都很好，雖然他不會說阿伊努語，但教學非常認真，所以學生們都很喜歡他，就連他打從心底尊敬的「大西鄉」也成了校內首屈一指的英雄。

接下來的故事大家都知道。維新成功之後，醉心利益的官吏們把政治搞得一塌糊塗，於是大西鄉離開政府回到家鄉。原本是軍人的道守老師也隨之離開軍隊，在大西鄉為鹿兒島建立的學校裡教書。後來政治的亂象持續不斷，大西鄉舉兵起義，道守老師也率領著二十五個學生跟著大西鄉殺進槍林彈雨……這是老師經常說的故事，但今天他還說了其他的事。

「我不肖道守雖然惶恐，還是跟著西鄉先生成為反抗天朝的亂軍，即使我不曾後悔，這畢竟是不可饒赦的大罪，但是基於天皇陛下一視同仁的恩惠，讓我又重獲了為國家奉獻的機會，所以我現在才能來給你們上課。」

道守老師或許是看穿了亞尤馬涅克夫的煩惱，但他這番話根本起不了作用。對道守老師來說，這是回歸日本，對亞尤馬涅克夫來說，這卻是被日本吞噬。

六

兩點的放學時間將近，亞尤馬涅克夫已經被睏意包圍了。

脖子失去了支撐的力道，但視野搖晃之時瞥見的人影讓他頓時睡意全消。

學校職員帶著一個阿伊努男人從教室外面的走廊經過。那人的頭髮從鬢角到瀏海上方都剃得短短的，後面的頭髮在脖子的高度剪得齊平，脣上和下巴蓋著大鬍子，魁梧的身軀穿著令亞尤馬涅克夫眼睛一亮的白色草皮衣。

令人以為自己來到樺太島海邊的這個威風阿伊努男人就是契可畢羅。

領導對雁村民的首領在前年過世，應該繼承首領位置的兒子年紀尚幼，所以年僅二十五歲、但氣勢能讓長老們自然而然感到尊敬的契可畢羅就被推舉當了首領。

形同自己父親，又是村中首領的契可畢羅來到學校，而自己昨天才跟日本人打了架。一股不祥的預感在他的心裡掀起波濤。契可畢羅的背影朝著教職員室的方向離去了。

噹！高亢的聲音鑽進了教室。兩點的鐘聲意味著放學。

老師正舉起沾滿白粉筆灰的右手，此時動作頓時停止，學生們都用哀求的眼神看著老師，在充滿緊張感的寂靜中，鐘還是繼續敲著。那聲音不時變得含糊，像是沒敲好。

「今天……」道守老師用遺憾的語氣說道。「……就到此為止。」

學生們發出歡呼，拉椅子的聲音、啪地闔起課本的聲音、閒聊的聲音一下子全爆出來。一位學校職員如逆流般地走進教室，在落寞放下粉筆的老師耳邊說了幾句話。

「喂，早上那三個人。」

被老師用虛脫的聲音一喊，三人一起走出教室。

「跟你們打架的學生的家長等一下會過來。現在契可畢羅先生有事要問你們，你們全都過來。」

教職員室的窗戶開始照進了西斜的陽光。角落放著待客用的桌子和四張椅子，契可畢羅一個人坐在那裡。他真的是魄力十足啊，亞尤馬涅克夫不禁看呆。三個人站到契可畢羅背後，道守老師在他的左邊坐下。

「怎麼了？」

亞尤馬涅克夫戰戰兢兢地向契可畢羅問道。

「等我聽完對方的話再說。如果是你們的錯，你們就該道歉。」

或許是道守老師事先說了學校的方針，回過頭來的契可畢羅是用日本人的語言回答。

「也給老師添麻煩了。」

首領低頭鞠躬，道守老師揮著手說「不會啦」。

「處理學生糾紛本來就是老師的工作。」

老師那燦爛的笑容讓亞尤馬涅克夫看得很害怕。

敲門聲響起，門扉嘎的一聲打開。契可畢羅和道守老師站了起來。走進教職員室的是身穿深藍色和服和同色外掛、身材高大的男人，他頂著三七分的髮型，眼神十分銳利。

「我是長篠，在屯田兵裡當中士。」

男人報上姓名，用太郎治父親也時常展現的嚴謹動作行了一禮。這個人該不會也當過武士吧？

「我叫木下知兒廣，是村裡的酋長。」

契可畢羅用日語說出了自己的日本姓名。

「我是教職員道守。」在一陣帶著血腥味的自我介紹後，大人們紛紛就座。

中士先開口了。

「我孩子說他什麼都沒做，但手卻被人打斷了。」

「漢卡斯恩凱！（少騙人了！）」

三人異口同聲地大喊。靠著空手和馬糞怎麼可能打斷別人的手？亞尤馬涅克夫還想說下去，卻被契可畢羅瞪了一眼。中士露出了些微的笑容。亞尤馬涅克夫覺得自己被嘲笑了。

「家長們都氣憤地說『不可饒恕』。」

「那該怎麼辦呢？」

道守老師問道。

「除了道歉以外，還要拿出讓他們滿意的醫藥費。」

這個男人真的是軍人嗎？亞尤馬涅克夫疑惑地想著。日本人好像是把壞人稱為「流氓」吧？

「真的是非常抱歉。」

契可畢羅用誇張的動作表示歉意。

「你們在這個地方當屯田兵，挺身保衛國家，而受到保護的我們卻打傷了你們的兒子，給你們帶來了麻煩，實在太不應該了。雖然我微不足道，但還是必須向你們致歉。」

中士什麼都沒說，只是打量般地看著契可畢羅。

「但我有一件事不明白。」

首領平靜地繼續說道。

「你們那邊有五個人，我們這邊只有兩個人和一個小孩，怎麼會把對方傷得那麼重呢？」

「家長們說……」中士用讀稿般的語氣說。「阿伊努人都很野蠻，所以力氣很大。」

聽到這句話，亞尤馬涅克夫的耳朵因屈辱而痛得像被揍了。

「原來如此。」契可畢羅恍然大悟地點頭。

「那麼屯田兵的工作就換我們力氣大的阿伊努人來做吧。」

首領朗聲說道。

「比起仗著人多還打不贏的你們，我們樺太島阿伊努人更適合保衛國家。要賠款就給你們吧，你們可以辭掉工作，拿著這些錢去開個針線鋪。」

契可畢羅有那麼多錢嗎？更重要的是，他從一開始就沒有道歉的打算嗎？

「你說得沒錯。」

中士說出了出乎眾人意料的話。

「我也是這樣跟他們說的，要這樣的話還不如把軍隊的職務交給人家。當然，沒有哪個孩子的手被打斷了，他們只是帶著滿身的馬糞回家，洗一洗就沒事了。」

長篠靜靜地起身，把雙手貼在腿上，深深一鞠躬。

「真的非常抱歉。」

契可畢羅反而一臉驚訝，稍微探出上身。

「聽說是我們的孩子沒來由地嘲笑你們的孩子，甚至仗著人多而動手，這是武士之子絕對不該有的行為。其他孩子的家長今天都有軍務，所以不用執勤的我先來致歉，之後我會再叫其他人過來，到時還要勞駕你來一趟。」

長篠以平靜又帶有古風的措詞向契可畢羅道歉，接著轉身面向亞尤馬涅克夫等人，再次鞠躬說「很抱歉」，他們不由得緊張萬分。

契可畢羅說「請先起身吧」，然後依照臉上傷勢多寡的順序叫著當事人的名字「西西拉托卡、亞尤馬涅克夫、太郎治」。

「長篠先生道歉了，你們怎麼說？」

他依然用日本人的語言說話。

「我已經沒有遺恨了。」

首先用不知是否正確的措詞回答的是太郎治。

「呃，那個，是，我也不計較了。」

西西拉托卡扭扭捏捏地說道。

「亞尤馬涅克夫，你呢？」

「呃……」

突然被叫到名字，讓他一時說不出話。這種時候該說「是，我知道了」嗎？

「想說什麼就說吧，長篠先生就是為此而來的。」

契可畢羅雖然對長篠先生保持尊敬的態度，但也沒打算全心接納對方。他身為阿伊努的首領，絕對不能讓任何人看輕。亞尤馬涅克夫怕自己說錯話會死得很慘，但又沒辦法立刻想出比較睿智的發言。

「你為什麼會來道歉呢？就算放著不管也沒關係吧？」

結果他只是單純地說出心中的疑問。

中士顯得有些疑惑，但很快就垂下目光，用一句「解釋起來要說很久」作開場白。

「我和江別村的士兵，也就是打了你們的孩子的家長們，原本隸屬於東北大名的麾下。在御一新（明治維新）的戊辰戰爭之中被當成叛軍，最後戰敗了。」

亞尤馬涅克夫沒說道守老師有教過這些事，只簡短地回應「是」。

「我們這些被當成叛軍的武家後來都很不好過，我們的領地被剝奪，換成了荒地，後來又被拿走了，還被貶為反賊，受盡輕蔑。最後我們實在無法生活下去，就自願當屯田兵，來到北海道這片荒漠。我們之所以有辦法撐到今天，都是因為相信自己堅守了正道。」

亞尤馬涅克夫偷瞄了一眼道守老師的背影，發現他身上那股高漲的鬥志已經消失了。或許是對同時代的其他人的人生懷著敬意吧，只見他把腰桿挺得筆直。

「東北的大名只是向陛下提出了正道，那就成了我們的過錯，成了我們反賊的罪名，成了我們被討伐的理由。」

不知不覺間，長篠先生的聲音變得含糊而黯淡。

「我們一直都是遵循正道的。若是我們違背了正道，那就真的成了反賊，這是我們絕對不能容許的。就算是為了當時死去的無數夥伴，存活下來的我們一定要繼續守住自己的正道，所以我才會來這裡向你們道歉。這次的事是我們不對，實在非常抱歉。」

「可以了吧，亞尤馬涅克夫？」

契可畢羅這句話像是在暗示「事情就到此為止吧」，亞尤馬涅克夫順從地點頭答是。

「長篠先生。」道守老師說道。「我出身薩摩藩，在西南戰爭時加入了薩摩軍。」

「喔？」長篠先生的眼中發出光輝。

「奧羽人的太刀有多銳利，我至今仍記得清清楚楚。」

道守老師在課堂上提過很多次，在討伐大西鄉的軍隊和警官之中就屬東北人特別厲害。

「如你所願，隨時候教。」

這句話鏗鏘得令人想到和樺太島不一樣的雪景，簡短地說完以後，長篠先生鞠躬說道「告辭」，便轉身離開。

「長篠先生說了什麼啊？」

聽到太郎治的問題，道守老師苦笑著回答：

「那應該是他們的家鄉話，我也聽不太懂，大概是說我想打架隨時可以去找他。好了，打架的事就交給大人吧。」

亞尤馬涅克夫心想，這些大人真是亂來。

七

石狩川的流水聲和河面都因融雪而高漲的四月。

因為村子裡織的魚網、用鯡魚做的魚粉肥料、縮緬布等產品在東京的勸業博覽會展示出來，以契可畢羅為首的十個村民準備前往觀摩。

「你要安分一點。」

契可畢羅開朗地說完以後就出發了。

亞尤馬涅克夫還是一如往常地繼續上學，繼續在覺得基薩拉絲伊很漂亮的時候被她瞪，繼續被路上撞見的日本孩子撇開視線。

某天放學後。補習頻率幾乎和正常上課一樣高的西西拉托卡跟著老師走了，其他學生也紛紛離開學校，只有亞尤馬涅克夫依然坐在椅子上。

回家又能做什麼呢？只能如打發時間似地拖拖拉拉寫作業，飯端出來了就吃，晚上被逼著上床睡覺，接著又起床，然後到今年冬天就要畢業了。亞尤馬涅克夫即將滿十六歲，差不多得去和大人一起工作了。

他要決定今後如何生活。這個難題仍未得到答案。

亞尤馬涅克夫環視周圍，教室空蕩蕩的，陽光從窗外照進來。左邊第二個位置上，準備升到中等科的太郎治正伏在桌上，不知是在溫習還是在幹麼。其他地方都沒人了。

「喂，太郎治。」

亞尤馬涅克夫把身體靠在椅背上，開口叫道。

伏在桌上的太郎治抬起頭來。

「你老爸為什麼會去到樺太島？」

太郎治的父親千德瀨兵衛從去年開始在村子裡當戶長（相當於現代的鄉鎮市長），幫契可畢羅分擔管理村民的工作。他出生於武士之家，卻遠渡樺太島，之後又搬到北海道，在阿伊努的村子裡生活。亞尤馬涅克夫對太郎治父親壯闊奇妙的人生只有微薄的了解，突然很好奇他是怎麼做出選擇的。

「他說是為了日本。」

太郎治轉動著雙眼皮下的渾圓眼睛，如此回答。

在日本人和俄羅斯人混居於樺太島的時候，俄羅斯不斷送來移民和官兵，企圖讓此地真正成為自己國家的領土。日本官員岡本感受到危機，便招募日本人移居樺太島，這時又正逢御一新，很多武士變得難以生存，千德瀨兵衛想要繼續為國家奉獻，就跟著岡本移居樺太島，後來在納依普奇（內淵村）娶了阿伊努女性為妻，生下了太郎治。

「可是，那位岡本先生卻走了。」

太郎治用老成的語氣繼續說。岡本的上司向政府建議，說日本的國力無法與俄羅斯對抗，與其開發樺太島，還不如先開發北海道。岡本因此憤而辭職，瀨兵衛這群日本移民變得無依無靠。後來政府接受了那個上司的意見，把樺太島讓給了俄羅斯。瀨兵衛和千德家此後的遭遇就像亞尤馬涅克夫及其他村民一樣。

「你老爸是堂堂正正的日本人嗎？」

亞尤馬涅克夫被太郎治一開始那句「為了日本」吸引住了。堂堂正正的日本人。雖然他一直在學校聽到這句話，但始終想像不出來。

太郎治歪著頭說「我不知道」。這並不是出自謙虛之類的可愛想法，而是因為他沒有根據可以判斷是否堂堂正正，所以還是秉持著慎重的一貫風格。

「在我看來，雖然我很喜歡爸爸，但他有些令人頭痛呢。」

他到底是從哪學來這些聰明的說話方式呢?亞尤馬涅克夫每次聽到都覺得很好奇。

「有什麼好頭痛的？」

「我問過爸爸，我是阿伊努人還是日本人。」

「你問的問題還真奇怪。」

他從小就在阿伊努村子裡和阿伊努人一起生活，為什麼現在才突然問起這件事呢？真的是少根筋耶。亞尤馬涅克夫本來想調侃他，話卻卡在喉嚨裡出不來。他突然發現，他還在擔心自己失去原有的阿伊努本色，而太郎治從一開始就找不到自己的定位。

「那你老爸怎麼說？」

「他叫我自己決定。」

「真的很頭痛耶。」

對於渴望得到答案的太郎治而言，這樣的父親確實令人困擾。亞尤馬涅克夫試著想像若是自己的父親又會說些什麼，但他很快就放棄了，他連父親的臉都記不得了，根本沒有任何推論的線索。

「雖然頭痛，但我也鬆了一口氣。」

「為什麼？」

「與其讓別人決定，我寧願自己決定。」

太郎治的回答比他想像得更有骨氣。

「那你怎麼想？」

太郎治迷惘地轉動著大眼睛。亞尤馬涅克夫第一次看見他露出這種表情。

「沒什麼道理，我就是想當阿伊努人。對我來說，我的故鄉就是這個村子，所以我長大以後要當老師，為此要努力讀書。」

「你已經想好以後要做的事了？」

亞尤馬涅克夫驚訝地問道，太郎治驕傲地挺起瘦小的胸膛。

「我覺得只要村子還在就會有學校，但學校裡沒有阿伊努老師。雖然我喜歡道守老師，但不是每個日本人都像他一樣，所以我要當老師，教村裡的孩子讀書。」

會為別人著想的太郎治真是個武士啊。亞尤馬涅克夫不禁感到佩服。

教室門「嘎」的一聲拉開，回頭一看，是西西拉托卡。他臉色蒼白、腳步蹣跚地走到自己的座位，拿出課本，又拖著腳步走向教職員室。看來他的補習還沒結束。亞尤馬涅克夫隱約聽到一句「原來地球是圓的啊」。

「太郎治。」

亞尤馬涅克夫看著西西拉托卡離去的背影，開口叫道。

「你要永遠當個好老師喔。」

「我會的。」

太郎治的聲音有些顫抖。

在他悠閒度日之間，樹木逐漸增添了色彩，契可畢羅一行人回來了。

村子的產品在博覽會上得到表彰，他們甚至還見到了天皇的叔父。亞尤馬涅克夫已經從公所那裡聽到了傳聞，所以契可畢羅脫下旅行裝束、在爐邊坐下，他就說「真了不起」，但契可畢羅卻是滿臉不高興。

「亞尤馬涅克夫，你在學校表現得好就會得到稱讚，你知道這是為什麼嗎？因為你沒辦法表現得像大人一樣好，因為你做了大人希望你做的事。」

「這樣不好嗎？」

「我們阿伊努人又不是小孩，沒道理照著日本人的意思做事。」

契可畢羅一臉鬱悶地說。

「東京是怎樣的地方？」

亞尤馬涅克夫不懂首領為何生氣，總之還是換了個話題。契可畢羅沒有立刻回答，那長滿大鬍子的粗獷臉龐轉向火爐。他一直凝視散發著光與熱不停搖曳的火神。

「是幻想。」

過了良久，契可畢羅才慢慢說出這句話，接著又陷入沉默。隔了一段時間，契可畢羅開口說：

「文明驅趕著日本人，日本人又驅趕著我們樺太島阿伊努人，而北海道的阿伊努人就過得更辛苦了。」

「文明到底是什麼？」

亞尤馬涅克夫提出了長久以來的疑問。他在學校經常聽到文明開化這個詞彙，但他始終不明白那是什麼意思。

「說不定……」契可畢羅的表情非常苦澀。「認為愚蠢和軟弱的傢伙只有死路一條，只是我的一廂情願。」

八

清晨下的一場新雪，為冰封在堅硬積雪中的對雁村增添了一層裝扮。

十二月，即將畢業的亞尤馬涅克夫等人的最後一堂課充滿了奇特的緊張感。教室後面站滿了日本公務員和軍人，每個人的臉色都很嚴肅，只有一個留鬍子的人瞇起了下垂眼，像是在微笑。

西鄉從道，他是日本人之中除了天皇陛下以外最偉大的，獨占了日本高官大臣的群體之中的一人，道守老師極為讚美的大西鄉的弟弟。他好像是來北海道視察各處，今天正好來到了對雁村。

道守老師緊張又畏懼地走進教室。

「今天西鄉閣下從東京……」

「老師。」

道守老師拘禮的問候被一個拉長的聲音打斷了。回頭一看，西鄉閣下還是笑咪咪的。

「*****，*****，*****上課*****。」

除了上課二字以外，亞尤馬涅克夫完全聽不懂。

道守老師回答「是」，但還是一樣緊張兮兮，寫板書時還折斷了粉筆。

課堂結束後，西鄉閣下和陪同的人們在村子周圍走走看看，晚上就跟村民一起宴飲。學校成了宴席會場，原本如莊嚴殿堂的教室裡擺滿了豪華的美酒佳餚。因不習慣喝酒而苦不堪言的亞尤馬涅克夫也參與其中。

身穿黑色軍服的西鄉閣下身邊都是從東京或札幌來的官員，其中包含永山准大佐（註7）這號人物。永山是北海道屯田兵的負責人，亞尤馬涅克夫也見過他。比任何人都想出席宴會的道守老師因為見到大西鄉的弟弟太過高興，突然發起高燒，所以不在這裡。

閣下很少主動開口，只是笑咪咪地附和，看起來非常內斂，但他的酒量真是非比尋常，始終面不改色地一杯杯猛灌下肚。

永山倒是一直皺著臉，不知道是不是牙痛。

「西鄉閣下，以及諸位。」

到了酒酣正熱時，契可畢羅站起來說道。

7　大佐相當於我國陸軍上校。屯田兵是由徵兵而來，不屬於陸軍，因此官階加上「准」字，比陸軍大佐低一階。

「感謝你們今天蒞臨敝村，我們對雁村所有村民都因國家和開拓使各位大人的恩情，而開始過起文明的生活。」

契可畢羅這段流暢日語之中隱含的深意，究竟有多少人聽得出來呢？

「不過我們只是個小村子，拿不出符合東京來的各位大人喜好的都市娛樂，所以今天就請諸位聽聽我們樺太島阿伊努人的音樂吧。雖然不是什麼精緻的表演，還是希望大家能欣賞這個村子才有的野趣。」

西鄉閣下沒有說話，但是笑著舉杯作為回應。

「基薩拉絲伊。」

「啊？」

聽到首領的呼喚，被叫到的人發出了不悅的驚呼。契可畢羅改用阿伊努語對著站在寬敞房間一角、臉上老大不高興的人影說道：

「為大家彈奏一曲吧，讓大家聽聽妳的琴藝。」

「我不要。」

她乾脆地拒絕了，亞尤馬涅克夫不禁傻眼。

「我彈琴只是為了讓自己高興，我不要為別人彈琴。」

基薩拉絲伊擺出一副「為什麼要叫我表演」的不滿神情說道。

「哎呀，別這麼說，難得有這個機會。」

「我死都不要。」

真的這麼不情願嗎？亞尤馬涅克夫很訝異。

「野蠻人的娛樂就不用了，想必也沒什麼了不起的。無趣。」

永山不屑地說道。他打從一開始就是這副厭膩的態度。

亞尤馬涅克夫偷偷望向基薩拉絲伊，她的表情如他所料。那座冰冷的雪山上颳起了劇烈的暴風雪。

「好，我彈。」

基薩拉絲伊簡潔而堅決地說道。她跨著大步走到牆邊，拿起用來顯示裝飾和飲食同樣豪華而悄悄放在角落的五弦琴。

「滴……」

如歌一般清脆的聲音傳出。那是基薩拉絲伊的聲音。

「滴，哆，滴，滴，答……」

基薩拉絲伊一邊唱一邊轉動插在琴首兩旁的木棒，用自己的歌聲來調弦。現場籠罩著一股緊張感，到處都靜悄悄的。

演奏突然開始了。

眼前彷彿展現出一片荒涼的大地。天空隨之浮現，隨即布滿烏雲，大雨沖刷著森林。鳥兒從裂開雲縫灑下的陽光之間掠過，緩緩地盤旋。成群鮭魚在滔滔大河逆流而上。熊大聲咆哮，勇者搭箭挽弓。幼童又跳又叫，巫師在枕邊誦禱。月亮領著星星照亮雪原，狗兒們奔馳其上，雪橇被拖得越來越快。火神的微光照著手邊，母親用樹皮線徐徐地織布，父親用小刀默默地削著木幣。有心跳聲，有呼吸聲，足跡綿延，雪花紛飛，熱意散發。

基薩拉絲伊巧妙地操縱著五根琴弦，不斷地紡出音符，織出旋律，將世界勾勒出色彩。每個阿伊努人都聽得渾然忘我，點著頭，泛著淚，打著拍子。

最後有個老人顫巍巍地起身，跳起舞來，原本礙於西鄉閣下的權威而不敢輕舉妄動的人也紛紛跟著站起來跳舞。琴聲也變得更加熱烈，鼓舞、引導著眾人。

「閣下……」

永山近乎哀號地叫道。西鄉閣下站了起來，脫下裝飾著如肋骨般白繩的黑色上衣，像孩子一樣睜大了閃亮亮的眼睛、開始揮舞起白襯衫的袖子。

在所有人的愕然注視之下，閣下踩著輕快的腳步加入跳舞的群眾，高舉雙手舞動全身，那滑稽的動作引起了一陣歡呼和笑聲。接著又有其他日本人加入，西鄉閣下看到還有人站在旁邊，就把那人一起拉了進來。阿伊努人和閣下、日本人全都混在一塊兒，笑著拍手跳舞。

亞尤馬涅克夫當然也在跳舞。他不知道要怎麼跳，只能隨便扭動身體，不過和大家融為一體的興奮還是使他的身體不由自主地舞動。

「別跳了。」

旁邊爆出一聲怒吼。所有人都停了下來。開口的是永山。

「西鄉閣下，您在做什麼啊？」

永山站了起來，臉孔因憤怒而扭曲。

「閣下背負著讓日本提升為世界一流文明國家的使命，還是陛下親自任命的大臣，怎麼能跟這些未開化的土人一起胡鬧？這樣實在有失體面，還請您不要折損了陛下的威嚴。」

村民之中懂日語的人很少，但是每個人都看得出他臉上明顯帶著鄙視的神情。

「我們該做的是好好教化這些未開化之民，令他們改正，您卻跟著他們一起跳舞，這實在太不像話了。」

學校裡瀰漫著冰冷的寂靜，其中繚繞著琴聲。是的，基薩拉絲伊還沒有停止演奏。

「停下來，女人。」

永山出言斥責，基薩拉絲伊依然沒有停止。不知道她是彈得太專心而沒聽見，或是聽不懂日語，總之她還是繼續彈著。

「准大佐，你不喜歡這音樂嗎？」

契可畢羅客氣地說著，走過去勸酒。「你這麼大聲會嚇到大家的。來，我們繼續喝吧。」

「少囉嗦。」永山劍拔弩張地回答。「連自立的能力都沒有、只能靠著國家施恩而被圈養的人少在這裡多管閒事。」

契可畢羅的笑容僵住了。永山還繼續說道：

「擺在這裡的酒肉大多都是國家給你們的不是嗎？你們這些傢伙可以不用納稅、不用服役、怠惰地過著未開化的生活，都是託了誰的福啊？」

統領屯田兵的永山或許會感到憤憤不平，不過把村民的故鄉當成自己的東西擅自送給俄羅斯的也是永山的國家──日本。

「別再彈了。」

基薩拉絲伊依然不加理會。永山焦躁地咂著舌。

「聽不懂我說的話嗎？未開化的野人。」

永山氣勢洶洶地走向基薩拉絲伊，和持續響起的美麗音色毫不搭軋。

「你想幹麼？」

亞尤馬涅克夫想也不想就衝出去擋在永山面前。

「你想阻止我嗎?你以為我是誰啊?」

那雙瞪著亞尤馬涅克夫的眼中沒有醉意,也沒有嘲弄,他打從心底憐憫阿伊努人是未開化的弱者,也為他們不思上進的怠惰感到憤怒。

「阿列安諾基(別停下來),基薩拉絲伊。」

亞尤馬涅克夫叫道。

「阿列安諾,拖恩叩里雷嘿貼哇。(別停止,繼續彈五弦琴。)」

他再次叫道,然後雙腿相互摩擦,像是要甩開黏在身上的不悅感受。

在他的瞪視下,永山的臉漲得通紅。永山聽不懂阿伊努語,但他一定敏感地察覺到了這明顯的敵意。他大吼「你這混帳」,掄起拳頭。

琴聲停了下來。挺身對抗軍人的勇氣頓時轉變成怒火。亞尤馬涅克夫回頭大吼「別停下來」,基薩拉絲伊凝視著他。

「不可以停下來。如果停止了,妳就不再是妳了,我們也不再是我們了。」

有一隻手揪住他的衣領,把他拉去。

「男人竟然在別人面前哭,太丟臉了。」

聽到這句話,亞尤馬涅克夫才發現自己的情況。他正想大喊「為什麼不能哭」……

「永山,你才該住手。」

旁邊傳來一句標準的日語。是西鄉閣下。

「阿伊努人也是日本的臣民、陛下的孩子,不可以歧視他們。」

閣下如教導似地緩緩說道。

「您在說什麼啊？阿伊努人怎麼會是陛下的孩子……」

永山一把甩開亞尤馬涅克夫，向閣下發出質問。他雖然放下拳頭，但還是好強地表示不贊同。

「阿伊努人同樣是陛下的孩子。」

閣下加重語氣重複了一次。

「****兄弟******。（別再和兄弟起衝突了。）」

他說起了家鄉話。

「*****，*********。（我們已經失去太多了。）」

「******西鄉先生**？（您說的是西鄉先生嗎？）」

看來永山也是鹿兒島人。

「哥哥*****。（不只是我哥哥。）」

閣下落寞地搖頭。

「****家族**親友*****？***************。（你的家族和親友之中應該也有吧？所以別再起衝突了。）」

「***……（我……）」永山的聲音嘶啞了。「*************西鄉先生*****？*********先生*****？（我為什麼當時沒有加入西鄉先生的麾下呢？我為什麼沒有和先生一起死呢？）」

永山准大佐幾乎泣不成聲，西鄉閣下默默地點頭。

「**我們********國家，*****北海道***********。（現在我們只能把這苟活之身奉獻給國家，懷著死在北海道的決心。）」

永山如同忘了自己剛才對亞尤馬涅克夫說過的話，哭得涕泗縱橫。契可畢羅在東京看到了幻想。日本人也是在這幻想之中苦苦掙扎，甚至連這樣的堂堂大漢都不禁為之怒吼哭泣。

這幻想使得長篠先生、道守老師、永山准大佐這些分裂的日本人合為一體，豎起日本的旗幟，吞噬了北海道的阿伊努人，把樺太島的阿伊努人帶出了故鄉。

「我＊＊你＊＊＊。（我也和你一樣。）」

西鄉閣下用柔和的語氣說了簡短的一句話，然後轉身望向眾人，拍手說「好，大家繼續喝吧」。

人們又重新斟酒。在重新展開的宴會上，西鄉閣下一反常態變得多話，巧妙地緩和了氣氛。

眾人又開始融洽地說說笑笑時，亞尤馬涅克夫悄悄地走出了教室。就在偉大的日本人突然變了樣子之後。他靠牆席地而坐，讓發熱的身體冷卻。抬頭仰望夜空，雲間的月亮照耀著操場上的積雪。

視野一角有影子晃動。是基薩拉絲伊。

「要回去了嗎？」

他這麼一問，基薩拉絲伊很罕見地停下腳步，表情還是和平時一樣冷淡，彷彿什麼事都沒發生過。

「你還在喜歡我嗎？」

她突然說出一般人難以啟齒的話。

「所以你才會幫助我？」

「呃，是這樣嗎……」亞尤馬涅克夫慌得抓耳撓腮，基薩拉絲伊又說了「我又不需要你幫忙」。她的小刀無論用來切食材還是軍官，想必都是一樣銳利。

「剛才我不是為了幫妳。我不知道要怎麼解釋，不過……」

接下來的話，他說得毫不遲疑。

「我喜歡妳，跟以前一樣。」

「我聽不見。」

亞尤馬涅克夫站起來，深吸一口氣。

「我一直很喜歡妳。」

「喔。」基薩拉絲伊冷冷地說。然後又板著臉加上一句「真巧」。

「我也開始喜歡你了。」

她的表情沒有一絲變化。亞尤馬涅克夫心想，這女人真的很怪。

「那我們就結婚吧。」

他直接說道。事情很簡單。說出自己想做的事不需要有任何顧慮。

基薩拉絲伊微微地瞇起眼睛，像是在問「你腦袋壞掉了嗎？」。亞尤馬涅克夫挺起胸膛，表示「我很正常」。

「你現在幾歲？」

「下個月就十六歲了。」

基薩拉絲伊面無表情地盯著他。他在想基薩拉絲伊大概還是把他當成石頭吧，同時也目不轉睛地望著她。

「我希望有一天能回到出生的地方。你會帶我回去嗎？」

「我會帶妳回去。」

亞尤馬涅克夫毫無根據地回答。「我一定會帶妳回去。」

「喔。」

基薩拉絲伊的眉毛似乎舒展了一些。

「那我們後年結婚。」

簡短地說完，她就轉身走進夜色之中。踏雪而行的腳步聲如餘香一般遠去模糊。

後年。早是早了點，但十七歲已經到了男性的適婚年齡了。

「結婚啊……」

他又抬頭仰望，夜空不知何時也像樺太島一樣蓋上了厚厚的雪雲，發出微光。

隔天，在太郎治的旁觀下，亞尤馬涅克夫和西西拉托卡打了一整天的架。

九

在薄暗的火爐邊，契可畢羅削著小型的木幣。

小刀慢慢滑過長度約為拇指和小指攤開距離的白色木頭表面。刀過之處，就削出了如螺旋般的細長薄皮，重複無數次之後，木棒的前端出現了如花穗般的大把木皮。

不知為何，契可畢羅做的木幣就是比其他男人做的更高雅、更氣派。亞尤馬涅克夫良久呆呆地看著契可畢羅的手藝，他想談的事情實在令他羞於啟齒也是一部分的原因。

他抬起頭，又低下頭，看看爐火，嘴張開了又閉上。

「我想和基薩拉絲伊結婚。她已經答應我了。」

他好不容易才鼓起勇氣說出來，首領卻說「等一下」，繼續削著木幣。只有爐中小小的火苗和他的手持續地動著。最後契可畢羅拿起做好的木幣，仔細檢查，然後放在爐邊。

「我們村子的補助最近好像要被刪減或取消了。」

契可畢羅突然換了話題，讓亞尤馬涅克夫覺得很疑惑，但他也不深究，只是附和道「那真是頭痛呢」。契可畢羅不只沒有煩惱的表情，眼中還浮現了鬥志。

「我去和官員談過了，請他們讓阿伊努人直接經營漁場來代替補助，把漁場的收入分配給村民，經營醫院，維持學校的運作。所以補助沒了反而是個好機會。」

爐中爆出火花，火焰往上直衝。火神一定很滿意供奉給祂的木幣吧。

「我們樺太島阿伊努人要開始自力更生了。我們要在這裡打造新的故鄉。你也來幫忙吧。」

契可畢羅用的是命令句，但語氣中帶著懇求和期待。

打造新的故鄉。亞尤馬涅克夫深受這句話吸引，好不容易才堅持住了自己的初衷。

「那個……」

他努力擠出勇氣。

「我想到村子外面學習。」

「理由是什麼？」

契可畢羅問道，他並沒有表現出不悅。

「我沒有離開過村子。我們今後要在日本生活，但我不了解這個國家，不了解我們今後要待的這個世界。」

亞尤馬涅克夫想要看看，逐漸吞噬他們的究竟是什麼東西。

「而且我學習得還不夠。我不像太郎治想當老師，但不當老師也不是不能學習。」

道守老師經常說，成敗取決於知識。他就要娶妻了，順利的話，將來還會有孩子，但他覺得自己的力量還不足以在文明的世界、在歧視阿伊努人的世界裡扛起一個新的家庭。

簡單說，亞尤馬涅克夫想要成為像契可畢羅這樣能扛起整個村子的大人，他也希望能靠自己的力量度過難關，而不是一直靠契可畢羅。

「那你想怎麼做？」

「我還沒想好，但我會去跟道守老師談一談。我要工作存錢，到某間學校讀書，等我夠成熟以後再結婚。」

「你想做的事還真多。」

契可畢羅露出了調侃的表情。

「我是不是做不到啊……」

亞尤馬涅克夫擔心地問道，契可畢羅笑著說：

「這樣很好，有想做的事就是活著的證據。而且……」

契可畢羅突然加重語氣。

「你還有這個村子。如果沒辦法了就回來吧，這個村子永遠都在。」

他信心十足地說道。

隔天，從村子看到的天空有些陰翳。

靜靜結凍的石狩川和河灘都被雪掩埋了，一片白茫茫的。

「結婚的事能不能再等一些時間?我想要繼續讀書。」

在看不出何處是河流的雪原上，亞尤馬涅克夫毅然說道，但基薩拉絲伊的眼神還是一樣冷淡，讓他突然感到不安。

「呃……我們會結婚吧?」

「後年。」

基薩拉絲伊平淡得像是在談論還錢的期限，但她的臉頰和鼻頭紅通通的，大概是太冷了。她畢竟不是冰凍的雪山，而是有血有肉的人，好好地溝通一定能了解的。亞尤馬涅克夫鼓起勇氣說：

「我希望時間可以延後一點。」

「延到何時?」

「從下個月——一月開始算，大概四年吧。」

他打算先花一年時間工作存錢，如果要讀小學中等科，大概要三年吧。亞尤馬涅克夫估計了一下，不禁有些慌張。

沒想到要這麼久。但是他已經取得契可畢羅的同意了。亞尤馬涅克夫對自己的魯莽感到愕然。

不過基薩拉絲伊只是稍微動了動下巴。

「四年啊。」

基薩拉絲伊用像是同意延後還錢的辦公語氣說道，掛在耳上的金色大圓圈閃爍著光輝。她丟下亞尤馬涅克夫，踏著雪走掉了。

我們真的會結婚嗎?

亞尤馬涅克夫更擔憂地望著海豹皮衣的背影漸行漸遠。
基薩拉絲伊突然轉身，亞尤馬涅克夫以為要被罵了，緊張得全身僵硬。
「說好了四年唷。」
簡短地說完，基薩拉絲伊就走了。
看來她是願意等了。放下胸中大石之後，他不禁想著，原來基薩拉絲伊也有這麼貼心的一面啊。

十

隔年是明治十五年（一八八二年）。
一月，太郎治升上小學中等科。
二月，西西拉托卡去了漁場。
「我要去找尋能接納我靈魂的新戀情。」
這位好友留下了不知從哪學來的言情臺詞，挑著一對粗眉毛出發了。在漁場工作的人似乎有不少是女性。
亞尤馬涅克夫離開村子是在四月融雪之後。
他的目的地是幌內的煤礦，位於對雁村東方八里（大約三十二公里）。那裡有個當過武士的門馬先生，是道守老師在戊辰戰爭認識的朋友，他針對不斷增加的礦工而經營了一間商店。
「門馬先生是有學問的人，你可以在那裡工作存錢，閒暇時就請他教你讀書。」

老師如此說道，還幫他寫了介紹信。

亞尤馬涅克夫滿懷期待地走在雪尚未融盡的原野上。隔壁的江別村到幌內之間有一條用來建設鐵路的道路，在有路的地方比較好走。

門馬先生的商店位於煤礦山腳下的市來知村。

「事情我已經聽說了。我會負責照顧你的，你就好好努力吧。」

門馬先生在客廳裡接過介紹信，一板一眼地說道。他說自己在御一新之前做的工作是江戶詰（註8），亞尤馬涅克夫聽得不太明白，但是對方聽到他是阿伊努人也沒有表現出輕視的態度，想必是個好人。

有各式各樣的人來到礦山工作，一切所見所聞都令亞尤馬涅克夫感到驚奇。雖然工作很忙碌，但工頭是個可靠的人，所以日子還不算太難過。礦工的薪水很低，但他吃住都靠門馬先生，所以收入幾乎全部存了下來。

但是，在他期待越來越大的夏天結束後，門馬先生的店卻倒閉了。

「因為是士族從商嘛。」（註9）

工頭嘆著氣說。不過門馬先生結束得還算順利，賣掉店裡的東西還了債務之後還剩下一些錢，他很慷慨地把這些錢分給店員，就回家鄉去了。工頭拿到這筆錢也開了間店，賣些日用品。

8　江戶幕府時代有「參勤交替」制度，大名每年須前往江戶一趟，留守在江戶府邸的藩士家臣即是「江戶詰」。

9　武士原是世襲的特權階級，明治維新後不少人為維持生計轉而從商，但常因經驗不足失敗。

亞尤馬涅克夫繼續留在工頭的店裡工作，原本說好每月薪水五圓（註10），但他從來沒拿到錢。原本存下來當學費的錢為了生活不斷減少，到了年底，這間店和亞尤馬涅克夫都撐不下去了。

彷彿空氣變得稀薄似的，在喘不過氣的沉重生活中，時間來到了一月。工頭以「開店也賺不到錢」的奇怪理由給了亞尤馬涅克夫三天假期，於是他決定回對雁村。來時看到的鐵路還沒開始營運，但工程已經完成了，火車在鐵軌上奔馳，正好為他融化了積雪。亞尤馬涅克夫沿著鐵路慢慢地走回家。

回到家時，契可畢羅正坐在門前愉悅地削著木幣。

門馬先生的店倒閉的那段時間，契可畢羅成立了「對雁村舊樺太移民共救會」這個組織。

會長由日本人擔任，職員則是契可畢羅之類的阿伊努人領袖。共救會從政府手中接管了村民工作的幾個漁場的經營權、村中的官方土地及建物、原本由開拓使管理的村民準備金。到十二月結束的捕魚期獲得大豐收之時，共救會就順利地啟動了。

等到亞尤馬涅克夫說完自己的近況，或者該說是慘況，契可畢羅就說「跟我來」，帶著他走出去。

或許是因為積雪，路上的行人很少，但兩側的屋內都傳出歡樂的聲音，或許是正在歡迎捕魚歸來的丈夫或兒子吧。

契可畢羅大步前進，背後貼著狗皮的白色草皮衣下襬翩翩飛起。

10　當年大學畢業起薪約八到九圓。

他們經過學校和製網所，來到了村外，那裡有個用木頭搭成的籠子。

「你看。」

契可畢羅自豪地說道，亞尤馬涅克夫望向柵欄的縫隙。

裡面有一團毛茸茸的黑色物體。那是一隻小熊。

「再養個幾年，就可以送熊靈了。我們在這個村子裡還沒做過。」

亞尤馬涅克夫從契可畢羅的表情感受到了熱意。他覺得，故鄉不只是存在於過去。

「要回家了嗎？」

聽到這低沉溫柔的聲音，亞尤馬涅克夫默默點頭。一事無成的無力感令他心頭揪緊。

「這沒什麼好哭的。」

契可畢羅平靜地說道。

十一

呀～嘿！

在天候尚冷的初春，日本人船長在搖晃的船上大喊。

「呀～嘿！」

擠在船舷邊的漁夫們配合著吆喝聲拉著網。黎明前把海面染成一片白的大批鯡魚在網子裡緊密地東鑽西竄。

呀～嘿！

船長的聲音雄壯又響亮。亞尤馬涅克夫像是被鼓舞著抓住漁網，隨著「呀～嘿！」的拍子拉起。海水濺了他滿頭滿臉。被拉上來的無數鯡魚用全身拍打著海面，發出潑嗤潑嗤的聲音，水花如碎石般打在臉上。捕獲了海洋豐盛產物的網子沉重無比。

共救會經營的漁場延續了國營時期的做法，雇用有經驗的日本人來指揮。他們換著地點捕捉鯡魚、鱒魚或鮭魚，直到十一月為止。

亞尤馬涅克夫在一月回到村子，辭掉市來知村商店的工作，轉而去捕魚。工頭為自己能力不足而致歉，同意讓他離開。

捕魚的工作很辛苦，但亞尤馬涅克夫反而感到輕鬆，因為在海上只要撒網就能抓到魚，和市來知村那種只能在束手無策的狀態下受折磨的生活截然不同。平時住在漁場的小屋，每天一個勁地拉網。

到了十二月，處理完漁獲的漁場開起餞別的宴會。對雁村的村民、北海道的阿伊努人、離家工作的日本人狂歡了一整晚，今年的工作就結束了。亞尤馬涅克夫把領到的薪水放進懷中，志得意滿地回到對雁村。

「你什麼時候要和基薩拉絲伊結婚？」

契可畢羅用正經得可笑的表情向他問道。

他回答「要立刻結婚也行」。他覺得既然已經放棄讀書就沒必要再拖下去，而且只要他在漁場認真工作，就不會讓妻子餓肚子。

契可畢羅點點頭，很快就請來了媒人。

樺太島阿伊努人的婚禮非常簡單，首先男方請媒人去女方家裡提親，女方家長答應後，男方要送一些東西給女方家庭，類似日本人說的「結納品」（聘禮）。從前最受歡迎的禮物是刀和鍔、滿洲錦，但明治時代的對雁村是弄不到這些東西的。契可畢羅只能遺憾興嘆，用一大桶米來代替。

接下來新郎要和媒人一起去女方的家，住在那裡接受幾天款待，然後帶著新娘回自己家。如此，結婚的流程就完成了。

雖然亞尤馬涅克夫信心十足地說要結婚，但他卻越來越擔心，因為基薩拉絲伊一直沒來找過他。無論如何，流程還是持續地進行。

要去女方家裡拜訪的那天，亞尤馬涅克夫穿上了契可畢羅小心收藏的純白草皮衣，衣襟和下襬都包著黑色布邊，上面有優雅的繡花。雖然裝飾很簡樸，卻令他想起了小時候在樺太島穿的衣服觸感，他忍不住感到很懷念。綁緊了掛著兩支小刀、菸袋等七樣器物的細繩之後，契可畢羅露出笑容。

「真是個挺拔的阿伊努新郎。你抬頭挺胸地去吧。」

到了午後，亞尤馬涅克夫說是挺胸了，他根本緊張到心胸欲裂，隨著媒人踏出家門。走在路上時，村子裡的男人都又羨又妒地看著他。長大了一些的太郎治朝他揮手，在旁邊哭的那個應該是西西拉托卡吧。

一陣寒暄之後，媒人招呼著亞尤馬涅克夫進入基薩拉絲伊的家。

除了大小不同以外，基本上樺太島阿伊努人的住家格局都是一樣的。進門以後是作為玄關兼倉庫的前小屋，再往裡面是鋪著草蓆的主屋，主屋中央有個方形地爐。從門口望去，爐子左邊的主位坐的是體格健壯的女方雙親，爐子前方是背對著亞尤馬涅克夫的纖細背影。那是基薩拉絲伊。

「請坐吧，女婿。」

父親開口時，一把大鬍子隨之搖曳。亞尤馬涅克夫緊張得幾乎昏倒，但他可不能在此退縮。他脫下鞋子，挺胸走進去，照著女方父親的招呼走向爐後的客座。

亞尤馬涅克夫在新娘的對面坐下。他的身體僵硬得幾乎要跌倒，但還是勉強維持大方的態度就座。他悄悄打量前方的女性，那確實是基薩拉絲伊，但她低著頭，看不清楚她的臉。繡滿美麗圖案的頭巾在搖晃爐火的照耀下顯得十分炫目。

女方父親用莊嚴低沉的聲音唱起禱詞，過了很長一段時間，好不容易才結束祈禱。此時基薩拉絲伊抬起頭來。在昏暗的室內，爐火照亮了新娘的臉龐。

「咦……」

亞尤馬涅克夫非常意外，口中忍不住發出驚呼。

雪山般的容貌。嘴邊有一道鮮明的刺青。

「那是什麼時候刺的？」

亞尤馬涅克夫的語氣非常愕然。基薩拉絲伊輕聲回答「最近」。

「因為我已經為人婦了。」

喔喔，我真的要娶太太了耶。亞尤馬涅克夫終於有了真實感，這種感受隨即轉變成至高無上的幸福。

「你叫我等四年，結果兩年就完了。」

刺青的嘴角微微扭曲。這是他第一次看到基薩拉絲伊的笑容。

他們在契可畢羅幫忙找到的空屋中展開了新婚生活。

夫妻共度的時光很短暫，剛過完年沒多久，在積雪還很厚的二月就要開始準備捕魚了。亞尤馬涅克夫懷著生離死別的孤寂心情前往漁場，十二月結束所有工作後又飛也似地回來。他的新妻子在婚後第二次捕魚期的秋天生下了一個健康的男嬰。

「那個是爸爸喔。」

妻子抱著嬰兒走出屋外迎接他，她在這種時候還是一樣傲然。剛出生不久的嬰兒用「你是誰啊？」的眼光看著父親。亞尤馬涅克夫不知該如何是好，他困惑地擠出滿臉笑容，兒子卻像是被火燒到似地放聲大哭。

「我好像被兒子當成陌生大叔了。」

亞尤馬涅克夫很擔心地向首領說出了心中煩惱。他一年之中有十個月外出捕魚不在家，在兒子看來跟陌生人沒兩樣。

「以後會好轉的，放心吧。」

契可畢羅若無其事地說道。

到這幾年，對雁村的村民大多都靠漁業維持生計，有很多人搬到靠近漁場的石狩川河口的來札村，於是契可畢羅透過共救會把阿伊努人在對雁村裡的農地租給日本人，靠著租金和漁業收入在來札村蓋了很多日式房子。亞尤馬涅克夫也帶著妻兒遷居到來札村。

他們的新家並不大，其中有作為煮飯和其他用途的泥土地房間，和睡覺用的木板地房間，中央有著為火神而做的地爐。亞尤馬涅克夫覺得習慣以後應該會住得很舒服。

「我不喜歡這個房子。」

基薩拉絲伊抱著還沒取名的嬰兒直截了當地說道，亞尤馬涅克夫覺得自己像是挨罵了，不由得有些喪氣。

「這孩子的乳名是托佩桑佩。」

妻子沒頭沒腦地突然宣布。她以一如往常的傲然態度站在木板地的房間裡，但身體上下搖晃不停，似乎是在哄孩子。

阿伊努人不幫嬰兒取名，等到孩子開始學走路的時候會取個簡單的乳名，到了十歲左右才取正式名字。

「為什麼是托佩桑佩？」（註11）

「你在學校不是都被人這樣叫嗎？」

看來妻子真的很愛他，才會用他的名字給懷胎十月生下的孩子命名。亞尤馬涅克夫感到安心了許多。

這一年的年底，契可畢羅在對雁村和來札村實施種牛痘。他希望盡可能讓多一點人來，所以等到捕魚期結束才開始進行，費用則是共救會負責，藉以鼓勵村民接種。

「我不去。」

基薩拉絲伊在新家的木板房間抱著將要成為托佩桑佩的嬰兒搖晃，毫不妥協地拒絕了。

「還是去接種比較好。就當作是為了我和孩子吧，拜託妳。」

亞尤馬涅克夫只有這次不肯退讓。他在上學的時候大致學過免疫系統的相關知識，雖然他不太明白原理為何，但他對痘瘡（天花）恐怖程度的認識，已經足以令他願意相信種牛痘的效果。

「把疾病的種子放進身體裡，太噁心了。」

11 作者註：阿伊努語的「八」。

亞尤馬涅克夫無計可施，就跑去找剛搬到來札村的契可畢羅商量。契可畢羅幫共救會的會員搭建了日式房子，但他自己住的卻是阿伊努式的樹皮房子。

「很多村民都這麼說。」

首領也不知該如何是好。雖然他自己帶頭種了牛痘，但幾乎沒人願意跟著做。

「只能慢慢地勸她了。」

契可畢羅嘆氣說道，但他也沒有繼續去勸基薩拉絲伊。首領向來不喜歡命令或強迫別人。

亞尤馬涅克夫也沒有硬逼妻子，但他持續勸說著「一起去吧」，不知不覺地就來到了捕魚期，結果他和妻子最後都沒有去接種。他只能懊悔自己沒有好好讀書，以致沒能力說服妻子，同時也暗自期待著妻子有朝一日會改變主意。

十二

明治十九年（一八八六年）七月。這時天氣非常炎熱。

一位村民為了共救會的事情前往函館，他在回來札村的途中已經出現了嚴重的上吐下瀉，好不容易到家之後就吐到站不起來，甚至是失禁。

他的家人在村子裡到處奔波，還回到對雁村向親戚求助，前來看診的日本醫生一見到沾滿自己體液的病患，立刻叫看護的親友「快離開」，自己也立刻退後幾步。

「他得了霍亂。」

那時患者似乎已經死了。

出現第一個病人的那一家和左右兩家被改成隔離病患的「避病院」，接著又在另一間空房子灑上石灰和苯酚（石炭酸）當成消毒所，讓避病院裡活下來的人在此療養。避病院裡一下子就擠滿了病患，從這裡出去的人絕大多數是送往墓地，所以消毒所總是空蕩蕩的。沒過多久，連對雁村也遭到霍亂肆虐。

捕魚和製網的工作都停頓了，壯丁們扛著石灰袋在村子裡到處灑，或是用布遮住口鼻搬運淡鹽水去避病院。補充流失水分對病患似乎有所幫助，但幾乎沒有一個人還有力氣爬到水桶邊。亞尤馬涅克夫把脫水而死的屍體運送出去。

很快地，棺材不夠用了。根據官員的指示，因傳染病而死的人必須火葬。這些死者沒辦法依照阿伊努的習俗土葬，屍體都堆在野外，每天焚燒。

將近三十人的軀體化為黑煙之後的隔年春天，病患終於減少了，但是秉持著犧牲奉獻的精神留下來指導消毒檢疫的醫生卻發高燒病倒了。村民本來以為他是操勞過度加上心情放鬆，結果並非如此。過不了幾天，醫生的臉上出現了無數紅斑。

醫生看了鏡子之後，向村民指示：

「把我家當成避病院吧。」

醫生指著自己的臉，向訝異的村民平靜地說道。

「這些斑點是痘瘡的初期症狀。」

這是他最後一次診治。他沒有接種過牛痘。

之後被派來的醫生把一大袋石灰交給亞尤馬涅克夫時，很不甘心地說：

「我們終究什麼都做不了。」

醫生說，沒有方法可以治療痘瘡，一旦得病了就只能祈禱。交代了營養和衛生等注意事項後，就只能束手無策地聽著那痛苦的呻吟。最要緊的是預防和避免傳染，但就算要預防，村裡也沒有牛痘疫苗。

「這裡有的只是石灰粉。」

醫生自嘲地說。

痘瘡蔓延得比霍亂更嚴重。染上之後會先發高燒，接著全身出現紅色斑點，等到退燒以後，斑點會變成白色的大水泡，然後再次發起高燒，大多數病患在十天之內就會衰竭而死。亞尤馬涅克夫認識的人一個接一個地變成了彷彿全身貼上米粒豆粒的悽慘模樣而死去，野外的火每天燒個不停。

焚燒屍體、撿骨埋葬的工作是由三個壯丁負責的，輪過幾次之後，亞尤馬涅克夫這天是和西西拉托卡及太郎治一起工作。此時距離第一個霍亂病患出現已經過了一年多，野外吹著乾枯寂寥的秋風。

「嘿，情敵。」

西西拉托卡帶著無力的笑容說道。他工作的地方是和亞尤馬涅克夫不同的漁場。

「好久不見了。」

十六歲的太郎治依然有一雙大眼睛，臉孔看起來更睿智了。他去年從小學高等科畢業，本來準備要去考培養師資的師範學校，但他是在疫情爆發時畢業的，所以如今還是在村裡到處幫忙。

最先踏進避病院的是西西拉托卡。他也感染了痘瘡，但卻奇蹟般地沒有惡化，很快就痊癒了。只要得過痘瘡就不會再被傳染，西西拉托卡或許認為這是自己的任務，所以他一直開朗地陪伴及鼓勵還活著的病患，在此之間還要不時地背起屍體，送上事先準備好的三輛推車。

太郎治看了看被搬上推車的是誰，然後就跑去通知他的家屬。亞尤馬涅克夫則是留下來看守，以免鳥或野狗騷擾屍體。搬完屍體以後，西西拉托卡氣喘吁吁地用沾了苯酚的布擦拭手腳，又在衣服灑上石灰。跟還沒染病的死者家屬見面前，他都會慎重地消毒，但苯酚對皮膚有刺激性，也沒聽說過石灰對人體有益。看在亞尤馬涅克夫的眼中，西西拉托卡好像是為存活下來的罪而懲罰自己。

「今天剛好有九個人，三輛推車每輛各三人。」

西西拉托卡一邊拍著變白的衣服一邊說道，然後跺著腳說「說什麼『剛好』啊，混帳」，揚起一片混著石灰的白色塵埃。

人群慢慢聚集，女人全都又哭又叫，男人則是咬緊牙關。最後一批家屬到來時，太郎治也跟著回來了。

所有人都不能接近屍體。和最愛的人道別，卻碰都不能碰他們的遺體，只能遠遠地看著。

三人默默行禮之後，合力拉起推車，沿著已經很熟悉的路途走向野外。事先堆好的木柴和屍體組成了三座小山，接著點了火。

這真是地獄。亞尤馬涅克夫看著高竄的火焰，心裡如此想著。

三個人都沒有開口，只是默默站著。等火變小以後就挖開焦炭，把骨頭撿入白色罈子。這是阿伊努沒有的風俗。如今他們就連弔唁都得依照其他文化的程序。

「我們……」太郎治喃喃說道。「要滅亡了嗎？」

活在世間就是一場遵循優勝劣敗原則的生存競爭，人口稀少、身心軟弱的阿伊努人注定要滅亡。
這是日本人的言論，他猜亞尤馬涅克夫他們也常常聽到。
「怎麼可能嘛。」
西西拉托卡斥責似地回答，然後又丟出一句「哪有可能發生這種事」。
亞尤馬涅克夫依然沉默地用火箸夾起骨頭碎片，輕輕放入罈中。罈子很快就裝滿了。他喃喃說著「請別生氣」，一邊把火箸伸進罈中撥動骨頭，騰出空間，接著繼續把他所能找到的骨頭夾進罈子。
他覺得至少該立個墓碑，但他不清楚墓碑上該有的複雜圖案，也不知道要怎麼雕刻。剛才被焚化的老人或許知道吧。亞尤馬涅克夫覺得，讓阿伊努人維持著阿伊努本色的某些東西似乎也跟屍骸一起消失了。
回到村子之後，亞尤馬涅克夫向西西拉托卡和太郎治告別，在通往成排日式房子、灑滿石灰的路上慢慢走著。
和樺太島只有寥寥幾間樹皮房子的村莊相比，這裡看起來更加繁榮，但是住在其中的人卻不斷減少，活下來的人不知是因失意或哀悼、或是對疾病的恐懼而變得消沉不已。這樣根本不能稱為繁榮。
我們到底該朝哪裡走下去呢？我們會在北海道滅亡嗎？村裡的人們因兩個文明相爭，拋棄故鄉逃走，為不習慣的工作受盡折磨，好不容易才站穩了腳步，結果卻像船隻下沉一樣漸漸死去。
我會因為脫水而變得皺巴巴的嗎？會到處布滿瘡疤嗎？亞尤馬涅克夫突然想像起自己的死狀，因為他很擔心自己死掉的時候究竟是什麼人。是立體而帶著陰影的阿伊努人？還是平坦光滑的文明人？

回到家後，他看見基薩拉絲伊趴在爐邊，已經命名為托佩桑佩的三歲兒子在一旁笑嘻嘻地走著。

妻子顯然很不擅長做家事，再加上要照顧孩子，大概是累壞了吧，不過她會趴在這裡睡還真是罕見。亞尤馬涅克夫在妻子身邊坐下。

已經看了一年以上的情景突然令他覺得難以忍耐，他伸出右手，抓住基薩拉絲伊的手。他大吃一驚。

好燙。

「基薩拉絲伊！」

他焦急地叫道，抓住妻子的肩膀。

「沒事的。」聲音非常細微。「我只是有點發燒。」

基薩拉絲伊蒼白的臉上浮現了無數的紅色斑點。

十三

基薩拉絲伊因高燒和身上的疼痛而呻吟著。

亞尤馬涅克夫決定不讓妻子搬進避病院，而是留在家裡自己照顧，因為他很擔心會從此跟她永別。就算自己也因染上痘瘡而死了，他相信村民會遵循照顧孤兒的阿伊努風俗幫他把兒子養大。

說是照顧，其實他也做不了什麼，只能待在妻子身邊，抽空煮些稀粥，用湯匙餵給她。有時他也會說說話哄妻子開心，但她因發燒而意識模糊，也沒辦法講太久。

有人在敲門。他才剛起身，西西拉托卡就說著「唷」走了進來。亞尤馬涅克夫被禁止出門，每天前來探望的西西拉托卡是他唯一能談話的對象。

「基薩拉絲伊的情況怎麼樣了？」西西拉托卡坐在枕邊看著她。

「很好。」

亞尤馬涅克夫像是要讓基薩拉絲伊聽見似地大聲回答。好友觀察著基薩拉絲伊的臉，也開朗地回應「的確呢，那我就放心了」。亞尤馬涅克夫很感謝他的體貼。

「我剛才看到托佩桑佩一副很有精神的樣子。哭得好大聲。」

基薩拉絲伊發出「啊啊」的聲音。雖然她意識模糊，聽到孩子的名字還是有反應。

村子裡還是有少數人種過牛痘，他們負責幫病患照顧孩子。托佩桑佩也送到他們那裡去了。

「妳要快點好起來，就能去看他了。」

西西拉托卡繼續說些無關緊要的話題，最後在基薩拉絲伊看不到的角度悲傷地甩甩頭，說道「我會再來的」，就起身離開了。

寂靜再度降臨。

亞尤馬涅克夫默默坐在枕邊，凝視著外面的燈光從門縫間掠過的模樣。等到光芒消失，他才緩緩站起來點燈。

他回到枕邊，探出上身，瞇起眼睛望著妻子的臉，像是想要透過無數水泡看到底下如雪山般的鼻梁。

「吃得下飯嗎？」他低聲問道，妻子輕輕地、慢慢地搖頭。

「如果不吃飯，就算本來會好也好不了喔。」

「琴。」

他覺得好像已經很多年沒聽到妻子清晰的聲音了。

「妳想彈琴嗎？」他急忙問道。「妳已經恢復到能彈琴了嗎？能坐起來嗎？」

基薩拉絲伊再次搖頭。

「我想彈琴，我想聽琴的聲音。」

「我不會彈喔。」

「我教你。」基薩拉絲伊的聲音很清晰，先前病得那麼重彷彿不是真的。「你會彈的。」

雖然沒有任何判斷的根據，亞尤馬涅克夫卻感到心如刀割。時間可能所剩不多了。

他猛然站起，把放在房子角落的五弦琴拿過來，坐在基薩拉絲伊的身邊，學著她的動作把琴靠在左肩。

「好，教我彈吧。」亞尤馬涅克夫盡量用開朗的語氣說道。

「把手指按在隨便一根弦上，彈彈看。」

基薩拉絲伊氣若游絲地說道，他依言把右手食指輕輕放到弦上，彎曲手指，戰戰兢兢地勾起，弦只是被拉緊，卻沒有發出聲音。他還在想基薩拉絲伊是不是這樣彈的，琴弦彷彿按捺不住似地從他的手指底下逃走，「嘣」的一聲如同在哀號，令人不悅的餘韻震動著琴身。

基薩拉絲伊像是在笑，輕輕地咳了一下。

「手指勾得淺一點，像是擦身而過輕輕打招呼一樣。」

亞尤馬涅克夫實在聽不懂。讓琴發出哀號好幾次之後，他的手指感受到了穿過琴弦的感覺。弦彷彿感動得顫抖，發出清澈的聲音，繚繞的餘韻震動、包圍了琴身。

「沒錯。」基薩拉絲伊滿意地說。「就是這樣彈。」

「像這樣嗎？像這樣嗎？」

他彈出了美麗的琴聲。基薩拉絲伊肯定他了。亞尤馬涅克夫不知道哪件事更讓他開心，只是一個勁地彈著琴弦。有時琴聲含糊不清，有時格外清澈高亢，每次彈對的時候，基薩拉絲伊就會說「對、對」。

「接下來從最右邊開始，一根一根地往左彈。」

他照著做了。高低不同的五個音上上下下地跳動。（註12）

「滴，哆，滴，滴，答。」

基薩拉絲伊像在唱歌一樣，隨著琴聲哼道。

「什麼？」

亞尤馬涅克夫愣了一下，基薩拉絲伊又發笑似地咳了起來。

「滴，哆，滴，滴，答。你照著弦的聲音唱唱看。」

「滴……」他總覺得很不好意思。「滴，哆，滴，滴，答。」

「一邊唱一邊彈，然後把弦音記下來。」

重複幾次之後，基薩拉絲伊開始「滴，哆，答」地唱起歌來。

「一起唱。記好了。」

「為什麼要唱？」

---

12 五弦琴原名Tonkori，五根弦的音高由右往左依次是Do、Fa、La、Re、Sol。

「這裡好冷啊。」

可能是意識開始模糊了，妻子說了風馬牛不相及的話，不停咳嗽。

「我去燒火，妳等一下。」他急著要爬起來。

「不用了。你記好。」

那微弱的聲音又開始唱歌。亞尤馬涅克夫重新坐好，一起跟著唱。

「好想再看一次。好想回故鄉。」

基薩拉絲伊的聲音逐漸變小，彷彿被吸收了。

「這裡好冷啊。」

亞尤馬涅克夫等著她說下去。他輕輕把手放在妻子肩上，隔著衣服摸到了底下的水泡。基薩拉絲伊慢慢地搖晃著，但什麼話都沒有說，表情也沒有改變。

亞尤馬涅克夫用雙手環住靠在右肩上的五弦琴。

「滴，哆，滴，滴，答……」

他唱起了剛剛學會的旋律。手指在弦上持續撥動。

他不停地唱著唯一知道的歌，不停地彈。周圍突然變得一片黑暗，大概是燈油燒完了。在伸手不見五指的黑暗中，亞尤馬涅克夫仍繼續彈唱。

最後光芒從門縫照進來，宣告著已經過了很長一段時間。

被晨曦滲透的視野裡模糊地浮現了妻子的遺體。

亞尤馬涅克夫把琴輕輕放在一旁，扶起妻子的身體，把她背在背上。

「以前妳絕對不會讓我這麼做的。」

想起妻子高聳的鼻梁，亞尤馬涅克夫不由得覺得好笑。

他拉開門。全力抵抗著疫情的村莊還沒醒來。灑滿各處的大量石灰讓他想起了故鄉的雪原。

亞尤馬涅克夫走到燒過太多屍體的野外，把基薩拉絲伊橫放在地上，從堆在旁邊的木柴之中挑出好的，圍繞在她身邊，再放上易燃的樹枝和枯葉，點燃火柴，丟進去。小小的火苗逐漸變大，爆著火花延燒到木柴上，火勢逐漸增強。此時正好起了風，吹得火焰熊熊燃燒。

這是他早就做慣了的工作，做起來簡單得很。但這是他第一次焚燒自己的妻子。希望這陣風能把化為輕煙的基薩拉絲伊帶回故鄉。

亞尤馬涅克夫想到這裡，甩了甩頭。

風怎麼可能把她送回去。

我要帶她回去。

下定決心後，他跪倒在地，抓緊泥土。亞尤馬涅克夫不知道胸中湧出的這種感情要怎麼稱呼，他如同水壩潰堤一般，不停地嚎叫流淚。

十四

六年後，亞尤馬涅克夫坐在來札村的陰暗廢屋中。

腐朽的屋頂和牆壁的洞穴中射進細細的光線，房間中央的地爐已經很久沒生過火了，裡面的灰燼幾乎一點都不剩，若是不注意可能根本不會注意到那是火爐。

「這是誰家啊？」

乖乖坐在一邊的托佩桑佩好奇地問道。已經九歲的他長得很像基薩拉絲伊，不過雙眼還是跟孩子一樣天真而柔和。

「這裡啊……」

亞尤馬涅克夫把手伸向爐中，從分不清是乾泥是土還是灰的地方，撿起一支褪色的木幣。把木頭表面削出細條做成的穗子已經脫落大半，變得更小，但還是殘留著威嚴的味道。

「以前住在這裡的是像我哥哥又像我父親的人。」

村子的首領契可畢羅曾經在此居住過，他曾經在這裡削木幣、對火爐祈禱、統率村民。亞尤馬涅克夫雖然不曾在契可畢羅搬到來札村之後的住處生活過，但他在契可畢羅生前經常來拜訪，所以對這裡非常懷念。

「嘿，契可畢羅。」

亞尤馬涅克夫一對木幣說話，就變成了從前的語氣。他想到自己已經二十七歲，不禁露出苦笑。契可畢羅在這個年齡已經當上首領了。

「我要回故鄉了，要回樺太島了。因為我答應過基薩拉絲伊。」

他把木幣收進懷中，走出屋外。七月的陽光燦爛而炫目。

亞尤馬涅克夫帶著托佩桑佩走在來札村裡，這裡變得非常冷清，很多房子都朽壞了，走在路上幾乎聽不見任何生活的聲響，只能聽見附近海洋傳來的海浪聲。

統領村民的首領契可畢羅在這裡摸索過樺太島阿伊努人的存活之道，自己經營了漁業協會，還夢想著有朝一日要再進行送熊靈。

但是肆虐的霍亂和痘瘡奪走了他的希望。對雁村加上來札村共有八百五十位左右的村民，在瘟疫之中死了超過三百四十人。等到疫情退去時，契可畢羅也死在霍亂的手下了。他養的熊沒有被用來舉行送熊靈，而是放回山野了。

傳染病沒了，留下的是絕望。在共救會的日本人會長竭盡所能地努力之下，有時漁獲還是很豐富，但村子並沒有因此恢復生機。村中人口越來越少，這幾年還有些人以掃墓或工作的名義回去樺太島。

兩人在靜悄悄的村子裡走了好一陣子，最後到達了海邊。沙灘上停放著一艘五間長（大約九公尺）的川崎船（註13），像在睡覺似地往右傾斜，船上裝滿了漁具和米之類的東西，十二個即將前往樺太島的男女老少圍繞在船邊。

出發的準備工作已經完成了，風向也不錯，接下來只要等待漲潮，所以亞尤馬涅克夫才會悄悄地跑去跟契可畢羅告別。

距船較遠的地方有兩個揮著手的人影，那是太郎治和西西拉托卡，他們應該是來送行的。

亞尤馬涅克夫回想起失去妻子以來的這六年。打算回故鄉的村民一起慢慢存錢，買了一艘船，接著又向函館的公家機關申請護照，旅行的理由是掃墓。承辦人員或許是因為可憐村民們遭遇了悽慘的瘟疫，很快就發下了護照。

今天亞尤馬涅克夫就要出發前往故鄉。那個地方已經被統治者俄羅斯命名為薩哈林島，成了外國的領土，聽說俄羅斯利用囚犯在島上拓荒。亞尤馬涅克夫不知道睽違十八

13　東北地方河口區域的漁民常用的船，約十公尺長，裝有五反寬——將近四公尺——的帆，船上通常有六柄槳。

年的故鄉如今變成什麼樣子，是否還存留著他記憶中的那股熱意。

但是他已經答應過妻子了，他非得回去不可。

「唷，山邊安之助。」

西西拉托卡揶揄似地叫道。這是亞尤馬涅克夫申請護照時使用的日本名字，姓是取自他出生的村莊雅馬貝齊，名只有第一個音取自他原本的名字。（註14）

「真奇怪，我明明是要回去自己出生的故鄉，卻要使用護照和別的名字。」

亞尤馬涅克夫苦笑著說道。

「要寫信回來喔。」

太郎治寂寞地說道。他的雙眼皮大眼睛還是沒變，但身材已經是二十二歲的青年了。太郎治沒有去讀師範學校，而是在來札村的小學當臨時教師。

船上有人叫著亞尤馬涅克夫。

「你們不打算回樺太島嗎？」

亞尤馬涅克夫懷著如逃跑般的內疚感說道。因傳染病而死的多半是壯年的男性，失去勞動力的村子今後想必會過得很辛苦。

「我還不想回去。」西西拉托卡哼了一聲。「我要先找到老婆，要比基薩拉絲伊更漂亮的。」

「那你鐵定找不到。」亞尤馬涅克夫笑著說。「天底下沒有那樣的女人。」

「我只是隨口說說的，其實我也這麼想。」

14　山邊安之助讀作Yamabe Yasunosuke。

「我們或許就要分離了。」

「少胡說了，才這麼點距離，坐船一下子就到了。」

「我要留在村子裡。」

太郎治露出堅決的表情。

「這裡還有學校，還有村子，我覺得應該有我可以做的事。」

「你真了不起。」

既是在北海道長大的樺太島阿伊努人，又是武士之子。這就是獨一無二的太郎治。

「那麼，」亞尤馬涅克夫輕快地說。「我要回去了。」

太郎治揮揮手，西西拉托卡露出笑容。

亞尤馬涅克夫踩進海水裡，向船邊等待的人們點頭示意，然後先幫孩子和老人上船。托佩桑佩露出不安的表情，亞尤馬涅克夫就摸摸他的臉。

海潮已經漲到最高處了。眾人不分男女都湊到船邊，配合著吆喝聲推著船。

船移動了，慢慢往前滑行，接著船底離開沙灘。一個年齡較大的男人先跳上船，然後伸手把女人一個個拉上船去，最後才把亞尤馬涅克夫也拉上去。最年長的老人握著舵，其他男人拿著槳，抵著沙灘把船推出去。

「划吧。」

在亞尤馬涅克夫的喊叫中，男人們開始划槳。船迎著浪頭慢慢駛出淺灘。帆柱立起，攤開的船帆立刻灌滿了風，船猛然滑向大海。

「各位。」亞尤馬涅克夫突然舉高船槳，回頭說道。「我們要回樺太島囉！」

眾人的呼喊、手、槳一起高舉。在人和貨物之間，托佩桑佩也舉著小手雀躍地跳起。

在那之後，靠著多變的風，他們在第四天到達了宗谷所在的稚內市。遠方的海平面上有一塊深灰色的影子，那裡就是樺太島。亞尤馬涅克夫的心狂跳不已。

這一帶的浪很大，他們等待起風，試著划出去，一下子就被海浪推回來，就這樣反反覆覆，大概十天之後才出了淺灘。好不容易揚帆前進，卻又碰上了大霧，還來不及回頭，船就被包圍在冰冷的乳白色之中。

哪裡？在哪裡？小船上充滿了人們擔憂的聲音。亞尤馬涅克夫冷靜地指向他從起霧之前就持續緊盯不放的一處。

那個方向此時仍看得見模糊的黑影。那是樺太島的岬角。

亞尤馬涅克夫不停地盯著那一點，順風如同呼應他的心願似地吹起。船乘著大浪前進，霧氣漸漸散去。在海浪的前方，漂浮在陰沉天空下的模糊陸地變得越來越鮮明，越來越接近。

突然間，下方傳來一陣衝擊。亞尤馬涅克夫轉頭望去。船一邊被風吹著前進，一邊往左傾斜。船底似乎撞上了海底岩石，此時仍在軋軋作響，彷彿快要裂開。人和行李都因傾斜而倒成一團。

船首漸漸往上舉起，接著向左傾斜的船就不動了。

「壞掉了！」

亞尤馬涅克夫往發出叫喊的方向看了一眼。此時須抬頭仰視之處的船底裂開一個大洞，船已經沒辦法再航行了。

「大家都沒事嗎？報上自己的名字！」

亞尤馬涅克夫吼道。最後他聽見了托佩桑佩的名字，確定所有人都平安無事。

他探出身體，看見突出幾塊礁岩的海浪之後就是沙灘。他將船上預備的繩子一端綁在帆柱上，另一端綑在自己身上，試著把腳伸進海中。身體逐漸下沉，海水冰冷刺骨。他在水深及腰時踩到了底，感覺是很堅硬的岩石。

「等一下，我把繩子拉到岸上。」

他發著抖往前走，從擱淺的船首旁邊經過，在風浪交擊之下拚命向前。到達沙灘後，他把繩子綑在岩石上，再返回船上。

「這裡的海很淺，冷靜點走過去就行了。」

男人背起老人、孩子走向沙灘，最後亞尤馬涅克夫背起托佩桑佩，抓住繩子。

「會怕嗎？」

他回頭問道。那年幼的臉龐雖然僵硬，卻堅定地搖頭。

「這樣才是基薩拉絲伊的兒子。」

亞尤馬涅克夫從來沒有看過妻子害怕的樣子。

他再次泡進海中。風越來越強了，雖然沒有下雨，但海浪極大，冰冷地打在身上。

「害怕的話可以叫出來，但是千萬不要放開繩子，慢慢走就行了。」

亞尤馬涅克夫在後方鼓勵大家，自己也跟著前進。

所有人都平安地到達海灘，接著男人們又回到船上，把沒泡進海水中的糧食、船帆、漁具等能用的東西全搬出來，然後割下船帆回到沙灘。眾人用撿來的樹木和船帆在沙灘上搭起帳篷，讓老人和小孩進去，剩下的木頭用來生火。此時太陽已經下山，他累得全身都僵硬了。

「之後隨你們高興吧！」

亞尤馬涅克夫叫道，然後整個人趴在沙灘上。

沒多久，他就感到有人在搖他的身體。

他憤怒地想著「讓我休息一下啦」，但睜開眼睛一看，周圍景色變得截然不同。

好刺眼。

他不禁瞇起眼睛。慢慢地，他的眼睛適應了這片光亮的新世界。

眼前是陰沉的天空和深藍色的海洋，海浪帶著平緩的聲響拍打著沙灘，揚起白色的泡沫。

轉頭一望，左邊天空的雲後透出巨大的光點。太陽已經升起好一陣子了。剛才在沙灘上搭著帳篷仍維持著先前的模樣。

看來他已經睡了一晚。不知不覺間，右邊傳來了細微的金屬聲。

「Yaponskiy？」

亞尤馬涅克夫望向聲音傳來的方向。有個男人背著槍、戴著制服帽子，一雙藍眼睛帶著疑惑的眼神望著他。似乎是軍人。

「Yaponskiy？」

那剽悍的聲音再次問道。亞尤馬涅克夫聽不懂，只能呆呆地望著對方，那人摸摸鬍子，像是在思考，然後挺直身體。

「日本人嗎？」

這句話很簡短，不過確實是阿伊努語。亞尤馬涅克夫搖搖頭，從懷中拿出用油紙包住的護照，打開，交給對方。

「我是阿伊努人，從日本來的。我叫山邊安之助。」
報出名字時，他的心情有些黯淡。
「看不懂，我是俄羅斯人。」
軍人搖搖頭，把護照還給他。
「這是哪裡？」
亞尤馬涅克夫問道。
「薩哈林島。這裡是俄羅斯帝國的領土。」
軍人回答的聲音彷彿特別強調不習慣的發音。
亞尤馬涅克夫隨即跳起，衝向隨便搭成的帳篷，把頭伸進去，看見托佩桑佩躺在老人之間，胸口緩緩地上下起伏。
接著他又衝往堆成小山的行李，開始胡亂翻找，也不怕把東西摔壞。
「你們遇難了嗎？需不需要幫助？」
亞尤馬涅克夫無視軍人的關懷，粗魯地把他找到的布包扯開。裡面出現了一把五弦琴。他把琴高舉過頭，像是對天空展現。
光線射來之處是一片淺灰色的天空。從前每天看到的天空。當時跟他還不認識的妻子一定也看過的天空。
「看到了嗎？基薩拉絲伊！」
亞尤馬涅克夫叫道。
「我們回到故鄉了！」

第二章　薩哈林島

一

耀眼的八月陽光晒著陰暗的針葉林。

布羅尼斯瓦夫・佩托・畢蘇斯基緩慢地舉起雙手，用力揮落。斧頭劈開魚鱗雲杉的聲音響徹了空屋一人的森林。他的雙手痛得幾乎麻痺。

布羅尼斯瓦夫放開手，讓斧頭繼續插在木頭上。他翻過手掌一看，裹在手上的破布滲出了血跡。表皮早已磨損到長不出新的血泡，所以伐木工作等於是隔著破布用斧柄削下掌肉。

他一屁股坐在地上，用右手的袖子從額頭胡亂抹到頭頂來擦汗。右邊的頭皮感受到了布料粗糙的質感。只有那裡的頭髮剃得像新兵一樣短。

他長嘆一口氣，低下頭去，看見藍色囚服的右邊胸前縫了一個倒過來的黑色五角形。那東西被稱為「鑽石」，在不同人的口中會帶有嘲笑或自嘲的意味。再加上剃掉一半的頭髮，這些都是勞役囚犯的象徵。

「還有十五年。不，二十五年……」

想到今後要度過的歲月，他不禁擠出聲音說道。

——流放薩哈林島，服勞役十五年。

聽到宣判時，他真覺得這比死刑更嚴厲。

去薩哈林島服刑就代表著刻苦的拓荒勞動，就算做完十五年的勞役，也沒辦法立刻恢復自由，還得以流放開拓者的身分在島上的指定場所自力生活十年。二十五年之後，他就四十五歲了。布羅尼斯瓦夫不由得憎恨起奪走他人生最寶貴光陰的俄羅斯帝國，並想起了去年秋天導致了這種下場的事件。

九個月前，一八八六年十一月十七日（此為儒略曆，公曆為十一月二十九日）。帝國首都聖彼得堡從一大早就下著摻雜著雪片的小雨。

一間又一間的宮殿及官方機構，教堂的圓頂，滔滔奔流的涅瓦河，牆壁綿延不絕的要塞。平時充滿莊嚴色彩的城市沉浸在濕濡的灰色之中，在這冰天雪地裡，廣大城市的角落，只有利戈夫斯基大道因狂熱的呼喊而沸騰。

「給人民權利！」

「給農民土地和教育！」

「以正義制裁剝削者！」

「大學自治！」

「改善大學餐廳！」

上千名學生一邊呼喊，一邊浩浩蕩蕩地前進。

「趕快解散！」

穿著黑色制服的警察追了上來，用怒吼聲及軍刀恐嚇學生，學生雖然害怕，卻沒有因此停下腳步。

這天上午，學生們以評論家尼古拉・杜勃羅留波夫逝世二十五週年為由，聚集在郊外的墓地，警方事前得知消息，已經動員封鎖了墓地，無法進去弔唁，於是已經聚集的學生便轉而移向喀山大教堂。自然而然地，學生們組成了在帝國首都行進的示威隊伍。

二十歲的布羅尼斯瓦夫在隊伍前端氣勢洶洶地走著。他生長於遠稱不上富裕的家庭裡，才剛進入聖彼得堡帝國大學法律系沒多久，偏瘦的身軀穿著起了毛球的焦褐色舊外套。

他有著藍眼睛的臉龐不能說不端正，但他也很清楚，自己柔和的面容到了這種場合實在欠缺魄力，因此他把留長的紅褐色頭髮用力甩亂，放聲大喊：

「止地哈伊，阿更伽歐布雷斯伊！（去死吧，專制政權的走狗！）」

「喂喂喂，布羅尼斯，親愛的學弟。」

有人用俄語調侃地叫了布羅尼斯瓦夫的暱稱，他回頭一看，亞歷山大・伊里奇・烏里揚諾夫混在氣勢浩蕩的年輕人之間愉快地笑著。

「我聽不懂你剛才說的話，那是波蘭語吧，難道你想被逮捕嗎？」

烏里揚諾夫是他的大學學長，一頭亂糟糟的黑髮底下是非常細長的臉孔。每次看到他，布羅尼斯瓦夫都覺得如果有黑色葉子的蘿蔔應該就像這樣吧。

「我只是說自己的母語，有什麼不對的？禁止人民說母語才奇怪吧。」

布羅尼斯瓦夫憤慨地說道。因為俄羅斯帝國的緣故，他故鄉的波蘭語打從他剛出生時就被禁止了。

「反正我本來就會因示威遊行而被逮捕，再增加一條罪名也無所謂。」

「什麼示威啊！」
烏里揚諾夫用誇張的動作表現出震驚。
「我們是愛好和平的一般人，只不過是因為追悼夭折的文化人而剛好聚集在一起罷了，絕對不是在進行沙皇陛下忠良的政府所禁止的示威遊行。」
聽到烏里揚諾夫這段正經八百的說詞，布羅尼斯瓦夫說著「原來如此」點點頭。
「這就是今天這場聚會的始作俑者正式的論調啊。」
烏里揚諾夫是靠著鑽研生物學而得到大學獲贈金牌的才子，同時又有著堅定的革命思想，而且他文采過人，今天「剛好」聚集在同一處的學生們幾乎每人的口袋裡或腦中都藏著烏里揚諾夫所寫的慷慨激昂的檄文。
「正是如此，親愛的學弟。如果你被抓了，記得要這樣說。」
「呃，就是要說我們會忍辱負重地服從專制政權的蠻橫命令對吧？」
「先不管你的修辭，總之大概就是這個意思。」
烏里揚諾夫苦笑著說道。
昂首闊步的隊伍來到了首都的中心、和涅瓦大街交會的十字路口。在這裡左轉，也就是往西走，就會到達目的地喀山大教堂，但沿著大街走到底就會到達海軍部，而海軍部的東邊則是沙皇所住的冬宮。
突如其來的示威隊伍等於是把短劍抵在帝國的咽喉上。烏里揚諾夫當然是為了讓人這樣想才提議把目的地訂為喀山大教堂，而學生們也有著相同的打算。
隊伍最前方傳來了異常的聲音。布羅尼斯瓦夫立刻踮起腳尖，眺望下著小雨的前方，不禁看得屏息。

戴著黑色哥薩克毛帽的騎兵隊一字排開擋在十字路口，每個人都手握鞭子、腰繫軍刀。這副和尋常街景迥然不同的駭人景象，讓遊行隊伍自然而然地停止了行進和喊叫。如鐵壁般緊密排列的士兵和馬匹一動也不動，只有嘴邊和鼻子前呼出的搖曳白煙能顯示他們是活生生的人。

在可怕的寂靜中，像是隊長的一個人策馬向前走了幾步。

「立刻解散，在首都不准示威遊行。」

警告聲迴盪在大街上。

「這不是示威遊行，只是和平的學生正巧碰在一起。」

站在隊伍最前方、名叫綏惠略夫的年長學生大聲喊著，然後回過頭來。布羅尼斯瓦夫清楚地看見了那魁梧身軀之上的強悍臉龐。

「各位，沒錯吧？我們今天只是剛好碰上的吧？」

學生們受到鼓舞，紛紛發出贊同的呼聲。綏惠略夫也是具有和烏里揚諾夫相同威望的學生領袖之一，他的聲音和舉止有著鼓舞人心的獨特力量。

「就是這樣，你們才該讓開。我們又沒有觸犯任何法律。」

「成群結隊地遊行就是在示威抗議。」

隊長冷峻地說道。

「我再說一次，立刻解散。」

綏惠略夫大喊著「太蠻橫了」。學生們跟著大聲抗議，十字路口一帶頓時變得鬧哄哄的。隊長如冰雕一般面無表情地看著學生一陣子，然後緩緩舉起右手的鞭子。

「開始鎮壓！」

隊長凶狠地揮動鞭子。

「烏拉！（萬歲！）」

騎兵隊一齊喊道，如奔流般衝了出去。學生們想要逃跑，卻因太過擁擠而動彈不得。碩大的馬身陸續衝進學生之中，左右兩旁也受到警察夾擊。

「在這種時候似乎不該說這些話……」

烏里揚諾夫在暴力的喧譁和折返人潮的衝擊下開口說。

「接下來的幾天能不能讓我住在你那裡？我以後一定會好好酬謝你的。」

「以後再說吧！」布羅尼斯瓦夫大吼。「現在得快點逃命啦！」

「拜託你了。」

那張如乾癟蘿蔔的臉龐在混亂中行進。

「都是因為惡毒的資本家不停地壓榨我。」

「不付房租當然會被趕出去啊。是說你幹麼要在這種時候說這些話？」

「逃命時自然會想到該回到哪裡嘛。」

「等真的逃掉了再想吧！」

在逐漸逼近的馬蹄聲中，布羅尼斯瓦夫拉著烏里揚諾夫往前跑。

二

在立陶宛的雪原上，大小湖泊凍結的水面閃爍著藍白色光輝，火車不斷向前奔馳。漆黑的森林出現在車窗外，往遠方望去可以看見高塔矗立的古城。

布羅尼斯瓦夫坐在擠滿旅客的狹窄三等車廂內，他的行李只有一個皮革的旅行袋。新年過了幾天，他為了返鄉而搭車前往立陶宛的古都維爾諾（現在的維爾紐斯）。

在帝國首都示威遊行的那天，他好不容易才逃過了騎兵隊的追捕。勉強讓長得像蘿蔔的學長住進自己房間之後，他立刻擅自坐到桌前提筆疾書。或許是個人的怪癖吧，他寫文章時不是呻吟就是咆哮，布羅尼斯瓦夫只能默默地為失眠而煩惱。

烏里揚諾夫只花一晚就寫好了新的檄文來鼓勵被政府譴責的學生，一大早就離開了布羅尼斯瓦夫的住處。布羅尼斯瓦夫剛覺得鬆了口氣，可是沒過多久烏里揚諾夫就帶著不知從哪找到的膠版印刷器材回來，隨即開始埋首印刷。傳單不斷地印出來，狹窄住處的地板和床上全被堆滿了。布羅尼斯瓦夫藉口說要幫忙，不顧墨水還沒乾透就把傳單疊了起來。

在示威遊行時有幾個人遭到逮捕，但警方沒有繼續追查下去。烏里揚諾夫用新的傳單繼續鼓吹學生們，而布羅尼斯瓦夫還是以一副沒事人的態度過著學生生活。在和平的生活中，延續到過年的聖誕假期來臨了。

「我已經想好要怎麼報答你讓我借宿的恩情了。」

這個住處只有一套小小的桌椅、空蕩蕩的書櫃，以及一張床。布羅尼斯瓦夫正忙著收拾行李準備返鄉時，烏里揚諾夫堂而皇之地坐著說道。

「你想要為我做什麼？」

布羅尼斯瓦夫心想絕對不是什麼好事，一邊開口問道，學長就加強語氣提議說：

「我可以當寄宿管理員啊，你不在的時候，我會幫你好好打理家中。當然，你不用付給我薪水。」

「是誰把我家弄得到處都是傳單啊？」
「就是我，還有你。」
「我只是在幫忙。如果不快點弄完我也會很不方便的，我也沒辦法。」
「你是被正義和熱情所驅使的吧，非常好。」
布羅尼斯瓦夫無奈地把鑰匙交給絲毫不覺得愧疚的烏里揚諾夫，就趕去搭車了。
立陶宛。鄰近波羅的海、遍布森林與湖泊的大地。那是布羅尼斯瓦夫的故鄉。
起初立陶宛是個獨立的國家，到了中世紀末，為了對抗周圍國家，就和西方的鄰國波蘭組成聯邦，立陶宛的貴族因此逐漸吸收了波蘭文化。聯邦以波蘭的語言和文化為主軸，同時也兼容了各式各樣的民族，後來不知從何時開始被稱為波蘭共和國，學術和藝術發展繁盛，背後裝飾著羽毛、衝上戰場的士族重裝騎兵還被譽為歐洲最強的軍隊。
但是波蘭共和國後來漸漸地衰敗，在國力漸強的普魯士、奧地利、俄羅斯三次瓜分領土之後就亡國了，雖在拿破崙席捲歐洲時復國，但隨著拿破崙的落敗又再次衰敗，從前的領土有一大半都歸入了俄羅斯的統治。
波蘭人民深深期盼著能恢復獨立，但幾次反抗運動都遭到俄羅斯的鎮壓。在最大的一次動亂「一月起義」之中，有幾萬人被流放到西伯利亞，之後俄羅斯採取嚴格的同化政策，還禁止了波蘭語。
布羅尼斯瓦夫・佩托・畢蘇斯基就是在「一月起義」的三年後出生的。
他的父親約瑟夫繼承的畢蘇斯基家和母親瑪利亞出身的比萊維奇家都是源自立陶宛貴族的傳統世家，父親參加了起義，並在戰火中舉行結婚典禮，留下了一段英勇的佳話。

起義失敗之後，夫妻倆搬到娘家留下的鄉下莊園祖武夫，在那裡生下長子布羅尼斯瓦夫，隔年和父親同名的弟弟約瑟夫・克萊門斯接著出生，之後又生了幾個孩子。夫妻倆都充滿了「共和國」士族的自豪，以優美的田園風光和對波蘭的熱愛來培育孩子們。

到了布羅尼斯瓦夫八歲時，祖武夫莊園失火，畢蘇斯基家失去了房屋和財產，因此又搬到曾經是立陶宛大公國首都的古都維爾諾的公寓。第一次看見都市的景色，讓年幼的布羅尼斯瓦夫大受震撼。

——禁止使用波蘭語。

所到之處都貼著這樣的告示。教堂成了俄軍的娛樂場所和軍營，城堡改為監獄，宮殿用來當俄羅斯行政機關的辦公室。街上隨處都看得到官員和軍隊，市民都神情黯淡地低著頭過活。布羅尼斯瓦夫不明白這是怎麼回事，只覺得有一種無處立足的失落感。

到了九歲時，布羅尼斯瓦夫進入中學就讀，被迫學習了對沙皇的忠心、俄羅斯正教以及俄語之後，他才明白初次來到維爾諾時為何會有那種失落感。

在出生之前，他已經被奪走了故鄉。布羅尼斯瓦夫是在徒留故鄉遺跡的冰冷空虛的世界裡長大的。

但他還是感受到了熱意。透過私下使用的波蘭語音韻，或是書寫波蘭文字的墨水。布羅尼斯瓦夫和弟弟約瑟夫都從母親身上學到了渴求「共和國」及波蘭語的熱情。

「即將到達『維里納』（俄羅斯帝國對維爾諾的稱呼），請不要忘記隨身物品。即將到達……」

穿越乘客之間的車掌的聲音，把浸淫在苦悶回憶裡的布羅尼斯瓦夫喚醒了。

火車駛進維爾諾站是在十二月二十八日的午後。難得火車會準時到達。

布羅尼斯瓦夫走出票口，充滿旅客、擁擠喧譁的車站大廳另一端有個穿焦褐色外套的年輕人朝他揮手。他也舉起手回應，走向年輕人。

那人戴著的報童帽底下有著和自己相同的紅褐色頭髮和藍眼睛，布羅尼斯瓦夫露出了笑容。

「一陣子沒看到你，你好像又長高了呢，哥哥。」

站在他眼前的弟弟——約瑟夫・克萊門斯・畢蘇斯基——長相和他神似，但五官更端正，而且挑釁似地瘰著臉。

「或許吧，我好像還在長高。你是什麼時候回來的？」

「昨天。我搭的火車晚了半天。」

約瑟夫在烏克蘭的哈爾科夫國立大學讀醫學院。

「今天爸爸走不開，所以換成我來接你。」

「爸爸又開始工作了嗎？」

布羅尼斯瓦夫握住弟弟伸出的手，一邊問道。

他們的父親是個熱衷創業的人，創建過幾次新事業，但每次都失敗了。布羅尼斯瓦夫要去聖彼得堡時，他才剛結束了持續相當久的倉儲業，又恢復成失業者。

約瑟夫的笑容裡多了一分諷刺的神色。他們的父親非常喜愛馬鈴薯，讓人覺得他不僅是把馬鈴薯當成食物，更是信仰的對象。

「他現在開始做馬鈴薯的中盤商，但是不知道會持續多久。」

布羅尼斯瓦夫點點頭，接著在弟弟的要求之下把行李袋交給他。

「很輕耶，裡面沒裝東西嗎？」

約瑟夫粗魯地搖晃著箱型的旅行袋。裡面只放了替換的內褲和幾件襯衫，此外就是幾本書。

「旅行就是該輕便一點。」

「管他的咧，旅行只是資本家用來打發時間的玩意兒。」

約瑟夫隨口說出了會令警察側目的玩笑話。

「窮學生返鄉也是旅行啊，從狹窄三等車廂看到的風景也挺不錯的。」

約瑟夫露出一副難以理解的表情歪著頭。布羅尼斯瓦夫雖然不是很有風雅的情調，但約瑟夫比哥哥更加缺乏詩情畫意的情韻。不像荒廢學業、原地踏步一年的哥哥，約瑟夫決定去讀哈爾科夫國立大學的醫學院，不過……

「革命需要的是打仗的士兵，以及醫治士兵的醫生。」

弟弟想像的未來藍圖十分簡單。他不選擇從軍，是因為與其要服從沙皇的命令還不如死了算了。

「對了，上個月的示威遊行怎麼樣?聽說很成功呢。」

弟弟壓低聲音天真地問道，布羅尼斯瓦夫急忙抬手制止。這裡人太多，很容易被人聽見。

「我在火車上坐得腰都痛了，我們先走一走吧。」

如此提議之後，布羅尼斯瓦夫覺得不該讓弟弟幫忙提行李，又拿了回來。

兩人走出了車站。曾經是立陶宛大公居所、歐洲數一數二的古都覆蓋著白雪。白堊和象牙色的建築有著紅色屋頂，隨處可見教堂和大學校舍高聳的英姿。布羅尼斯瓦夫忍不住停下腳步。

既迷人，又可厭。他從八歲待到十八歲的故鄉還是跟從前一樣冰冷而空虛。

總有一天，這城市會再恢復熱意。到了那時，他就會看見從未見過的故鄉。布羅尼斯瓦夫燃起鬥志，回頭望去。

約瑟夫正一臉渴望地看著在停車場等待客人上門的馬車，布羅尼斯瓦夫對他說道：

「你想知道十一月的事吧？」

他們在鋪著石板、如迷宮一般的街道上沉默地走了一陣子，走到行人較少的地方之後，哥哥先開口問道：

「你知道多少？」

「我什麼都不知道。」弟弟聳肩說著。「報章雜誌當然不會報導出來。我聽哈爾科夫那裡的組織成員說事情鬧得很大。」

布羅尼斯瓦夫點點頭，把手伸進外套的胸前拿出一張紙，交給約瑟夫。

「這是傳單嗎？印得很模糊，字都看不清楚。」

約瑟夫一邊攤開皺巴巴的紙張一邊說道，布羅尼斯瓦夫想起自己的住處排滿傳單的樣子，不由得露出苦笑。

「一千五百名熱情的學生肅穆地追悼了最先對俄羅斯的黑暗進行批判的評論家杜勃羅留波夫，但政府不分青紅皂白的壓迫甚至容不下這種和平的文化活動。」

約瑟夫愉悅地讀了起來。

「人民在不義的壓榨和無數不合理的待遇之下苟延殘喘。我們必須帶給人民啟蒙，只有正確的知識以及對權利的自覺才能砍斷束縛著人民的層層枷鎖，我們將會成為一道光芒，驅散如母親一般的俄羅斯大地上的黑暗。」

烏里揚諾夫的文章在布羅尼斯瓦夫看來實在太浮誇了，卻大大地鼓勵了帝國首都的學生。

「雖然政府如此蠻橫地打壓，我們依然擁有力量。我們依然擁有發自一體同心的自覺、有組織的、統一的力量……」

讀完最後一句話之後，約瑟夫歪著頭說：

「寫得太抽象了。他們到底想做什麼？」

「之後才要開始想。」

布羅尼斯瓦夫如此回答，約瑟夫如他所料地露出質疑的表情。

「帝國首都的學生真是靠不住。皇宮明明就在附近，對沙皇的馬車丟個炸彈不就好了？」

「不能這樣做。」

布羅尼斯瓦夫斥責似地把臉貼近約瑟夫。

「社會主義運動好不容易才開始復興，不能再因輕舉妄動而毀了這一切。今後需要的是深思熟慮的行動。」

這是現學現賣的論調，但布羅尼斯瓦夫對此完全認同。

社會主義。撼動整個歐洲的這股思想潮流在二十多年前劇烈地衝擊了俄羅斯，之後就被打壓得銷聲匿跡了。

那一波浪潮就是「到民間去」運動，實施者被稱為「民粹派」。推崇社會主義的知識分子全都湧入了農村，和農民一起工作，推廣教育和醫學，藉此加速人民的覺醒。

布羅尼斯瓦夫和約瑟夫兄弟倆在中學裡開始接觸到社會主義。強調人民權利的社會主義原本就和帝國制格格不入，到了波蘭又進一步地和獨立戰爭結合，因此信奉者相當多。兄弟倆很快就一頭栽進了社會主義，不斷地找禁書來看，他們也深深期盼著「到民間去」能獲得成功。

不過當他們接觸到社會主義時，那次的運動已經走到了尾聲。單純地敬愛著沙皇的俄羅斯農民雖然感謝這個運動帶來的好處，卻拒絕反抗沙皇。有一部分的民粹派人士因絕望而組成「民意黨」，開始進行暗殺政要的恐怖活動。

一八八一年，民意黨真的炸死了沙皇。那一年布羅尼斯瓦夫十四歲，他還記得上完只能說俄語的課之後，和弟弟及同學一起歡呼喝采的情況。

在那之後，社會主義幾乎完全被扼殺了。帝國使出激烈手段來鎮壓，有四千多人遭到逮捕，大部分的人被判處死刑或死在獄中，被流放到西伯利亞的人多到可以建立一個城市，民意黨就這麼消滅了。採取和平作風的大多數民粹派人士也陸陸續續地逃亡，這一波運動徹底瓦解。在那之後，社會主義一直艱辛地延續著細微的火苗。

社會主義運動家的暴力行為撼動不了帝國，反而會被更強大的暴力擊潰。烏里揚諾夫如此分析了「到民間去」運動的失敗，布羅尼斯瓦夫也十分贊同。

「不能再犯相同的錯誤。」

這也是從學長那裡聽來的，布羅尼斯瓦夫彷彿是用這些話來勸說自己的衝動。

父親約瑟夫・溫岑蒂・畢蘇斯基到了晚上也加入他們，三人圍坐在餐桌邊。

「這是用立陶宛的泥土種出來的，很好吃吧。」

父親吃著自己做的料理，老邁的臉龐自豪地露出笑容。兄弟倆表情僵硬地默默點頭。

水煮的，打成泥之後煮成的，切塊和其他食材一起煮湯的，刨絲煎成餅狀的，以及用其他方式烹調的，畢蘇斯基家的餐桌上擺滿了各式各樣的馬鈴薯料理。

他們的母親瑪利亞很擅長做馬鈴薯料理，要在算不上富裕的畢蘇斯基掌廚，這或許是不可或缺的技能吧。前年瑪利亞因病過世，留下了很多精緻料理的食譜，父親約瑟夫或許是想找回亡妻的味道，很投入地學習那些食譜，直到現在他下廚還是會做出滿桌的馬鈴薯料理。

父親煮的菜確實好吃，分量也很豐富，但感覺就是少了些什麼，這樣的菜單持續了一個月以上。過完年以後，到了一八八七年二月一日，布羅尼斯瓦夫告別了一臉寂寞的父親和要求「要再告訴我『近況』喔」的弟弟，再次回到聖彼得堡。

三

「哎呀，你回來啦。」

看到烏里揚諾夫一副理所當然地在自己住處喝著茶，布羅尼斯瓦夫真不知該說什麼。

「你是不是該離開了？」

「什麼嘛，你跟資本家勾結了嗎？」

布羅尼斯瓦夫一邊脫外套一邊抗議，但烏里揚諾夫似乎絲毫不以為意。

「這個月的十日我就會去租新的地方，你再忍耐一陣子吧。」

「你會說這話就表示你知道我必須忍耐嘛。」

「我雖然年輕，但畢竟是『到民間去』的後繼者，當然很擅長體察別人的心情。」
「學長對自己好像有些過譽了。」
「對了，布羅尼斯。」
烏里揚諾夫彷彿沒聽到布羅尼斯瓦夫的批評，叫了他的暱稱。
「明天有集會，是綏惠略夫發起的。你也一起去吧。」
「綏惠略夫？」
他想起去年十一月站在遊行隊伍前端的那張嚴肅臉孔。
「我討厭那個傢伙。」
布羅尼斯瓦夫說出了心底話。綏惠略夫因敢衝的形象和豪邁的作風而深得人心，但是看在布羅尼斯瓦夫的眼中只覺得他是個自傲又衝動的傢伙。
「每個人多少都會有一兩個優點，他應該也是這樣吧。」
擅自泡紅茶來喝的烏里揚諾夫如此說道。布羅尼斯瓦夫想要反問他「那你的優點是什麼？」，不過烏里揚諾夫立刻說下去，以致他錯失良機。
「我在猜，綏惠略夫可能會提議直接行動。也就是訴諸恐怖攻擊或暗殺之類的暴力。」
烏里揚諾夫的表情像是盯著顯微鏡的學者，排除了會帶來成見的情感，只以全然的冷靜去觀察。布羅尼斯瓦夫突然想起，他主修的就是生物學。
「太激進了。」
布羅尼斯瓦夫回答得很簡單，因為突然被迫正視一直想要逃避的事情讓他有些驚慌。他本來只是覺得有趣，但他參加的活動果然不只是小孩子玩火。一次成功會帶出下一步，或是發展得更加迅速，他踏上的是一條必死無疑的道路。

「要種出好吃的馬鈴薯，唯有靠著優質的土壤。」

可能是因為在老家吃了太多馬鈴薯，布羅尼斯瓦夫突然沒頭沒腦地說了這句話。他不禁為這尷尬的形容感到懊悔，烏里揚諾夫睜大眼睛，然後笑著說：

「如同作物從土壤生長，革命也是從人民之中萌芽的吧。沒錯，我們應該耕耘土地，走到人民之間，和人民在一起，這才是民粹派啊。」

黑葉蘿蔔像是在沉思，又接著說：

「但我們只不過是因為一次行動成功而聚集起來的團體，現在該做的是穩固向心力，制定行動的理念和方針。我們的目標是『到民間去』。」

「我同意。」

布羅尼斯瓦夫簡潔地表示贊同，烏里揚諾夫面無表情地回應著「太好了」。

「如果他提議展開攻擊行動，我打算反駁他。到時希望你也能幫忙。」

「你是在拉暗樁嗎？真難得。」

布羅尼斯瓦夫一直以為烏里揚諾夫對這種政治手段很不在行。

「我不會為了私利而拉攏別人，剛才說的也都是我認為正確的事。」

布羅尼斯瓦夫意識到自己其實很欣賞這個人。

隔天，十人左右的集會一開始，綏惠略夫就激動地說：

「政府很怕我們，他們怕我們的力量、我們的正義！」

這裡是聖彼得堡郊外、一位叫作米哈伊爾・坎圖的學生的住所，參加者分別坐在寬敞房間的床上、椅子上，或是直接坐在地上，聽著綏惠略夫高談闊論。

「所以政府才會派出騎兵隊，以暴力來逼退我們。那等於是垂死的哀號，是帝政走投無路的證據。我在此向大家提議……」

綏惠略夫帶著狂熱的表情走到房間中央。

「我們的行動應該轉向武力鬥爭，用我們的力量擊垮那些折磨人民又好吃懶做的懦夫。現在該是我們追隨用炸彈轟走苛刻官僚和沙皇的民意黨義士的時候了！」

「我反對。」

布羅尼斯瓦夫不加思索地開口之後，才為自己的衝動感到愕然。綏惠略夫以凶悍的表情盯著他，像是在威脅他。布羅尼斯瓦夫察覺到烏里揚諾夫又露出那種觀察的眼神。

「那就先聽聽你的意見吧，『畢思多斯基』同學。」

綏惠略夫的言詞令布羅尼斯瓦夫極度反感。他的波蘭名字布羅尼斯瓦夫‧畢蘇斯基用俄語發音規則來念就會變成布羅尼斯拉夫‧畢思多斯基。綏惠略夫是在嘲笑他的母語，或是在嘲笑他失去祖國所以保不住母語。以他的性格自然會仇視任何反對自己的人，但是說出這種話實在太陰險了。

布羅尼斯瓦夫試著用深呼吸來鎮定心情，然後繼續說：

「民意黨的確成功地暗殺了沙皇，但他們後來的下場是怎樣？人民並沒有像他們期待的那樣起義，反而導致政府大力掃蕩，主要成員不是上了絞刑臺就是被送到西伯利亞，整個組織都潰散了，直到去年為止都沒人敢再發起示威遊行。」

「你怕了嗎，畢思多斯基同學？」

這人真的很討厭。布羅尼斯瓦夫又一次這麼想。不過他確實說對了。

他自己並不怕死，但他不想連累父親、弟弟，以及自己的故鄉。俄羅斯帝國絕對不會放過反抗者，他自己出生的地方也反抗過幾次，從來不曾逃過懲罰。

「我可以發表意見嗎？」

舉起手的是烏里揚諾夫。綏惠略夫准許了。

「若是要效法偉大先驅的豐功偉業，我也非常贊同，但我們該效法的並不是民意黨的魯莽恐怖攻擊，而是該回歸到民粹黨的理念。教育人民，宣揚自由和人權，告訴人民能開拓人類未來的並非財產私有，而是共享產業。只有先讓人民產生自覺，革命才能成功。」

「那要等到什麼時候呢，亞歷山大・伊里奇？」

綏惠略夫正經地稱呼烏里揚諾夫。其中帶著嘲笑的語氣。

「我再問你一次。」烏里揚諾夫不肯退讓。「假使我們進行恐怖攻擊，殺死高官之後要做什麼呢？如果你回答不出任何理念或方針，那恐怖攻擊就不是改革的手段，只是無益的暴力。」

烏里揚諾夫強悍得像是會衝過去揪住綏惠略夫的樣子。

「我們需要的不是攻擊計畫和炸彈，而是能具體指出目標的組織綱領。」

「那就你來寫啊。」綏惠略夫不屑地說道。「你不是很會寫文章嗎，才子？」

布羅尼斯瓦夫很確定，這傢伙只是想要鬧事。他只是想要發洩自己年輕氣盛的衝動，以手段來決定目的，有時甚至連目的都不需要。在人類過去的歷史中也出現過很多次以這種動機發起的行動，但是為此而死的人又該向誰喊冤呢？

「我已經弄到六個炸彈和三把手槍，需要三個人負責轟炸，還要有六個人分成三組幫忙打暗號。」

「等一下，綏惠略夫。」

布羅尼斯瓦夫叫道。

「你光憑這樣就想和帝國對抗？」

「一次不行就做第二次。」

綏惠略夫的回答遠比布羅尼斯瓦夫想像得更有勇無謀。

「只有靠著不留情的攻擊、不間斷的攻擊，才能讓敵人屈服。我們擁有正義和意志，就算我們不幸捐軀，歷史及人民、以及終將達成的理想社會也會帶給我們永恆的生命。」

布羅尼斯瓦夫真恨陶醉忘我的綏惠略夫，更恨教他說話的人。強迫別人犧牲的社會哪裡理想了？

「你打算暗殺誰？」

「誰都行。每一個想要讓該死的帝政維持下去的人都行。」

綏惠略夫露出野獸般的凶狠表情說道。

「召集勇士的事以後再說，今天先提前慶功吧。」

綏惠略夫就像在自己家一樣，擅自打開了坎圖的櫃子，拿出伏特加。

烏里揚諾夫面無血色地站著不動，布羅尼斯瓦夫走過去拍拍他的肩膀說「我們走吧」，拉著他一起悄悄離開了房間。

走到街上時，有一個人追了出來，那是為集會提供住處的坎圖。

「關於剛才的事，我打算加入。」

跑得喘吁吁的坎圖方正的臉上露出堅決的神色。

「我哥哥在西伯利亞死了。」

坎圖簡單地解釋了理由。他的哥哥想必是被當成政治犯流放到西伯利亞的。

「我知道這樣是假公濟私，但是既然有機會報仇，我非做不可。」

布羅尼斯瓦夫雖然知道自己不夠成熟，還是不由得感到了空虛。如果繼續放任暴力，一定還會出現像坎圖這樣除了復仇以外沒有其他生存意義的人。

「可是，既然一定要做，我希望自己的行動無論是成功或失敗都有意義，所以我希望你能幫我們寫組織綱領。」

烏里揚諾夫低下頭，接著又抬頭望天。被人拜託為他不支持的暴力背書，他鐵定無法爽快答應的。

「你無論如何都要做嗎，坎圖？」

過了一段很長的時間，烏里揚諾夫才開口問道。坎圖堅定地點頭。

「好，我寫。」烏里揚諾夫回答。

「我來幫你們創造生命的意義。」

烏里揚諾夫花了幾天待在布羅尼斯瓦夫的住處寫好綱領，並印刷幾份作為組織內部傳閱之用。

「你不要看，這陣子也別再參加集會。」

烏里揚諾夫用不容反駁的嚴厲語氣說道，等說好的日子一到就搬走了。他應該是為了保護布羅尼斯瓦夫不會在事發之後受到牽連。

此後布羅尼斯瓦夫的生活突然陷入了空虛，就算他想專心學業，但打開課本沒多久又丟在一旁，躺上了床。

到了三月二日星期一的早晨。

布羅尼斯瓦夫在自己的床上不知陷入第幾次淺眠時，突然聽到了高亢的敲門聲。

他不打算理會，正要翻身時，敲門聲變成了厚重的撞擊聲，他立刻跳了起來。

他環視房間，再聽聽那撞擊聲，看見門把向上揚起，外面似乎有人試圖用槌子之類的東西破門而入。他攀在窗邊打量外面的情況。從四樓看到的首都工商區似乎還沒醒來，路上行人稀少。正下方有幾個警察往這邊看，像是在等著他。

當他感到恐懼時，後面傳來巨大的聲響，接著是急促的腳步聲。他回頭一看，大批警察從撞破的門外一股腦兒衝進房裡。一眨眼的時間，他就被人從窗邊拉開，雙手扭到背後，被人按在床上。有人一把揪住他的頭髮，令他上身揚起。

一位穿著黑色長大衣的紳士蹲在布羅尼斯瓦夫的面前。

「你是布羅尼斯拉夫・畢思多斯基吧。」

紳士盯著他的臉，平靜地問道。

「關於你同學的活動，我們有些事情想要問你。你可以撥點時間嗎？」

接著紳士往上瞄了一眼，像是在使眼色。布羅尼斯瓦夫隨即被戴上了手銬。警察命令他「坐下」，他緩緩地起身，低著頭坐在床上，又有人拉著他的頭髮強迫他抬頭。

警察們開始在狹小的房間裡翻箱倒櫃，紳士站直身體，拉來房間裡唯一一張椅子，坐下來，拿出紙捲菸，點上火，長長地吸了一口，吐出濃煙，然後才轉頭看著布羅尼斯瓦夫。

「那是昨天早上的事。」

和警察不同，紳士的態度十分和氣。

「你的六個朋友在涅瓦大街被逮捕了，他們的身上藏著炸彈，似乎打算暗殺高貴的人物。還好那人的馬車出了問題，晚了三十分鐘出發，如果照原定時間出發就危險了。我們聽到這件事都捏了把冷汗。」

接著紳士列出了逮捕的名單。布羅尼斯瓦夫聽到坎圖的名字時，心中一陣刺痛。

「現在他們正受到嚴格的盤查。昨天烏里揚諾夫也來到我們的辦公室。」

「烏里揚諾夫也參加了恐怖攻擊嗎？」

他吃驚地問道，紳士搖頭說：

「他待在自己家裡，不過那些暗殺分子都把印著綱領的傳單像十字架一樣珍惜地帶在身上，我們詳細問過這件事之後才找他來的。綏惠略夫很快也會被逮捕的。」

「綏惠略夫沒有參加暗殺嗎？」

布羅尼斯瓦夫不禁錯愕。

「我們還沒全部調查清楚。」

紳士如科學家一般慎重地回答。

「他幾天前去了克里米亞。聽說是因為結核病惡化而去療養。留下來的夥伴是烏里揚諾夫在指揮的。」

布羅尼斯瓦夫啞口無言，不理解人怎麼會卑劣到這種地步。

「畢思多斯基，我們想問你的是綱領的事。我們查出烏里揚諾夫曾經住在你家，希望你能清楚地解釋一下你和那篇唆使你們同學的那篇文章之間的關係。」

「跟我無關。」

他立刻回答。紳士又吸了一口菸，吐出比先前更濃的白煙。

「那是由我們『奧克瑞納』決定的。文章是你們兩人一起寫的吧。」

奧克瑞納——帝國內務部公共安全與秩序保衛部，專門抓政治犯的祕密警察。

紳士抬了抬下巴，後方的警察就拉著他的頭髮大吼「站起來」。

「他們準備暗殺的是誰？」

布羅尼斯瓦夫痛到臉孔扭曲地問道，紳士簡短地回答：

「沙皇陛下。」

布羅尼斯瓦夫全身僵硬。

「我們奧克瑞納不會抓錯人也不會查錯事，所以你只有兩條路，要麼是被處刑，要麼是在調查中『病死』。而且做決定的是我們。」

紳士站了起來，把菸丟在床上。

「我們好好地相處吧，這段時間應該不會太長就是了。」

四

沉重的門扉吱吱嘎嘎地打開。白色的牆壁爬滿了像糾結綠草般的細密花紋，高聳的天花板彎成圓弧形，上面畫著一些乘著雲彩、看起來很神聖的人物。

布羅尼斯瓦夫被帶到了首都的一座宮殿。剛才聽守衛說，今天是四月十五日。在形同帝國最高法院的元老院裡，即將開始審理暗殺沙皇未遂事件。

進行審判的莊嚴大廳充滿著帝國的威嚴形象，但看起來又顯得很誇大浮華。

「喂，快走。」

守衛在背後粗魯地推著他走。他的腳趾甲全都被拔掉了，所以走得很辛苦，左肋的地方也還在痛。之前他痛得慘叫趴倒在地時，立刻趕來的醫生說「肋骨斷了，不過沒有大礙」，他不是對布羅尼斯瓦夫說話，而是對拿著棍棒的審訊官說話。

奧克瑞納似乎很快就查出了布羅尼斯瓦夫和暗殺沙皇的行動沒有任何關聯，這兩個月的審訊幾乎都沒在問案，而是在刑求。拔掉布羅尼斯瓦夫趾甲的人可能缺乏經驗，還有一位前輩在旁邊詳加指導。布羅尼斯瓦夫心想，在他先前和往後的人生中，應該都不會為了只有二十片指甲而慶幸吧。然而他連自己的人生還剩下多少天都不確定。

好不容易走到放著一排椅子的地方，那裡已經坐了十人左右。自從遭到逮捕以來，這是他第一次看到以前的夥伴，但每個人的臉都已經變形得令他認不出來，其中甚至有幾位看起來像女性的人。

在嫌犯的前方稍遠之處，有一張鋪著紅色毛織物的長桌，想必是負責審判的元老院議員的席位。右邊擺著一張小桌，一個其貌不揚的中年男子坐在那裡，大概是書記官吧。兩張沒有鋪桌巾的桌子在左右兩邊遙遙相望，左邊坐著一群神情傲慢的男人，布羅尼斯瓦夫猜想那一定是檢察官。右邊有兩個表情呆滯的男人，可能是辯護律師吧。

在布羅尼斯瓦夫觀察環境之時，其他嫌犯也被陸續帶到座位上。有個身材高大、臉上傷勢相較之下沒那麼悽慘的男人走進來了，那是綏惠略夫。他沒有看任何人，默默地走到角落的位置。

一位像是煮爛菜屑般的嫌犯出現時，有人淒厲地大喊著「烏里揚諾夫」。坎圖的聲音迴盪在寬敞的大廳，回聲漸漸散去。

「很抱歉拖你下水，我不會求你原諒我，但我一定要向你道歉……」

坎圖的叫喊被守衛們的腳步聲和斥責聲掩蓋了，接著傳來的是毆打聲，以及青蛙呻吟般的聲音。

「沒關係。」已被折磨得不成人形的烏里揚諾夫清晰地說道。

「你們是真正的勇士，能和你們一起受審是我的榮幸。」

一陣更激烈的毆打痛罵過後，寂靜再次到來。應該說話的綏惠略夫一句話都沒說。

「起立！」

威嚴的一聲令下，守衛們踩響長靴，嫌犯們用緩慢的動作站起，九位元老院議員魚貫而入，以隨興的態度就座。

「好了，開始吧。」

看起來像是地位最高的一位議員隆重地說道，檢察官威風凜凜地站起來。

依照朗讀出來的起訴書所說，這次共有十五人被起訴。三月一日上午十點左右，坎圖等六名實行犯帶著炸彈在街上遊蕩時遭到逮捕，綏惠略夫雖是暗殺主謀，但是在行動之前已經脫離，繼續指揮暗殺行動的是烏里揚諾夫，其他人則是因為準備、保管、運送炸彈而被逮捕。

「布羅尼斯拉夫・畢思多斯基讓亞歷山大・伊里奇・烏里揚諾夫寄宿在自己家中，供其寫作提供被告精神支柱的祕密文書……」

聽到自己的罪狀，布羅尼斯瓦夫不禁愕然。要這樣說的話，讓烏里揚諾夫在自己領土上寫作的沙皇也有罪吧？

更讓布羅尼斯瓦夫絕望的是賽爾吉可娃這位女性的罪名，她是因為男友寄給她的信中暗示了即將實行暗殺計畫而獲罪。那封信被警方查到，才使得整個行動曝光。

布羅尼斯瓦夫非常同情原本不認識的賽爾吉可娃，同時也為暗殺成員的輕率而驚愕不已。他們會失敗是理所當然的。

起訴書朗讀完以後，到了嫌犯認罪的時刻。烏里揚諾夫承認了撰寫綱領和指導暗殺的罪名。

「但我沒有讓借宿的朋友知道我在寫的是什麼。」

烏里揚諾夫堅定地說完，就坐下了。

至今沒向夥伴說過一句道歉的綏惠略夫，卑躬屈膝死命懇求沙皇垂憐。布羅尼斯瓦夫不知道他對認罪的事說了些什麼，但是聽他講話中氣十足，感覺不像是得了結核病。

「下一個，布羅尼斯拉夫・畢思多斯基。」

元老院議員臉色不悅地叫道。

「你認罪嗎？」

「不認罪。」

布羅尼斯瓦夫猶豫片刻，還是決定否認。向沙皇求饒的想法只從他的腦海裡一閃而逝。他已經被沙皇剝奪了故鄉和母語，他不希望連自尊也交出去。

「我確實讓朋友寄宿在我家，但我不會干涉朋友的個人行為，也不打算刺探他在做什麼。我覺得這是身為一個人應當有的禮貌。」

議員不悅地皺起眉頭。讀完起訴書的檢察官舉起手來，得到首肯之後才起身發言。

「你有弟弟是吧，布羅尼斯拉夫。」

檢察官淡然地說道，但他的臉上帶有嘲笑的神色。

「他目前正在哈爾科夫的警察局，警方要調查他跟這件事有沒有關係。」

「這事和約瑟夫無關！」
布羅尼斯瓦夫情不自禁地喊道。檢察官裝模作樣地點頭。
「為了證明他的清白，你最好乖乖配合審訊。我要說的只有這些。」
檢察官坐下的時候，臉上浮現了一抹笑意。
無用的審判持續了四天。兩個辯護律師只會輪流說著「沒有意見」，此外就是在休息和開庭前的等待時間和檢察官講些低級的閒聊，根本沒有認真地幫他們辯護。
——全員判處絞刑。
法院訂出了非常極端的判決。
從判決那一天以後，三餐的品質變好了，原本吃的都是粗劣乾癟的麵包和有異味的冰冷液體，如今拿來的卻都是稀飯、紮實的黑麥麵包和蔬菜湯這些人能吃的東西，名為審訊的刑求也停止了。除了正常的三餐以外，每天就是戴著手銬腳鐐在單人房裡度過，雖然無聊到簡直要生病，但總是好過每天被打得站不起來的生活，而且許久沒有嘗過的正常食物實在太美味，靠著對下一餐的期待就能讓他維持精神正常了。
他還在為待遇突然變好的事感到不解，負責審判的檢察官就來到了他的個人囚房。
「這篇文章會上呈給陛下御覽。」
檢察官在鐵欄杆外攤開那篇要給沙皇看的文章，上面寫的是布羅尼斯拉夫‧畢思多斯基願意認罪，乞求沙皇陛下開恩減刑之類的字句。
「你只要在上面簽名，或許就能免除死罪。」
布羅尼斯瓦夫理解國家的企圖了，他們不想要製造出革命烈士，任何叛逆分子都得屈服在帝國的威嚴和沙皇的榮光之下。

他搖頭。下一餐又變回了乾癟麵包和怪味液體。他花了很長的時間咀嚼那塊難以下嚥的麵包。

「令尊來了。」

隔天，守衛不屑地用還算人話的言詞告知了訪客的到來。

在隔著鐵窗但遠比囚房整潔的會客室裡，他看見的父親憔悴到無法想像出幾個月前的模樣。

「我不知道不能送食物給政治犯。」

父親身邊有一個鼓鼓的袋子，從袋口可以看到裡面的馬鈴薯。

「這是立陶宛的泥土種出來的，一定很好吃。等你被放出來後再一起吃吧。你要在馬鈴薯發芽之前回來喔。」

布羅尼斯瓦夫掉下眼淚。他深深痛恨著自己即將被吊死的命運。

父親如同被驅趕似地離開後，檢察官又出現了。

「這篇文章會上呈給陛下御覽。你只要在上面簽名，或許就能免除死罪。」

不知道是不是有一套固定流程，檢察官說出了相同的話。

難怪要讓他跟父親見面。布羅尼斯瓦夫對這種卑鄙手段非常憤慨，但他又思念父親，思念外面的世界，實在不知如何是好。苦思再三之後，他擠出聲音說：

「把筆給我。」

布羅尼斯瓦夫認命了。墨水從沒有指甲的手指握著的鋼筆前端流了出去，就跟他的自尊一樣。

五

暗殺沙皇未遂事件嫌犯的刑罰在四月中確定了。

前後兩任指揮亞歷山大・烏里揚諾夫和彼得・綏惠略夫，以及負責放炸彈的三人，這五人減免死刑的懇求遭拒，五月八日在要塞監獄處以死刑。其他嫌犯判處懲役或流放荒地。收到男友信件的女性監禁兩年。

布羅尼斯瓦夫・畢蘇斯基除了流放薩哈林島之外，還加上懲役十五年。他的弟弟約瑟夫・畢蘇斯基被判去西伯利亞懲役五年。

布羅尼斯瓦夫對薩哈林島的了解非常少，只知道那是歐亞大陸東方的細長島嶼，原本是無主之地，大約十年前用庫里爾群島（千島群島）和日本交換，從此歸入俄羅斯領土。島上住著未開發的異族人民，但是以面積來看，人口非常稀少。俄羅斯政府似乎打算利用囚犯來開發這片新領土。

他搭乘蒸氣船經過蘇伊士運河到印度洋，花了兩個月往東繞地球半圈，到達日本海時已經是八月了。

熱氣升騰的海洋遠方的漆黑森林到處冒著煙，往海岸線一眼望去，不像是有人住的樣子。

第一次看到薩哈林島的印象，再加上漫長的刑期，令布羅尼斯瓦夫再次感到了絕望。

他在船上被剃掉半邊頭髮，換上縫著「鑽石」的藍色囚服。登岸以後，他被趕著走了四天，才到達位於內陸的魯伊科夫斯科耶（現在的基洛夫斯科耶）。

魯伊科夫斯科耶只是一個荒涼的村子，從村子中央要在泥濘的凍原鋪上木頭和泥土建成的道路走一個小時才能到達木工所，布羅尼斯瓦夫在那裡被指派去做木匠的工作。完全不熟悉的工作令他有些不安，但他白擔心了。這裡沒有製材廠，所以木匠的工作是從準備木材開始的，他要找到適合的樹木，砍倒，綁上繩子，像馬一樣拉著樹木到被稱為木工所的木材堆置處。

他的雙手長了血泡又磨破，沒多久就變得血肉模糊。這裡沒有乾淨的布，只能把撿來的破布塊放進扭曲的鍋子裡煮沸消毒，包在手上。他心想，這雙手遲早會變得比腳底更厚實吧。

他每天白天都要去木工所。在這裡可以領到食物，他慢吞吞地吃完以後就一直工作，直到下午五點。

駐守木工所的看守一開始像是在賣人情的那番話若是可信，他應該每天都能領到一千兩百公克的麵包、一百七十公克的肉、六十公克的碎大麥。不過大部分配給似乎都進了官僚的口袋或胃袋，囚犯領到的只有像是混了黏土的麵包之類的東西、快要腐壞卻格外費心熬煮以致幾乎看不出肉塊原狀的碎肉湯，還有像是稻殼的東西。

木工所旁邊的宿舍住了大約十個苦役囚犯。囚犯們會用麵包當成貨幣拿來賭博，一臉空虛地玩樂之後就早早上床睡覺。累積下來的麵包最終變成了表面上禁止的酒。

星期日是休假日，在太陽下山以前可以自由外出，不過外面只有森林、濕原和天空，所以他只能無所事事地盯著宿舍的牆壁。一開始他還會在森林裡到處逛或發出怪叫來發洩情緒，後來他連情緒都感覺不到了。

除了近乎疼痛的疲勞以外，平凡無奇的生活之中只有氣溫急遽降低。到了十一月，幾乎沒有哪一天的最高溫度超過攝氏零度，夏天的霧氣和令人不快的濕氣到冬天都變成了雪，囚犯們還是要在冰冷的空氣中默默地從事重勞動。

有一天中午，他渾身發抖地到了木工所，卻發現沒東西可以吃。那天負責分配食物的五個囚犯似乎帶著食材逃走了。接到通知而四處搜索的士兵正好來到木工所，趾高氣昂地向樵夫們問話。

到了隔天，逃走的人全部被抓到，並遭到槍決。聽說他們搶劫了附近的異族聚落，順便殺光居民，躲在那邊，而且他們的殺人手法還有些變態。

看守一臉厭惡地說，逃跑的囚犯在外面全是凶惡的犯罪者，那些人本來就沒有良心。布羅尼斯瓦夫聽了以後，認為他們的犯行並不全是本性造成的。

在這裡沒有喜樂，沒有倫理道德，沒有平靜安詳，也沒有可以全心投入的目標，囚犯從懶惰的看守和狡猾的官僚那裡只能得到無意義的苦役。囚犯們因為沒有正常的生活，心靈逐漸被腐蝕，動不動就會發生伴隨著骨折或刺傷的爭執，有時甚至會出人命。

下個不停的雪漸漸淹沒了島嶼。因為海洋結冰，物資都運不進來了。這座島和世界脫節，只有在日曆上才有過年。在新年第一個工作天，樵夫去了森林之後直到夜晚都沒回來。士兵懷疑樵夫逃跑了，天一亮就急匆匆地出發搜索。

布羅尼斯瓦夫扛著斧頭、踏著雪進入森林，正想找尋適合的樹木，卻發現被認定逃跑的樵夫，他保持拖著木頭的姿勢倒在地上，身體被雪蓋住了一半。布羅尼斯瓦夫走過去蹲在他旁邊，脫下手套，摸摸他的臉。冷得像冰塊一樣。

布羅尼斯瓦夫一點都不驚訝。

他猜測自己將來可能有兩種下場。

第一是身體死於漫長的懲役，第二是以靈魂死亡的狀態結束懲役離開島上。

了解自己的布羅尼斯瓦夫・畢蘇斯基明白了，他會在這座島上緩慢地被殺死。

他拖著腳步踏雪走回木工所，駐守的看守正在爐前打發時間。他報告了樵夫凍死的事，看守只是以一種事不關己的態度說「去聯絡公家的人」。

像鉛板一樣黯淡的天空下，濕原變成了凍土的雪原。囚犯鋪木頭補泥土建成的道路筆直地延伸出去。

由於在帝國裡引起衝突的罪人們的絕望和死亡，才讓邊境之地的森林得以砍伐，道路得以開闢，濕原變成乾土。

島上積雪反射了陽光，像在抗拒布羅尼斯瓦夫似地閃閃發光。在他泛白的視野中，成群馴鹿搖晃著氣派的犄角走在平緩的雪白斜坡上，牠們巨大的蹄沒有沉入雪中，用覆蓋著毛的鼻頭挖開積雪啃食青苔。

有一句話叫作適者生存。接觸過社會主義、就讀法律系的布羅尼斯瓦夫也知道，這個原則規範了地球上所有生物的命運。

若是遵循這個原則，人類恐怕無法在這座島上生存下去。

布羅尼斯瓦夫在逐漸消滅的感覺中如此確信，這可能是他人類的心最後一次運作。

馴鹿突然慌了起來，不知何時出現的一群野狗衝了進來，一頭跑得比較慢的馴鹿被咆哮的狗團團圍住，嚇得不敢動彈。

噗歐！一聲哀號傳來，馴鹿如同斷了線的傀儡倒在雪地上。狗兒們戒備地在牠的身旁打轉。

斜坡上出現一片黑影。狗拉的雪橇迅速往馴鹿靠近，雪橇上的人也隨之變得清晰。

身穿毛皮衣服、看起來像是穿著整隻野獸的男人拉著雪橇的韁繩。

那人的背上背著弓。布羅尼斯瓦夫忍不住仰望坡道。雖然滿地都是白雪，很難估計距離，但看起來還挺遠的，這位弓箭手的箭術真是高超。

獵人停下雪橇，踩在雪地上，圍繞著馴鹿的狗兒開心地跑過去。看來那些不是野狗，而是那人養的。

他摸了摸每一隻狗，然後拔出一把大刀。刀刃閃爍著光芒。

馴鹿已經倒在雪地上掙扎，牠的腹部插著一支箭。獵人一刀刺下，刀刃整支沒入馴鹿的身體，鮮血大量噴出，那龐然大物就靜止不動了。

獵人完全沒有表現出捕到獵物的歡欣，開始流暢地肢解馴鹿。他放任喉嚨的傷口繼續流血，首先挖出眼珠，仔細削開，拿出透明的水晶體，分辨篩選。接著割開肚子，拉出冒著熱氣的一大團內臟，把其中一部分切碎拋到身後，狗兒們發出欣喜的吠叫圍了過來。接著他把剩下的內臟整齊地排放在雪地上，用刀子在馴鹿的身體和腳畫出直線，剝下毛皮，從骨頭削下肉塊，用雪洗去血漬，搬到雪橇上。所有的動作都熟練得如行雲流水。

獵人的毛皮帽下有一條髮辮垂在背後。

此時布羅尼斯瓦夫才發現，自己不知何時已經走到獵人附近。

獵人猛然轉頭。

他被白雪反射的陽光晒黑的臉龐十分緊緻，似乎和布羅尼斯瓦夫年紀相仿。顴骨高而顯眼，鼻子小巧，眼窩平淺，單眼皮小眼睛的烏黑瞳孔散發著理性的光芒，彷彿經過嚴寒風雪的砥礪，有一種平滑銳利的感覺。

獵人既不害怕也不防備，只是靜靜地看著布羅尼斯瓦夫。

「中國人？」

布羅尼斯瓦夫憑著對方的髮型問道。獵人搖頭，不知道是不是聽不懂俄語。

「『尼夫赫』。」

唯一的母音圍繞著如雪片紛飛般的子音（註15）。真是奇怪又複雜的音韻。

獵人似乎對布羅尼斯瓦夫沒了興趣，轉過頭去，繼續進行肢解。他默默地將原本是馴鹿的肉塊堆在雪橇上，把攻擊馴鹿的狗兒們繫在雪橇前。

「托烏！」

獵人大喝一聲，壓下雪橇，狗兒們一起跑了出去，漸漸加速，獵人乘著雪橇從雪上滑行而去。

布羅尼斯瓦夫看著雪橇變得小小的黑影，耳膜依然迴盪著那奇妙的音韻。

他覺得，這是他在排斥人類似地漂浮於遠東海洋的這座孤島上，第一次遇見活生生的人。

六

「那個獵人應該是吉里亞克人吧。」

布羅尼斯瓦夫問了木工所的看守以後，看守可能是剛好心情不錯，以把他當人看的語氣這麼說道。

15　尼夫赫的俄文發音是Nivkh。

吉里亞克人是薩哈林島的主要原住民之一，人口和鄂羅克人、阿伊努人差不多，主要居住在島的北部。有囚犯提過，從木工所沿著河流走一小時左右就有他們的聚落，冬天則是在後方的森林裡生活。

幾天以後的休假日。布羅尼斯瓦夫把存下來的圓麵包當成伴手禮，前往吉里亞克人的聚落。

陰翳的天空下看不到任何路人，他一步一步地踩過久久不融的積雪，呼出的白煙帶著疲勞的氣息。

走了很久以後，他終於看到了幾間俄羅斯式小木屋靠在一起的景象。這裡應該是結束徽役的流放拓荒囚犯的村子。繼續沿著河流走，又看到幾間不同風格的原木民宅坐落在雪中。他走進黑暗的針葉林，在陰暗的寂靜中走了一陣子，就看到一片開拓過的空間，到處都堆著圓錐狀的小雪堆，旁邊大約有十隻狗趴在地上睡覺。

他一踏入此地，寂靜就被打破了。狗兒們像著了火似地吠了起來。布羅尼斯瓦夫不知所措地停下腳步。

幾座小雪山的旁邊陸續崩塌，每座雪山都有人走出來。那些全是男人，穿著質感像麻一樣堅硬、左襟蓋住右襟的服裝。那些小雪山似乎是半穴居式的住宅。

男人們疑惑地看著布羅尼斯瓦夫一眼，用異國的語言竊竊私語。

「你來做什麼，囚犯？」

一個充滿戒備的聲音用俄語問道。是他見過的那個獵人。

布羅尼斯瓦夫很緊張，他立刻拿出麵包，剝下一塊。獵人看看麵包，喃喃說著「好像很難吃」，接過一塊嚼了幾下，就皺著臉說「真難吃」。不過他還是回屋子裡拿了幾塊紅色片狀物，交給布羅尼斯瓦夫。那是魚乾。

「我不要，我不是來乞討的。」

布羅尼斯瓦夫輕聲細語地說道，但他有一種想要大叫的衝動。

「我對你們很有興趣，請告訴我關於你們的事。」

獵人不解地歪頭。布羅尼斯瓦夫不以為意地繼續說：

「我叫布羅尼斯瓦夫・畢蘇斯基，我來這裡是為了知道是什麼東西塑造你們的，是什麼東西給了你們在這冰冷的島上生活的熱意。」

可能是他講得太抽象了，獵人像是看見詭異人士似地瞇起眼睛。

此時，獵人剛剛走出的那座小雪山的門內傳出幼童的笑聲，獵人嚴峻的眼神頓時出現了慈愛又帶有些許不安的神色。

獵人再次和男人們交頭接耳，然後轉身向布羅尼斯瓦夫說：

「俄羅斯的語言讓我們非常辛苦。」

說出這話的獵人俄語似乎也不太好，只能用不穩的發音慢慢地說。

「我們必須聽俄羅斯官員說的話，但是比較難的字都聽不懂。我不希望孩子也受這種苦，所以你來教我的孩子俄語吧，我也會把你想知道的事告訴你。這樣可以嗎？」

布羅尼斯瓦夫點頭，獵人就把他剛剛送的麵包和魚乾全都塞給他。

「我叫齊兀路卡。」

獵人報出名字，光滑的臉龐微微歪曲，似乎是在笑。

就這樣，布羅尼斯瓦夫開始和吉里亞克人的村莊往來。

不過齊兀路卡的兒子印丁才剛滿三歲，現在就開始學第二語言似乎太早了點，所以他轉而用簡單的詞彙把俄羅斯的薩哈林行政機關公告解釋給村民聽，或是幫忙寫些申請書之類的。不知不覺間，齊兀路卡之外的村民也漸漸接納了布羅尼斯瓦夫，每次一到休假日，他就會過去學習他們的語言和風俗。

吉里亞克人把他們的村子稱為「佛斯克沃」，這名字取自「佛斯庫恩多」，意指揪成一團，「沃」指的是村子。

布羅尼斯瓦夫在佛斯克村第一句學會的吉里亞克語，就是齊兀路卡在初次見面時說的「尼夫赫」，意思是「人」，也是吉里亞克人的自稱。

他把學到的事情都用看守一時興起送他的筆記本和鉛筆記錄下來，但很快就不夠用了，所以他忍著飢餓、存下了被囚犯當成貨幣的麵包，努力地多買一些紙筆。

後來連木工所的人都開始用奇怪的目光看待布羅尼斯瓦夫了。幾乎所有俄羅斯人都是把東方邊境的異族人民當成輕蔑、壓榨、欺騙，甚至是憐憫的對象，但是在布羅尼斯瓦夫看來，他每天和陰險的看守、絕望的囚犯一起度過的懲役生活實在太冰冷，只有每週一次的休假可以接觸到活生生人類的溫暖。他至今依然無法適應辛苦的樵夫工作，但是想到下次休假就可以去佛斯克村，他才撐得下去。

在冬天的時候，吉里亞克人都住在森林裡的圓錐屋頂半穴居，因為樹木可以擋風，土裡也比較溫暖。他們吃的是前幾季儲存起來的魚乾，不夠的話就用森林裡或凍原上的獵物來補充。他們還會抓黑貂來賣錢，藉此購買砂糖、茶、肥皂這些文明製造的日用品。海豹的肉和油脂也很重要，他們會自己出海去獵捕，或是和同族的人交換。

狗雪橇是吉里亞克人賴以為生的工具，聰明健壯的狗兒可以拉著主人到達任何地方。

到了四月，天氣終於沒那麼寒冷了。佛斯克村的吉里亞克人離開了冬天的住所。好不容易等到這一天的到來，每個人的臉上都充滿了活力。人們開始製作雪橇、儲存糧食。

「接下來要開始捕魚了。」

穿著毛皮的齊兀路卡對布羅尼斯瓦夫這樣說。

「河水還是凍結的，難道要鑽洞嗎？」

布羅尼斯瓦夫用結結巴巴的吉里亞克語說道。他想起了自己在聖彼得堡的短暫大學生活，在結冰的涅瓦河上鑽洞垂釣可是首都的知名景觀。

「我們會在河上的船裡搭帳篷，等冰融化。融化以後船就會流動，拋出網子。」

齊兀路卡一邊綁雪橇一邊解釋。

「托烏！托烏！（前進！前進！）」

在接連的喊叫聲中，一排雪橇同時起步。他們要去河邊的木製夏屋，船、漁網和帳篷都收藏在那裡。

狗兒一邊吠叫，一邊使盡全身的力量奔跑，雪橇在凝固的雪上飛馳。布羅尼斯瓦夫坐在跑得最快的齊兀路卡的雪橇上回頭望去，被這片壯闊的景色給迷住了。

「喂，布羅尼斯，那是什麼？」

出了森林以後，齊兀路卡警戒地低聲問道。

有一群俄羅斯人聚集在他們蓋了夏屋的村子裡，遠遠看過去都能看出他們的外套很粗糙。那些可能是住在附近的俄羅斯流放拓荒囚犯吧。

布羅尼斯瓦夫定睛凝視。他一搞清楚狀況就怒火中燒。

俄羅斯人在吉里亞克人的夏屋附近打進長長的木樁，他們已經打了三根，像是在宣示自己的地盤。

看來流放拓荒囚犯是狡猾地趁著鄰村沒人的時候，拓寬了自己村莊的範圍。

布羅尼斯瓦夫用俄語向齊兀路卡解釋。他用的都是簡單的詞彙，他還是為了說俄語而感到懊惱，不過這樣會比他使用拙劣的吉里亞克語更快解釋清楚。

齊兀路卡聽完之後就變了臉色，甩動韁繩。狗兒們像是得到了指令，一邊吠叫一邊加速。囚犯們注意到這邊的動靜，露出了像是嘲笑又像是緊張的詭異表情。

齊兀路卡在快要撞到囚犯的地方停下雪橇，跳了下來，吼叫著向他們抗議。囚犯聽到他說的簡單俄語，都嘲笑似地露出微笑，但還是沒停止打木樁。齊兀路卡表現出一觸即發的怒氣，但始終沒有動手。

理由是囚犯之中的一人。那個眼神陰險的男人肩上掛著一把槍。身上只帶著日用刀子的吉里亞克人是敵不過他們的。

布羅尼斯瓦夫默默地走到齊兀路卡身邊，不知道自己該不該插嘴。他畢竟只是個局外人，好像沒資格插手他們的現實問題。

齊兀路卡依然不停地抗議。

「連話都說不好就給我閉嘴，你這個野蠻人。」

一個前額禿的男人像野獸一樣露出發黃的牙齒，還打算伸手去推齊兀路卡。

布羅尼斯瓦夫的身體不由自主地動起來，他緊緊抓住了那男人的手腕。或許是因為他自己也被禁止說母語，所以聽到對方蠻橫地要求別人只能說征服者的語言就感到無法容忍吧。布羅尼斯瓦夫用置身事外的心情這樣想著。

那人對他投以充滿敵意的視線，但他一點都不在乎，瞪著被他抓住手腕的男人說：

「他明明會說正常的俄語，你好好講話。」

「你這個懲役囚，還不快放開我？我可是自由民喔，你不知道自己的身分嗎？」

那男人或許是看到了布羅尼斯瓦夫胸前的黑色「鑽石」，雖然害怕，還是表現出不屑的態度。這座島上有著明確的階級制度，最上面是以官吏為首的自由民，其次是結束懲役的拓荒囚犯，像布羅尼斯瓦夫這種懲役囚犯則是位於最底層。

「你們知道吉里亞克人的居住地沒有被歸入土地權，所以才敢這樣蠻不講理地侵占他們的土地，是吧？」

男人的手腕開始冒汗，想必不只是因為薩哈林島的熱氣。

「還是你以為吉里亞克人既不會說俄語又不懂法律，就算你欺壓他們，他們也沒辦法向警察告狀？」

警察。布羅尼斯瓦夫一提起這個詞彙就會想起悲慘的回憶，但此時他非提不可。

「你們的行為顯然是不合法的。既然土地權沒有明確歸屬，先住在這裡的人就該得到保障。難道你們還能賄賂警察不成？」

「你到底想說什麼？」

那男人露出氣憤的神情，大概是感到對方在嘲笑自己貧窮吧。布羅尼斯瓦夫繼續說道：

「若沒有賄賂，警察一定會秉公處理。就像你們一樣，吉里亞克人只要住在這座島上就是受到沙皇陛下恩惠和帝國庇護的臣民，你們是沒有勝算的。」

打木椿的聲音不知何時停了下來。俄羅斯人和吉里亞克人都盯著布羅尼斯瓦夫看。

一陣沉重的寂靜過後，那男人揮開布羅尼斯瓦夫的手。

「我們走。」

黃牙男心不甘情不願地對夥伴說道。

「等一下。」

布羅尼斯瓦夫往前走了幾步，踢著剛剛打的木樁說：

「你們忘了東西。」

俄羅斯人急忙拔掉木樁，匆匆離去，只留下三個洞。吉里亞克人歡呼著湧向布羅尼斯瓦夫。

阿卡恩（大哥）。

不知是誰先這樣叫的，從此這就成了布羅尼斯瓦夫的外號。

七

來到薩哈林島的第五個冬天，在囚犯也能享有的聖誕假期的下一個休假日。

布羅尼斯瓦夫一個人在粗糙的小木屋裡，坐在桌前，攤開的筆記本上密密麻麻地寫著他至今見識到的吉里亞克人生活和言語。他一邊回想著還沒寫下的事，一邊用短短的鉛筆補充上去。

小木屋裡有兩張床、兩個櫃子、和同房室友共用的桌子、兩張椅子、圓形的餐桌，以及可以用來煮飯的大暖爐。每樣東西都很簡陋，但還是勉強堪用。積到腰高的雪把陽光反射到窗子裡，室內還算明亮。

兩年前，布羅尼斯瓦夫的工作變成了警察局的事務員，雖然每天目睹貪汙偷懶不太愉快，比起木工所的工作還是輕鬆多了，而且也比較容易拿到紙筆。他帶著簡單行李搬去的新住處也比先前的宿舍舒服多了，還可以更投入地進行他個人的吉里亞克人研究。

他的囚犯室友最近非常熱衷於練習合唱，一大早就去了教堂。布羅尼斯瓦夫決定把天黑以前的自由時間都花在研究上，不過從上午就湧出了濃厚的睏意。

他甩頭幾次，丟下鉛筆站了起來，轉頭望去。疑似睏意來源的暖爐上的水壺正在冒著熱氣。

布羅尼斯瓦夫走到櫃子前，拿出另一本筆記本，看著裡面滿滿的吉里亞克人相關記載，不禁嘆一口氣。

懶惰又駑鈍，邁向滅亡的民族。

俄羅斯人以輕蔑的態度如此評價吉里亞克人。

壯麗的宮殿、可以產生巨大力量的蒸氣機、複雜的組織與法律體系、藝術、文字。看在俄羅斯人眼中，甚至是歐洲人的眼中，沒有這些成就的異族文化只會顯得懶惰又駑鈍。

但是，吉里亞克人若是真的懶惰又駑鈍，早在遇見俄羅斯人之前就該滅亡了，因為島上的環境實在嚴苛。根據布羅尼斯瓦夫所看到的情況，吉里亞克文化已經蓬勃到足以生活在潮濕而嚴寒的薩哈林島了。

木製的夏屋和半穴居的冬屋各自應付了島上的暑氣和酷寒。住在水產資源豐富的河邊，儲存大量魚乾以度過冬天。糧食不夠就在森林或凍原上打獵。靠著獵捕到的黑貂和狐狸毛皮還能購買金屬器具或裝飾品。

吉里亞克人的食量之大，看在反對暴食的基督徒眼中或許太過放縱，但他們並不是因為貪求原始的快樂，而是為了在夏天的勞動和冬天的嚴寒之中維持體力。以放養方式鍛鍊出來的狗兒既健壯又聰明，能有力地拖行雪橇和船。他們之所以不務農，是因為島上的氣候本來就不利於農業，就算種了種子，才剛發芽就會因潮濕的霧氣而腐爛。

換句話說，吉里亞克人是在河流和森林之間生活的。

改變了這一切的是俄羅斯人的開拓。

為了拓荒，他們砍掉森林，放火燒地，破壞河川漁場，島上少數可居地被暴增的人口擠得滿滿的。

除此之外，文明世界帶來的誘惑又進一步地壓迫著吉里亞克人。茶、砂糖，還有酒，都成了現在的吉里亞克人不可或缺的東西，連傳統上很少使用的鹽的需求量都增加了。弓箭拿去換了槍和子彈、火藥。這一切都得用貨幣來買，但他們已經沒有森林可以獵捕黑貂來賣錢了。

失去森林的吉里亞克人需要更多的漁獲，但俄羅斯人還逐漸奪取了他們的漁場。吉里亞克人的經濟基礎，已經脆弱到一次漁獲不夠就得餓肚子一年的程度。

布羅尼斯瓦夫認為吉里亞克人現在亟需文明產業和教導文明的教育，但是有了這些以後，他們還是吉里亞克人嗎？到了那時候，他們就會變成俄羅斯帝國的勤勉臣民，只剩嚴寒風土打磨出來的光滑容貌還能看出祖先的痕跡。如此一來他們究竟是誰？

他也有著另一方面的考量。維持原本的生活方式，難道會比生死或安定生活更重要嗎？

布羅尼斯瓦夫不禁自問，自己能為面臨這種選擇的人們做些什麼？

他原本只能眼睜睜看著自己的身體或靈魂死去，是吉里亞克人讓他再次活過來，讓無力地看著故鄉被奪走、又因不實罪名遭到流放的他得到了棲身之所。

他該為給他帶來生存熱情的人們做些什麼？布羅尼斯瓦夫彷彿是為了找出答案才這麼熱切地埋首研究。

「我簡直像學生一樣。」

囚犯忍不住笑了。他擁有熱情，卻不知道要用在哪裡。雖然尚未找到答案，他卻從中得到了類似生命意義的東西。

布羅尼斯瓦夫重整心情，繼續看筆記，卻聽到了重重的敲門聲。

還來不及感到訝異，就有一個男人闖了進來。那人有一頭黑髮，看起來像歐洲人，但他身上穿的毛皮外套並不是俄羅斯富人會有的那種，而是質樸豪邁的吉里亞克風格。

他大得像眼鏡一樣的大眼睛上還戴著眼鏡，削瘦的尖下巴長滿了黑鬍子。

「你是畢蘇斯基嗎？」

男人說的是俄語，卻用波蘭語的發音念他的姓氏。

「我是列夫・雅科夫列維奇・史坦伯格。」

男人俐落地脫下外套。他過瘦的身軀穿著俄式襯衫。

「我是民意黨的餘黨，被抓以後因行政處分而被送來到這座島上。」

他的口氣像是事不關己的樣子，但布羅尼斯瓦夫大概理解他的穿著為何如此怪異了。在俄羅斯可以不經過審判，直接用行政處分把嫌犯流放到西伯利亞或薩哈林島，不過流放者在島上會比經過審判的囚犯擁有更多的行動自由，還能任意選擇符合自己品味的服裝。

「我聽說有個怪人沒事就會跑去吉里亞克的村子，所以來這裡看看。只要不逃跑，我就能得到薩哈林行政機關的許可。」

史坦伯格自顧自地說著，也不先問一句就直接坐在另一張椅子上。

「行政機關到現在總算要開始調查異族的生活型態，所以研究過吉里亞克人的我也被派到島上各處查看。」

「吉里亞克……」

布羅尼斯瓦夫被勾起興趣，喃喃說出這個詞彙，站了起來。

「我去泡茶，請等一下。」

史坦伯格回應著「喔喔」。

布羅尼斯瓦夫拿起燒柴暖爐上的水壺，確認裡面熱水夠多，然後把壓成磚狀的粗劣茶葉削下放到茶壺裡，倒進熱水。這裡沒有茶炊和茶杯那些精美的器具。他把茶倒進缺了口的陶器馬克杯，芳香的熱氣隨即湧出。看到杯子放在面前，史坦伯格發出簡短的低吟聲像是在致謝，然後動作粗魯地拿起來啜飲一口。

「聽說你上過大學，你讀的是民族學或語言學嗎？」

「是法律。」

布羅尼斯瓦夫一邊說一邊走到櫃子前，抽出幾本筆記本。

「這是我查到的吉里亞克人的語言和風俗，希望對你有幫助。」

史坦伯格叩的一聲放下馬克杯，布羅尼斯瓦夫本來以為自己費盡心血寫的筆記也會遭到這種粗暴的對待，沒想到他卻用恭敬的態度小心翼翼地拿起一本。布羅尼斯瓦夫心想，他應該不是壞人。雖然他翻頁的動作也很緩慢而謹慎，但眼睛掃視的速度卻快到驚人，每一頁只花了極短的時間。有時他會望著半空，似乎是在比對自己的所見所聞和推論。

「你的民族學是自學的嗎？」

史坦伯格一邊讀一邊問。

「算不上自學。」這個早就知道但從未想起的詞彙讓布羅尼斯瓦夫有些疑惑。「我不是想要研究民族學，只是依照自己的興趣來調查罷了。」

「那就當成學問來鑽研吧。」

史坦伯格用命令的語氣對他勸說。

「我可以請人從俄羅斯本土寄書給我。你先看我的書，學習學術角度的方法和技巧，寫了論文再拿給我看，我會幫你寄到適合的學會。」

「我為什麼要做這種事？」

「說不定可以離開這座島喔。」

史坦伯格依然用不變的語氣說道。布羅尼斯瓦夫半晌之後才意識到這句話的重要性，急忙大聲追問：「真的可以離開嗎？」

史坦伯格以保留的態度回答「我說的是『可能』」，但還是用力地點頭。

「民族學和人類學在歐洲以及擁有殖民地的列強諸國都發展得非常興盛，你知道這是為什麼嗎？」

布羅尼斯瓦夫不解地歪頭。

「因為這可以給他們冠冕堂皇的理由去統治別國。歐洲人種可以統治其他人種，是因為後者的知識、文化，以及未來的發展性都比較低劣，所以已經完成進化、得到極致文化發展的歐洲人種才是適合統治地球的領導者。列強諸國想要的就是這種理論。日耳曼人、雅利安人、條頓人，反正這些白種人就是要比其他人種更優秀，他們想用科學的角度來證實自己的地位。」

聽完史坦伯格的長篇大論之後，布羅尼斯瓦夫的心中充滿了沉重鬱悶的感覺。

「你也是這麼想的嗎？歐洲人種更優秀？」

「我是猶太人。」

史坦伯格的回答很簡潔，但是已經很充分了。

「還是個民粹派分子，也是相當程度的投機主義者。」

史坦伯格繼續說道。

「如果讓世界各國知道了你這個前途無量的民族學者為了近乎冤罪的小罪而失去自由，俄羅斯絕對不會繼續把你丟在這裡的。其實我做研究、寄論文的理由也是為了得到自由。」

「為什麼你會注意到我？」

「我需要夥伴。」

他的語氣聽不出半點熱誠，但布羅尼斯瓦夫覺得他的天性或許就是如此。

「被流放薩哈林島讓我非常絕望，這裡除了無聊、濕氣、針葉樹和凍原之外什麼都沒有。我本來每天都只能跟針葉樹說話，都是吉里亞克人親切地對待我，讓我想起自己是人類。但是他們……不，這座島上的異族人民正面臨著困難，接觸文明令他們感到困惑，人口也在持續地減少。」

「你說的夥伴是指做異族民族學研究的夥伴嗎？」

「不是。」

史坦伯格斬釘截鐵地回答。

「是『到民間去』的夥伴。你和我聽說的一樣，對吉里亞克人忠實地實踐了這種理念。」

布羅尼斯瓦夫想起了那位像黑葉蘿蔔一樣的年長朋友。

「我有過夥伴，你也應該有過吧。想要和人民同在的夥伴。」

布羅尼斯瓦夫點頭。

「我們胸懷著老朋友的死亡，以及和新朋友的友情而活。這就是民粹派。」

八

後來書本陸陸續續地送到布羅尼斯瓦夫的住處。從民族學、人類學、語言學的入門書，到最新的論文集，以及帶來重大學術改革的巨著。這些書籍的質和量都讓人不敢相信會出現在薩哈林島上。布羅尼斯瓦夫把這些書全都讀遍，然後漸漸重新整理他以前所做的紀錄。他和史坦伯格都會寄自己的研究筆記給對方，交換意見，建構出有系統的知識。

史坦伯格告訴布羅尼斯瓦夫，有一個半官方半民間的學術機構「國立俄羅斯地理學協會」在研究俄羅斯帝國東方邊境，所以他每次寫完論文或是整理好研究成果就會寄到那裡去。地理學協會對他的論文評價不高，但很看好他所做的研究，經常回信請他以後繼續寄送自己的研究資料過去。

布羅尼斯瓦夫覺得自己像是找回了失去的人生，這種感動令他更專注投入於研究。每次休假日他都會去佛斯克村，學習語言、記錄文化、蒐集日常器具。時光飛快地流逝。

到了一八九四年四月。

二十七歲的布羅尼斯瓦夫走向佛斯克村。

在他的左手邊，融冰的河流淙淙流動，右手邊的灌木不安地搖曳。邀請了布羅尼斯瓦夫的佛斯克村女人走在前面，還不時回頭，像是在確認他的情況。

「我沒事，還可以走。」

每次他這麼回答，女人的臉上就會出現畏懼的表情。

灌木從視野中消失，河邊是一片已開拓的原野。布羅尼斯瓦夫在這六年間頻繁地來到佛斯克村，但是他在這裡卻看不到熟悉的風景。

他最先感覺到的是燒焦的味道和喊叫聲。

火焰包圍了吉里亞克人的夏屋，白煙和火花不斷冒出。不同於暑氣的可怕熱氣燒灼著布羅尼斯瓦夫的皮膚。

掛著軍刀的警察一字排開，正在和吼得比狗更凶的村民談話。在警察的背後，有一群俄羅斯農夫像是剛做完工作似地輕鬆談笑。

布羅尼斯瓦夫穿越人群，走到前方。

齊兀路卡和幾個會說俄語的村民正在向警察哀求或怒吼。

有人從後面抓住齊兀路卡的肩膀。他轉過頭來，光滑而剽悍的臉孔因憤怒和不甘而扭曲。布羅尼斯瓦夫點點頭，走到那位不可一世的警察面前。

「我是懲役囚犯布羅尼斯瓦夫・畢蘇斯基。這裡發生了什麼事？」

「沒什麼大不了的。」

相貌寒酸的警察動著修剪整齊的鬍子說道。

「異族人欺壓鄰村的村民，我們是來調解的。」

「他們正在做那些什麼欺壓的事情時，你們正巧經過這裡？」

「就是啊。」

看到這警察笨到聽不出這嘲諷的語氣，布羅尼斯瓦夫錯愕到都忘記生氣了。

「他們給了你多少錢？」

布羅尼斯瓦夫指著那群農夫大聲問道。

「你竟敢汙辱我！」警察雖然口氣強硬，卻不由自主地轉開視線。「給我滾，你不想增加刑期吧。」

警察明顯地虛張聲勢時，後面有人說了「別這麼衝動，懲役囚犯」。

農夫帶著不懷好意的笑容遞出一張紙。那前額禿和發黃的牙齒喚起了布羅尼斯瓦夫的回憶，他一把搶過那張紙。

紙上寫著一年前的日期，內容是在宣示佛斯克村的土地權不屬於自己，簽名欄裡有扭曲的圓形或橫線之類不像是名字的記號。那是不會寫字的吉里亞克人常有的簽名方式。

「還有人記得這東西嗎？」

布羅尼斯瓦夫把那張紙拿給佛斯克村的村民看。有幾個地位如同長老的男人舉起手來，布羅尼斯瓦夫偶爾來教俄語的時候都沒見過他們。布羅尼斯瓦夫並不覺得這些人懶惰，他們只是認為把時間用於自己的生活比學俄語更重要，但他現在真的非常後悔。

「他們給了我們茶和砂糖，然後叫我們在收據上面簽名，但我們又不會寫字。」

有一個舉手的人用吉里亞克語這麼說。他可能是覺得不識字很丟臉，說話的態度遠比不上他所簽署的文件那麼嚴肅，這讓布羅尼斯瓦夫明白了他在當時和現在都不知道自己簽的是什麼文件。

布羅尼斯瓦夫壓抑著想要大叫「你沒有任何該感到羞恥的過錯」的衝動，轉身面對農夫。

「你是明知他們不識字，騙他們簽下法律文件嗎？」

「關我什麼事。他們說自己不識字也不知道是不是真的。」

農夫露出發黃的牙齒。

「你以為自己可以這麼橫行霸道嗎？」

「我沒有做任何違法的事。」

農夫露出嘲諷的笑容。「什麼橫行霸道，這只是你這個局外人的擅自揣測。」

「不，你確實是橫行霸道，而且違反了法律。」布羅尼斯瓦夫叫道。「這是偽造文書！」

警察被他一瞪，就露出困擾的表情。

「我會慎重地調查，不過要證明簽名的異族人不識字應該很困難吧。」

警察的弦外之音顯然就是不想調查的意思，布羅尼斯瓦夫繼續跟他據理力爭。他一邊聽著吉里亞克人的竊竊私語和高聲議論，一邊和警察爭執不休。

「算了，大哥。」

齊兀路卡把手放在布羅尼斯瓦夫的肩上。有一種寂寥的觸感。

「上游還有一片和這村子差不多的草原，把草割一割之後就能住了。」

「胡說什麼！」布羅尼斯瓦夫大聲回答。「捕魚要怎麼辦？你們是靠洄游的鱒魚和鮭魚過活的，搬到上游還有辦法像現在一樣生活嗎？」

「算了。」

史坦伯格再次說道。

「我們非得生存下去不可。繼續待在這裡也只會被人欺負。」

布羅尼斯瓦夫環視一圈，每個吉里亞克人都露出沉痛的表情。

結果吉里亞克人就這麼把土地拱手讓人了。

九

佛斯克村在河流上游五公里的岸邊重建了。吉里亞克人有的只是靠著交易得來的小斧頭，要重建村子絕非易事。由於重建是在需要分出人手去捕魚的時期，新的冬屋搬進了不太足夠的魚乾，新的佛斯克村就這樣迎接冬天的來臨。

今年濕潤的雪又開始逐漸堆積。布羅尼斯瓦夫一直窩在宿舍裡，休假日也不出門，只是一直眺望著外面冰凍的景色。

保護不了朋友的失意和無力感牢牢地困住了他。

就在這個時候，他收到了三封信，分別來自父親、弟弟，以及史坦伯格。

父親的信是半年前寫的，信上和以往一樣寫了無聊的笑話、立陶宛的土地栽種出來的馬鈴薯的滋味，還有持續為布羅尼斯瓦夫申請減刑的事。

身為政治犯，又是容易被盯上的波蘭人，布羅尼斯瓦夫不知道自己是否真的有望減刑，但年邁父親不屈不撓地持續提出申請的決心卻是千真萬確的。

他淚眼模糊地繼續拆開弟弟約瑟夫寫來的信。前年約瑟夫已經結束了流放西伯利亞五年的刑期，回到立陶宛了。

『我等著你回來，下次一定要一起徹底地大幹一番。』

這封信顯然是為了通過檢查而寫得含糊不清，但布羅尼斯瓦夫可以諒解。

看來弟弟約瑟夫不知道事情的真相，或許他聽信了警察說的話，以為哥哥真的積極參與了暗殺沙皇的計畫。他希望有朝一日可以解開和弟弟之間的誤會，但是看到暗示著暴力抗爭的內容讓他感到非常擔心。

第三封是史坦伯格的信，布羅尼斯瓦夫有些猶豫要不要拆開。

今年年初，他那篇關於吉里亞克人結婚習俗的論文被刊登在全球性的學術雜誌上，得到了和馬克斯同為共產主義創始人的弗里德里希・恩格斯非常高的評價。

布羅尼斯瓦夫至今還沒拿出可以獲得學術界肯定的成果，所以史坦伯格的信讓他覺得太耀眼了。最後他還是認命地拆開，就看到那優美的筆跡。

史坦伯格說，國立俄羅斯地理學協會開始對薩哈林島的地理和風土人情感興趣了，他想要搶先一步在島上成立博物館，薩哈林行政機關想要討好在首都都有高級官員加入會員的地理學協會，對這個計畫也大力支持，因此撥下相當高的預算。

一個遭到流放的人竟然能達成這樣的成績，布羅尼斯瓦夫真心感到佩服。自己光是迷迷糊糊地參加示威遊行就已經應付不過來了，膽敢加入恐怖組織民意黨的史坦伯格果然是貨真價實的革命家。

他繼續讀下去。史坦伯格來信的主要目的是請他去蒐集吉里亞克人的器具，作為博物館的收藏品。

『這是讓協會看見我們獨特價值的好機會。』

史坦伯格如此寫道。布羅尼斯瓦夫對這件事沒什麼興趣，但史坦伯格有恩於他，他不想對史坦伯格這份雄心壯志潑冷水。所幸這份工作是有資金的，只要用正常價格去跟吉里亞克人收購就行了吧。

不知該說幸或不幸，下一個休假日是好天氣。布羅尼斯瓦夫硬逼自己走上耀眼的雪原，拖著腳步往前走。

走了兩個小時後，他看見新的佛斯克村如往常一樣矗立在那邊。如小雪山般的屋子零散分布在已開拓的森林裡，屋外繫著狗。

布羅尼斯瓦夫懷著愧疚感走向一條熟悉的人影。正在餵狗的齊兀路卡和善地歪起光滑的臉龐。

「好久不見，大哥。最近都沒看到你，我還以為你怎麼了呢。」

齊兀路卡的表情和語氣還是和從前一樣親切。布羅尼斯瓦夫認為自己保護不了村子，但是在吉里亞克人的心中卻把他當成堅持為村民反抗壓迫的恩人。

「很冷吧，快點進來，我幫你泡茶。」

齊兀路卡很快餵完了狗，邀請布羅尼斯瓦夫進屋。

屋內是大約一坪大小的方形空間，挖深的地面中央是火爐，周圍三方鋪著木頭地板，比地面稍微高出一些。

齊兀路卡的妻子和已經十歲的兒子印丁坐在地板上愉快地說話。印丁長得很像父親，有一張光滑而聰穎的臉龐。

「大哥來了，快點泡茶。」

齊兀路卡坐在地板上，一邊吩咐道。妻子點點頭，站起來，拿著鐵瓶走出屋外。

「爸爸！」

印丁蹦蹦跳跳地從背後抱住正在脫毛皮靴的齊兀路卡。在父子倆嬉鬧時，布羅尼斯瓦夫打量著室內。

蓋得方方正正的房子裡空蕩蕩的，沒有看起來像是家具雜物的東西。雖說吉里亞克人的生活本來就很簡樸，但至少還是需要餐具、家用品、漁具、弓箭，有些家裡還會有槍、西洋餐具和油燈。

村子被燒掉就代表生活的器具全都化成了灰燼。仔細一看，角落的地上擺著一些削成餐具形狀的木材。吉里亞克人的手很靈巧，還會自己在日常用品上雕出精緻花紋，只是沒辦法像工廠一樣大量生產。他們如今依然活在重建的艱辛之中。

就算要趕走他們，也沒必要燒掉房子。那究竟是為了讓他們放棄抵抗，還是單純的粗暴呢？不管是哪一種，都沒必要做到這種地步。

「快點進去吧，布羅尼斯。」

齊兀路卡的妻子回來了。她是個纖瘦又有活力的女人，搖曳著金屬耳環，用跳舞般的動作把鐵瓶掛在火爐上。

布羅尼斯瓦夫微笑著向她點頭，但他不知道自己的臉上到底有沒有笑容。

「你今天有什麼事啊，大哥？」

齊兀路卡把印丁抱到腿上，如此問道。

「我是來跟你談生意的。」

難道我學吉里亞克語是為了做這種事嗎？猶豫再三才說出這句話的布羅尼斯瓦夫感到非常懊悔。吉里亞克人親手製作、每天使用的器具是他們文化的象徵、他們的生活，也是他們的驕傲，而他卻想拿錢來買這些東西。

剛接觸到民族學時，他為自己能探索世界的真理而感到幸福。可是，花錢買下異族人民的驕傲放在玻璃箱裡滿足大眾好奇的目光，這樣能算是學術研究嗎？

「我可以當仲介買下你們吉里亞克人使用的器具。」

布羅尼斯瓦夫一邊說，一邊偷瞄著齊兀路卡。他的眼神依然有力，臉頰卻瘦了一些。

「那真是太好了，請你一定要跟我們買。」

齊兀路卡開朗的語氣讓布羅尼斯瓦夫的耳膜感到灼熱。

他說不出「還是算了」。現在村子裡的吉里亞克人確實需要金錢的支持，他不能因為自己的自尊心就收回這些話。

但是……

他們需要的不只是現金。就算恢復了以往的生活，還是會不斷受到蠻橫的壓迫。俄羅斯人藉著專斷的法律和道理來武裝自己，持續地折磨沒理由知道這些事的異族人民。他們甚至連森林和河流都被搶走，生活變得更加貧困。

「只有錢是不行的。」

布羅尼斯瓦夫以堅定的口吻論斷了他人的事情，這也是在向他自己宣告不再當個旁觀者。

「如果吉里亞克人看得懂俄語，就不會簽下那種蠻橫的文件了。光靠捕魚，總有一天會無法生活的。這一切都不是你們的錯，但是不可以再這樣下去了。」

到民間去。

曾經深深吸引布羅尼斯瓦夫的這句話在他的心中打轉。就算他只是個流放囚犯，一定還是有他做得到的事。因這句話而失去朋友和多年光陰的他，一定還有做得到的事。

「我要在這個村子裡辦『修可拉』（學校）。就算大人不能來，我希望至少能讓孩子來學習。」

「修可拉？」

布羅尼斯瓦夫說的是俄語，因為吉里亞克語沒有這個詞。齊兀路卡當然無法理解。

「我要教給你們知識，讓你們不再被俄羅斯人欺負或矇騙。我要培育出能自己選擇必要的文明產物、把文明化為自己血肉的『尼夫赫』。」

吉里亞克人需要的是成為文明國家公民的知識。能夠了解自身權利、守護自身權利的力量。

齊兀路卡垂低視線，盯著兒子印丁的頭頂，右手拇指一再地撫摸兒子的臉頰。鐵瓶發出水煮沸的聲音，接著傳來齊兀路卡妻子泡茶的聲音。

「大哥。」

齊兀路卡抬起頭來，毅然說道。

「修可拉的事就拜託你了。我會去跟大家說的。」

「麻煩你了。」

就算是無力的囚犯也有做得到的事。布羅尼斯瓦夫懷著這份確信點頭。

「你是真正的『尼夫赫』。」

齊兀路卡笑了，彷彿在消除這話題的嚴肅。這句話是在誇獎他的人格，還是把他當成了自己的族人呢？無論是哪一種，布羅尼斯瓦夫都為朋友說的話感到開心。

十

小型蒸氣船在海面仍有浮冰的三月的韃靼海峽（間宮海峽）謹慎地往南行駛。

一個男人在狹窄客房旁邊更狹窄的廁所裡看著鏡子。

藍色眼睛，紅褐色頭髮。看著自己鏡中的臉龐比實際年齡更蒼老，男人不禁苦笑。從他的臉頰到嘴邊、下巴覆蓋著最近才開始留的鬍子。他覺得看起來還挺有模有樣的。潔淨的白襯衫配領帶，還有深灰色的三件式西裝。這是他在旅行出發前衝動買下的，結果還是穿不習慣，感覺好像刻意地在挺直身體。

他摸摸腦袋右邊。如同鏡子裡的影像，摸到了頭髮的觸感。

一八九九年三月九日，已經三十二歲的薩哈林島流放開拓囚犯布羅尼斯瓦夫・佩托・畢蘇斯基搭船前往俄羅斯帝國東方邊境的城市——符拉迪沃斯托克（海參崴）。

兩年前，布羅尼斯瓦夫縮短為十年的懲役期結束了。這是因為父親不斷提出的減刑申請書遇上新沙皇加冕的大赦，終於被列入赦免對象的清單。

在那時的前一年，薩哈林博物館成立。幾乎所有民族學分類的收藏品都是布羅尼斯瓦夫和列夫・雅科夫列維奇・史坦伯格收集來的。

因為這項功績，布羅尼斯瓦夫終於被國立俄羅斯地理學協會注意到了。由於已經成為協會成員的史坦伯格極力引薦，布羅尼斯瓦夫結束懲役之後，就受到地理學協會的熱烈招聘。

但是結束懲役之後，他還是得再當十年的流放開拓囚犯，雖然不再有強迫勞動和懲罰，但他必須住在行政機關規定的島上殖民村十年，從事開拓的工作。要等到結束後離開島上，才算是真正地恢復自由。

想要把布羅尼斯瓦夫找出來的地理學協會雖然只是學術機構，但有很多會員是皇族或首都高官，所以在宮廷擁有桌面下的影響力，但是名義上代理沙皇統治的薩哈林行政機關不肯輕易放行，所以還花了一年時間進行交涉。在這段期間布羅尼斯瓦夫寫的論文〈薩哈林島吉里亞克人的窮困和需求〉被刊登在地理學協會的期刊上，所以薩哈林行政機關終於發下許可，讓流放開拓囚犯布羅尼斯瓦夫・畢蘇斯基在一定期限內滯留符拉迪沃斯托克。而地理學協會還為他準備了符拉迪沃斯托克博物館資料管理人的職位。

雖然身分還是囚犯，而且只能去指定的地方，但布羅尼斯瓦夫終於能離開這座島了。

他滿懷對新生活的期待，走出廁所，回到三等客房。他望向塞了一張椅子的寬敞房間，發現自己失去了座位。漫無目的地徘徊了一陣子，才看到遠方椅子的椅背伸出一隻細細的手左右搖晃。

「巡邏辛苦了。」

他一坐下來，旁邊的人就用俄語調侃地說。

他的吉里亞克朋友齊兀路卡的兒子、已經十五歲的印丁咧開平滑的臉笑了。他是布羅尼斯瓦夫開辦的私校裡最優秀的學生，很快就學會了俄語的讀寫，後來還成了他的助教。為了讓印丁接受更高的教育，他得到齊兀路卡的准許，帶著印丁一起離島。

「我可以換衣服嗎？這件衣服穿起來好緊。」

印丁坐在椅子上攤開雙手。他穿著白襯衫、黑色外套和長褲。他在買西裝時也一起幫印丁買了西式的服裝。

「我覺得很合適啊，你很快就會習慣了。」

布羅尼斯瓦夫隨口回答。其實他不認為應該勉強印丁穿得和俄羅斯人一樣，只是他們即將在俄羅斯人之中展開新生活，他希望幫忙照顧的朋友孩子不會常常因受到別人輕蔑而煩惱。

「真是那樣就好了。」

印丁遺憾地噘起嘴巴，拿出一本褐色封面的小書。

「沒有其他書了嗎？」

布羅尼斯瓦夫有些訝異。這是他從薩哈林島為數不多的書店買來的幾本書之中的最後一本。這本書是小說，無論內容和用詞都比一般用來習字的課本更難懂。

「你已經看完了嗎？」

「只是看過去罷了。有很多我不認識的詞，所以我也不知道是不是真的看懂了，但書中寫到的聖彼得堡好像很熱鬧、很好玩。」

印丁的回答很有深度，可以看出他的聰明與知性。

「沒有其他新書了，全都被你看完了。」

布羅尼斯瓦夫有些後悔。那本書寫的是住在首都的窮畫家的愛情故事，他是聽書店老闆這樣介紹才買的，後來隨便翻了一下，卻發現內容比他想像得下流。他還在猶豫該不該讓印丁看這種書，沒想到印丁這麼快就看完了。

「是嗎？那我就從頭再看一次吧。對了，我有些詞想要問你。」

印丁拿出一張寫滿鉛筆字的紙，大概是抄下來的陌生詞彙。布羅尼斯瓦夫接過來，一字一字慢慢地念出來，為他講解意思。念到「涅瓦大街」時，他感到一陣複雜的情緒。那是他在學生時代參加示威遊行時遭到騎兵隊攻擊的地方，也是準備刺殺沙皇的夥伴被逮捕的地方。至於「鴉片」和「妓女」這些詞，他只推說忘記了。

四天後，在印丁開始發表對小說主角的評價，譬如「他真是個寂寞的人」的時候，船駛入了符拉迪沃斯托克港。這是俄羅斯帝國東邊的重要港口，也是太平洋艦隊的基地，無數的大型船舶和軍艦在裡面來來往往，小型船和接駁船在其間忙碌奔馳。布羅尼斯瓦夫他們搭的船也被拖曳船拉進了滿是船隻的港灣。

他們從旅客使用的碼頭下了船，穿越比海上更擁擠的遊客中心，在停車場叫了一輛馬車。

「竟然有這麼多的人。」

印丁看到什麼都覺得新奇，上了馬車仍興奮不已。他們經過在薩哈林島絕對看不到的壯麗街道，投宿在地理學協會指定的旅館。

隔天早上，印丁在旅館大廳旁邊的休息室蒼白著一張臉。

「我想吃魚。」

印丁昨天的興奮已不復見，他寂寥地用吉里亞克語喃喃說道。看來和佛斯克村截然不同的俄羅斯食物已經令他開始厭倦了。

到了約好的九點，如眼鏡一樣大的眼睛上又戴著眼鏡、體型削瘦的列夫・雅科夫列維奇・史坦伯格出現了。這個在薩哈林島上穿著吉里亞克毛皮外套的男人如今已經是首都博物館的研究員了，服裝也如紳士一般，穿著黑色的長大衣。

「喔，你就是印丁吧，布羅尼斯常常跟我說你很聰明呢。」

史坦伯格用流利但聲調平板的吉里亞克語對少年說道。

「走吧，馬車在外面等著了。」

史坦伯格快步走出去，布羅尼斯瓦夫和印丁急忙跟上。馬車先去了位於郊區的實業學校（註16），幫印丁辦完入學手續之後又回到市區，前往聘請了布羅尼斯瓦夫的博物館。

「那裡是布羅尼斯大放異彩的舞臺，你也去看看吧。」

史坦伯格對印丁說道，臉色恢復紅潤的印丁開心地點頭。此時輪到布羅尼斯瓦夫緊張又擔心，他上任之後的第一件工作就是對地理學協會的成員演講。

一走進矗立著各種建築的繁華街道，就能看見那棟白牆綠屋頂的三層樓莊嚴建築物。

符拉迪沃斯托克博物館。這棟白堊建築物坐落於有著「征服東方」這種豪氣萬千名字的街道，是研究俄羅斯帝國新領土的機構之一。

「你只要說出你在島上親眼看到的事，還有你認為正確的事就好了。」

史坦伯格在下馬車時這麼說，大概是注意到了布羅尼斯瓦夫的異常吧。

一行人踏進了以厚重木材和白色牆壁搭建的陰暗館內。印丁跟著史坦伯格走向演講

16　日本舊制的中等學校，相當於現代的高職。

廳，布羅尼斯瓦夫則是跟著職員進入休息室。

親眼看到的事，還有認為正確的事。布羅尼斯瓦夫一邊反覆想著這些事，一邊走進演講廳。

熱烈的掌聲圍繞著這個流放開拓囚犯。擠滿寬敞演講廳的聽眾全都站起來迎接布羅尼斯瓦夫。印丁和史坦伯格坐在最前面的貴賓席。

「我是布羅尼斯瓦夫・佩托・畢蘇斯基。」

一站上講臺，他就先用波蘭語的發音來做自我介紹。沒有任何人出言指責。

接下來他說起了在流放的絕望中冒出小小好奇心之後歷時十幾年的研究成果，還有自己親眼所見、親身所感而記錄下來的一切。吉里亞克人生機盎然的文化、在寒冷島上塑造而成的智慧的生活方式、近代文明所帶來的窮困、普遍展現出來的人倫關係、祈禱的音樂及歌聲、火爐的光與熱、在雪原上奔跑的雪橇犬。

「我的演講到此結束，謝謝大家。」

他一說出這句話，聽眾就紛紛起身鼓掌，大加讚譽。

布羅尼斯瓦夫過去被冠上謀逆的罪名、流放到極寒之地，如今卻被包圍在無上的榮耀之中。

「現在開放現場提問，有問題想請教畢蘇斯基先生的人請舉手。」

主持人觀察著現場氣氛，如此說道，立刻就有幾個人舉起手。布羅尼斯瓦夫在回答之間偶爾還會開些小玩笑，感到非常地充實和驕傲。

當主持人說「接下來是最後一位」，有個四十歲左右的紳士站了起來。紳士先對他的演講說了一段老套的致謝和讚美。這人坐在最前排，應該是地理學協會的幹部，從他的言談也能感受到符合其地位的知性和教養。

「我想請教一個問題。」

紳士挺直了背脊。

「薩哈林島異族人的理性對於我國的文明和知識能理解到什麼程度呢？」

布羅尼斯瓦夫不禁凝視著提問者。紳士彷彿覺得自己問得理所當然，繼續說道：

「從您的演講聽來，雖然有一部分的異族人積極地吸收新知，但他們精神文化的發展似乎還停留在原始的、巫術的階段，所以文明程度發達的俄羅斯人有義務適切地統治他們、帶領他們走向更高的發展階段。這時應該注意的是他們在人種上的特徵，異族人的理性是否具有和我們相同的合理性，能否做到科學性的思考？」

這位紳士只不過是在說現代歐洲知識分子的普遍想法。人因為與生俱來的不同特徵而被區分成不同的人種，而這些特徵自然而然地和能力優劣混淆。現代歐洲普遍認為人種和民族的發展只有一個目標，所有民族都是在階梯上朝著這個方向前進。

因此，歐洲人種就能自詡為優等人種去憐憫教化劣等人種，得到包裝成人道主義的統治名分。

「關於以上的問題，希望能聽聽『畢思多斯基』先生的意見。」

紳士和氣地說道，他的臉上掛著理性的微笑，看不出半點狂熱或傲慢。他一定覺得自己只是根據常識做出合理的推論，提出應有的疑問吧。

布羅尼斯瓦夫感覺自己像是被推下了懸崖。他在那座絕望的島上得到了令他起死回生的熱意，所以才能站起來，努力地存活下去，難道這一切又要被奪走自己母語和未來的統治手段而剝奪嗎？

「我在此回答……」

他為自己語氣中的無力感到愕然。

「以整個族群來看，薩哈林島異族人的生活確實算不上文明。」

像是在辯解似的，布羅尼斯瓦夫結結巴巴地說著。

「但是以個人的角度來看，他們每個人都很善良、很聰明，只要在幼年的適當時期得到適當的教育，他們毫無疑問能夠獲得教養和科學性的思考能力。他們的生活看在我們眼中雖然顯得原始，但那確實是最適合當地風土氣候的生活方式，看似停留在巫術時代的思想也可以解釋成他們的精神世界非常豐富……」

話語自己從他的嘴巴裡跑出來。這不是他自己的話。

他的眼神游移著。在遠方的座位上，史坦伯格的眼鏡發出亮光，一旁坐的是印丁。聽著這些令人厭煩的論調，那張被強勁風雪打磨光滑的臉龐毫無動搖，彷彿在宣告著不管別人說什麼自己都會繼續活著。

布羅尼斯瓦夫沒有任何論點可以否定人類學和民族學的潮流或世人的常識。

但有一件事是他能確定的。

「他們一直活下來了。」

布羅尼斯瓦夫說起了不相干的事。他為自己語氣的強烈感到驚訝。先前一臉滿意地聽著布羅尼斯瓦夫回答的紳士稍微瞇起了眼睛。

「他們沒有依靠別人的力量，也並非缺乏生存的意志。他們面臨的困難是假借文明的名義對他們不公的制度、流放殖民的政策，還有行政工作的懈怠，這並不是他們所期望的，也不是他們原本的習性造成的。」

聽眾們開始交頭接耳，布羅尼斯瓦夫還是繼續說著：

「我們讚揚的文明只不過是這樣的水準，自以為是在用光芒照亮黑暗，卻燒傷了我們的鄰人。我們所謂的文明發展，只不過是對自己的所作所為都發揮不了想像力罷了。」

「畢思多斯基先生，你的意思是我們的國家在折磨異族人嗎？」

「不是我們的國家，而是我們。」

布羅尼斯瓦夫拍打了演講臺。

「除了議論他們的理性之外，我們還有更該做的事。富裕的人就該分享，明智的人就該教導。我們應該共同生活下去，在絕望之中互相支撐。」

「胡說什麼，野蠻的異族人怎麼可能支撐我們。」

那男人終於拋下了理性的面具。布羅尼斯瓦夫加重了語氣。

「至少他們支撐了我，讓我從被流放的絕望中重新站起，如今我才能站在你們的面前。是他們把活著的熱意分給了我。」

幾乎所有聽眾都臉色不悅地保持著沉默。

「薩哈林島！」

布羅尼斯瓦夫不以為意地叫道。

「那裡沒有該被統治的人民，那裡有的只是『人』！」

布羅尼斯瓦夫想起了已經不再是國家的故鄉。

第三章　錄下來的東西

一

在薩哈林島東岸的南部，形狀像上鉤魚兒的島嶼的尾鰭中間有個阿伊村。海邊零散地住著四戶人家，共有二十名村人和五十隻左右的狗一起在這裡生活。雖然他們和附近的俄羅斯村莊時常起衝突，但生活還算過得不錯，在樺太島的阿伊努村莊之中，這村子的規模或生活水準都很普通。

所以村子中央的兩層樓房子非常顯眼。

厚重圓木搭成的牆上有一排玻璃窗，門前繫著一大群身形巨大的狗。屹立在村中的這間屋子完全表現出了屋主——首領巴夫恩凱的威勢和虛榮的性格。

一九〇二年十一月，阿伊村原本應該因村民遷往山中的泥土房子而在無人的沉默中逐漸結凍，此時卻喧鬧得幾乎令積雪融化。狗兒、馬匹、馴鹿拖曳的車子和雪橇陸陸續續地到來，一臉興奮的客人一邊被狂吠的狗兒驚嚇，一邊湧入了豪宅。

村裡即將舉行睽違三年的送熊靈。

首領巴夫恩凱相信自己的名字無人不知，他的人脈確實很廣，而且他在阿伊努人之中又是很罕見的經營了幾個漁場的企業家。他利用使者和郵件、電報等各種方式四處宣傳即將舉行送熊靈的消息，邀請了一大堆人。阿伊努人、尼古奔人（尼夫赫人。在當時也稱為吉里亞克人）、鄂羅克人（烏爾塔人）、俄羅斯人、日本人，各種不同服裝和背景的人們紛紛地聚集到村子裡。

不過，島太大了。因為沒辦法讓所有客人在同一天到齊，所以沒有訂下日期，只是隨興地等客人全都到了才開始。

屋子裡的大廳連日不停地舉行站著吃喝的宴會，桌上擺出各式各樣的菜色，屋內充滿了客人愉快的笑聲。

「我這裡什麼都有，大家盡量吃，盡量喝。」

巴夫恩凱搖晃著五十歲左右的臉龐上的大鬍子，用流利的俄語說道，賓客們都用各自的語言喝采和拍手。首領高瘦的身軀穿著長大衣，無論是打扮或舉止都像是俄羅斯的有錢人。

他的養女，十五歲的伊沛卡拉負責上菜，持續地穿梭在大廳裡。

她平時就不愛做家事，若是要她負責做菜她也沒辦法，但是被趕出廚房卻又讓她覺得很不是滋味。雖然她心不甘情不願地補充著大廳裡的料理，漠視著酒醉客人的下流玩笑，一有空檔就回房間彈琴或是在門外玩狗，但還是盡量努力工作。

有個新的男客人走進了大廳。那男人穿著日本和服、阿伊努的狗皮衣和鞋子，看到他奇怪的打扮，伊沛卡拉不由得疑惑地歪頭。不過來者就是客。她無奈地回到廚房，用方形托盤捧著裝滿酒的杯子和碗回到大廳，看到剛才那位客人坐在地上。這間大廳是俄羅斯風格的，大家不是站著就是坐在椅子上，這男人卻做出了像是在阿伊努房子裡會有的舉動，真是非常奇怪。

「叔叔請用。」

伊沛卡拉站著朝她的遠親西西拉托卡叔叔遞出托盤，叔叔一臉感慨地瞇起眼睛。聽說他之前一直住在日本人的國家，三年前才回到薩哈林島。

「妳長大了呢，伊沛卡拉。幾歲了？」

「十五歲。還有，我們上次見面是在今年一月。」

伊沛卡拉覺得他的玩笑話太無聊，所以語氣變得很冷淡。

西西拉托卡緊張地點著頭說「將近一年前啊」，一邊接過了托盤。

「像妳這種年紀的女孩，一年就會有很大的轉變了。等到妳開始散發魅力，就會有一大堆男人追來了。如果我再年輕一點就好了。」

「你幾歲了？」

「明年就二十六歲了。」

「為什麼你每次都少算十一歲？」

「這樣比較好記。」

叔叔臉不紅氣不喘地說道。

「不是啦，我是問你為什麼要騙人。」

「年輕一點比較容易找到老婆嘛。」

伊沛卡拉覺得三十七歲的叔叔還沒結婚，應該不是因為年齡的問題。

「就算因為這樣娶到老婆了，謊話一旦曝光也有可能被對方討厭吧。」

「妳不覺得無論發生什麼事都不會改變的愛情才美嗎，伊沛卡拉？」

反正謊話是絕對不美的。伊沛卡拉歪著頭，西西拉托卡叔叔突然拍了自己的大腿，說著「對了」。

「為了可愛姪女的將來，我來教妳怎麼表現出魅力吧。」

「不用了。」

伊沛卡拉覺得自己拒絕得夠明確了。

「妳就聽聽看嘛。首先是走路的姿勢。」

叔叔嘗了一口碗中的酒，搖搖晃晃地站起來。伊沛卡拉從以前就很不會應付這位自說自話的遠親叔叔。

「妳看，要這樣走路。男人看到了鐵定被迷得暈頭轉向。」

叔叔一邊發出「嗯嗯啊啊」的嬌喘一邊扭動身體，看起來好像在跳某種奇怪的舞蹈。男人真的會喜歡這種女人嗎？

「再來是廚藝。」

不擅長做家事的伊沛卡拉一聽就覺得刺耳，不知情的叔叔仍繼續說個沒完。

「越麻煩的東西越好，像『姆西』就很不錯。」

伊沛卡拉很不高興，覺得他自己又不動手，只會說風涼話。姆西的做法是把鮭魚皮煮成魚凍再加入越橘，好吃是好吃，但是做起來得花一天一夜。

「還有就是要柔弱。強悍的女人也不錯，但男人還是會想要保護女人，所以看到女人弱不禁風的樣子就會很心動。」

「我知道了，謝謝。」

伊沛卡拉冷冷地表現出最低限度的禮貌，西西拉托卡叔叔一聽就挺起胸膛。

「不用跟我客氣，如果碰到好男人就使出這幾招吧。不需要經過我同意。」

誰要用啊。伊沛卡拉懷著這個想法走開了。她本想逃回廚房，但是從賓客之間走過時卻有人用俄語叫住她。「啊，妳可以來一下嗎？」

伊沛卡拉不甘願地回頭，看到一個穿著深綠色軍服的俄羅斯軍官搖晃著空的紅酒杯。就在她努力壓抑叫對方自己去拿酒的衝動時……

「喔？妳聽得懂俄語啊？」

正在和軍官聊天的黑髮男人插嘴說道。他說話時帶著日本人的口音，可能是公務員吧，他身上的長大衣看起來好像太大件了。

「雖是阿伊努人，沒想到還挺聰明的。妳是在哪裡學的？」

伊沛卡拉覺得自己被看扁了，心中很不高興。

「不知不覺就學會了。只是這樣而已。」

因為島上最多的就是俄羅斯人，所以每個人或多或少都會說一點俄語。會說兩種語言跟她身為阿伊努人又有什麼關係？

「妳沒有刺青嗎？我聽說阿伊努的女人都會刺青呢。」

軍官指著自己覆蓋著褐色鬍子的嘴邊，他的藍色眼睛充滿了好奇心，像是看到某種奇珍異獸。

「我還沒刺青，不過也差不多該刺了。」

伊沛卡拉用年齡來為自己開脫，但是想到不久的將來還是難免感到恐懼。

一定會很痛。

要先用刺青專用的小刀割傷人中的部位，再用白樺樹皮燒成的煤炭摩擦，就這樣一再重複，在嘴巴上方和左右弄出鮮明的刺青。這是阿伊努成年女性的象徵，每個女人到了十七、八歲都會刺青，但也有人痛到昏過去，所以叫她不怕是不可能的。聽到日本人說「別再刺青了」，她都很想附和「就是說啊」，但是對方繼續說了「那是野蠻人的習俗」，她就不開口了。

「日本的阿伊努人比較進步，他們改掉了野蠻的習俗，發展教育學習文明，也漸漸轉而從事收入穩定的農業，可說是成效斐然。」

聽到日本人的炫耀，軍官附和著「那還真不錯」，接著又說：

「但我不認為白人之外的人種能理解文明，在滅亡之前就讓他們悠哉地過下去不也很好嗎？」

「說得也是。」

日本人也表示贊同。他們似乎沒注意到穿著過寬外衣的自己也被人看不起了。

伊沛卡拉悄悄地走開了。她摸摸充滿怒氣的胸口，摸到了玉石首飾堅硬而確實的觸感。巴夫恩凱暗暗引以為傲的大廚房也正在忙碌中。

「你還要酒吧？我去拿。」

木頭地板的房間裡有三座地爐和煮飯用的爐子，以及供人站著工作的大桌子。村裡的女人和雇用來的俄羅斯廚師忙東忙西，製作著符合客人口味的各種料理。

伊沛卡拉把拿酒的事拋在一邊，看著廚房裡的景象。

女人們動作俐落地做著料理，用野草、食用土、海豹油及各種食材煮出來的「其卡利佩」是阿伊努的菜色。皮烤得有點焦的魚乾、比其卡利佩更好入喉的湯類料理、早上鑽開結冰海面釣來的細身寬突鱈做成的串烤、煮爛的越橘，還有鮭魚熬成白湯配上鮮紅越橘做成的魚凍。

俄羅斯料理也接連不斷地煮好。廚師很自豪地一一向伊沛卡拉介紹，有馬鈴薯泥和蔬菜做的沙拉、用麵粉皮包起碎魚肉做成的水餃、裹上細細麵包粉炸出來的炸雞。

大家的廚藝都好厲害。伊沛卡拉不禁感嘆。她也曾向村裡的女人學過做菜，但怎麼做都做不好，她不打算學習把食材切得整整齊齊的名廚刀工，至於食物有沒有熟也得吃了以後才會知道。

伊沛卡拉什麼都沒做，突然覺得很不安。她朝深藍棉布衣服的熟悉背影叫了一聲。

「怎麼了？已經膩了嗎？」

巴夫恩凱的姪女秋芙桑瑪把美麗的容顏轉了過來。

「呃，沒有啦，也不能說是膩了啦……」

伊沛卡拉戰戰兢兢地說道。最近她一見到如阿伊努女性的典範、秀外慧中的秋芙桑瑪就覺得自卑。

秋芙桑瑪今年二十四歲，平時和父母住在鄰近而小巧、如同這棟豪宅的附屬品一般的房子。伊沛卡拉剛來到巴夫恩凱家的時候，秋芙桑瑪被譽為村子裡最美的女人而嫁了人，但去年她丈夫和剛出生的孩子都因流行病過世以後，她就回到了阿伊村。

沒有孩子的巴夫恩凱把姪女秋芙桑瑪當成自己的女兒一樣疼愛，而且還不讓她刺青，感覺似乎濫用首領的權威，還有人說他打算把姪女嫁給沒有刺青風俗的俄羅斯官員或軍人，但巴夫恩凱在秋芙桑瑪之前和阿伊努男人結婚時全心地祝福，所以不讓她刺青可能只是為了增加她擇偶的範圍。

而伊沛卡拉是在從阿伊村坐雪橇一天才到得了的村落長大的，三年前她十二歲時父親和弟弟也因流行病過世，巴夫恩凱一聽說這件事就收養了她。巴夫恩凱雖是個虛榮又貪心的人，對於自己的同胞卻非常愛護，至今收養過好幾個孤兒。

「各位，我們差不多該休息了吧？」

秋芙桑瑪這麼一說，其他女人也紛紛贊成。俄羅斯廚師雖然不懂阿伊努語，但好像也看懂了大家的態度，露出開心的表情。

伊沛卡拉頓時像是變了個人，活潑地跑回已經住了三年卻還沒習慣的臥室，穿上海豹皮衣，抓起母親留給她的五弦琴跑出房間。

二

淺灰色的天空下，雪橇在雪上滑行，拖著雪橇的狗兒吐出白色的氣息。

冷冽的風撫過伊沛卡拉的臉頰。

只載著她和五弦琴的雪橇非常輕，狗兒的背部有力地起伏著。

雪道兩旁出現了葉子已經掉光的烏黑林木。她看見了一棵正好倒在路邊的樹。

「佩拉！佩拉！（停下來！）」

她一邊大喊，一邊拉緊掛在右手腕上的韁繩。戴著頭飾的領頭狗理解似地吠了一聲。伊沛卡拉配合著狗的動作，把雙手拿著的兩根嘎烏雷（滑雪杖）和腳下的斯圖（滑雪板）插進雪中，讓雪橇慢下來。雪橇只載了伊沛卡拉和五弦琴，不用花很大的力氣就停下來了。

伊沛卡拉走下雪橇，從懷裡掏出魚乾的碎片，用小刀切碎灑在地上，狗兒都發出開心的吠叫聲圍過來。狗吃飽了就沒辦法跑，所以一般都是到達目的地以後才會餵食，但伊沛卡拉在休息的時候也會稍微餵一點。

她望著興奮的狗兒好一會兒，然後抱起琴，坐在倒地的樹幹上。右手拇指從手套的小洞中伸出來。

「滴……」

她一邊唱，一邊用拇指撥弦。琴聲和歌聲響徹雲霄。她藉著歌聲慢慢調弦，然後解開綁在手腕上防止手套進風的帶子，脫下手套。

暴露在外的手感受到刺骨的嚴寒，一邊摸著琴。

這是父親做給她、母親教她彈的琴。她用發冷的手指輕觸著父母存在過的唯一證據。

她慢慢地彈了起來。如同用雙手的指頭挖掘，如同溫柔撫摸，如敲打、如低伏、如跳動，如摸索地彈奏著。

可是她今天的狀況實在不好。

琴弦發出的聲音感覺又濕又重。平常彈琴時會隨著琴弦發出共鳴的琴身完全沒有顫動，琴聲越彈越尖細，飄散在雪原上。她雖知狀況不好，還是焦躁地繼續彈。聲音越來越細，殺氣越來越重。

最後琴弦發出哀號般「崩」的一聲。手痛得像被不講理地責打，此時她才停了下來。

為了轉換心情而抬起頭時，她立刻反射性地繃緊身體。

眼前多了一臺雪橇。有個手握韁繩的男人正盯著她看。那人戴著獵帽，嘴上留著鬍子，下巴剃得光溜溜的，身上穿著藍底白紋的衣服，那好像叫做「半纏」吧（註17）。是

17　半袖的日式短棉襖。

在附近漁場工作的日本人嗎？

男人用來拉雪橇的狗不知道是怎麼教的，一聲都不吠，也沒有喘氣，只是靜靜地坐著。

為什麼她沒有注意到呢？是因為她太認真彈琴，還是因為那男人的雪橇犬安靜得可怕？

獵帽下的那雙眼睛流露出嚴峻不悅的神色，他的鬍子也顯得很自傲，令伊沛卡拉十分反感。日本人多半看不起阿伊努人。

「幹麼啊，大叔。你對我有什麼不滿嗎？」

伊沛卡拉劍拔弩張地用阿伊努語說道。她不會說日本人的語言，但是不罵幾句實在難以消氣。

「妳這麼年輕，彈琴的技巧卻很好。」

男人低沉的聲音說出了流利的阿伊努語。伊沛卡拉為這意想不到的事態感到吃驚，但也覺得不太高興。

技巧。她感覺對方似乎在說她的演奏缺少了某些重要的東西。

男人稍微攤開雙手，站了起來，往前走一步。伊沛卡拉不禁開始想像自己被男人魁梧的身體壓住的模樣。危機感驅動了伊沛卡拉的身體，她高高跳起，在落地的同時把琴揮下來，男人用左手輕輕鬆鬆地擋住了這一擊。

「別過來，日本人。你敢再靠近我，我就殺了你。」

伊沛卡拉拖著琴後退幾步，放話威脅。

「不要用琴打人。」

男人吼道。伊沛卡拉感受到不同於危機感的壓力，如天災一般，不由得縮起身子。

「要保護自己就用小刀。」

他的聲音裡帶著村裡的男人和養父巴夫恩凱都沒有的殺氣。

「那個借我一下。」

男人盯著抱著琴的伊沛卡拉的胸部，往前走一步。伊沛卡拉雖然害怕，仍再次大喊「別過來」。

「你想對別人重要的身體做什麼？而且這可是女人的身體，怎麼可以隨隨便便就借給你。」

「不。」男人似乎忘了先前的憤怒，用平靜的語氣說道。「不是妳。」

「不然是誰？」

「是那個。」男人指著伊沛卡拉的胸部。

「明明就是我嘛。我才不會讓你看我的胸部。」

「我這樣說可能會讓妳更不高興。」男人摸著剃光的下巴。「但我對妳的身體沒興趣。」

「別小看我了。」

聽到對方不把自己當女人看待，伊沛卡拉感到另一種憤怒。

「我遲早會長高，也會刺上刺青。」

「不，我要的不是妳。」男人豎起指頭。「我想借一下妳的琴。」

男人的手指指向伊沛卡拉懷中抱著的東西。

「少騙人了，你這禽獸，我一眼就看穿你的打算了，你打算趁我拿琴給你的時候抓住我吧。」

「那妳把琴放在地上，退後幾步。這樣總行了吧？」
男人淡然說道。
「……你可得還給我喔。」
總之她無論如何都得讓這男人乖乖地還來。她瞪著男人，彎下腰，把琴放在雪地上，像是用跳的往後退。
「那我就借用一下了。謝謝。」
男人伸出雙手，單膝跪地，像在抱嬰兒似地捧起琴，然後轉身走到倒下的樹木旁，坐在上面。看到他如同確認似地撫摸琴身，伊沛卡拉不禁感到恐懼。聽到男人喃喃說著「做得真好」，她覺得彷彿是自己在被人品頭論足，頓時冒起雞皮疙瘩。
下一秒鐘，伊沛卡拉以為自己的耳朵出了問題。
男人彈了一根弦，發出了她從未聽過的聲音。
既尖銳，又柔軟。聲音如星光般閃爍，輕快地掃過白色的雪原，接著漸漸散去，如同回歸為世界的一部分。
聲音在發光。餘韻撼動了伊沛卡拉的身體。
「嗯。」男人感慨似地低吟。「果然是把好琴。做得非常用心。」
男人試探似地動著手指，每一下都令琴弦發出飽滿亮麗的聲音。伊沛卡拉的五弦琴用她怎麼彈都彈不出的聲音愉悅地歌唱著。原來琴是會唱歌的，伊沛卡拉如今才知道，自己或許只是撥動琴弦、勉強它發出哀號。
琴聲漸漸形成了旋律。
雖然只有五根弦，男人演奏的樂聲卻展現出各種風情。她聽見了太鼓聲，男人的咆哮聲，女人的笑聲，陽光灑落，林木搖曳，海豹噗噗地叫著，狐狸靈巧奔馳，熊發出吼叫。這全都是男人演奏的音色令她看見的幻象。

是技巧還是心？伊沛卡拉不知道自己缺少的是什麼東西，但這男人擁有她所缺乏的一切。伊沛卡拉忘記了先前的警戒，聽得入迷。

男人演奏結束。在寒冷的雪道旁，他的臉上冒著汗。

「還給妳。謝謝。」

男人把琴放在倒下的樹幹上，重新戴好獵帽，站了起來。

「你明明是日本人，為什麼可以把五弦琴彈得這麼好？」

伊沛卡拉有些不甘心地問道。

「妳說我是日本人？」

男人的表情依然沒變，但眼中多了一絲寂寥。

「我叫亞尤馬涅克夫，我是這座島上的阿伊努人。」

男人報上姓名，嘴角稍微扭曲。他或許是在笑吧。

三

在積雪的森林裡，廂型馬車劇烈地搖晃。

坐在裡面的千德太郎治勉強穩住身體，但是坐在他對面的男人卻跌下椅子，一屁股坐在地上。

「你沒事吧？」

太郎治急忙伸出手去，一邊感到自己的俄語進步了。

「喔喔，謝謝你，太隆治。」

留著紅褐色鬍鬚的男人不好意思地笑了，抓著太郎治的手爬起來。這男人說話時帶著俄羅斯腔調，把太郎治的名字念成了太隆治。

男人重新坐好，藍色的眼睛望向馬車後方。

「機器沒問題吧？會不會撞壞了？」

他這次旅行還帶了照相機、最新型錄音機等精密機器。

「我已經用毛毯包起來了，一定不會有事的，布羅尼斯。」

太郎治毫無根據地如此揣測，坐在他面前的男人——布羅尼斯瓦夫・佩托・畢蘇斯基——安心地微笑了。他是受俄羅斯博物館的委託前來研究阿伊努文化的民族學家，他帶來的昂貴器材都是向博物館借的。

「對了，布羅尼斯，你去過阿伊村嗎？」

太郎治提起了他們乘坐的馬車正要去的目的地。

在秋天的時候，知名的首領巴夫恩凱不知從哪聽到了布羅尼斯瓦夫的事，寄來了請他參加送熊靈的邀請函。布羅尼斯瓦夫的調查也尚未體驗過阿伊努人的送熊靈，所以很開心地接受了。

「我是第一次去。」布羅尼斯瓦夫愉快地回答。「但是我在吉里亞克人的村子裡看過幾次送熊祭。他們把這叫做『奇非夫・帕古瓦古恩多』，意思是『把熊的狀況變得更好』，很隆重地祭祀熊。我覺得那不是單純的宰殺或獻祭，而是有著特別的觀念和精神。聽說鄂羅克人也有類似的風俗。不同的文化竟然擁有相同的儀式，我對這件事非常感興趣。」

布羅尼斯瓦夫有著穩重的態度和深思的氣質，他若沒有開口，看起來沉著得像三十六歲的人，但是一講到研究的話題就會興奮得跟孩子一樣。

「我們也在阿伊村這邊開設識字教室吧。」

布羅尼斯瓦夫說出了另一項主動發起的工作。太郎治用力點頭。

他們兩人是在六年前認識的。說是這樣說，他們在中間那段時光幾乎沒有往來。

相遇的一年前，一八九五年，在日本稱為明治二十八年，二十四歲的太郎治回到了樺太島。

對雁村和來札村因霍亂和天花而失去半數村民之後就一蹶不振，太郎治當臨時教師的那所小學也倒閉了。之後他去了懂日語的北海道阿伊努人上的學校，但每天都受到日本教師的羞辱。如果光是他自己受到這種待遇也就算了，最令他無法忍耐的是那裡的老師都覺得阿伊努人不潔、軟弱又愚昧，對學生總是擺出一副鄙視的態度，好一點的則是憐憫以對。在課堂上也不斷勸說他們別再當阿伊努人，而是要成為日本人。太郎治越來越覺得不舒服，最後就辭職了。

為了族內的同胞。太郎治是懷著這個念頭而當老師的，但是只要待在日本，栽培同胞就會淪落到可悲的處境。

他懷著心痛欲裂的心情和年老的母親一起申請了護照，回到樺太島，在父母相遇、自己出生的納伊布奇鬱鬱寡歡地生活。在日本出生長大的父親依然留在北海道，雖然那是他深愛的土地，但他一定還是很寂寞吧。

一年後的夏天，某天有個留著紅褐色長髮的男人來到了納伊布奇，他破破爛爛的衣服胸前有個顛倒的五角形圖案，但一雙藍色眼睛卻發出有力的光輝。

「我叫布羅尼斯瓦夫·畢蘇斯基，是來做學術調查的。」

用生澀的樺太島阿伊努語自我介紹的這個男人怎麼看都不像學者。

那男人的國籍是俄羅斯，卻是個出生於立陶宛的波蘭人，聽說是因為犯罪而被流放到薩哈林島的。

「換句話說，我是某地方的某人。」

太郎治好奇地詢問後，布羅尼斯瓦夫愉快地笑著回答。

他解釋說自己正要去南方港都科爾薩科夫的觀測所上任，順道繞來這個村子看看，而且他已經得到薩哈林行政機關的准許，絕對不是逃跑。

「我正在蒐集要陳列於博物館的物品。」

就是因為這樣。太郎治讓布羅尼斯瓦夫住在自己家，教他阿伊努語，介紹他認識村中的老人，請村民提供用舊的餐具。在此之間，他提起了自己在日本的遭遇以及令教師絕望的事，囚犯只是默默地聽著。

下次見面是在六年後的夏天。他身邊多了一位臉色略為蒼白、但笑容十分燦爛的青年。

布羅尼斯瓦夫穿著遠比破爛囚犯衣服更體面的西裝，臉的下半部蓋滿了修剪整齊的紅色鬍子。他說上次見面之後不久就結束了懲役，之後在符拉迪沃斯托克的博物館工作了兩年，這次是被派來對島嶼南部的阿伊努人做學術調查，他在西海岸的阿伊努村子進行了一個月左右的調查之後就來到了納伊布奇。

太郎治邀請他到自己家，他就立刻說：

「你說過你想當老師是吧，太隆治。」

可能是本來就有語言天分吧，曾經是囚犯的他說起阿伊努語非常流利。太郎治過了一下子才理解對方說的太隆治指的就是自己。

「我打算在研究之餘開辦學校教阿伊努人俄語，希望你也來幫忙。」

太郎治不置可否地歪著頭。對太郎治而言，學校只是一張吞噬社會底層、粗暴地嚼碎他同胞的血盆大口，老實說，他才沒興趣成為這口中的一顆牙齒。

「再這樣下去，在這座島上被稱為異族人的人都會被大國吞噬、吃得乾乾淨淨。吉里亞克人——你們阿伊努人都是叫他們尼古奔人吧——也是一樣，我在西海岸看到的阿伊努人也是同樣的處境。」

布羅尼斯瓦夫用不同的觀點談論著和太郎治相同的擔憂。

「想要在文明中立足，需要有智慧和知識，而開始的第一步就是識字能力。學校一定可以為快被吞噬的異族人帶來光明的希望。」

聽者的絕望成了說者的夢想。

太郎治雖然有些心動，還是不禁猶豫。

「我的俄語只是回島上以後的這幾年聽來的，沒有能力教導別人。」

「我和印丁可以教你，你一定做得到。」

臉色蒼白的青年向他點頭示意。

「你怎麼知道我做得到？」

「只要學習就能學會。學校不就是這樣的地方嗎？」

「為什麼你這麼在乎異族人的教育？」

紅鬍子的學者沒有立刻回答，而是盯著窗外好一陣子。蓋著白雪的針葉樹從那邊掠過。

「你聽過『到民間去』吧。」

布羅尼斯瓦夫緩緩地說了起來。

在那之後，太郎治一邊幫助巡行島上各地的布羅尼斯瓦夫做學術研究一邊學習俄語，漸漸地培養出互稱「太隆治」和「布羅尼斯」的交情。

學校只在阿伊努孩子不用忙於家事的冬天開班授課。這只是個簡單的語言班，他們稱之為「識字教室」，期盼著有朝一日可以興辦更恆久的學校。預定和太郎治一起擔任老師的印丁因為健康狀況失調，所以為了調養而回到他出生的尼古奔村莊了。

「今年的雪下得真早。」

布羅尼斯瓦夫在馬車中喃喃說著。在日曆上還是秋末，但窗外掠過的黑色針葉樹卻比往年更早蓋上了厚厚的白色。

「真期待冬天。」

說到更寒冷的季節，太郎治也有著相同的感觸。

四

伊沛卡拉遇見的亞尤馬涅克夫是巴夫恩凱的客人，聽說他是南方通納伊查村首領的代理。伊沛卡拉不情不願地跟他一起駕雪橇回去後，巴夫恩凱開心地出來迎接。

一看到通納伊查村的代表走進大廳，已經喝得爛醉的叔叔猛然跳起，跨著大步走過來。

伊沛卡拉正在想要去幫新客人拿酒的時候，西西拉托卡大叫一聲，接著亞尤馬涅克夫就倒在地上。

這駭人的聲響讓正在大廳談笑的人們全都靜了下來，賓客們屏息注視著這兩人。

「該怎麼說呢……」

西西拉托卡一副若無其事的表情，看不出他方才突然揍了人。

「我想不到其他的問候方式。」

亞尤馬涅克夫慢慢站起來，撿起獵帽收進懷中。

「我也是，西西拉托卡。」

他的表情和語氣也很平靜。

「在這裡會干擾到其他客人，我們出去吧。」

亞尤馬涅克夫用拇指指著後方，西西拉托卡腳步輕快地衝出去，接著兩人就開始互毆。賓客們也紛紛跟出去，發出狂熱且不負責任的吆喝。

「已經打了三十分鐘呢。」

和伊沛卡拉一起站在敞開門邊的巴夫恩凱看著懷錶時，有一輛馬車來到屋前，停在互毆的兩人的稍遠之處。

馬車夫跳下來，車裡的人也出來了，第一個是穿著日本式的白襯衫和裙褲、眼睛很大的男人，接著是身穿黑外套、留著紅鬍子的男人。現實的巴夫恩凱一看到留鬍子的男人就用俄語說著「哎呀呀，歡迎歡迎」迎了上去。伊沛卡拉不禁想起巴夫恩凱喝酒之後抱怨「連我也不得不向俄羅斯人和日本人低頭了」的樣子。

像是俄羅斯人的紅鬍子男人一下子就被巴夫恩凱拉住，正在幫助馬車夫卸下行李的白襯衫男人突然望向互毆的兩人。

砰的一聲，連伊沛卡拉都見到了。

一個木箱掉到地上，插進雪中。被巴夫恩凱拉住的紅鬍子用俄語哀號著「太隆治，那是照相機！」，弄掉了箱子的白襯衫男人愣愣地看著互毆的兩人，然後……

「亞尤馬涅克夫！西西拉托卡！我是太郎治啊！」

他用阿伊努語叫道。

「好久不見了，你們怎麼會在這裡？」

不知道是哪來的勇氣，男人一邊大叫一邊衝向正在打架的兩人。

「是太郎治啊？先等一下。」

西西拉托卡的右臉剛挨了一拳，隨口說道。

「我們就不能再普通一點嗎？」

下巴挨了一記上鉤拳的亞尤馬涅克夫也漫不經心地說道。

「亞尤馬涅克夫，你最近在做什麼？」

「在通納伊查的漁場工作。」

「西西拉托卡呢？」

「正在找老婆。我是三年前回來的。」

「回樺太島就找得到嗎？」

「少囉嗦。」

「那你現在在做什麼？」

在一陣靈活的應答之後，亞尤馬涅克夫問道，叫作太郎治的男人欲言又止，過了一會兒才說「我準備去當老師」。正在打架的兩人彷彿收到暗號，立刻停了手。

三人互看了一下，就伸手摟住彼此的肩膀和腰，抱在一起，互相說著「你就是腦袋聰明」、「加油喔」、「我會加油的」。

原來還有這麼奇怪的大人啊。即將長大成人的伊沛卡拉不解地這麼想著，這時巴夫恩凱拉著新客人出現在圍觀打架的人們面前。

「我來向大家介紹，這位是布羅尼斯瓦夫・畢蘇斯基先生，他是受沙皇陛下之命來薩哈林島研究我們阿伊努民族的。」

觀眾們發出「喔喔」的驚嘆，被介紹的那人急忙說「不是這樣啦」，巴夫恩凱卻不以為意地回答「差不多啦」。

「送熊靈將在明天舉行，今天有前夜宴，請大家好好期待。」

眾人發出迫不及待的歡呼聲。在稍遠之處，那三個男人依然抱在一起。

宴會在巴夫恩凱的舊宅舉行。屋頂、牆壁和一般民宅一樣適用蝦夷松的樹皮搭成的，但規模卻大到驚人。伊沛卡拉來到阿伊村時，巴夫恩凱才搬到現在的宅邸，而舊宅只會在儀式或祈禱時使用。

塞滿房子的賓客和村民擁擠地坐在草蓆上，伊沛卡拉和秋芙桑瑪一起坐在角落的位置。

巴夫恩凱去向豎立在外面的木幣獻完酒回來了，他換了一件純白的草皮衣，從耳朵到頭頂的頭髮剃得短短的，儼然一副威風凜凜阿伊努大首領的風格。他從擁擠的人群中穿過，走到爐邊的上座，然後喊著主要來賓的名字，被他叫到名字的人依次坐到爐邊，擦手撫鬍向他問候。

「塔拉伊卡的西西拉托卡・阿伊努。」

聽到自己的名字被隆重地叫著，伊沛卡拉的遠親叔叔站了起來。他被打得鼻青臉腫，但不知何時換了一套正式的草皮衣。他似乎不是首領，而是作為塔拉伊卡村的代表受到正式邀請的客人。

「通納伊查的亞尤馬涅克夫・阿伊努。」

接著起身的男人同樣穿著草皮衣，同樣鼻青臉腫地走出來。

今天最晚來的兩位客人縮著身子擠在上座的旁邊，畢蘇斯基的藍眼睛和拿著鉛筆的手忙碌地動個不停。每當巴夫恩凱說了什麼，那個叫太郎治的大眼睛男人就會對畢蘇斯基小聲地說話。

巴夫恩凱叫完一連串的名字之後，為今天特地釀的酒就被端上宴席。不知道是日本人還是俄羅斯人，有個搞不懂狀況的人發出開心的聲音，接著他似乎注意到阿伊努人都是表情嚴肅地默默喝光，所以也跟著安靜下來。

大概喝完了一桶酒之後，村裡的長老向巴夫恩凱說了些祝福之詞。摻雜著古老詞彙的響亮聲音在寬敞的室內迴盪著，接著是太郎治幫布羅尼斯瓦夫翻譯的低語。

「再說下去就太多了，我就說到這裡吧。」

長老客氣地結束了祝詞，然後將剛被喝完的空酒桶交給巴夫恩凱。巴夫恩凱撫摸著酒桶，對它說了些感謝的話。

「向你獻上以我的話語不足以表達的問候。」

說完同樣客氣的結尾之後，巴夫恩凱輕輕地放下酒桶。

「儀式就此結束，接下來就喝到天亮吧。」

巴夫恩凱用俄語宣布，接著說起日語，大概也是同樣的意思吧。

緊張的氣氛一下子放鬆了，已經喝起酒來的客人開始吱吱喳喳地聊天，然後又再倒酒，笑聲不絕於耳。

伊沛卡拉感覺自己被丟在一旁，她不會喝酒，也沒有足夠的社交技巧能和別人談笑。

旁邊的秋芙桑瑪還是面帶微笑地低著頭。回到村子裡的她每次碰到這種熱鬧的場面就只是靜靜地待著，大家都知道是失去家人的悲傷令她變得如此，但沒人知道該對她說些什麼，所以她平時跟人往來就保持著距離。和她情同姐妹的伊沛卡拉雖然沒那麼生分，但也只能默默地看著她。

為了打發摻雜著寂寞的無聊，伊沛卡拉豎起耳朵傾聽。薄薄牆壁的另一邊傳來了幾個女人的哭聲。

那些大概是在籠子前和養了幾年的熊惜別的人吧。一般來說會等到明天早上把熊拉出籠子時才哭，但她們想必是忍不住悲傷了。

哭聲之中有人喊了一個名字，那是去年淹死在海裡的男人。

隆重地舉行了葬禮之後，大家表面上彷彿忘了死者，平時沒人提起他的名字，也沒人到他的墓前哀悼，活著的人就是這樣得以揮別悲傷重新站起。但是，這是不可能遺忘的。幾年才舉行一次的送熊靈，也是少數能讓遺族坦然表達出對死者哀思的機會。

有人趁著酒興彈起了五弦琴。彈得實在不好，聽得都令人心煩。後來那人像是用摔的丟下了琴，伊沛卡拉立刻爬過去把琴抱起來。她在屋子的角落彈了幾下確認琴聲，一邊唱歌一邊隨著自己的喜好調弦，她感覺琴慢慢地貼近了自己的身體。

調好弦之後，伊沛卡拉沒有停歇，立刻開始演奏。如光輝般的強勁琴聲接連不停，琴身的共鳴帶出溫暖的餘韻。樂聲如小河般涓涓流動，一點一點地洗清感覺的輪廓，伊沛卡拉自己彷彿也漂流在這河水中。

「耶耶耶～耶耶耶～喔喔喔～喔喔～」

歌聲如陽光般傾瀉，秋芙桑瑪不知何時坐到伊沛卡拉身邊，配合著琴聲歌唱，聲音閃閃發亮。

伊沛卡拉和秋芙桑瑪對看一眼，秋芙桑瑪露出微笑，歌聲中加入了語言。她唱起了即興歌曲。人們漸漸聚集過來，紛紛打起拍子，出聲吆喝。

歌聲合為一個禱聲，反覆不斷。

——願我的歌聲上達天聽，請繼續聆聽，請繼續傳述，直到天涯海角，直到永遠。

她的歌聲清脆又優美，但也隱含著一絲哀傷。這是為什麼呢？如同在回答這個問題，熊的叫聲從樹皮牆壁的另一邊傳來。高亢，悠長，最後逐漸拔尖。

伊沛卡拉明白了，秋芙桑瑪也是在哀悼。她是在哀悼死去的丈夫和孩子。秋芙桑瑪沒有提過詳細情況，伊沛卡拉當然也不會去問。看到她如此悲傷，自己究竟能做些什麼？

至少現在……

伊沛卡拉這麼想著，把心思拉回琴中，如同秋芙桑瑪心無旁鶩地唱歌一樣。她覺得與其自作聰明地說些無益的安慰，還不如彈琴更能陪伴秋芙桑瑪走下去。

最後，歌聲如潮水般退去。伊沛卡拉像是為了留下餘韻而減緩了速度，然後以強勁的一彈結束了演奏。熱烈起舞的阿伊努男男女女都興奮地向兩人喝采，讓伊沛卡拉很不好意思。

突然間，一條黑影竄入了視野。伊沛卡拉抬頭一看，有著藍眼睛和紅鬍子的臉龐在她的前方降下，如同坐在她面前。

「真是精采的歌聲和演奏，我很感動。」

男人一邊把小筆記本收進口袋一邊說道。他說的阿伊努語流利得不可思議。

「我是布羅尼斯瓦夫・畢蘇斯基，從今天開始要在村子裡待一段時間。我的名字有點冗長，妳叫我布羅尼斯就可以了。」

男人又問了剛才那首曲子的名稱。他五官端正，但有些顯老，一雙藍眼睛純真得不符合他的年齡，如孩子一般閃閃發亮。

伊沛卡拉感覺自己彷彿被吸入了那雙藍眼睛之中。

五

亞尤馬涅克夫一邊為今天剛遇見的少女的琴聲而感動，一邊把玩著酒碗。

「好女人實在不好找啊。」

西西拉托卡一副像是尋得人生真理的模樣說出這句話，繼續喝酒。

如耆老花了一整夜唱的敘事詩那般波瀾壯闊、一個人滔滔不絕說個沒完的故事大概就是這樣的結論。簡單地說，他在北海道換了一個又一個的漁場工作，認識了在那裡負責煮飯或搬運的女性，雖然有幾個人和他感情不錯，但最後都沒有開花結果……總之是個讓別人聽到會很羞恥的故事。

「所以你是因為在日本娶不到老婆才回來的嗎？」

太郎治一臉無奈地笑了，但他臉色非常蒼白。可能是酒喝得太多，在壯闊故事進行到一半的時候還暫離了片刻。

「亞尤馬涅克夫，你的兒子……是叫托佩桑佩吧，他過得好嗎？」

「嗯。」聽到太郎治的問題，亞尤馬涅克夫點點頭。

「他很好，今年已經十八歲了，現在他取了八代吉這名字，在通納伊查一個有漁夫小屋的漁場和我一起工作。」

「這麼說來，我們都已經二十五歲了。」

「西西拉托卡，我和你都是三十六歲。」

「亞尤馬涅克夫，你過去都在做什麼？」

「做什麼啊……」

這不經意的發問令他不知該如何回答。

當年亞尤馬涅克夫好不容易才回到樺太島，卻發現那裡已經不是他想念的故鄉了。他失去了從北海道划過來的船，步行回到故鄉雅馬貝齊，但那裡已經變成俄羅斯人的村子。他和一起回鄉的同胞們流連在海邊，靠著撿來的破船沿海移動，途中雖有親切的俄羅斯守燈塔人和經營漁場的日本人幫助過他們，但他們還是漫無目的地流浪，後來在阿伊村南方二十里（約八十公里）的通納伊查發現了沒有遷到北海道的阿伊努人村莊，才終於找到落腳的地方。

通納伊查附近有一位根據地在函館、善良的日本人佐佐木經營著漁場，所以溫飽不成問題。他沒打算再娶妻，在村人的幫助下，托佩桑佩順利地成長，到了十歲便取了八代吉這個名字。生活過得不輕鬆，但也不算辛苦。
不過，他們在島上不斷地和俄羅斯人發生衝突。因為有逃跑的囚犯和結束懲役卻找不到工作的流浪漢，村外一到晚上就變得很危險。拓荒村和阿伊努村總是為了界線而爭執，俄羅斯人甚至會把狗當成有害的野獸打死，或是用毒餌把牠們毒死。
「他們本來就是壞人啊。你們自己多注意一點。」
每次去投訴，俄羅斯的看守和官員都只是這麼說，也不打算處理。
不過亞尤馬涅克夫可以理解那些被視為「本來就是壞人」的人，他們每個都很疲累、忿忿不平。懲役囚犯都是骨瘦如柴，有時還能看到他們身上有酷刑的痕跡。流放開拓囚犯和自由民都很貧困，而且想必很不習慣在這冰天雪地的島上生活。除此之外，他們之所以獲罪被送來這座島上，或許也是出自某些矛盾。
島上的俄羅斯人都是被自己的祖國趕出來的。
曾經是他故鄉的這座島，如今堆積著各種人為的矛盾和不合理。
——我和妳真的想要回到這裡嗎？
在通納伊查的小屋裡，他時常對妻子的琴如此問道。琴不會回答他，彈了也只會發出悲傷的鳴聲。
「嗯？你怎麼了，亞尤馬涅克夫？」
太郎治的聲音鑽進了他的思緒，宴會的喧譁依然持續。
「喔喔，抱歉。」他不禁苦笑，覺得自己又不像會陷入沉思的人。
「我回到了出生的雅馬貝齊，但是那裡已經變成俄羅斯人的村子，所以我就住到通納伊查，在日本人的漁場工作。」

沒有其他的路可走。一想到將來的事，他就覺得寒徹心扉。

此時，一股熱意湧出，隨即化為言語。

「不對……」

路是自己走出來的，未來是取決於自己的選擇。他要推翻這些壓迫自己的幻想，獲得可能本來救得了他妻子的智慧。他要得到文明的力量。

學校就是這一切的起點。

「只要有錢就好了。」

話一出口，亞尤馬涅克夫不禁露出苦笑。決心到了嘴上就變成了極為現實的話語。

太郎治和布羅尼斯瓦夫一起點頭。

「一定有地方能找到錢的。」

當眾人都表示同意時，西西拉托卡很輕鬆地說道。

「哪裡啊？」

「首先是……」

看到西西拉托卡指著的方向，亞尤馬涅克夫笑著說「你說那個人啊」。

村中最富有的阿伊努首領正在圓滑地和俄羅斯官員說笑。

「不過他似乎挺小氣的。」

西西拉托卡愉快的評論和熊的尖細遠吠聲重疊在一起。

六

「寄宿學校是幹麼用的？」

高大身軀穿著家居樸素草皮衣的巴夫恩凱明顯地皺起臉孔。

盛大舉行送熊靈的兩天後，賓客都走得差不多了，屋裡變得很空曠。在客廳裡，從北海道回來的三個阿伊努人和一個波蘭人正在和首領談話。

客廳角落的火爐燒著煤，巴夫恩凱坐在鋪著綠色織物的單人沙發上，其他四人則是坐在矮桌對面兩張同色的雙人沙發上。

「是可以提供學生地方住的學校。我們要讓阿伊努的孩子在那裡讀書。」

亞尤馬涅克夫簡單地解釋。

「所以你們是來跟我要錢的嗎？」

「說得直接點就是這樣。」

亞尤馬涅克夫開門見山地說道。

「我們覺得，和文明開化的俄羅斯人往來密切的巴夫恩凱・阿伊努一定可以理解學校的必要性。」

亞尤馬涅克夫加上了敬稱，表示不是把他視為企業家，而是把他視為阿伊努首領。不過巴夫恩凱並沒有放下企業家的身分。

「如果是關於投資的提議，我就聽聽看吧。你告訴我，要怎麼賺到錢？」

他大剌剌地問道。

「這是賺不了錢的。」

「我很想說我對賺不了錢的事沒興趣，不過你們是我請來的客人，我還是會把話聽完。」

亞尤馬涅克夫用眼神示意，太郎治便開始說明。首先要在這個冬天開辦識字教室，不過光是這樣無法提供充足的教育，所以預計下個冬天開辦恆常性的寄宿學校。教師包括全職的千德太郎治、兼職的布羅尼斯瓦夫・畢蘇斯基和尼古奔人印丁。

計畫和人才都已經有了，現在缺少的只有錢。

聽著太郎治說明時，巴夫恩凱如同在慰勞剛舉辦完盛大儀式的自己而搓著手。

「說完了嗎？」

說到一個段落，阿伊村的首領就瞪著太郎治說道。太郎治小聲地回答「是的」。

「我已經聽完了，你們走吧。」

聽到這冷冰冰的回應，亞尤馬涅克夫探出上身說：

「我們做這些事是為了阿伊努的孩子，希望巴夫恩凱・阿伊努也能在金錢上提供協助。」

「我能拿到什麼好處？」

「不好意思，巴夫恩凱・阿伊努，這不是有沒有好處的問題。」

亞尤馬涅克夫盡量客氣地回應。

「樺太島是俄羅斯的領土，住在島上的我們最好也能學習俄羅斯的語言和規則。如果能得到你的協助，我們一定做得到。」

「大家多多少少都會說幾句俄語，這樣不就夠了嗎？」

「但是不識字。」太郎治插嘴說。「也不會寫字。」

「只要找會讀會寫的人幫忙就好了，想要學的人就自己去學吧。」

「我也是這樣想的。」

西西拉托卡像是在扯自己人的後腿。他在巴夫恩凱看不到的角度偷偷做了個鬼臉，像是在表示他要幫巴夫恩凱說出不方便直說的考量。
「孩子也是家裡的重要勞力，如果為了上學害得家裡過不下去該怎麼辦啊？」
太郎治探出上身說道：
「有那種狀況的時候自然要以家裡為優先。學習重要的是不能間斷，只要有空的時候來學校就好了，我們會好好調整教學的方式。」
「你們打算教什麼？」
「首先是俄語的讀寫，接下來是地理和數學。」
「學地理有什麼用？」
「知道世界的寬廣，人生的可能性也會變得更寬廣。」
「那數學呢？」
「在使用貨幣的世界就需要懂得計算，如果懂得處理巨大的數目，也有可能當上像巴夫恩凱・阿伊努這樣的企業家。」
「那還真是厲害！」
西西拉托卡故意擺出震驚的模樣。亞尤馬涅克夫悄悄打量，巴夫恩凱依然一臉無趣地搓著手。
此時，敲門聲響起。可能是因為才剛開過口，西西拉托卡越俎代庖地回答了「請進」。
「那個，我、我送茶過來。」
門外傳來戰戰兢兢的聲音。太郎治起身開門，看見一位嬌小的少女捧著托盤站在外面。那是伊沛卡拉。

「謝謝，我們正好口渴了，妳來得正好。」
太郎治伸出雙手想要接過托盤，伊沛卡拉卻躲開他的手，如泥鰍一般溜進房間。
少女把托盤放在桌上，擺出一個個倒好了茶的陶杯。她的動作有些笨拙，不斷發出碰撞聲，每個杯子裡的茶也是多寡不一。
亞尤馬涅克夫皺起眉頭。托盤上還有一個大碗，裡面盛滿黑色黏液，上面還浮著一顆紅球。他正訝異地猜測這是什麼東西，伊沛卡拉就用雙手捧起了碗。
「這是我做的，請大家享用。」
那是食物嗎？亞尤馬涅克夫很吃驚。伊沛卡拉口中說著「大家」，但眼睛卻盯著布羅尼斯瓦夫，她還有些駝背，像是一隻盯著獵物的熊。
「這是什麼料理啊？」
布羅尼斯瓦夫彷彿被她盯得不得不開口詢問，伊沛卡拉微微一笑。
「這是『姆西』。」
聽到料理的名稱，亞尤馬涅克夫更是愕然。姆西應該是雪白魚凍和豔紅越橘做成的美麗料理，但是這東西一點都不像，碗裡的景象如同烏黑的雷雲侵蝕著小小的越橘，就像是日本人口中的地獄用抽象的手法表現出來，真不知道吃下去會發生什麼事。
「姆西這種料理難得一見，等我們談完之後再慢慢享用吧。」
亞尤馬涅克夫帶著莫名的心理壓力如此提議。到底要怎麼處理這碗料理，等少女走了以後再慢慢想吧。
「謝謝。」
亞尤馬涅克夫正想說「這樣就行了」，卻睜大了眼睛。

少女扭曲著身體，發出「嗯嗯啊啊」的嬌喘，她熾熱的視線始終盯著布羅尼斯瓦夫的臉，掛在衣帶上的金屬飾品發出了鏗鏘的不祥聲音。先前滿臉笑容的西西拉托卡此時露出沉痛的表情，默默地低下頭去。

「哎呀！」少女叫了一聲倒在地上，發出砰的一聲，聽起來似乎很痛。布羅尼斯瓦夫急忙把她扶起來。

「對不起，我的身體不好，非常不好。」

少女說得像在念稿一樣，臉上瞬間浮現了肉食獸般的猙獰笑容。

「快去休息吧，我陪妳回去。」

西西拉托卡如同自首似地站起來，拉著少女往外走。少女用格外俐落的腳步隨著西西拉托卡離開客廳。

「她是怎麼了？」

布羅尼斯瓦夫覺得很詫異，亞尤馬涅克夫也只能不解地歪著頭。

巴夫恩凱用慈愛的眼神看著關上的門，然後坐直身體，拿起陶杯，一臉享受地喝著茶。

「如果是為俄羅斯人開的，我就出錢。」

聽到他突然改口，眾人都露出疑惑的表情。

「島上沒有幾間像樣的學校，所以俄羅斯資本家和高官要教育孩子都是聘請有學問的囚犯來當家庭教師，如果針對這些有錢人開辦完全住宿制的學校一定可以賺到錢，他們付學費和捐款肯定很大方。聽說畢蘇斯基先生之前是社會主義者，又是政治犯，由你來當校長會很有話題性，自認開明的人家一定都會把孩子送來。」

「我們想教的是阿伊努的孩子。」布羅尼斯瓦夫說道。

「阿伊努人幾乎全是窮人，賺不到錢的。」

「你想要收的那些學生都已經在家裡接受教育了，根本不需要上學。」

「我也這麼想。但我想要的是賺錢。畢蘇斯基先生，你明白嗎？」

布羅尼斯瓦夫被他叫到名字似乎有些困惑，但隨即露出柔和的微笑。

「請叫我布羅尼斯。」

「我要叫你畢蘇斯基先生。」

巴夫恩凱不知為何非常堅持。

「身為阿伊努首領，我要感謝你對我們同胞的關心，我也很尊敬你的理想，但是學校對阿伊努人沒有幫助，我們只要工作就能過上好日子，特地花錢去學習根本沒有意義。」

「學習是有意義的。」

布羅尼斯瓦夫探出上身說道，巴夫恩凱只用「沒有」二字就擋了回去。

「辦什麼學校，那種東西能吃嗎？能拖網嗎？能讓人過好日子嗎？阿伊努人只需要活得健康又正直，我大可雇用他們、養活他們，根本不需要什麼學校。」

布羅尼斯瓦夫張口想要說話，但巴夫恩凱抬手制止他，繼續說道：

「我會協助你的研究，如果哪天我有需要，也請你幫我介紹俄羅斯的高官。學校要怎麼搞就照你的意思吧，我既不會幫忙，也不會妨礙。這樣總行了吧？」

巴夫恩凱拿起菸斗，臉孔不知為何苦澀地扭曲。

「你們還記得『薩哈林島』變成俄羅斯領土之前的事嗎？」

亞尤馬涅克夫搖搖頭。他多少記得一些事，但沒有任何景色符合巴夫恩凱用俄語說出島名時的苦澀表情。

「當時還綁髮髻的日本人靠著賒給阿伊努人的一點米和酒而奴役我們的男人，不聽話的人還會被打得半死，就算逃跑他們也會追來，女人不是跟男人一樣被奴役就是被當成情婦，簡直跟奴隸沒兩樣。」

亞尤馬涅克夫也聽過這些事。墮胎藥會被稱為日本藥，梅毒會被稱為日本病，就是巴夫恩凱述說的那個時代流傳下來的。

「明明是在自己出生的故鄉，卻非逃不可，明明什麼壞事都沒做，卻要被人追趕。更可悲的是，我們阿伊努人也很依賴日本人帶來的酒和米。我們已經離不開日本人了，這座島變成俄羅斯領土時會有那麼多阿伊努人搬到北海道也是因為這樣。」

巴夫恩凱一邊說，一邊仔細地把菸草塞進菸斗。

「我當時選擇留在島上，但我也不確定該選擇哪一邊才對。日本人走了以後，俄羅斯的罪犯和資本家就跑來了，每天鬧個沒完，俄羅斯人經營的漁場一樣會奴役阿伊努人。唯一值得慶幸的是阿伊努人只要得到薩哈林行政機關的許可也能擁有漁場，我可是費盡苦心才弄到了漁場，可以雇用阿伊努人，給他們像樣的薪水，賺錢的話還能給更多。雖然是理所當然的事，但我好不容易才能做到。」

首領神情疲憊地啣起菸斗，點燃菸草。

「我的話說完了。」

裊裊升起的白煙顯得很寂寥。

「巴夫恩凱．阿伊努……」

亞尤馬涅克夫的態度非常客氣。

「你種過牛痘嗎？」

「喔喔。」首領一臉詫異地回答。「當然啊，又不知道什麼時候會生病。」

布羅尼斯瓦夫喃喃說著「牛豆？」，太郎治對他說「在俄羅斯叫作普里威伏卡」。

「我們在北海道時遭到了慘重的打擊。因為霍亂，還有天花。」

在那個時候究竟能做什麼？亞尤馬涅克夫一邊對巴夫恩凱說話，一邊也在問自己。

「契可畢羅很了不起。」巴夫恩凱打破了不談論死者的習慣。或許這就是他的憑弔方式。「我不過是一個漁夫，但年紀比我小的契可畢羅還在薩哈林島的時候已經像個偉大的首領了。」

「契可畢羅曾經在北海道推廣過種牛痘，但是絕大多數的阿伊努人都不肯接種，他們不相信把疾病的種子打入體內就不會再生病。如果阿伊努人擁有衛生、傳染、免疫的知識，或許就不會死那麼多人了。」

「這邊也一樣，沒人相信免疫那種東西。」

巴夫恩凱艱澀地說道。

「薩哈林島在北海道發生疫情的時候也出現過天花，在此之前，大概在你們出生後不久也出現過，兩次我都記得很清楚。我們什麼都做不了，只能讓巫師在滿身瘡疤的病人身邊祈禱，就算最後沒死，除了性命之外什麼都沒留下。三年前也出現過傳染病，當時還有『印伏留安札』。」

巴夫恩凱說了一個俄語的詞彙。太郎治喃喃說著「是流行性感冒啊……」。

「對雁村真可憐。」巴夫恩凱繼續說。「八百多人住在一起，這種事情在薩哈林島根本不可能發生。」

樺太島的每一個阿伊努村莊都很小，超過二十人就算很多了，這是防止傳染病流行的智慧。從統治的角度來看，人們集中居住在一個地方會更有效率。

日本人憑著自己單方面的想法熱心地幫助樺太島阿伊努人邁向現代，卻害他們遭到傳染病的重創。俄羅斯則是對他們置之不理，也對自己帶來的不幸和不合理坐視不管。

「讓伊沛卡拉變成孤兒的就是『印伏留安札』。無論我雇用多少人，代墊了多少租金，疫情還是繼續擴散。每次我都會這麼想，或許阿伊努人哪天就全都消失了。」

亞尤馬涅克夫點頭。巴夫恩凱突然伸出手，拿起伊沛卡拉留下的那碗姆西，用放在碗裡的湯匙一口氣吃光，然後把空碗輕輕地放在桌上。

「薩哈林島西岸的阿伊努人已經習慣了日本風格的生活方式，他們還會泡澡，東岸則是俄羅斯風格。遺忘了阿伊努風俗的我們還算是阿伊努人嗎？或是我們會保持著阿伊努人的本色而滅亡？哪一種比較好？應該是能活下來的比較好吧。種牛痘那種事只要在漁場強迫大家接種就好了，沒必要花費時間和金錢讓大家去學習。」

「光是這樣沒辦法讓阿伊努人自立，只不過是成了資本家的奴隸。」

布羅尼斯瓦夫插嘴說道。

「你說的資本家就是我這個阿伊努人。」巴夫恩凱上身前傾怒吼道。「誰要當奴隸啊？阿伊努人不是任何人的奴隸。只要我的眼睛還是黑的，我就不會讓阿伊努人變成別人的奴隸，我就是為此而賺錢的。」

說到這裡，巴夫恩凱嘆了一口氣，重新坐回沙發。

「所以我才不要為了學校這種無聊東西出錢。」

看到他不容轉圜的態度，亞尤馬涅克夫等人只能默默走出客廳。

隔天，亞尤馬涅克夫動身離去，但他無法和巴夫恩凱打聲招呼。

「他從昨天晚上一直躺在床上起不來。他明明很少生病，難道是吃了什麼不乾淨的東西嗎？」

伊沛卡拉一臉疑惑地這麼告訴他。

七

布羅尼斯瓦夫・畢蘇斯基乘著狗雪橇在雪原上奔馳。

「雖然是十二月，但今天還挺暖的。」

前方毛茸茸的背影愉快地說道，不理解這種感覺的布羅尼斯瓦夫忍不住笑了。

即將十九歲的印丁高明地控制著雪橇犬，不愧是被譽為薩哈林島最優秀駕者的吉里亞克人。雪橇正駛向阿伊村南方五十公里左右、沿著河流深入內陸之處的阿伊努村莊席揚濟。

明天那裡就要開始辦識字教室了。

由於和千德太郎治一起長大的兩個阿伊努人也加入幫忙，寄宿學校的資金一點一滴地累積起來了。就算是為了開辦學校做準備，他也一定要讓只限一個冬天的識字教室順利進行。

教學是在席揚濟和阿伊村北方的歐塔桑這兩個阿伊努村莊同時進行。歐塔桑的班級由太郎治負責教學，課程到二月為止，總共三個月。布羅尼斯瓦夫這段時間住在阿伊村，一邊做民族學的調查一邊為寄宿學校募集資金，同時還要去席揚濟和歐塔桑教課。

「你的胸口不會難受吧？」

布羅尼斯瓦夫很擔心風太冷，忍不住又問了已經重複很多次的問題。印丁轉過頭來，堅強地笑著回答「都說我已經好了嘛」。

印丁得了肺結核，是跟著布羅尼斯瓦夫去符拉迪沃斯托克之後染上的。印丁的父親齊兀路卡知道以後並沒有生氣，印丁也沒對他表示過任何埋怨的意思。

——不會立刻死的，只要還活著就會好起來。

父子兩人在離別之時都跟布羅尼斯瓦夫說了同樣的話。

即使印丁一直說自己已經好起來了，他還是覺得那只是寬慰之詞，不過他又覺得印丁不會愚蠢到沒考慮到會有傳染給學生的可能性。既然已經痊癒，那就坦率地感到開心吧。每次聽到印丁的回答，布羅尼斯瓦夫都會這樣勸告自己。

「爸爸說他很想見阿卡恩（大哥）。偶爾回去看看他吧。」

印丁一邊駕駛雪橇，一邊換了個話題。

「齊兀路卡還比我大幾歲呢。」

布羅尼斯瓦夫努力裝出開朗的語氣說道，印丁笑著說「都叫這麼久了」。

「已經改不過來了啦。爸爸叫你大哥都叫十多年了。」

「也是啦，都叫這麼久了。」

每次看到印丁的笑容，他就會感覺到被原諒的欣慰。

一到席揚濟村，就有震天價響的狗吠聲迎接他們。他縮著脖子走到半穴居的首領家去打招呼，首領笑容滿面地歡迎他們，然後帶他們走到附近的河邊。覆蓋在雪中的夏屋之中有一間是沒人住的，可以提供給他們作為學校兼教師宿舍。

「這裡可以嗎？」

首領帶他們來看的屋子和事先探勘時看的是同一間，但屋頂和牆壁都補上了厚厚的枯草。

「因為這裡很冷，所以多補了一些草，如果不夠的話再告訴我。家長會輪流幫忙煮飯洗衣。孩子們從明天開始會來上學，麻煩你們了。」

首領爽快地說完之後就回去了。

隔天，課程正式開始。有五個在額上掛著「後後其里」——用珠子串成的三角形飾物——的阿伊努孩子來了。也是因為印丁的爽朗性格，從自我介紹開始的課程進行得相當愉快。

布羅尼斯瓦夫參觀了一陣子，就走出暫用的校舍，全心投入於學術調查。他記錄了村中的戶數、人口和財產，找村民們聊各式各樣的事，並且請他們提供不需要的器物，錄下他們唱的古老歌謠，拍照記錄他們的儀式，停留幾天以後才回到阿伊村，在巴夫恩凱借他的房間裡整理蒐集到的資料，檢查郵件。

在阿伊村裡，是由那位歌聲優美的女性秋芙桑瑪負責照料他的生活瑣事。布羅尼斯瓦夫雖然對她的叔叔巴夫恩凱的企圖心感到排斥，不過秋芙桑瑪個性體貼，又擅長做家事，確實幫了他一個大忙。他每次遇到那位喜歡彈琴的少女伊沛卡拉，她的眼中都充滿了活力的光輝，但他不知道理由為何。

看起來一切都進行得很順利。

新年靜靜地到來了，某一天布羅尼斯瓦夫和印丁一起在席揚濟教課。布羅尼斯瓦夫擔任老師，用俄語圖畫書教學生一些簡單的文章。

印丁細心地協助每個學生理解課文，他跟學生說話的時候都會保持距離，而且手上總是拿著一塊布，以防突然咳嗽或打噴嚏。

突然間，印丁站起來，腳步蹣跚地走到室外，布羅尼斯瓦夫一看也停止講課，追了出去。印丁跪在幾公尺外的雪地上，雙手撐地，肩膀劇烈地起伏，布羅尼斯瓦夫跑過去一看，不禁屏息。

鮮紅的血灑在純白的雪上。每當印丁用力咳嗽，又會灑上新的血跡。說著「離我遠一點」的年輕聲音被咳嗽和飛沫般的聲音遮掩住，布羅尼斯瓦夫卻沒有聽從，反而脫下西裝蓋在印丁的身上，幫他按摩背部。室外的氣溫遠低於零度。

「抱歉，你先等一下。」

布羅尼斯瓦夫匆匆地跑回教室。

「今天的課程到此為止，大家快點回家吧。」

孩子們都一臉天真地看著他，不知道發生了什麼事。

「快點，動作快。」

有一個孩子皺起了臉。布羅尼斯瓦夫想著「對不起，我不是故意嚇你們的」，直接穿著鞋子走進教室，催孩子們站起來穿鞋，推著他們的背把他們趕出去。然後他又走到屋外，印丁已經停止咳血，但還是趴在地上喘氣。布羅尼斯瓦夫扶起他，把他背回屋裡。

「你會被傳染的，布羅尼斯。」

「現在哪管得了那麼多！」

布羅尼斯瓦夫的語氣急躁得近乎斥責。

他背著印丁虛脫的身體，用單手鋪好被褥，讓印丁躺在上面，接著在燒著小火苗的爐中加入木柴，用水瓶在桶裡汲水，把布塊沾濕再擰乾，擦拭那年輕臉龐和脖子上的血，接著又從行李中找出乾淨的襯衫，幫他換上，將沾了血的襯衫丟進爐中燒掉。之後他用瓶中的冷水洗掉自己手上的血，丟下一句「我去叫人來」就跑出去了。首領接到消息後立刻叫人駕雪橇去阿伊村。

布羅尼斯瓦夫搖搖晃晃地回到印丁身邊，先檢查火勢，然後坐在被褥旁邊。

「我還以為已經治好了。」

印丁先為布羅尼斯瓦夫的照顧而致謝，然後輕聲說道。

「別說話了，你現在得好好休息。」

被罪惡感壓得喘不過氣的布羅尼斯瓦夫回答。

「我真想好好地上完課。在符拉迪沃斯托克的時候也是因為這個病而無法畢業，我什麼都做不好。」

「沒這回事，你用盡最後一絲力量來教導這些孩子，你已經做完你該做的了。」

「我心裡有一些話，你可以聽我說嗎？」

「我聽，我一定會聽，你現在不要太勉強自己。」

「我不會後悔的。」

印丁不理布羅尼斯瓦夫的勸阻，還是說了起來。

「布羅尼斯是我最愛的爸爸的朋友，也是村子的恩人，我一直都很尊敬你。我很高興你教我讀書，而且如果我一直待在村子裡，就沒辦法看到蒸氣船、大都市，還有符拉迪沃斯托克的學校了。布羅尼斯，無論我接下來會怎樣，都請你不要介意，還有……」

布羅尼斯瓦夫沉默不語。現在安靜傾聽就是贖罪。

「謝謝你。」

印丁用微弱卻清晰的聲音說道。

「你有聽到嗎？」

「有。我知道了。」

「太好了。」

印丁終於乖乖閉上嘴，過一陣子就睡著了。

太陽快下山時，巴夫恩凱派出的三匹馬拉的雪橇到達了，連夜把印丁送到薩哈林島南部的都市科爾薩科夫，讓他住進那裡的醫院。

席揚濟的課程由布羅尼斯瓦夫接著教下去。作為教室的屋子在跟首領商量過後就燒掉了。他承諾會負責賠償，但首領回答「那裡本來就是空屋子，不是誰的財產」，豪邁地拒絕了。

課程在二月底結束了。布羅尼斯瓦夫和太郎治在阿伊村會合，迅速處理完學校決算書和其他雜務，便飛奔至科爾薩科夫的醫院。印丁瘦到不成人形，甚至沒辦法正常交談。他們不知道該如何照料，只能默默地坐在病床邊。

春天到來之前，印丁就嚥下了最後一口氣。

八

在白雪覆蓋的森林中，堆好的木柴冒起火焰。

圍繞在四周的吉里亞克人紛紛丟出手上的木塊，這是他們的殯葬儀式。躺在木柴上的冰凍遺體逐漸被火焰吞噬。

吉里亞克人相信，印丁的魂魄正慢慢地上升到「死者之村」。

「阿卡恩。」

一旁的齊兀路卡用低沉渾厚的聲音叫著布羅尼斯瓦夫的外號，他細細的眼睛眨也不眨地凝視著火焰。

「我們要從這裡搬走了，因為森林變得越來越小了。」

「是嗎？」

他想不出其他的回應。

「這次政府有賠錢給我們，不多就是了。都是多虧了你教我們俄語，我們才有辦法協商。」

布羅尼斯瓦夫沒有感到絲毫的喜悅。金錢抵不了印丁的生命。

「你暫時別來我們的村子吧。」

此時布羅尼斯瓦夫才第一次轉頭看齊兀路卡。刻劃在他光滑臉龐上的皺紋看起來威嚴十足。

「這是應該的，畢竟我害死了你的兒子。」

布羅尼斯瓦夫艱澀地說出這句話，但齊兀路卡大聲地反駁「不是」。

「對你來說，這裡是停滯的過去。你不可以繼續停在這裡。」

吉里亞克友人的眼中沒有譴責的神色，反而帶著安慰似的柔情，完全看不出來這是一位失去兒子的父親。

「都是因為阿卡恩的幫助，我們才能靠自己的力量往前走。要背負著印丁走下去的是我們，阿卡恩有自己的工作，應該走自己的路。」

如同來到了送別魂魄的時刻，火焰高高竄起。

「我們就此分別。等阿卡恩的工作結束後再來看我們吧。」

齊兀路卡不知何時學會了握手，朝布羅尼斯瓦夫伸出右手。這大概是在為他送行，但他與之相握的手卻沒有半點力氣。

齊兀路卡用狗雪橇送了他一段路，之後就改乘馬車，花了幾天回到了阿伊村，到達的時候太陽正要下山。

他回到了巴夫恩凱借他的房間，也不脫外套，徑直走到暖爐前蹲下來點燃煤炭，然後整個人跌坐在椅子上，手肘靠在桌上，摀住自己的臉。

桌上放著一封他看過的信。

寄信的人是他的弟弟約瑟夫。日期大約是一個月前，是他去科爾薩科夫的醫院之前收到的。信中內容為了通過檢查而寫得很隱晦，總之就是弟弟結束了在西伯利亞的五年刑期後，回到立陶宛積極參與反俄羅斯和祖國獨立的活動。

——我衷心期待著能和哥哥一起「工作」的那一天。

弟弟語氣果敢，期盼哥哥早日回來。他一點都不知道布羅尼斯瓦夫的心情。雖然他打從心底期盼著祖國獨立，但這個念頭如今摻雜了害死一個人的自責，已經轉變成一種凝重的超然。

約瑟夫的信中還有一句撼動他心胸的話。

——四月二日的彌撒正在準備中，當天哥哥也一起祈禱吧。

去年的這一天，他們的父親過世了。他的意思大概是會代替流放中的哥哥籌備父親忌日的追思彌撒，要哥哥別擔心。

玻璃窗發出聲響。被房間燈光照亮的雪花在黑夜中飄舞。似乎開始起風了。

他並沒有忘記父親，約瑟夫的話中也沒有其他涵義，但是在印丁死後看到這句話卻令他格外難受。他再也見不到自始至終一直為了孩子心力交瘁的父親了，他不知道自己能做什麼，但他還是不禁自責地想著，自己真的什麼都做不到嗎？

敲門的聲音傳來。他回答「請進」的聲音非常沒精神。

走進房間的是秋芙桑瑪。

「我送茶過來。」

捧著托盤的秋芙桑瑪用歌聲般清脆的阿伊努語說道，把杯子放在桌上。

「喔喔，謝謝妳。」

他不經意地抬頭，戴著大耳環的清秀臉龐從他的眼前掠過。她的嘴邊還沒有刺青。

「你學生的事情我很遺憾。」

秋芙桑瑪以沉痛的表情說道。學生啊……。布羅尼斯瓦夫說不出話，只是含糊地點點頭。

「如果有我能幫忙的事，請儘管直說。」

這雖然只是老套的安慰之詞，卻令布羅尼斯瓦夫心中的感情潰堤而出。

「我殺了人。」

從心底流出的自責化為言語。

「他原本可以當個默默無名的吉里亞克人過完幸福的一生，他根本不需要被我發現的那些才能。我真是太差勁了，我因自己的輕率行動而被逮捕，拋下被處死的朋友而苟活，被關在這座島以後，又為了重新站起來而害死了無辜的人，但是在這座島上卻沒有任何人追究我的罪過。」

說著說著，他就對那對吉里亞克父子湧出一股近似憤怒的情感。

他們的寬恕深深折磨著布羅尼斯瓦夫。若是被痛罵一頓，他還覺得比較輕鬆。為什麼他們不恨他呢？

為什麼他們不理解他呢？

「你們畢竟是未開化的人。」

一絲黑暗的念頭冒出，頓時充滿了胸中。

這種高級心靈的人情世故，他們是不會懂的。該生氣的時候也不生氣，以為原諒就能了事。他們覺得用膚淺的笑容來對待文明人就能過得富裕豐盛。

「妳真漂亮。」

布羅尼斯瓦夫讚美了眼前的未開化之人。他站起來，指著對方的嘴。

「還好妳的嘴邊沒有那種醜陋的刺青，只要把頭髮和身體洗乾淨，換上禮服，應該進得了歐洲的社交圈吧。哪一天我可以帶妳去看看。」

秋芙桑瑪露出疑惑的神情。雖然她眉清目秀，但未開化人畢竟還是愚蠢。

「我知道妳叔叔的企圖。他想透過我認識地理學協會裡面的俄羅斯皇族和高官，他的事業也能得到薩哈林行政機關的援助。妳叔叔是想利用妳從我身上獲得事業的成功吧。」

女人的眼睛發出有力的光輝。終於明白了嗎？責備我吧。我的罪孽太深了。

「真是愚蠢至極，我可是遭到流放的囚犯，可是受到俄羅斯帝國打壓的波蘭人，竟然連這點也不懂。再說，用女兒來換取富貴榮達，難道不覺得丟臉嗎？未開化的人連這個也不懂嗎？」

所以自己才要和異族人往來，致力於他們的教育。這是基於文明人的憐憫，是藉以證明自己屬於創造文明的高等人種的行為。他得到齊兀路卡的認可，為印丁的才能驚嘆，和從北海道回來的三個阿伊努人志同道合，對妥協的巴夫恩凱的同胞之愛而感動，這些全都是。

「……我到底在說什麼？」

言語化成了淚水。

他在這座島上遇到了足以適應環境的智慧、想要活得更好的意志，以及在遭遇困難時相互扶持的關係。

那就是人。

他看盡了各種暴虐和不合理的事，也見過狡猾的壞人，但他從來沒有在這座島上見過未開化的野蠻人，今後想必也不可能見到，因為根本沒有這種人。

布羅尼斯瓦夫再次陷入了絕望。只是因為一時激動，他竟羞辱了自己的恩人和朋友。

「不只是你。」

秋芙桑瑪慢慢地說著。

「每個活下來的人都背負著保護不了別人的悔恨。」

眼前的女人哭了。聽說她的丈夫和孩子都已經死了。被視為未開化民族的女人流出了和他顏色相同的淚水。

「你和我都得振作起來，因為只要活著，就還有我們能做的事。」
「我們似乎很像。」
「或許吧。」
女人還帶著一絲寂寞，但仍堅強地露出微笑。為了點火而插進爐中的木片發出了劈啪聲。

九

三月下旬，島上依然是天寒地凍，但今天稍微回暖了一些。
伊沛卡拉從早上就一直坐在自己房間的地上彈琴。她手指的動作比平時更流暢，震動的琴弦和琴身發出了共鳴聲。
彈琴果然很快樂。
盡情彈過一場之後，伊沛卡拉仍然抱著琴。她一邊想著最近剛回來的布羅尼斯瓦夫・畢蘇斯基，一邊愣愣地撥著琴弦。
布羅尼斯瓦夫去弄那個什麼識字教室的期間，她烹調姆西的手藝進步了不少。這都是多虧了養父巴夫恩凱一直很捧場地幫她嘗味道，但巴夫恩凱最近似乎不太舒服，讓她有些擔心。
不過，最令她牽掛的還是布羅尼斯瓦夫。他最疼愛的學生過世了，他回來時的臉色讓人一看就覺得心痛。伊沛卡拉很想讓他漸漸打起精神，但她除了打招呼以外也不知道該說什麼。

或許現在還輪不到她出場吧，等到他恢復精神之後，如果雪還沒融，就邀他一起去駕雪橇吧，如果雪已經融化，也可以讓狗拉著船去下游逛逛。

正在思考時，她突然想到一件事。她看看自己的房間。

掛在牆上的時鐘和幾件衣服，沒在用的桌子和椅子，睡起來挺舒服的俄羅斯風格的床。房間裡只有這些東西，全都是養父給她的。

自己什麼都做不到。她不擅長做家事，也沒讀過書，只是稍微會彈琴。

伊沛卡拉正覺得有些落寞時，敲門聲傳來。

「請進。」

她一邊放下琴一邊回答，秋芙桑瑪就走了進來。

「怎麼了？妳的臉色真難看。」

伊沛卡拉忍不住問道，因為秋芙桑瑪的表情看起來非常凝重。

秋芙桑瑪沒有立刻回答，直接坐在她的床上。兩人都沉默不語。過了一會兒，秋芙桑瑪才轉頭看著她。

「布羅尼斯瓦夫向我求婚了。」

伊沛卡拉聽到這句話，心臟簡直要停了。有一種麻痺般的感覺傳遍了她的全身。

「對不起。」

聽到這句道歉，伊沛卡拉的心情頓時劇變。不明所以的挫敗感，心事被揭穿的羞恥感，自知比不上對方的自卑感，還有埋怨對方何必向她報告的反感，各種情緒在她的心頭打轉，讓她連自己是怎麼想的都搞不清楚了。

「喔，很好啊。」

這句話自動地脫口而出。

「那妳想怎麼做？要答應嗎？他雖然很有男子氣概，看起來也很體貼，但好像沒什麼錢，而且又常常不在家，也不太會打扮。」

她說出口的話語似乎蒙著一層陰影，心中那些激烈的感情似乎變成了可悲的嫉妒。

「我打算答應他。」

「這樣啊……」

這次她真的覺得自己被推落了谷底。

「我想要在結婚之前刺青。」

「為什麼？難得妳一直沒有刺青，這次的結婚對象又不是阿伊努人，那不是正好嗎？」

伊沛卡拉覺得自己還可以這麼多話真是不可思議。

「布羅尼斯說刺青很醜，但我覺得他不是認真的。」

「妳看吧。還是不要刺青比較好吧。」

「不行，因為我是阿伊努人。」

秋芙桑瑪決定在第二次結婚前違背叔叔的要求。

「妳太老派了。」

伊沛卡拉感覺自己的臉頰似乎露出了笑容。如今在操縱她的到底是誰？

「現在很多阿伊努女人都不刺青了。」

「不是的。」

秋芙桑瑪毅然地說道。

「我不喜歡自己的事讓別人來決定。雖然我很感謝叔叔的關心，但若繼續遵守他的要求，我就不能結婚。」

她對第二次的婚姻、跟外國男人之間的婚姻似乎想得非常深，但是伊沛卡拉已經無力再去試著理解像姊姊一樣的年長女性。

「喔，這樣啊。」

「所以我想拜託妳一件事。」

「什麼事？妳先說說看。」

伊沛卡拉的嘴自行回答。她很想知道自己現在是怎樣的表情。

「我希望由妳來幫我刺青。」

「為什麼要我來？」

另一個自己開口說話了。她今天到底要承受多少次打擊？各種情感又再沸騰起來。

「妳剛才會向我道歉，一定是知道我的心情吧，那妳為什麼還要叫我來做？」

「因為我除了妳以外沒有其他人可以拜託。」

「找誰都行啊，村子裡明明就有很多擅長刺青的婆婆。」

「我深受首領的疼愛，失去家人而回到村子，沒有一個人能理解我。我回到阿伊村以後，唯一能說話的對象只有妳，所以……」

「我才不管妳的感受，我也有自己的感受啊。」

伊沛卡拉跳了起來，抓起掛在牆上的海豹皮衣套在身上，綁上帶子，衝出房間。

她跑到走廊上，就看見一個男人正好從大門走進來。

「唷，妳好。」

那是布羅尼斯瓦夫・畢蘇斯基。雖然此時的他還有些無精打采，但是比起前陣子已經好多了。他用雙手抱著一個木箱，裡面裝了可能是村民送的娃娃和衣服。他在伊沛卡拉面前停下來。

「怎麼了？」

那雙藍眼睛裡的活力令伊沛卡拉氣憤難耐，她朝著男人的小腿一腳踢過去。布羅尼斯瓦夫發出無聲的哀號倒在地上，木箱翻倒，裡面的東西全掉了出來。

「笨蛋！」

伊沛卡拉丟下這句話就跑出去了。天空蒙著一層薄薄的白雲，雖然還沒下雪，但看起來分量積了不少。

她從屋旁拖出了雪橇和皮繩，然後走向繫著狗的地方，綁好雪橇。在一陣手忙腳亂的準備工作之後，她綁好了十隻狗，踏著斯圖（滑雪板）全力推動雪橇。

「托烏！托烏！（前進！）」

戴著裝飾穗子的前導犬拔腿狂奔，其他狗兒也跟著跑起來。伊沛卡拉跳上雪橇，抓著嘎烏雷（滑雪杖），重新拉好韁繩。

雪橇越跑越快，冰冷的風打得臉頰好痛。她似乎在哭了。

她不知道要去哪裡，只是一個勁地叫著「前進！」。積雪一路延伸至凍結的海洋，雪橇在平坦的冰面上如箭矢一般飛奔。

不知不覺間，天空布滿了雲。伊沛卡拉的臉頰有針刺般的痛感，這讓她注意到開始下雪了。強風激烈地打在臉上，咆哮著掠過耳邊。雪勢沒多久就變大了，雪花在風中打轉，整個世界一下子就變得雪白。

「卡依！（轉彎！）」

她拉著韁繩大叫，嘎烏雷豎了起來。前導犬回應似地吠了一聲，雪橇猛然往右轉。

她只是隨心所至，此時雪橇應該是朝著沙灘，從那裡沿著森林走就能回到村子。

不過雪橇還是流暢地一路前進，大概會持續地走到凍結的海上。伊沛卡拉已經迷失方向，如今她或許正以極快的速度遠離村子。

正當伊沛卡拉因不安和心焦而喘不過氣時，雪橇突然劇烈搖晃。

來到沙灘上了。這種安心感隨即被不安所取代。

看不到森林。

眼前所見全是一片雪白。

總之先右轉吧。

「回去！」

她對狗兒們說出的不是命令，而是懇求。

風聲的後面傳出狗兒們的喘息聲和吠叫聲。牠們依然天真地奔跑著，但叫聲之中帶著害怕和困惑。

對不起。伊沛卡拉為了自己心情不好而把狗兒們一起拖下水而道歉。

像霧一樣的風雪吹得她搖搖晃晃，冷空氣滲入細細的骨頭，鼻子凍得都快掉了，腦袋裡面痛到發麻，身體變得越來越冷。

雪橇不時地搖晃。她一定還在陸地上，但她不知道自己正走向哪裡。狗兒們在白茫茫的天地間拉著她向前奔馳。

跑到後來，光線逐漸變暗。狗兒們大概是跑累了，呼吸變得又重又紊亂。

「佩拉！（停下來！）」

伊沛卡拉把斯圖和嘎烏雷插在雪裡，發出號令。她把雪橇蓋在豎立的嘎烏雷上，鑽進底下，把狗兒們聚集到身邊彼此取暖，然後從腰間的袋子拿出魚乾削成小塊，拿一點餵給狗吃。

我會死在這裡嗎？

伊沛卡拉察覺到了危險，又覺得無所謂。

就算回家，等著她的也只有一個空蕩蕩的房間，被等著的則是空蕩蕩的自己。什麼都無所謂了，就算凍死在這裡，自己和世界也不會有任何改變。空氣冷得令她的腦袋都要凍僵了。

突然間，她聽到了琴聲。

她正覺得自己終於開始變得不正常了，聲音卻毫不停歇地繼續傳來。手指彷彿渴求著琴弦似地不斷彈奏，琴聲掠過冰凍的天空。

身體漠視了意識的絕望，渴望著琴的觸感。

我不是空蕩蕩的。伊沛卡拉終於發現了。

她還想彈琴，這種渴望和想要活下去的願望是一樣的。可是白茫茫的視野依然漸漸變暗，太陽似乎就要下山了，到了晚上，氣溫還會降得更低。她到死前才發現自己還想活下去。

流出的淚水在臉頰上結凍了。

不知過了多久，遠方出現一條黑線。她可以清楚看見黑線前方飛舞的雪花。風雪好像變弱了。伊沛卡拉已經不覺得冷了，反而有一股溫柔的暖意圍繞著她的身體。

細長的影子搖曳著。她沒空思索那是什麼東西，眼皮漸漸蓋下。

突然間，伊沛卡拉的右臉感到一陣劇痛，她突然清醒地意識到自己正趴在雪上。她趕緊站起來，擦擦臉上的雪。狗兒們一起激動地狂吠。眼前的人影蹲了下來。

「什麼嘛，是伊沛卡拉啊。」

用左手按著獵帽的亞尤馬涅克夫若無其事地說道。

「你怎麼可以打女人！」

伊沛卡拉氣憤地抗議。

「在生死關頭誰還管妳是男是女啊？妳再繼續睡下去就會沒命喔。」

亞尤馬涅克夫不耐地說。

「還好我的狗先發現了妳，如果視線再差一點，我就看不到妳了。」

「這裡是什麼地方？」

伊沛卡拉問出了在某些人聽來會顯得很愚蠢的問題。

「這裡是阿伊村附近。如果動作快一點，太陽下山以前可以回到村子。」

亞尤馬涅克夫用下巴指向後方。有一排蝦夷松形成的烏黑牆壁，就像是開始放晴的世界的邊境。如果亞尤馬涅克夫說得沒錯，那片牆壁就是阿伊村南方那片供往來行人作為路標的森林。

伊沛卡拉忍不住回頭，帶她走到這裡的前導犬得意洋洋地吠了一聲。

「我來帶路，回去吧。」

亞尤馬涅克夫神情不悅地說道。不知為何，他看起來和前導犬非常相似。

十

島上的氣溫朝著短暫的夏天飆高。

飄著薄靄的早晨，伊沛卡拉獨自走在森林中，肩上掛著兩個空袋子。

在冬天被沉重的雪壓得彎下身子的針葉樹如今長滿了鮮綠的針葉，盡情地伸展枝椏。開拓過的草原像是突然想起似地開滿了迎風搖曳的橙色紫色野花。處處是蟲鳴鳥啼，遠方出現馴鹿碩大的身影。

她走下了陽光從葉縫中映照著的山坡，底下是因融雪而高漲的小河。黃花一簇簇地沿著河岸生長。那是亞齊布基（空莖驢蹄草）。

她蹲在地上，體貼地說著「對不起喔」，一邊把草連根拔起，放進袋子。等到裝滿了一個袋子，她才站起來，繼續在森林裡徘徊。

接下來要找的東西很快就找到了。白樺樹筆挺地站成一排，如同標示著草原和森林的界線。她從中挑了一棵，用小刀剝下白色的樹皮，把另一個袋子也裝滿了。

日上三竿時，伊沛卡拉扛著兩個滿滿的袋子走回家，還在途中摘了越橘，酸酸甜甜的，非常好吃。

回到阿伊村後，從眼前的海洋颳來的海風吹散了熱氣，比森林更涼爽。她沿路和每一家的狗及擦身而過的路人打招呼，走到巴夫恩凱家時，發現兩條靠在一起的人影，附近還停著一匹馬拉的馬車。

那兩條人影是秋芙桑瑪和布羅尼斯瓦夫。她現在看到他們還是會有些心痛，但也差不多習慣了。

他們的婚約對村民來說就像奇蹟一般值得慶賀，連巴夫恩凱都丟下了工作一連召開好幾天的宴會。不知從何時開始，秋芙桑瑪也住進了巴夫恩凱家。

秋芙桑瑪發現了伊沛卡拉，便朝她揮手。伊沛卡拉不好意思讓她久等，於是快步走近。

「妳回來啦。妳拿的東西真多。」

布羅尼斯瓦夫微笑著說道，就像贅婿在跟小姨子說話。

「沒什麼，我可勤勞了。」

伊沛卡拉自傲地回答。

「妳去摘野草了嗎？」

「算是吧。」

她的臉上露出了壞心的笑容，但布羅尼斯瓦夫似乎沒注意到。

「布羅尼斯，該走了。」

馬車上傳來千德太郎治的聲音。他大概又要去忙學校的事了。今年冬天他們要在納伊布奇開辦寄宿學校，所以兩人正忙著準備工作。

「那我要走了，後天就會回來。」

布羅尼斯瓦夫在未婚妻的額頭上輕輕一吻。伊沛卡拉每次看到都只能覺得無奈。

「妳摘了什麼東西？食物不是已經很夠了嗎？」

秋芙桑瑪朝著走向馬車的布羅尼斯瓦夫揮手，一邊朝她問道。

「亞齊布基的根和白樺樹皮。」

聽到這個回答，秋芙桑瑪像是下定決心地點點頭。這兩樣東西都是用來刺青的。

「對不起，拜託妳做這種事。」
「沒關係。」
太郎治拉起韁繩，馬車開始前進。
這件事已經決定了。伊沛卡拉看著馬車出發，同時對自己說道。
她差點死在雪中，最後卻活著回來了，她覺得自己既然活著，就該認命地接受發生在生命中的一切，所以答應了秋芙桑瑪的請求。
「現在準備不會太早嗎？」
等到看不見馬車之後，秋芙桑瑪問道。
刺青必須瞞著布羅尼斯瓦夫進行。布羅尼斯瓦夫在這個月的下旬要去北海道做學術調查，會有好幾個月不在家，所以下個月再開始比較好。
「我得先練習一下。」
伊沛卡拉說完就跑走了。
她在空無一人的廚房裡點起火。因為她不習慣這種工作，所以直到傍晚才做好草根熬的湯和樹皮燒的煤炭，偷偷地回到自己房間。
她把裝入草根湯和煤炭的兩個木碗和全新的布擺在一次都沒用過的桌子上，然後撩起左邊袖子，露出白皙的上臂。
接著她坐在桌前，拔出小刀。刀刃被窗外射進來的陽光照得閃閃發亮，伊沛卡拉緊張地吞了口口水。
她鼓起勇氣，把刀刃按在上臂，慢慢地加重力道，卻沒有割開皮肉。她放輕了動作，戰戰兢兢地劃過去，似乎聽到了唰的一聲，嚇得她差點叫出來，結果只是在皮膚上留下一條細線。

她再次舉刀貼在上臂，做了一次深呼吸，然後用力一劃。

「好痛！」

隨著她的尖叫，鮮血從傷口湧出。她把沾了亞齊布基汁液的布按在傷口上止血，接著迅速抓起煤炭摩擦。血繼續滲出，她又用布擦拭。

「哎呀……」

她不禁叫道。

上臂出現了鮮豔的藍黑色線條。

她忍著痛楚試了好幾次，線條終於變成了一條淡青色的帶狀。她覺得自己差不多抓到要領了，卻突然想起一件事。

伊沛卡拉悄悄地走到客廳。巴夫恩凱還在漁場，客廳沒有人在。她從一排花瓶和漆器等物品中拿起鏡子，回到自己房間，對著鏡子把刀刃靠在嘴邊，用剛才割破自己上臂的力道劃過去。

痛得不得了。她趕緊用沾了亞齊布基汁液的布摀住，把臉貼在床上免得叫出聲音。刀子劃在臉上比劃在手上更痛。一想到她要對秋芙桑瑪做這種事，她就忍不住害怕得發抖。

「刺青的事……」

隔天早上，伊沛卡拉在吃過早餐之後拉住秋芙桑瑪。

「我實在做不到，妳還是去找有經驗的人吧。」

她老實地說道，秋芙桑瑪卻搖搖頭說：

「那妳就用我來增加經驗吧。」
伊沛卡拉沒有選擇了。她只好要求到時要有經驗豐富的老婆婆在一旁陪著，然後繼續加緊練習。
等到她上臂的帶狀增加到三條時，布羅尼斯瓦夫和太郎治一起出發前往北海道了。
幾天以後，伊沛卡拉和秋芙桑瑪一起端坐在房間裡的草蓆上，在一位老婆婆的看顧下，伊沛卡拉右手拿起小刀，左手拿起沾了亞齊布基汁液的布塊。
「要開始囉。」
秋芙桑瑪聽了就點點頭，稍微抬起臉，閉上眼睛。伊沛卡拉戰戰兢兢地把刀抵在秋芙桑瑪的臉上，她的臉微微一顫。
「要開始囉。」
她又說了一次，一鼓作氣地劃下去。一條紅線隨即出現，接著漸漸膨脹。伊沛卡拉急忙放下小刀，擦去鮮血，用煤炭摩擦。她在自己身上試過很多次，手法已經很熟練了，此時還是因緊張和罪惡感而渾身僵硬。
「沒事的。」
秋芙桑瑪彷彿看出了她的膽怯，溫柔地說道。
伊沛卡拉依照老婆婆的指示，在秋芙桑瑪的臉上劃出刀痕，擦去血，用煤炭摩擦。
「妳真了不起，大家第一次做都是又哭又叫的。」
來幫忙的老婆婆如此稱讚道，但靜靜坐在椅子上的秋芙桑瑪不時發出顫抖。伊沛卡拉每次看到都幾乎哭出來，但秋芙桑瑪每次都會對她說「沒事的」。
伊沛卡拉度過了人生中最漫長的三十分鐘以後，終於完成了淡淡的刺青。結束後她的身心都快虛脫了。

間隔一天，她又做了一次，前後總共三次。她不慌不忙地用布止血。拿掉布塊以後，伊沛卡拉睜大了眼睛，一旁的老婆婆也點點頭。

「完成了。」

伊沛卡拉興奮地說道，秋芙桑瑪緩緩睜開眼睛，接過老婆婆遞過來的小鏡子。盯著鏡子端詳了許久之後，秋芙桑瑪抬起頭來。

「好看嗎？」

她有些擔心地問道，伊沛卡拉馬上點頭如搗蒜。

十一

大大小小的木造船隻和蒸氣船來往行駛在陽光燦爛的函館的海上。近代設施羅列的函館港洋溢著混亂的活力。

布羅尼斯瓦夫睜大了眼睛。八年前戰勝過中國的這個東洋國家的氣魄彷彿都凝縮在函館了。

「如果可以的話，我也想參觀一下日本的小學。」

在擠滿港口、熙來攘往的旅客之中，布羅尼斯瓦夫對身兼翻譯和助手的夥伴太郎治單純地說出了心中的期望。

為了薩哈林島阿伊努孩子而開辦的寄宿學校，估計在今年內就能蓋好校舍和宿舍。太郎治的童年玩伴亞尤馬涅克夫向日本漁場主募得許多捐款，買到了足以搭建校舍和宿舍的原木，建築工程則是由駐紮在納伊布奇的俄羅斯軍工兵隊免費協助，作為他們訓練的一部分。

剛開始動工不久，國立俄羅斯地理學協會就委託他去調查北海道的阿伊努人。或許是因為上次他要去符拉迪沃斯托克時做過諸多協商，薩哈林行政機關這次很爽快地就准許他離開島上。

但是寄宿學校的準備工作只進行到一半，就算有了建築物，還是缺少桌椅、宿舍的家具以及文具，還是得繼續四處募集捐款。

布羅尼斯瓦夫不確定該不該接受這件任務。他的正式身分是流放拓荒囚犯，原本應該在薩哈林行政機關規定的居住地從事拓荒勞動，現在他可以自由行動都是基於地理學協會的請求。如果他失去了協會這個後盾，就會變回流放拓荒囚犯，連學校也辦不成了。

他憂慮地告訴了太郎治要去北海道的事……

「你去調查的時候應該需要翻譯和助手吧？」

太郎治想了一下，就自告奮勇說要一起前往。照他的論點，任務的酬勞比募款可靠多了。

於是一九〇三年七月八日，布羅尼斯瓦夫・畢蘇斯基和千德太郎治一起登上了北海道的函館港。他們得和一位叫瓦茨瓦夫・科瓦爾斯基的地理學協會會員在當地會合，然後三人一起在北海道四處調查直到十一月。

「科瓦爾斯基先生是怎樣的人啊？」

太郎治問道，布羅尼斯瓦夫苦笑著說：

「我不認識他，只知道他是波蘭人。」

兩人搭人力車穿梭於熱鬧的街區，來到一間日本風格的旅館。他們被帶到二樓、一個鋪滿了厚厚方形草蓆的小房間。

有個體型臃腫的男人坐在裡面，他只有後腦勺有些頭髮，但臉上留著大鬍子，看起來很不對稱。他和氣地轉動著小眼鏡底下的灰色眼睛，站了起來。

「你和弟弟長得真像。」

從他口中說出的熟悉聲韻令布羅尼斯瓦夫冒起雞皮疙瘩。瓦茨瓦夫・科瓦爾斯基所說的第一句話就是波蘭語。

科瓦爾斯基搖晃著巨大的身軀起身，伸出右手。

「你好，我是布羅尼斯瓦夫・畢蘇斯基。」

布羅尼斯瓦夫也試著說起波蘭語，握住對方的手。科瓦爾斯基毫不客氣地盯著他的臉看。

「你真的和約瑟夫很像耶。」

科瓦爾斯基親暱地拍他的肩膀，他非常意外地問：

「你認識我的弟弟？」

「這個嘛……」這個剛認識的男人點頭似地上下移動圓圓的臉龐。「我會來北海道就是因為他。」

他還來不及問這是什麼意思，科瓦爾斯基就先問了「這位是？」，他只好先回答：

「他是千德太郎治，他會說薩哈林島阿伊努語、日語和俄語，是我請來當翻譯的。」

「喂喂，我說布羅尼斯啊。」

科瓦爾斯基直接用暱稱叫他。

「你怎麼可以擅自增加成員呢？協會給的調查費用可不夠請翻譯喔。」

科瓦爾斯基當著太郎治的面直截了當地說。聽不懂波蘭語的太郎治雖然有些困惑，依然面帶微笑。

「他很有語言天分，還有日本傳統的教養，也受過近代的學校教育，我在薩哈林島的時候也受過他很多幫助，他是我們這趟調查不可或缺的人才。」

聽完解釋後，科瓦爾斯基眼睛發亮地說著「喔？」，然後對太郎治伸出手。

「我是地理學協會的瓦茨瓦夫・科瓦爾斯基，這次就麻煩你了。」

科瓦爾斯基用俄語客氣地打招呼，握著他的手不停搖晃。

「那我們這個國立俄羅斯地理學協會日本調查隊就說俄語吧。為了把照亮人類的真理和未來的光輝從遠東傳到全世界的崇高使命。」

科瓦爾斯基冠冕堂皇地說道，然後指向室內，邀請另外兩名調查隊成員進來。三人圍坐在一張小圓桌旁，此時旅館的女服務生走進來，放下了盛著綠茶的無把手陶杯就離開了。

「對了，我還沒回答你剛才的問題。」

科瓦爾斯基像日本人一樣啜飲著綠茶。

「我們科瓦爾斯基家族從爺爺那一代就積極地反抗俄羅斯，我寫了些無聊小說，不過版稅和丟掉的原稿都是能幹的帝國祕密警察在保管的。」

布羅尼斯瓦夫不記得自己問過他這些問題。話說回來，這男人說笑的技術還真差勁。

「祕密警察非常體貼，我感染了社會主義、開始發燒之後，他們就勸我搬到涼快的西伯利亞好好療養。我在療養時和吉里亞克人熟了起來，靠著研究他們的論文而加入了地理學協會。我真是虧欠祕密警察太多了。」

科瓦爾斯基大大地攤開雙手。

「不過因為我太愚蠢，回到波蘭之後又繼續發燒。我不好意思再麻煩祕密警察，就找了有相同病症的夥伴互相取暖，你弟弟約瑟夫・克萊門斯・畢蘇斯基也是其中一人。後來我又從地理學協會的會刊和論文集發現了他的哥哥，讓我深深感到了日本人說的『緣分』啊。」

「約瑟夫現在在做什麼？」

「你不知道嗎？」

「我們只是偶爾通信。」

「原來如此，因為俄羅斯的官員工作非常細心，信裡能寫的不是暗號就是天氣的話題。」

科瓦爾斯基點頭說道。

「我的好友約瑟夫在流放地西伯利亞度過了一段充實的生活。看守非常熱心，還打斷了他兩顆牙齒來激發他的上進心。」

照科瓦爾斯基說的話聽來，約瑟夫在結束五年刑期回到立陶宛之後，就加入了剛組成不久的波蘭社會黨，自己成立了立陶宛支部。之後他因非法創立報刊的罪名再次遭到逮捕，被關進監獄，但沒多久就逃了出去，繼續活動，還因慷慨鼓吹反抗俄羅斯和祖國獨立的表現而號召了大批支持者。

「再繼續說我的事吧。之前約瑟夫鼓吹勞工出來參加示威遊行，他當時散播的那篇檄文寫得很有文學氣息，所以那些和我要好的祕密警察有點擔心那會不會是我寫的。」

科瓦爾斯基的話中聽不出什麼文學氣息，卻令他想起了一直在撰寫檄文的大學學長。不過面前的男人不給他繼續傷感的時間，繼續說道：

「我對第二次療養實在提不起勁，所以去找地理學協會裡面的元老院議員商量，他就建議我用調查的名義來一趟日本。」

「那你為什麼找我來？」

「為了回敬祕密警察一手啊。企圖暗殺沙皇的哥哥和正在搞革命的弟弟，你們兄弟倆在警察之間還挺有名的。」

科瓦爾斯基說著不知道是真是假的話，然後粲然一笑。

隔天，只有三名成員的日本調查隊便展開了旅程，他們租借馬匹又轉搭火車去了北海道的阿伊努村莊，先跟村民混熟，了解他們的風俗和民謠。

比較討厭的是不斷有日本的警察和官員跟在他們身邊，還一再提醒他們「絕對不可以畫地圖」。

「他們大概以為我們是俄羅斯的間諜吧，畢竟都快要開戰了。」

科瓦爾斯基愉快地說道。

俄羅斯和日本一直在互相爭奪朝鮮半島上的利益，如果帝國真的在遠東開戰，自然有益於西邊的波蘭立陶宛的獨立。科瓦爾斯基認真地如此判斷。

此外，一直跟著他們的日本人或許是想表示誠意，不時對他們提出詭異的忠告。

「阿伊努人貪心又狡猾，你們要注意一點。」

太郎治每次向兩位波蘭人翻譯這些話，臉色就會變得很難看。調查進行得相當順利，但布羅尼斯瓦夫和科瓦爾斯基都很不喜歡地理學協會要求他們去測量阿伊努人的身體，尤其厭惡測量頭骨。

現在的人類學非常注重頭骨的形狀。

學者計算出顱長和顱寬的比例，稱之為頭圍指數，並且分類為頭圍指數比較小，也就是頭骨較瘦長的「長型頭」、寬而短的「短型頭」，以及居於兩者之間的「中型頭」。在名為人種或民族的團體之中，頭圍指數會有相同的傾向，但是因為挖掘到的石器時代人類的頭骨都是短型頭，所以頭圍指數就被當成了進化程度的指標。

其實進化本來應該是為了適應各種不同的環境，若是假設有一種發展程度最高的理想樣式，布羅尼斯瓦夫實在難以苟同。此外，長型頭被認為是進化程度最高的一種，但是歐洲人多半是長型頭，亞洲人多半是短型頭，所以感覺似乎帶著一種醜惡的企圖。

不只如此，學界正在加緊腳步蒐集人口較少的民族的資料，因為他們認定這些民族之所以人口少，是基於物競天擇的自然法則而逐步邁向滅亡。

「我是短型頭。」

就算去掉豐餘的肉還是圓臉的科瓦爾斯基，每次測量時都會不高興地這麼說。

「如果人種和民族的進化程度不同，那我要怎麼辦？」

太郎治在整理資料時也難過地喃喃說道。

依照測量的結果，北海道阿伊努人的頭圍指數只能說是大小不一，如果勉強算出平均值就是「中型頭」，不過這種結論根本沒有意義。

在平順之中摻雜著些許厭惡的調查，才兩個月就中斷了。

因為函館的俄羅斯大使館勸告只有三個人的調查隊回國。他們沒說理由，科瓦爾斯基認為可能是因為俄羅斯和日本的關係已經惡化到了極點。

「祖國、你的弟弟和我都會等著你回來。」

在函館分離之際，科瓦爾斯基這麼說。到了薩哈林島以後，太郎治也走了，布羅尼斯瓦夫回到阿伊村的巴夫恩凱家時已經是九月底了。

第一個出來迎接他的是伊沛卡拉。

「歡迎回來。」

難得伊沛卡拉這麼熱情地出來迎接，不過她的笑容之中帶著一種無可名狀的意圖。

「秋芙桑瑪呢？」

「在你的房間等著。」

布羅尼斯瓦夫對伊沛卡拉這開心的模樣感到不解，走到自己的房前敲門。

被請進去以後，他看見秋芙桑瑪的確在房間裡。她把那雙帶著憂愁的美麗眼眸和圓圓的臉頰轉向布羅尼斯瓦夫，站了起來。

她穿著藍色中國風服飾的腹部圓圓地隆起，而且嘴邊還刺上了如微笑般的曲線。

布羅尼斯瓦夫不禁雙手抱頭。未婚妻的改變大到令他無法想像。

「呃……」

他朝秋芙桑瑪走近，戰戰兢兢地伸出右手，貼在她的肚子上。

「我在這麼重要的時候沒有陪著妳，真是對不起。」

布羅尼斯瓦夫真沒想到，自己這個已經三十六歲的流放拓荒囚犯竟然要當父親了。

「什麼時候要生？給醫生看過了嗎？妳有好好吃飯嗎？身體的情況怎麼樣？」

他還沒鎮定下來，就不斷地發問。

「醫生說可能是明年二月。叔叔叫我現在什麼都別做，放鬆地過日子。」

秋芙桑瑪用充滿活力的語氣回答了所有的問題。布羅尼斯瓦夫點點頭，然後指著自己的嘴。

「妳刺青了？」

「因為我是阿伊努人。」

秋芙桑瑪說出的不是解釋，而是決心。

「你不喜歡嗎？」

「不是。」布羅尼斯瓦夫意識到自己的聲音有些顫抖。「很好看。妳很美。」

老實說，他並不喜歡，但也不算討厭，總之有點類似吃到不習慣的料理。

不過，他覺得妻子決定自己是什麼人的姿態比什麼都美麗。

十二

在帶有秋意的天空下，納伊布奇村外的河邊瀰漫著新木材的味道。

在俄羅斯工兵默默工作的地方，預定作為校舍和宿舍的兩棟房子的牆壁已經蓋好，現在正在搭建屋頂。

太郎治和亞尤馬涅克夫一起坐在運貨馬車上，看著工程進行。是太郎治把來到村子裡的童年玩伴帶來的。

「是不是有點小啊？」

注視著工程的亞尤馬涅克夫不高興地說道，太郎治苦笑著說：

「已經夠大了，我是老師，我說的鐵定沒錯。」

「對雁村的學校比這個更大。」

亞尤馬涅克夫哼了一聲。

「筆記和鉛筆昨天送來了，總之先放在我家。」

「夠用嗎？」

「很夠了，可以供我們教學十年了。」

「我說的是錢。」

亞尤馬涅克夫到了捕魚期還是沒回去工作，繼續和西西拉托卡在島上四處募款。太郎治很感謝他們，但也有些內疚。

「在北海道賺了一些錢，只要省著用，總是有辦法的。」

「太郎治，你是要當老師的人。」

亞尤馬涅克夫的語氣像是在訓話。

「為了學生，有什麼需要的就儘管說。」

「如果可以的話，我還想要地圖和地球儀。」

太郎治認命地老實回答，亞尤馬涅克夫點頭說「我會想辦法」。

「唷，老師。」

後方有人用俄語說道，太郎治回頭一看，有個穿著深綠色軍服、佩著軍刀的高大軍人。那是駐紮在納伊布奇的俄羅斯軍隊的長官比可夫大尉（註18），他的下屬軍官也跟在後面幾步的位置。

太郎治急忙跳下馬車，亞尤馬涅克夫也跟著下來。

「我來看看情況，工程好像比預期的進展更快，在下雪之前應該就會蓋好了。」比可夫大尉滿意地看著正在蓋的木頭房子。他骨感的臉上留著豪邁的大鬍子，是這個島上少數真的像軍人的軍人。

「非常感謝你們的幫忙。」

太郎治用進步了很多的俄語說道，深深地朝他鞠躬。

他和比可夫大尉第一次見面是和亞尤馬涅克夫一起去募款的時候，大尉不只爽快地慷慨解囊，還答應包下建築工程當作工兵隊的訓練，甚至說他的妻子讀過大學，可以去當老師，但太郎治禮貌地婉拒了。大尉知道太郎治是教師以後，都稱他為「老師」。

「這位是？」

「他叫亞尤馬涅克夫，是我的童年玩伴。」

聽到好友介紹自己，亞尤馬涅克夫端正地以視線致意。

「那些木材是用日本人的捐款買的吧？」

大尉發問時的表情很平常，但太郎治提高了戒心。或許大尉會覺得這在俄羅斯和日本的關係急速惡化的情況下是不適當的。

「出錢的人是我工作漁場的經營者，他確實是日本人。」

18　俄羅斯軍隊的尉級軍階共有四級：大尉、上尉、中尉、少尉。

亞尤馬涅克夫如實地回答，大尉「喔」了一聲，睜大了眼睛。

「這件事原本應該由國家來做，如今卻靠著這座島上的人們而完成。真了不起。」看來大尉說的是真心話。

「以前這座島不屬於任何人。」亞尤馬涅克夫說出了奇特的發言。「我只是想要恢復那個時代。」

大尉聽了之後有一瞬間變了臉色，但立刻又換上了笑臉。

「教育和個別的人確實是不屬於任何人的，若從這個角度來看，我贊成你的意見。我該去盯著工兵了，先告辭了。」

大尉如同軍人跨著大步走開，他手下的軍官先跑過去，號令士兵立正。

「我們也該走了。」

太郎治爬上馬車，等亞尤馬涅克夫坐在他旁邊，就抓起轡繩。老馬發出咳嗽般的散漫聲音，馬車開始搖晃。

今天阿伊村要舉行布羅尼斯瓦夫・畢蘇斯基和秋芙桑瑪的婚宴。從亞尤馬涅克夫居住的通納伊查出發會先到達阿伊村前的納伊布奇，所以他才順便來這裡看看。

一般來說，島上阿伊努人的婚禮只有雙方家人參加，這次會設宴邀請其他人是出自巴夫恩凱獨創的想法。

沿著右方的海邊，運貨馬車在稱不上道路的路上緩緩前進。到達阿伊村時已經過中午了，聽說宴會在傍晚才開始，所以還有一些時間。亞尤馬涅克夫先下馬車，進入屋內，太郎治停好馬車，把馬繫在客人用的馬樁上，才走進首領引以為傲的大客廳。

村民在裡面到處奔走，宴會的準備逐漸進行著。太郎治環視客廳，看到角落有個人戴著獵帽、身穿印著商標的半纏。那是亞尤馬涅克夫，他正在和伊沛卡拉、秋芙桑瑪說話。

「妳在搞什麼啊！」

亞尤馬涅克夫突然大吼，伊沛卡拉嚇得縮起身子，秋芙桑瑪卻文風不動。太郎治趕緊跑過去。

「為什麼要在肚子裡有孩子的時候刺青？」

「我當時不知道嘛。」

「是我拜託她的。」

他聽見了氣憤的斥責、悶悶不樂的回答，以及毅然決然的解釋。

「今天是在辦喜事喔，亞尤馬涅克夫。」

太郎治急忙打圓場，童年玩伴卻不高興地說「或許這不是該慶賀的時候」。

「我是為自己的事而拜託別人，這樣不行嗎？」

秋芙桑瑪不肯退讓，亞尤馬涅克夫用稍微軟化的語氣說「太愚蠢了」，但他看起來還是一樣生氣。

傲然挺著胸膛的秋芙桑瑪嘴邊有著鮮豔的青色，太郎治感覺到小刀般的銳利，亞尤馬涅克夫則是想起了亡妻。

「疾病可能會從傷口跑進去，就算只有疼痛也不好，如果孩子有個萬一該怎麼辦？」

「真的嗎？這對孩子不好嗎？」

伊沛卡拉驚訝地問道，亞尤馬涅克夫喃喃地說「果然該辦學校」。

「好看嗎？」

秋芙桑瑪問了不合時宜的問題，亞尤馬涅克夫嘴巴張合好幾次，然後尷尬地轉開了臉，嘴脣彷彿吃了很酸的東西似地不斷蠕動，然後又認命地轉身面對秋芙桑瑪，豎起眉毛一副很想抱怨的樣子，接著雙手插腰低下頭去，又抬頭向上，一再地頓足。

「亞尤馬涅克夫。」太郎治叫道，他那老是板著的臉龐難得露出了迷惘的神色。

「我剛才說過，今天是在辦喜事。我們是被邀請來的客人，今天就放鬆一點吧。而且她就是她。」

太郎治的言下之意是說「她不是你的妻子」。亞尤馬涅克夫也不知道到底有沒有聽懂，總之他覺悟地直視著秋芙桑瑪說：

「很好看，很適合妳。」

他的聲音像是硬擠出來的。

「恭喜妳結婚，祝你們兩人永遠幸福。」

亞尤馬涅克夫用阿伊努人很少使用的說法祝賀她。

十三

伊沛卡拉渾身僵硬地抱著琴。

在寬敞而寒冷的巴夫恩凱舊宅裡，布羅尼斯瓦夫正操作著錄音機，亞尤馬涅克夫一如往常地板著臉，盤腿坐在旁邊。

今天布羅尼斯瓦夫就要搭亞尤馬涅克夫的雪橇回納伊布奇，他得為下旬就要開學的寄宿學校做最後的準備。

昨晚布羅尼斯瓦夫拜託她，在他出發之前讓他錄音。

他也拜託過新婚妻子，但她說「現在肚子變大，很容易累」而回絕了。

伊沛卡拉聽說那是錄音機，但怎麼看都只是個複雜的木箱，布羅尼斯瓦夫正熟練地操作著，他把一根大約掌心那麼粗的圓筒安裝上去，接著轉動木箱旁邊的把手。

最後，他在上面插了一支像大喇叭的零件，並且把開口對著伊沛卡拉。

「準備好了嗎？」布羅尼斯瓦夫微笑著說。「不用緊張，西西拉托卡也用平常的態度幫我錄了民間故事。」

聽到那個大剌剌的親戚的名字，伊沛卡拉的緊張感絲毫沒有減少。西西拉托卡不知為何知道那麼多故事，還感情充沛地述說了鄂羅克人和阿伊努人的戰爭之類的故事，如今他也在納伊布奇的學校，和太郎治一起做著準備工作。

「要錄音兩分鐘，等我打暗號之後就開始彈。」

伊沛卡拉點頭，但依然僵硬的身體令她非常不安。

布羅尼斯瓦夫看著懷錶，按下錄音機的開關，上身前傾，朝著喇叭說「這是薩哈林島阿伊努人的琴聲。他們稱之為五弦琴（Tonkori）。演奏者是伊沛卡拉小姐」，接著揮下右手。

伊沛卡拉急忙動起手指，沒彈好的悶響傳了出來。她很焦急，手指變得更僵硬，旋律也是荒腔走板。

「好，到此為止。」

彈得斷斷續續的伊沛卡拉赫然停止動作。

「來聽聽看吧。」

布羅尼斯瓦夫喀嚓喀嚓地操作著錄音機，突然間，喇叭傳出沙子摩擦般的雜音，接著雜音之中加入了琴聲。就是她剛才彈奏的旋律。

——真難聽。

伊沛卡拉顧不得為文明的利器感到驚訝，而是為自己表現得太差而感到情緒低落。她原本以為就算自己什麼都不懂，什麼都辦不到，至少還會彈琴，結果這一點自信也被打碎了。

「哎呀，真不錯。我又得到一筆珍貴的資料，謝謝妳。」

布羅尼斯瓦夫拍著手說。他應該不是在說客套話，但他顯然完全聽不出技巧的好壞。伊沛卡拉並沒有覺得比較好受。

「那我們走吧，亞尤馬涅克夫。」

布羅尼斯瓦夫正打算收錄音機時，亞尤馬涅克夫卻抬手說「可以等一下嗎？」，摸著剃過鬍鬚的下巴思索，然後毫無預兆地突然開始唱歌。

那似乎是即興歌曲，伊沛卡拉不曾聽聞的歌曲隨著低沉渾厚的聲音傳出，帶著跳躍似的律動，有時拍子又會緩下來，充滿著祈願的情感，既有令人手腳發冷的緊張感，又有熾烈高昂的衝動。亞尤馬涅克夫一邊唱一邊抬起頭，伊沛卡拉被他催促般的視線一看，也動起了手指。

琴聲追上歌聲，有時襯托，有時引導，或是緊緊相隨，兩個聲音合成一首樂曲，滔滔不絕地流出。伊沛卡拉的神經已經遍布在琴上的每個角落。

她的眼角餘光看見布羅尼斯瓦夫急忙重新擺出錄音機，裝上新的圓筒，喀一聲按下開關。

「這是薩哈林島阿伊努人的歌曲和琴聲。」學者對著喇叭說道，音樂還是逕自延續著。歌聲飄揚，琴聲繚繞，兩個聲音交纏合一，和諧共鳴。

最後歌聲拉長，漸漸變細，琴聲也跟著放慢，最後手在弦上啪地一拍停止演奏，歌聲繼續延伸，接著輕輕消散。

唯一的聽眾發出熱烈的掌聲。布羅尼斯瓦夫似乎也感覺到了和一知半解的知識不同的另一種感覺。

伊沛卡拉有一種飄飄然的感覺。

「妳聽到了嗎？」

亞尤馬涅克夫說出了奇怪的話。

「這就是妳的琴聲。妳的琴演奏的是和人一起歌唱的聲音。」

我的聲音。伊沛卡拉的胸中湧出了熾烈的熱意。

「為什麼你會這麼想。」

「在送熊靈的時候。」

亞尤馬涅克夫簡短地回答，然後轉身對著布羅尼斯瓦夫。

「我有些想說的話，你可以幫我錄音嗎？」

「是什麼話？」

「就像是我寫給未來的信吧。」

挺有意思的。布羅尼斯瓦夫又裝上了新的圓筒，轉動把手，按下按鈕。紅鬍子的學者揮手示意開始錄音，然後盯著懷錶算時間。

亞尤馬涅克夫的肩膀提高，像是吸了一口氣。

「別人說我們是正在毀滅的民族。」

布羅尼斯瓦夫沒想到他是要用俄語說，訝異地抬起頭。

「但我們絕對不會滅亡。沒有人知道未來會怎麼樣，不過你聽到這段錄音的時候，我們的子孫一定還是不變地活著，或是一邊改變一邊活在某個地方。」

亞尤馬涅克夫斬釘截鐵地說道，但他斷斷續續的聲音聽起來彷彿是祈禱。

「如果你遇見了我們的子孫，但願那就像是我們此時的相遇一樣幸運的事。」

伊沛卡拉非常驚訝，沒想到他能說出這麼有深意的話。

「此外，也希望你和我們子孫的路可以走得長長久久。」

我會活在那個未來，隨著這些男人幫我錄下的聲音。

伊沛卡拉按著自己的胸口，像是在感受那簇燃起的熱意。

十四

校舍和宿舍，嶄新的兩棟相連木屋在這座島特有的雲霧下掩蓋在雪中。

燒著暖爐的溫暖校舍中，備好的桌椅全都靠在牆角，中間擠滿了人和喧譁聲。

現場有年齡參差不齊的十個學生和他們的父母。千德太郎治和布羅尼斯瓦夫・畢蘇斯基、穿著長外套的巴夫恩凱、亞尤馬涅克夫工作的漁場的主人佐藤平吉、在附近執勤的俄羅斯軍官比可夫大尉，此外還有俄羅斯及日本的官員和有錢人，全都來參加建校典禮。

巴夫恩凱一聽說比可夫大尉的慷慨捐獻和熱心協助，馬上也跟著援助學校，但他給的不是錢，而是寄宿學生的衣服食物等物品。

「我賺錢就是為了養我的族人。」

亞尤馬涅克夫前去致謝時，伊沛卡拉聽到了巴夫恩凱不高興地這麼說道。

總而言之，大宴賓客是巴夫恩凱的癖好，這事在娛樂很少的島上似乎非常可貴，所以人們每次都會不辭辛勞地跑來參加。

「少女啊，妳也要讀書嗎？」

西西拉托卡從熙攘賓客之中擠過來，對伊沛卡拉說道。

「是啊。」

伊沛卡拉簡短地回答。

她覺得自己空空的，反過來看，或許什麼都裝得進去，就算裝不進去，她只要能彈琴就夠了。伊沛卡拉懷著這種心思跑去拜託巴夫恩凱讓她入學，但她不想把什麼事都告訴這個麻煩的叔叔。

「叔叔也要來讀書嗎？」

「哈哈哈，妳真會開玩笑。我對妳的期望很高喔。」

西西拉托卡裝模作樣地搖晃著肩膀。

「別看我這樣，我好歹也讀過日本的學校喔。我的腦袋可是好到可以代替太郎治去教書呢。」

「喔？那你知道地球是什麼形狀嗎？」

伊沛卡拉想起了布羅尼斯瓦夫告訴她這件事時她心中的震撼，一邊問道。

「少女啊，看來妳應該還沒見過地圖吧。」

西西拉托卡神情認真地把臉湊近。

「是方形的。鐵定錯不了。」

伊沛卡拉不理會自信滿滿的叔叔，望向四周，看見一位俄羅斯官員從人群之間穿過，走上講臺。

「我是本島首長的代理人。首先要恭喜這間學校的建校。」

建校典禮從官員的問候開始了。

「首長閣下由衷期望所有學生都能勤勉向學，成為俄羅斯帝國的優良臣民。」

第一個用火藥爆炸般魄力十足的聲音拍手的是巴夫恩凱。雖然他很努力地想要巴結人家，但是他的體格和與生俱來的高貴氣質怎麼看都不像在巴結。

紅著臉的太郎治、柔和微笑的布羅尼斯瓦夫都打過招呼後，巴夫恩凱就大聲地喊著「來吧，各位」。

「我巴夫恩凱今天為大家準備了好酒好菜，請各位移駕到宿舍吧。」

有人歡呼，有人鼓掌，大人們紛紛發出喝采，但伊沛卡拉不管眾人雀躍地前往宿舍，反而向外走去。

她向來不喜歡熱鬧的場合，打算在外面打發一下時間再回去，於是到處觀望。她看見雪地上有一排腳印，跟著腳印踏雪而行，最後看見了眼熟的商標半纏。

「叔叔。」伊沛卡拉一邊走，一邊喊道。「你在這裡做什麼啊？怎麼不去大家那邊？」

她叫了好幾次，但亞尤馬涅克夫始終沒有反應。

「你聽到了嗎？」

伊沛卡拉不悅地走到他面前，一看就啞口無言。

亞尤馬涅克夫盯著捧在手上的骯髒木棒，上面有很多分歧，看起來像是一支小木幣。

她默默地望著他好一陣子。

「叔叔，你在哭嗎？」

亞尤馬涅克夫一聽，濕濡的臉龐就歪了一下。

「妳要好好用功。」

伊沛卡拉點頭。

兩人踏雪回到學校，就聽見馬高亢的嘶聲。一個背著槍的俄羅斯騎兵連滾帶爬地下了馬，衝進校舍。

「有緊急狀況，我們要先告辭了。」

伊沛卡拉他們走進校舍時，比可夫大尉正神情嚴峻地如此宣布。

「今後不知道會發生什麼事，但我相信，我們過去培養出來的親愛和友誼必定永遠長存。」

接著大尉低頭看著手中的紙片。

「我剛才收到通知，日本的海軍在朝鮮半島的仁川攻擊我方艦隊，讓陸軍登陸。」

在一片寂靜中，大尉的聲音響起。

「戰爭開始了。俄羅斯和日本開始打仗了。」

第四章　日出之國

一

黯淡的晨曦照進了空蕩蕩的教室。

獨自一人默默工作的千德太郎治突然抬頭。牆上時鐘的指針剛過上午九點。

從夜晚到現在都沒停過的風雪搖晃著玻璃窗，納伊布奇寄宿學校正處於二月的嚴寒中，即使燒著暖爐，室內還是很冷。

他拿起一張卡紙。

太郎治把幾疊卡紙和寫著不同西里爾字母的小盒子擺在學生用的小桌子上。

「烏拉伊凱（戰爭）。」

他讀出用大大的西里爾字母拼成的樺太島阿伊努語，然後用細筆在下方用俄文寫出意思。

總有一天，我要編一本阿伊努語字典。

向布羅尼斯瓦夫學俄語時浮現的念頭很快就變成了他的心願。在那之後，他一直用小卡記錄想到的詞彙，大約累積一個月就照著西里爾字母的順序整理。

現在他父親的國家和統治他母親出生島嶼的國家正在作戰，如今他被夾在兩個文明之間，只有從小學習的語言的記憶能讓他保有自己的身分。

好不容易在納伊布奇辦了學校，但戰爭開始之後，家長就把學生都帶走了，如今跟關閉學校沒啥兩樣。他們準備的、獲贈的大量文具、糧食、桌椅、床鋪，還有巨大的空間，都變得毫無用武之地。

「老師早。」

通往宿舍的門外傳來少女的聲音，唯一留下的學生的人影在霧面玻璃的另一側搖曳。

「早安，妳今天來得真早。」

太郎治想要揮開負面的念頭，努力裝出開朗的語氣。

「還是比老師晚。我可以進去嗎？」

不知為何，她老是一副不高興的樣子。太郎治總是覺得她很像亞尤馬涅克夫，更勝和她有親戚關係的西西拉托卡。

「妳隨時都可以進來。」太郎治一邊收拾小卡一邊說。「這間教室就是為了讓你們學習而準備的。」

沒等他說完，少女就打開了門。她戴著帽子，穿著海豹皮衣，身上裝飾有掛著幾個金屬圓盤的帶子和小刀，腳穿魚皮靴。她是臉上還沒刺青的島上阿伊努少女，阿伊村首領巴夫恩凱的養女伊沛卡拉。

「今天會上課嗎？」

「當然。」

太郎治刻意回答得清晰有力。

只要還有學生，他就是老師，所以非得上課不可。

二

「請讓你們家的孩子回到學校。」

在光源唯有爐裡小火的陰暗泥土房子裡，布羅尼斯瓦夫・畢蘇斯基正試圖說服學生的家長。學生父親坐在火爐邊，摸著大鬍子默默地聽著，母親和剛被帶回來的八歲孩子一起坐在父親身旁。

「孩子們什麼都還沒學到。學校裡面準備了能讓學生溫暖生活的設備，更重要的是……」布羅尼斯瓦夫刻意加強了語氣。「我們也儲備了很多糧食。」

薩哈林島如今產出的糧食還不足以養活所有居民，和海峽另一端的日本開戰令島民強烈地意識到即將斷絕的海路以及飢餓。尤其是阿伊努人長期和日本人密切往來，已經習慣了吃米飯，因此更加感到不安。

所幸，學校的倉庫因巴夫恩凱的顧慮而塞滿了白米、麵粉、魚乾等可以久放的糧食，所以不用擔心挨餓。

「你不了解我們。」

父親用緊繃的聲音說道。他有著豪邁的大鬍子和成熟的五官，所以布羅尼斯瓦夫感覺對方比三十七歲的自己更年長，但說不定他其實比自己還年輕許多。

「我們阿伊努人一直和日本人來往密切，但這裡是俄羅斯，現在情勢還算和平，但說不定哪天會突然遭到懷疑。我可以相信你，但我還是不禁擔心孩子會出事。」

「你是『石狩阿伊努人』嗎？」

曾經遷居北海道、獲得日本國籍，之後再回到島上的阿伊努人被稱為石狩阿伊努人。如果真是如此，那他的確有可能遭到俄羅斯官員的懷疑，但選擇留下來的人就會被編入俄羅斯國籍。

父親搖搖頭。

「那你就是俄羅斯的人民，應該不會受到什麼損害。」

布羅尼斯瓦夫從自己的經驗得知，俄羅斯帝國不會給予自己的人民無條件的寬容，但他還是想要相信歐洲文明所擁有的博愛精神和法治原則。

「如果你是這個島的首長我就相信你。請你諒解。」

對方都這樣低聲下氣了，他也沒辦法再說什麼。布羅尼斯瓦夫用眼神示意，彎著腰站起來。那位父親說著「請別怪罪我」送他出去。

他爬樓梯到地面上，眼前立即充滿了整片耀眼的白光，令他不禁瞇起眼睛。習慣光明之後，他看見陰暗的天空、停在雪地上的狗兒和雪橇，還有一條人影。

「唷，情況怎樣？」

那位和他一起為了開辦學校而到處奔走的石狩阿伊努人，獵帽下的臉龐總是一副不高興的樣子。布羅尼斯瓦夫無力地搖頭，亞尤馬涅克夫抓起韁繩說「下一家」。狗兒們像是收到了指示，精神抖擻地站起來。

布羅尼斯瓦夫和亞尤馬涅克夫到處拜訪學生家，這已經是第六家了，還沒有人答應讓孩子回去上課。

「喂，亞尤馬涅克夫。」

布羅尼斯瓦夫心神虛脫地問道。

「你對這場戰爭有什麼看法？你的故鄉和你長大的地方分裂了，你的心是在俄羅斯還是日本？」

「我是這個島上的阿伊努人，除此之外誰也不是。」

亞尤馬涅克夫毫不迷惘地回答，接著便推起雪橇。布羅尼斯瓦夫急忙追過去，跳上雪橇。

布羅尼斯瓦夫還是滿心困惑，他原本應該憎恨俄羅斯的帝國主義，但他和他的朋友如今都在帝國的保護之下，他實在不知道自己到底希望俄羅斯打贏還是打輸。

他們又拜訪了另外一個家庭，依然得不到好結果。拖著長長雲朵的西方天空開始發出黃光時，雪橇到達了阿伊村，此時巴夫恩凱宅邸的主人正好衝出來。

「你們回來啦！」

草皮衣下襬飛起的巴夫恩凱非常激動。

「秋芙桑瑪要生了，快來！」

巴夫恩凱從逐漸減速的雪橇旁邊跑走了。亞尤馬涅克夫板著臉轉頭催促「快一點」。

「行李讓我來處理就好了。」

「謝謝。麻煩你了。」

布羅尼斯瓦夫踉蹌地跳下雪橇，跟著巴夫恩凱的足跡，衝進了如宅邸附屬品般的妻子娘家。

這棟屋子只有一個有火爐的大房間，秋芙桑瑪跪在火爐的正前方，仰著身體粗重地喘氣，一個老婆婆用肩膀撐著她的背，雙手繞到前面摩擦著孕婦的肚子，一邊低聲唱著禱文。從布羅尼斯瓦夫的角度看過去的火爐左邊坐的是岳父，他也是一邊祈禱一邊燃燒木幣。

「你。」老婆婆停止祈禱。「坐在秋芙桑瑪前面，如果她靠向你，你就扶住她。」

布羅尼斯瓦夫脫下外套丟到一旁，剛依照老婆婆的指示坐下，秋芙桑瑪痛苦扭曲的臉和身體就朝他倒來。妻子用雙手抓住丈夫的頭，喘息聲從他的耳邊掠過。

「加油。」

布羅尼斯瓦夫一邊說，一邊用雙手溫柔地環抱著她的身體。妻子的額頭靠在他頭部的右邊，像點頭似地微微上下移動。

「加油。沒事的。」

抱著妻子的雙手加重了力道。他想不出更有建設性的話。

不用再撐著秋芙桑瑪的老婆婆對巴夫恩凱下達了繁瑣的指示，諸如準備溫水和冷水、幫忙送早中晚三餐之類的。

「溫水和冷水是做什麼用的？」

巴夫恩凱慌張地問道。此時布羅尼斯瓦夫才想起他沒有孩子，想必不了解生產的過程吧。

「如果生下來的孩子是男的，就要用冷水洗身體，如果是女的，就要用溫水洗。還有，除了送三餐以外，誰都不能進來，不然鬧成一團根本沒辦法生孩子。」

「誰都不能進來，也包括我嗎？」

「當然！」老婆婆對著在島上名聞遐邇的首領毫不客氣地大吼。「知道了就快點出去！」

把巴夫恩凱趕走之後，老婆婆又繼續祈禱。

或許是顧慮秋芙桑瑪只穿著一件衣服，鬆垮地綁著一條帶子，所以爐火燒得很旺盛，室內十分悶熱。老婆婆的祈禱，父親的祈禱，木幣燃燒爆裂的聲音，粗重的喘氣，痛苦的呻吟，這一切和熱氣混在一起，把布羅尼斯瓦夫的感官削去了許多東西。

之後外面送來了四次餐點。布羅尼斯瓦夫向親自送餐過來的巴夫恩凱道謝，但他一口都沒有吃。

最後生下來的是個男孩子。

三

熱氣把薩哈林島的凍原變成了蓋滿綠色苔蘚的濕原。

人踏上去可能會深陷到腰部的地帶聚集著一群馴鹿，牠們的巨蹄悠然地行走在濕原上，啃食著被陽光照得發亮的苔蘚。

在足以遙望馴鹿群的距離有一頭馴鹿以馬的速度走著，騎在上面的牧人全神貫注地盯著。

「我有聽人說過，但親眼看見還是第一次。」

太郎治看著像騎馬一樣騎著馴鹿的牧人深感讚嘆。太郎治最近總是鬱鬱寡歡的，所以布羅尼斯瓦夫看到他現在的樣子稍微安心了點，回答說「我也是，真厲害」。

他們兩人這個夏天一直巡行於薩哈林島中部東海岸的鄂羅克人（烏爾塔人）村莊。鄂羅克人和阿伊努人、吉里亞克人同樣是島上的原住民，人口非常少，主要靠著漁業、狩獵和牧放馴鹿維生。馴鹿除了食用以外，還可以拉雪橇，或是像那個牧人一樣騎乘。

「希望至少這座島上能繼續保持和平。」

戰火還沒有延燒到薩哈林島。他們並非只冀望自己的安全，但這是毫無虛假的真心話。布羅尼斯瓦夫望著這片和平的夏日風光，在心中默默地祈求。

大陸的激烈戰況只會出現在報紙和傳聞中，對他來說就像是另一個世界的事。緊張和鬆弛混在一起的詭異氣氛充滿了整座島。

「等情況好點之後，再重開學校吧。」

他接著這麼說，太郎治靜靜地、如許願般地點點頭。

結果寄宿學校還不到春天就關閉了。就在布羅尼斯瓦夫在學生家庭之間奔走時，校舍就被俄羅斯軍隊接收了，如同遭到了致命的一擊。依照太郎治的敘述，比可夫大尉宣布要接收校舍時一臉悲傷地說了「這實在非我所願」，一直留到最後的伊沛卡拉自言自語地說了一句「笨蛋」，就回阿伊村了。

「畢竟正在打仗，我們也沒辦法。」

他在巴夫恩凱家聽到伊沛卡拉這麼說，聽起來就像是太郎治說的話。布羅尼斯瓦夫因幫不上忙而致歉，好幾天都落寞得像是處於冰窖中，後來是因為新生兒的哭聲才令他再次重燃熱意。當他覺得現在可不是消沉的時候，正要重新振作時，又遇上了新的問題。

布羅尼斯瓦夫沒有錢。他因為幫國立俄羅斯地理學協會進行民族學調查而得到酬勞，但全都砸在開辦學校，幾乎不剩半點存款，現在他的吃住都是靠著巴夫恩凱的協助。

「生意都做不下去了。」

在某天用過晚餐後，巴夫恩凱和布羅尼斯瓦夫在客廳裡一邊喝伏特加一邊這麼說，讓他更擔心了。

「為什麼呢？所幸島上沒有戰爭，生意應該不難做啊。」

他多少猜得到理由，但是為了不打斷話頭還是問了理由。

「抓來的魚根本賣不出去，原本都是日本人在買的。」

巴夫恩凱果然說出了他預料中的答案。

「島上人口超過一萬人，在島上賣就好了吧。」

「畢蘇斯基先生，你在當徽役囚犯的時候身上有錢嗎？」

布羅尼斯瓦夫苦笑著搖頭。在這座島上，擁有購買能力的市民階級太少了。

看來巴夫恩凱已經不能再依賴了，而且他也沒有那麼厚臉皮。所以布羅尼斯瓦夫開始投入於工作，開始做起地理學協會委託他、卻一直被他丟在一旁的鄂羅克族學術調查。

他拉著因為教師之路再次中斷而悶悶不樂的太郎治去調查各個鄂羅克人的村莊。和未知的、精明過活的鄂羅克人相處下來，太郎治或許會漸漸打起精神。布羅尼斯瓦夫根據自己的經驗做出了這種打算。

「怎麼了？」

太郎治喃喃說道。鄂羅克牧人不知何時在馴鹿背上舉起了槍，但他瞄準的地方除了苔蘚之外沒有其他東西。布羅尼斯瓦夫也不解地歪著頭，此時一聲槍響掠過濕原。牧人騎著馴鹿向前奔馳，丟下了不明所以的學者和助手，他在三百公尺遠的地方撿起某樣東西回來時，手上提著一隻死兔子。

「我早就聽說過，但沒想到竟然這麼厲害。」

晚上吃著鄂羅克人招待的野味時，太郎治大力稱讚鄂羅克人的打獵技術。

調查之旅在下雪之前就結束了。布羅尼斯瓦夫和太郎治分手之後就一直關在巴夫恩凱家寫調查報告，寄給協會，然後和妻子一邊生活一邊等待報酬寄來。

島上時光逐漸流逝，新年在可怕的寂靜之中來臨，報紙的發行、民間的郵務和電報都停止了。戰況似乎對俄羅斯不利，但他們完全得不到島外的資訊。

等到開始融雪時，布羅尼斯瓦夫收到了兩封信。一封是國立俄羅斯地理學協會寄來的，可見他們在戰時還是擁有不像學術團體會有的特權。另一封信是薩哈林行政機關寄的。

他先拆開協會的信，裡面有支票和信。支票是調查鄂羅克人的酬勞，他看了看支票上的數目，雖然比想像得多，其實也沒多少，而信件的內容令他相當煩惱。

他猛然抬頭。他的房間裡堆滿了書籍、器材，以及蒐集來的資料。妻子抱著兒子坐在硬塞進房間的床上。兒子依照阿伊努人的習俗尚未取名，但布羅尼斯瓦夫已經決定等兒子會走路時就叫他「信」。這個字在波蘭語中有兒子的意思。

「怎麼了？」

妻子似乎發現他臉色不對，擔心地問道。

「雇主叫我過去。」布羅尼斯瓦夫不甘願地說道。「去大陸，一個叫作符拉迪沃斯托克的城市。」

協會希望他在八月向會員發表演講，說明先前調查的結果，所以希望他最晚七月要到符拉迪沃斯托克的博物館。這就是信件的內容。

「你要去嗎？」

被妻子這麼一問，布羅尼斯瓦夫露出為難的表情。

「去那裡或許可以拿到演講酬勞之類的費用，但我實在不想在戰時丟下妳和孩子。」

「我比較擔心你，符拉迪沃斯托克應該離戰場很近吧。」

「是這樣沒錯。」

符拉迪沃斯托克距離俄羅斯和日本正在交火的滿洲並不遠，如果日本軍隊的攻勢夠猛，不是沒有可能攻進那個地方。

布羅尼斯瓦夫先撇開這件事，接著拆開行政機關寄來的信。紙上印著雙頭鷹的標誌，與其說是信更像是通知書。他一時之間還難以理解這封信的內容。

『薩哈林島首長告知，基於沙皇陛下在一九〇四年八月十一日仁慈頒下的特赦令，流放拓荒囚犯布羅尼斯瓦夫・佩托・畢蘇斯基的刑期於此結束。』

他還轉不過來的腦袋首先想到的是官員的怠惰，現在已經是一九〇五年四月了，這封信未免拖太久了。他站起來，在室內來回踱步，接著又看看這封信。

他望向妻子。那張有著鮮豔刺青的美麗臉龐用柔和的眼神望著丈夫。他朝她走近，身體自己動了起來，輕輕地擁住妻子。

「我自由了！」

從他二十歲被送到薩哈林島以來，已經過了將近十八年。

「回去吧。不，我們去吧，去立陶宛，我的故鄉。」

秋芙桑瑪溫柔而果斷地點了頭。他在她的身後彷彿看見了維爾諾的景象。如迷宮般的石板路和象牙色的牆壁、紅色屋頂、白堊建築的大學、高聳的古城、靜靜堆積的白雪。想到那遙遠的、距離薩哈林島要繞地球三分之一圈的景色，他突然放開了秋芙桑瑪。

「我們沒有旅費。」

擺脫了國家權力的束縛之後，他接下來要面對的是活生生的現實。成了自由身的俄羅斯帝國臣民布羅尼斯瓦夫・佩托・畢蘇斯基只是一個貧窮的學者，別說是旅費了，他連日常開銷都快要維持不下去了。光是靠著調查鄂羅克人的酬勞，在物價因戰爭而高漲的薩哈林島也算不上多大的數目。

他再次拿起協會寄來的信。如果接受邀請，應該能多少拿些錢吧。在資訊斷絕的薩哈林島上完全無法得知目前的戰況，不過俄羅斯既然還能悠哉地舉辦演講，大概還是居於優勢的，照這樣看來，遠離主要戰場的薩哈林島應該不太可能遭到戰火的波及。

「我會盡快回來。」

布羅尼斯瓦夫想不出比較婉轉的說詞，只是用直白的話語說出了前往符拉迪沃斯托克的決定。

四

布羅尼斯瓦夫從薩哈林島中部西岸的亞歷山德羅夫斯克搭公家船到達大陸的阿穆爾河（黑龍江）河口的尼古拉耶夫斯克港，然後溯流而上，在哈巴羅夫斯克改搭火車。

因為現在是戰爭時期，船和鐵路的營運都受到阻礙，行程耽擱得比想像的久，而且他還要調查住在途中的原住民，所以這趟旅程總共花了一個月左右。這一路上從報紙和傳聞聽來的戰況令布羅尼斯瓦夫非常愕然。

從他聽到的消息中，俄羅斯帝國一次都沒打贏過日本。陸軍在滿洲持續地「戰略性撤退」，總司令部所在的奉天也被捨棄，司令官遭到革職。除此之外，海上的兩支艦隊全軍覆沒，曾經固若金湯的旅順港也被日軍搶走了。

雖然俄羅斯帝國奪走了他的故鄉，但他們現在要是不能戰勝就糟糕了。布羅尼斯瓦夫懷著複雜糾葛的情緒看著車窗外，符拉迪沃斯托克的景色變得迥然不同。

外面出現了水泥堡壘、城垛和鐵絲網，而且密度越來越高。聽說這是因為俄羅斯失去旅順港之後，就以符拉迪沃斯托克作為防守據點，所以趕緊把這裡建為要塞。

布羅尼斯瓦夫和滿車的軍人擠在一起，花了整整一天才到達西伯利亞鐵路東邊的終點站符拉迪沃斯托克。他在煤煙和蒸氣之中和軍人們默默地走上月臺，快步穿越巨大的車站建築。厚重的大理石牆和天花板漠然地反彈著軍靴的聲音。大批人群一下子就走光了，只有站務員的細語聲迴盪在空曠的巨大空間裡。

他從前和印丁住在這裡時，這是一個擁有齊備商港的熱鬧港都，但現在完全變了一副面貌。俄羅斯帝國賭上尊嚴而建設成西伯利亞鐵路終點站的符拉迪沃斯托克車站大廳在夏天裡卻顯得無比冰冷，這巨大的空間如今只充斥著空虛。

「你來得真快，布羅尼斯。」

他回頭望去，一個圓滾滾的中年男人穿著米白色西裝，雙手插在口袋裡，圓潤的臉上有著小眼鏡和鬍子，頭髮十分稀少。

那是瓦茨瓦夫・科瓦爾斯基，兩年前跟他和千德太郎治一起跑遍北海道的波蘭人。

「你怎麼會在這裡？」

他不禁問道，科瓦爾斯基笑得碩大身軀都在顫抖。

「我也是地理學協會的成員，想聽知名異族研究家畢蘇斯基先生演講也很自然吧。我沒想到一來就被博物館派來接你，反正我也喜歡幫人家的忙。」

「你對我的研究這麼有興趣啊？」

「興趣是有啦，不過老實說，還不至於有興趣到從華沙千里迢迢跑來。」

他的回答與其說老實還不如說是失禮，但科瓦爾斯基身上那種奇特的開朗卻讓人不這麼覺得。

「那你是來做什麼的？」

「來邀請你啊。」科瓦爾斯基天真地笑著。「約瑟夫很想見你。」

布羅尼斯瓦夫忍不住望向四周。車站裡人不多，應該沒人聽見他們說話。

「冷靜點，布羅尼斯。我可沒說過任何會被警察追究的發言。」

那臃腫的波蘭人愉快地笑了。確實是如此，約瑟夫這個名字非常普遍，而且他也沒有提到革命或獨立之類的詞彙。布羅尼斯瓦夫不禁苦笑。

「我也沒有不解風情到要求一個剛結束長途跋涉的人做出重大決定，那些事以後再說吧。約瑟夫也想看看你太太，他相信她一定是個大美人。」

「是啊，非常漂亮。」布羅尼斯瓦夫挺起胸膛說道。「我現在還有了兒子。」

「喔！那真是恭喜你了。」科瓦爾斯基搖晃著巨大軀體。「你怎麼沒告訴約瑟夫啊？」

布羅尼斯瓦夫含糊地笑了。他和約瑟夫的通信在提到結婚之後就中斷了，因為後來戰爭開始，警察也變得更敏感，他覺得一個流放拓荒囚犯公然和社會主義者通信實在太危險了。

「今天一起吃晚餐吧，到時我再仔細問你。協會幫你訂了旅館，你先好好抒解旅途的疲勞吧。」

「那真是太好了。」

布羅尼斯瓦夫打算立刻前往旅館，剛握住行李箱的把手，科瓦爾斯基就舉起雙手制止他。

「有一件事現在就得告訴你。」

他收起了親切笑容，圓鼓鼓的臉頰變得十分嚴肅。

「我得先說，你就算知道了也沒辦法做什麼。你要知道，你來符拉迪沃斯托克是最好的選擇，先記住這件事再聽下去。我也是剛剛才從報紙上看到這件事的。」

布羅尼斯瓦夫不明所以，簡單地回答「請說」。

「三天前，日軍登上了薩哈林島，現在戰鬥似乎還在持續中，但詳情如何就不知道了。」

布羅尼斯瓦夫聽得屏息。

「我要回去。」

他正想轉身，肩膀卻被一把抓住。

「沒有船會開往戰場，你現在是回不去薩哈林島的。」

「那我就游回去，大陸和薩哈林島之間的韃靼海峽最窄的地方只有七公里，真的要游也不是辦不到。」

「冷靜點，別這麼莽撞。」

「那就搭熱氣球吧，除了軍方以外或許還有收藏家擁有熱氣球。不，請海邊的異族人划船送我過去就好了，他們應該可以很機敏地渡海，再不行的話還可以搭木筏，我好歹也當過樵夫，阿穆爾河沿岸也有豐富的木材。」

「你冷靜一點！」

科瓦爾斯基大聲吼道，聲音掠過了人煙稀少的大廳。

布羅尼斯瓦夫用雙手抓頭，拍打大腿，咬緊的牙關發出野獸般的呻吟。他抬頭望天，高聳的蛋狀屋頂遮蔽了他的視線，令他想起自己過去用失去指甲的手腳爬著出庭的元老院。

最好的選擇。布羅尼斯瓦夫真痛恨自己做出這個選擇。

五

通納伊查村位於大小湖泊和鄂霍次克海圍繞著的一小塊陸地上。

海上的船隻載滿了剛捕獲的魚駛向海灘。

阿伊努人配合著吆喝聲划槳，船慢慢地前進。

亞尤馬涅克夫站在船尾抓著舵。

前方沙灘的棧橋上擠滿了等著搬運魚的男女老少，更後面是巨大的佐佐木漁場的漁夫小屋。

去年一月底戰爭開始之後，漁場的日本人就被俄羅斯警察趕走了。工頭把漁夫小屋和漁具的管理託付給通納伊查村的阿伊努人之後就回日本了。島上的阿伊努人之中也有像亞尤馬涅克夫這種住過北海道、擁有日本國籍的人，但俄羅斯警察並沒有為難他們，或許只是把他們全都視為異族人。

村民因管理而能借用漁具和船，繼續從事小規模的捕魚，總算還能維持生活。他們已經很久都得不到吃慣的白米了，但還是能靠著捕魚得到過冬的糧食和些許現金，至少不用擔心餓肚子。

他們對這半年來的戰況一無所知，但還是能從島上聽到砲聲。如果情況沒有惡化下去，他們依然可以正常生活，等到狀況穩定下來，納伊布奇的學校還能重新營運。他本來是這麼想的。

「海邊的情況怪怪的。」

船頭有人叫道。他定睛凝視。

聚集在棧橋上的人們不知何時移到了漁夫小屋前，看起來好像是有人在問話。

「可能出了什麼事，快一點。」

亞尤馬涅克夫說道，划槳的男人們同聲應和，但是滿載漁獲的船太沉重，前進得很慢。他焦急地等著。

「後面的事拜託你們了。」

亞尤馬涅克夫不等船靠到棧橋就跳了下去，從及膝的海水中跑到漁夫小屋。

「讓開！沒聽到嗎？」

俄語的怒吼聲傳來。亞尤馬涅克夫揪住人群邊緣一個心焦如焚的人。

「怎麼了？發生了什麼事？」

「是俄羅斯的軍隊。」村民神情嚴肅地轉過頭來。「他們說要燒掉小屋。」

亞尤馬涅克夫拍拍對方肩膀當作致謝，然後穿越人群走進去。

「請你們住手，如果小屋沒了，我們就沒辦法向主人交代了。」

這個悲痛的聲音是來自他的兒子托佩桑佩之口。他和亞尤馬涅克夫在同一個漁場工作，幫離開漁場的工頭管理小屋和漁具。亞尤馬涅克夫壓抑著焦急的心情越過人群，便看見背著槍的俄羅斯士兵像牆壁一樣擋在前方。

配著軍刀的隊長站在士兵的前方。戰爭之前他駐紮在村子附近，所以亞尤馬涅克夫也曾見過他，甚至熟到會互相聊天。

不過，這些士兵看起來似乎缺乏紀律和訓練，他們站得毫不整齊，站姿也很難看，態度更是惡劣。他聽說軍隊會以減刑為條件招募島上的徽役囚犯去當兵，這些人應該就是從那裡來的吧，怎麼看都不像是能好好打仗的樣子。

「八代吉。」

聽到這聲呼喚，穿著商標半纏向隊長苦苦哀求的人影轉過身來。二十一歲的兒子有著不像母親的溫和性格，他遺傳自母親的端正臉龐因困惑和害怕而扭曲。

亞尤馬涅克夫對兒子說了句「讓我來」，走到隊長面前。

「我們是靠著這間小屋裡的船和魚網生活的，如果沒了這些東西一定會餓死。你們為什麼要燒掉呢？」

他不想和軍隊起衝突，所以語氣盡可能地冷靜。

「我們不能把房子留給日本軍，所以要燒掉。」

隊長的口氣如同軍人一樣不容轉圜，但他的臉上不知為何有著和八代吉相同的害怕。

「這裡又沒有日本軍。」

「他們已經來了，今天到的。」

亞尤馬涅克夫感覺背上冒起了雞皮疙瘩。

「現在艦隊來到科爾薩科夫的海邊，已經開始登陸了。」

這座島上要開始打仗了。亞尤馬涅克夫覺得很不可思議。他和妻子想要回來的故鄉和原本的模樣越差越遠了。

「你說這是漁夫小屋嗎？這裡所有的東西都要在日本軍搶走之前燒掉。」

隊長神情難堪地如此說道，亞尤馬涅克夫此時才回過神來。

「那我們就沒辦法生活了。」

隊長的眼中出現了冷酷的色彩。

「別妨礙我們，我可不想讓你們受傷。」

說完還有些良心的發言後，隊長下達了命令，士兵跑過去圍住小屋，在不同的地方同時點火，一開始只是小火苗，接著火勢逐漸增大，沒過多久，木造的小屋就被烈火吞噬了。

「啊啊……」

一旁的八代吉發出呻吟，凶狠的紅光照亮了他的臉龐。背後是不絕於耳的嘆息聲、哭泣聲、怒罵聲和詛咒聲。有些村民激動地跑向小屋，立刻被士兵用槍指著。搬出屋外的船和漁具都被俄羅斯士兵丟進火海，他們還把亞尤馬涅克夫剛剛載回來的魚都丟在沙灘上，拆了船之後拋進火中。

之後俄羅斯軍隊搜了村子，拿走了村中僅有的兩把槍，回到他們蓋在通納伊查湖對岸的軍營。

村民們默默地回到各自的家中。天色漸暗，直到深夜來臨，小屋仍然熊熊地燃燒著。

隔天，亞尤馬涅克夫帶著八代吉走進森林，花了一整天時間砍倒一棵樹，拖回村子裡，剝下樹皮，挖凹樹幹，製作阿伊努傳統風格的細長獨木舟。

「爸爸真是什麼都會呢。」

八代吉依照指示刨著木頭，一邊佩服地說道。

「我也是回到樺太島才學會的。」

「為什麼要學呢？」

「為什麼啊……」

這單純的問題令他不知該怎麼回答。

亞尤馬涅克夫並不是想要遵循傳統的生活方式，他只是回到樺太島之後發現自己一點都不清楚自古流傳下來的風俗和智慧，所以感到非常寂寞。他想知道契可畢羅在北海道看著逐漸養大的熊是在想什麼，所以被通納伊查村收留之後就開始學習這些知識。有些知識令他佩服，有些知識令他不解，但不管是哪一種，他只覺得學得越多就越不寂寞。

「或許是為了更了解自己想要回來的地方吧。」

八代吉含糊地點頭。認真工作的兒子看起來比昨天冷靜多了。

其他村民也紛紛效法這對父子，男人砍樹做船，女人編織漁網，過了幾天就做好了幾艘船。他們在船頭豎起木幣，開始捕魚。海洋十分豐饒，他們捕到的魚足夠吃好一陣子了。

小屋被燒毀的十天之後，通納伊查村的村民正打算出海捕魚時，發現海上出現了蒸氣船。

比阿伊努的白色獨木舟大上好幾倍的深灰色蒸氣船放下小艇，載滿了身穿土色軍服的軍隊划向海灘。他們的動作迅速又確實，非常一致，看起來比只會燒掉人家小屋的俄羅斯軍隊更厲害。

「爸爸。」

八代吉緊張地喃喃叫道。

「嗯……」

父親凝視著蒸氣船回答。

「是日本軍。」

掛在蒸氣船船尾的紅色旭日旗在樺太島的強風中飄揚。

六

在陽光從葉縫灑落的森林中，壓低聲息的千德太郎治粗重地呼吸。他周圍的灌木叢中都躲著持槍的俄羅斯士兵。

「你身體不舒服嗎，千德先生？」

指揮官契切林少尉年輕的聲音從一旁悄然傳來。他的左臉有一條橫向的英勇舊傷。

太郎治輕輕搖頭，他的身體好得很，甚至有一種奇特的興奮感，但心中卻有些黑暗的想法令他非常煩惱。

「你不需要作戰，只要在一旁看著就好了。」

不知是不是察覺到了太郎治的心情，少尉的態度格外體貼。

接下來要開始作戰了。第一次體驗到的緊張感令太郎治渾身冒汗，心跳加速。

十二天前，六月二十四日，日本軍從樺太島南方的港都科爾薩科夫登陸，隔天就占領了城市，位於該地的南俄羅斯軍司令部因此失去功能，駐紮在納伊布奇村的比可夫大尉的部隊變得孤立無援。他打算繼續偵查周遭的情況，但是連附近一帶的詳細地圖都拿不到，只能請求村中的阿伊努人幫忙。

太郎治很猶豫。

在這個島上被大家憤恨地稱為敵人的，是他父親的國家。雖然他在北海道受盡鄙視，但也遇到了衷心感謝的恩師，還有日本人熱心幫助他在日本視為外國的樺太島建立寄宿學校。

不過比可夫大尉也有支持並資助他建立學校的恩情。除此之外，他認為日本這個小國應該打不過如今統治這座島的龐大俄羅斯帝國。

——我不希望讓朋友陷入危險，所以我不會勉強你。

讓太郎治下定決心的是比可夫大尉的這句話。或許他只是在說場面話，但是日本對現在的太郎治來說太遙遠了，他的朋友和故鄉都在俄羅斯。

就這樣，太郎治答應幫忙帶路。他和前鋒隊一起在附近的森林搜索了幾天，大概在一個小時前終於發現了日本軍。

日本的騎兵隊正走在和村子近可聞聲的森林小徑上，數量有十七騎，看起來應該也是前鋒隊，但俄羅斯這一方的人數比較少，所以還是先回報。

比可夫大尉收到報告後，在設於小木屋的指揮所裡拍著放著一張簡單地圖的桌子。

「不能讓他們帶著情報回去。」

這凶狠的氣勢嚇得太郎治渾身顫抖。他現在才真正體會到，大尉並不是穿著軍服的紳士，而是軍人。

「契切林少尉，我命令你進攻。」

剛從滿洲前線調過來的年輕軍官踏響了軍靴，他年輕端正的臉龐左側有日本兵的刺刀劃過的長長傷痕。

「一個人都不能放過，一定要全部殺光。」

大尉冷峻地說道，接著又請求渾身顫慄的太郎治幫忙帶路。太郎治只能點頭，然後就跟著契切林少尉率領的小隊出發了。

陽光照在小徑上，兩旁都是低矮的樹木和草叢。少尉觀察了地形，要小隊兵分二路，埋伏在小徑的兩旁。

原是囚犯、經過比可夫大尉嚴格鍛鍊的士兵，聽到熟習戰爭的契切林少尉的指示，雖不能說是敏捷，至少很嚴肅地行動，一下子就融入了森林的寂靜中。

在夏天的熱氣和森林的濕氣中，契切林小隊靜靜地等著。

「好熱啊。」

少尉扭曲臉上的傷痕，像是在笑，又把手指伸進沙色軍服的衣襟。他似乎鬆懈了下來，表情悠閒得簡直像是在野餐。

「滿洲的戰況是怎樣的？」

太郎治心血來潮地問道。

「要我說的話，俄羅斯是輸得理所當然，否則兵力不如我們的日本軍怎麼能逼得我們不斷撤退，每次進攻都失敗呢？我真是一點都不懂。」

自己率領的士兵就在旁邊，少尉卻不以為意地說出了沉重的發言。太郎治不禁懷疑，少尉會被調到樺太島說不定是降職。

「如果讓少尉來當將軍就好了。」

有個士兵調侃似地說道。

「我也這麼想，但是身邊的人都嫉妒我的才能。」

「真有自信。」

士兵們輕鬆地笑了。直言不諱或許就是少尉專屬的領導風格吧。

「日本的軍隊非常剽悍。」少尉摸著左臉上的傷痕說。「我也不想親身證明，但就是沒人明白。想要打贏自認輸了就會滅亡的國家，可不能只用尋常的方法。」

當太郎治為滅亡一詞暗自心驚時，指揮官的目光突然變得銳利。

少尉把食指靠在自己的嘴前。蟲鳴聲，葉子的沙沙聲，細微的風聲。除了森林的聲音之外確實還有某些聲音。過了一會兒，馬蹄踏過柔軟泥土的聲音傳來，而且越來越多，越來越清晰。

「放輕動作，慢一點。」少尉用氣音指示。「舉槍，我一下令就開火。」

士兵們擦過樹叢的枝葉舉起槍。在短暫的寂靜之後，少尉用氣音說「還沒」。

太郎治感覺那噠噠的聲音近在耳旁，忍不住抬頭望去。距離草叢十步之外的灌木之中有隻栗色的馬抬著頭向前行進，接著出現了一個高大的男人，那土色軍服的下襬是穿著紅色褲子的腿和軍刀。

契切林少尉輕輕抬手制止焦躁的士兵。日本的騎兵陸續從視野右方出現，一邊張望一邊用漫步的速度前進。

少尉依然不下令開火。軍馬沉重的蹄聲，馬具的摩擦聲，日本兵緊張的對話聲掠過耳邊。

十七。太郎治聽見少尉喃喃說道。他似乎一直在數算。現在所有敵人都出現在友軍眼前了。

——敵人。友軍。

浮現在腦海的詞彙令太郎治很想吐。

「開火！」

少尉高聲下達命令，士兵立刻開始射擊。沒過多久，對面也傳來了猛烈開火的聲音。

哀號聲、馬嘶聲、怒吼聲接連傳來。接著是混亂的馬蹄聲，還有子彈打進肉塊的聲音。

「突擊，跟上來！」

契切林少尉拔出手槍，率先衝出去，士兵們紛紛發出「烏拉！」的吆喝聲握著刺刀衝出草叢。對面的軍隊也發出吶喊。在槍擊中活下來的騎兵趕緊拔出軍刀，但人數落了下風，退路又遭到阻斷，一個接一個倒下。

太郎治不知不覺地站起來，他動彈不得，只能呆呆地目睹這場戰鬥。他只是負責帶路的，沒必要加入戰鬥，但是就算要戰鬥他也動不了。

「救命啊！」

太郎治確實聽得懂那瀕死哀號的意思。自己用馬糞打跑的少年們、學校老師、和父親同鄉的屯田兵，還有自己的父親。眼前的死亡讓這些面孔湧出太郎治的心胸。而那股奔流已經染上了鮮血。

他不禁懷疑。這裡是哪裡？我是誰？

與他相關的人們和他一半的身體在他的故鄉彼此殘殺。他該把自己的身心置於何處？他只不過是想在故鄉生活，真的有這麼難嗎？槍聲、吶喊聲、那句用日語喊出的哀號聲流入了他的苦惱，阻塞了他的意識。

七

在通納伊查村，樺太島一如往常的陰沉天空底下飄著旭日旗。

「你就是山邊安之助嗎？」

站在旗子下的亞尤馬涅克夫抬頭一看，有個體格魁梧的日本軍人站在那邊，年齡大約三十上下，但外表顯得更年輕，那軍人的小眼睛閃爍著耿直的光輝，身後還跟著十名左右的士兵。

「我是柿沼軍曹（註19），麻煩你帶路了。」

他應該是今天亞尤馬涅克夫要隨行的前鋒隊的隊長。他還來不及點頭，軍曹已經攤開了地圖。

「附近一帶已經搜索完畢，這次要走遠一點，預定要搜索至來回三天左右的距離。平

19 相當於我國軍隊的中士。

坦的海岸線由騎兵隊負責，我們步兵負責搜索森林。」

柿沼軍曹自顧自地說道，用食指在地圖上畫出搜索範圍。

「有哪個地方看起來像是露助(註20)會躲藏的？」

聽到這個問題，亞尤馬涅克夫摸著下巴說：

「這一帶的森林對於不熟悉的人來說是沒辦法連續待幾天的，要躲應該也是躲在這一帶的聚落，所以我會帶你們去那裡的附近。」

他一邊思索一邊回答。柿沼軍曹有點訝異地點頭，然後朝著士兵揮手說「出發」。

日本軍的第五中隊駐紮在海洋和湖泊之間人煙稀少的通納伊查村，對附近一帶進行搜索和掃蕩，只有幾間屋子的小村莊裡如今擠了幾十頂帳篷和大約兩百人的日本軍，成天吵鬧不休。士兵們不停奔走，偶爾還有騎兵喀噠喀噠地跑過去。

村民很歡迎吵鬧的新客人。因為俄羅斯的囚犯和軍隊給人的印象很差，所以村民都很喜歡軍紀嚴謹的日本軍，還熱情地提供生鮮食材或是幫忙帶路。

八代吉為了日本軍努力捕魚，亞尤馬涅克夫今天也要幫他們帶路。

所幸，包括亞尤馬涅克夫在內，村中還沒有任何人經歷過戰爭。

「山邊，你是在哪裡學會日語的？」

走進森林幾小時後，在軍隊小憩片刻時，柿沼軍曹向他問道。

「我是在島上出生，不過是在北海道長大的。在一個叫作對雁的地方。」

亞尤馬涅克夫在回答時覺得有些意外，因為軍曹看起來不像是喜歡閒聊的人，在行

20　日本人對俄羅斯人的蔑稱。

軍之中也不該閒聊。

「北海道啊……那裡的軍隊很厲害呢。」

軍曹用開朗的語氣換了話題。

「在旅順占領了二〇三高地的就是北海道的第七師團。再加上奉天的戰事，他們的功績已經轟動全國了。」

亞尤馬涅克夫想起了在北海道認識的日本人。一邊把文明灌輸給阿伊努人，一邊也努力適應著文明的人們。從年齡來判斷，他們應該沒有參軍打仗，不過一想到那掙扎的手正掐著西洋文明國家的咽喉，他就覺得很不可思議。

「第七師團裡面也有北海道的阿伊努人，而你們樺太島阿伊努人也正在為日本服務，真了不起。」

軍曹天真的世界觀讓亞尤馬涅克夫覺得很不舒服。

前鋒隊利用樺太島夏天的漫長白天持續行軍，直到晚上九點太陽下山才停下來，在森林裡露營，隔天一大早又繼續展開搜索。

他們已經進入不曾搜索過的區域，不過除了黑貂、野鼠和野鳥之外什麼都沒找到。軍隊在熱氣騰騰的寧靜森林中走著，氣氛開始變得有些散漫。

柿沼軍曹放慢腳步，望向手腕上的手錶。士兵們知道可以休息了，有好幾個人發出安心的嘆息聲，此時軍曹身旁的樹木卻突然爆開，隨即才聽見尖銳的槍聲。

「趴下！」

軍曹大叫著滾倒在地，接連不停的槍聲和中彈聲同時傳來。亞尤馬涅克夫也急忙按著獵帽蹲下去。

身邊傳來低沉的呻吟。他趴在地上抬頭一看，看見喉嚨一片血紅的士兵站著抽搐。周遭的樹木不斷被子彈打得爆開。亞尤馬涅克夫想也不想就衝出去撲倒士兵，他原先所在的位置立刻傳來子彈掠過的聲音。

要是他動作慢一點，現在已經死了。他不禁背脊發涼。

「柿沼軍曹，柿沼軍曹，有士兵中彈了。」

他甩開恐懼大聲叫道，一邊以側躺的姿勢用自己的手帕按住士兵的咽喉。血沒有止住，還是不停地湧出，亞尤馬涅克夫的手感到溫熱而濕潤。

子彈持續從他的頭上飛過。他一想到自己也有可能變成這樣，就不禁戰慄。

「不要反擊，也不要出聲，再忍耐一下。」

柿沼軍曹一邊向周遭下令，一邊低著身子前進。他一看見中彈的士兵，臉孔出現短暫的扭曲。

「我們現在沒空處理，在止血之前你先繼續按住。」

軍曹沒有說中彈的士兵會怎麼樣，就歪著腦袋像是在傾聽。日本軍沐浴在槍林彈雨中好一陣子，最後軍曹回頭對著部下說：

「我們的人數比較多。我們要殲滅敵人，可以的話就活捉。」

軍曹大概是藉著槍聲來計算敵軍的數量，接著又交代了一些細節的指示。前鋒隊開始反擊後，軍曹會帶著兩個人繞到敵軍側面，一聽到他的吶喊就全軍突擊。

「等一下就要反攻了，要仔細聽我的聲音。」

軍曹丟下這句話就匍匐進了森林。

留下的日本兵趴在地上開火。火藥炸開，槍枝喀喳喀喳地響著，彈殼飛出。過了一會兒，遠方傳來軍曹高呼「萬歲！萬歲！」的聲音，士兵們紛紛拔出軍刀衝出去。遠方傳來慘叫聲，之後漸漸平息。就在此時，他用手帕按住咽喉的士兵也停止了抽搐。

把亞尤馬涅克夫的手沾濕的血迅速地變冷。他先用身邊的樹幹擦擦右手，才把士兵的眼睛闔上，同時注意不要把血沾到臉上。

他站起來，停止了槍聲的森林再次恢復寂靜。不過，他的故鄉又變成了另一個他所不認識的模樣。

擔心可能會死的恐懼以及對今後生活的不安，在他的胸中繚繞。

他蹣跚地走著。剛發動過突擊的日本兵戒備地朝四方散開，他經過他們時感受到了奇特的目光。在草叢的另一側，他發現了眼睛盯著地上的柿沼軍曹。

他撥開草叢，幾個俄羅斯士兵倒在長滿苔蘚的地面，其中一個人是仰躺的，露出了年輕的臉龐，那人的左臉上有一條從鼻翼延伸到耳邊的傷痕，他土色軍服的胸前染上了鮮豔的紅色，被死亡凍結的表情看起來很和善，和傷痕及死亡極不相襯。

「剛才的士兵……」亞尤馬涅克夫擠出聲音說。就算他和死去的士兵不曾說過話，目睹死亡還是令他難以保持平靜。「死掉了。很遺憾。」

柿沼軍曹只說「我們拖太久了」，輕輕點頭。

「不要動！」

遠方傳來凶狠的警告聲。

「怎麼了？發生什麼事？」

柿沼軍曹叫道。

「這裡有一個土人。」

亞尤馬涅克夫一聽見就立刻跑過去。日本人把住在這座島上的所有人種都稱為土人，會出現在這一帶的土人十之八九是阿伊努人。

在日本兵的包圍之中，有個男人癱坐在地上。亞尤馬涅克夫一看到那人雙眼皮的大眼睛，突然用日語喊道：

「太郎治！好久不見了！你還活著啊！」

他誇張地跳起，衝了過去。太郎治的大眼睛睜得更大了，凝視著亞尤馬涅克夫。他的眼中浮現了畏懼，還有一絲的愧疚。

「快笑。」

亞尤馬涅克夫抱住他，用阿伊努語低聲說道。太郎治顫抖著點頭。

「老實回答，是不是你把俄羅斯軍隊帶來這裡的？」

「……我真是個笨蛋。」

太郎治答得牛頭不對馬嘴。

「我為什麼要幫忙他們戰爭呢？為什麼要幫忙他們殺人呢？」

太郎治應該沒有看到咽喉中彈的日本兵。亞尤馬涅克夫猜想他幫助俄羅斯軍隊應該不是一兩天的事了。

「鎮定點，這不是你的錯。」

亞尤馬涅克夫用閒聊般的表情說道。柿沼軍曹走了過來。

「山邊，你認識這個人嗎？」

「嗯，是啊。」亞尤馬涅克夫站起來。「他是這個島上的阿伊努人，是我的朋友。我一直擔心他在戰爭中出事，看到他還活著真令我開心。」

亞尤馬涅克夫用解釋的口吻說道。軍曹在閒聊時表現過的親切已不復見，露出軍人的冰冷眼神。

「你對露助知道些什麼？」

「柿沼軍曹，我朋友不懂日語，讓我用阿伊努語來問他。」

亞尤馬涅克夫扯了個謊，然後瞪了失魂落魄的太郎治一眼，暗示他別露出馬腳。

軍曹點點頭，亞尤馬涅克夫便拉起太郎治，對他說道：

「老實說，你做了什麼？俄羅斯軍隊怎麼了？」

「我到底是誰？」太郎治似乎還沒恢復正常。「我只是想在故鄉當老師，為什麼會被分裂成兩邊？難道這裡不是我們的故鄉嗎？」

「鎮定點，這些事等以後再慢慢想吧。」

亞尤馬涅克夫把臉湊近眼中開始浮現淚光的太郎治。

「聽好了，太郎治，島上的俄羅斯軍隊是打不贏日本的，所以我才會站在日本這邊。你也照著做吧，如果戰爭快點結束，就不會死太多人。如果你想保護你的朋友，就老實地回答。」

「在納伊布奇……」太郎治的聲音在顫抖。「有兩百個俄羅斯士兵。因為我幫他們帶路，他們兩天前殺光了日本的前鋒騎兵。」

「我知道了。」

亞尤馬涅克夫拍拍童年好友的肩膀，轉向柿沼軍曹，把帶路以外的事如實報告給他聽，軍曹把槍掛在肩上，從腰間的皮袋裡拿出地圖。

「納伊布奇在哪裡？」

亞尤馬涅克夫指著地圖上的某一處。軍曹點點頭，向部下宣布「回營裡去」。

「可以帶他一起走嗎？」亞尤馬涅克夫立刻問道。「他家在納伊布奇，但現在那裡都是俄羅斯士兵，吵得沒辦法住人。他今天是來這裡摘野菜的，聽說連出入村子都要被詳細盤查。」

軍曹想了一下，用銳利的視線盯著太郎治。

「從這裡到納伊布奇有二十公里遠，摘野菜摘到這裡來，未免太勤奮了。」

「柿沼軍曹，對島上的阿伊努人來說，這是很正常的事。」

亞尤馬涅克夫說了個大膽的謊言。

「我看他什麼東西都沒帶，摘了野菜要怎麼帶回去？」

「他是不小心撞上剛才的槍戰，才嚇得把工具丟下了。」

「喔……」軍曹的視線從太郎治的頭頂掃到腳底，反覆了好幾次。

「要一起走也行。山邊，回途也麻煩你帶路了。」

軍曹轉過身去，命令道「走了」。

太郎治一放鬆就渾身虛脫，差點倒下，亞尤馬涅克夫急忙扶住他。

「我們現在還活著，因為我們是在日本、在那個村子裡存活下來的。」

亞尤馬涅克夫這麼說，但太郎治聽若不聞。回到通納伊查以後，他雖然恢復了冷靜，但一直沒有恢復活力。

大概過了三週，亞尤馬涅克夫帶著太郎治出去做日本軍交代的工作。

黎明時分，瀰漫著濃霧的通納伊查湖上，一艘在船頭插著木幣的獨木舟划了出去。

負責划船的是村裡的四個阿伊努人，其中也包括他的兒子八代吉。亞尤馬涅克夫坐在船尾指揮，並且讓太郎治負責舉著熊熊燃燒的火把。

「喂，亞尤馬涅克夫。」

千德太郎治的大眼睛裡有不安的光芒搖曳著。

「日本真的可以打贏俄羅斯嗎？」

太郎治現在還沒辦法相信。駐紮在村中的日本軍隊說，大陸上的戰況是日本占優勢，兩軍已經開始談和，就連樺太島的俄羅斯軍隊也一樣，兼任島上首長的總司令官大概在十天前投降了。

「你用自己的眼睛好好地看一看吧。」

亞尤馬涅克夫就是為了讓太郎治看見這情況，才特地帶他出來。回頭望去，照亮背後霧氣的火把光芒之中有兩條黑影。

那是日本軍的汽船。獨木舟靠著太郎治手中火把的光芒領著路，划向通納伊查湖連接海洋的狹口。

等一下日本軍就要朝著湖泊東南岸的俄羅斯軍陣地進攻。步兵已經從陸地逼近陣地，等汽船到了就會發動砲擊一起進攻。

視線被白霧遮蔽，亞尤馬涅克夫只能憑著其他感官來操舵。船逐漸前進，視野也逐漸開朗。獨木舟和兩艘汽船不知不覺地來到湖泊正中央。霧氣之後出現了一片深綠色的茂密針葉樹，清澈的湖水帶著淡淡的青色。

湖邊較高的一腳被茶色玷汙，彷彿在美景之中丟了一團泥。堆積的土堡和木柵欄、旗子、機關槍以及軍隊都漸漸地顯露出來。那就是俄羅斯的陣地。

背後傳來金屬的沉重擠壓聲和號令聲，接著是匆忙的腳步聲。汽船似乎開始準備進攻了。

「閃開，快一點！」

亞尤馬涅克夫大聲喊道，水手連忙划槳。隨後跟來的汽船開始發動砲擊。

俄羅斯陣地隨即被爆炸和土煙所掩埋。陸地上也傳來了槍聲和呼喊聲。俄羅斯軍隊似乎沒有大砲，只能單方面地被軍艦攻擊。

白底紅圈的旗子奔上了丘陵。

亞尤馬涅克夫為了甩開不安而回想起自己的決心。

祖先們在這座島上適應了嚴寒而活下來，他們今後也要用朝陽升起般的活力適應發生在這座島上的一切。

沒過多久，俄羅斯陣地就舉起了白旗。

八

符拉迪沃斯托克的街道上最近擠滿了軍人，高級餐廳「三月兔」也儼然成了軍官專用的設施。

不過，鋪著白桌巾的圓桌和椅子羅列的店裡今晚只有兩組客人。

其中一桌坐著波蘭的小說家兼民族學家，又是社會主義者的瓦茨瓦夫・科瓦爾斯基，一旁的布羅尼斯瓦夫・畢蘇斯基呆呆地看著他灌下整杯葡萄酒。

「怎麼了？身體不舒服嗎？」

科瓦爾斯基看到夥伴杯中的酒一點都沒有減少，就如此問道。

現在才不是不舒服的時候。布羅尼斯瓦夫沒有開口，只是在心中默默地想著。如果他把妻子丟在戰地還能表現出一副若無其事的樣子才奇怪。

依照和地理學協會的約定而辦了演講之後，回不了家的布羅尼斯瓦夫只能不斷打發時間。協會幫他在博物館準備了臨時職位，但他什麼工作都沒做。他每天想的都是早日回到薩哈林島看看妻子是否平安無事，每天過得鬱鬱寡歡。

「我們可是在慶祝呢，要好好地享受才行哪，布羅尼斯。」

科瓦爾斯基故意大聲地說著波蘭語。「三月兔」裡的另一組客人、坐在較遠一桌的兩位俄羅斯軍官愕然地轉過頭來。科瓦爾斯基說著「幹麼」，惡狠狠地瞪回去，軍官或許只知道那是波蘭語，但不明白意思，所以疑惑地歪頭之後就轉開了目光。

科瓦爾斯基笑著說「好像沒人聽得懂我們優美的母語呢」，笑著舉起酒杯。

「戰爭結束了，俄羅斯輸給了日本，真是可喜可賀啊。」

昨天，八月二十三日，兩方在美國簽訂了停戰的條約，雖然沒有討論到戰勝國應得的賠款，看起來好像是平手，但俄羅斯要把軍隊撤離朝鮮和滿洲，還要把南薩哈林島割讓給日本，所以俄羅斯實際上就像科瓦爾斯基說的一樣戰敗了。

通往薩哈林島的交通應該很快就會恢復吧。這微薄的希望很快就變成了焦慮。

這一天，科瓦爾斯基邀他共進晚餐，目的是慶祝可恨的宗主國不幸戰敗，並祈求俄羅斯今後前途黯淡。布羅尼斯瓦夫雖對這不懷好意的名義不感興趣，但他渴望有機會能盡情地說波蘭語、聽波蘭語，所以還是來了。

「俄羅斯已經是風中殘燭了。」

眼前的男人始終說著唯恐天下不亂的發言，但母語的音韻還是令布羅尼斯瓦夫的心靈得到了慰藉。

「這話是約瑟夫跟我說的，不過任誰看了這情況都會有一樣的感想。包括那邊的軍人在內。」

科瓦爾斯基用他幾乎和脖子連在一起的下巴指向剛才瞪著的那一桌。

在戰爭結束後，俄羅斯帝國仍然繼續動盪。

今年的一月九日星期日，民眾二十萬人為了向沙皇請願而聚集在首都，軍隊竟向民眾開槍，造成嚴重的死傷。從前單純地愛戴沙皇的民眾的心開始遠離帝國。

之後，沙皇的叔叔遭到暗殺。一艘有著「陶里斯的波坦金親王」冗長名字的戰艦上的船員起義，跑到黑海去，還和奧德薩的市民一起發動示威遊行。

之前遭到打壓而潛伏的革命分子重新活躍起來，在他們的煽動下，勞工罷工和農民抗爭的火苗如野火燎原燒遍全國，一發不可收拾。

最後帝國終於妥協了，在八月發布敕令同意設立議會，保障信仰自由，並解除了波蘭語的禁令。科瓦爾斯基從那天開始就毫無節制地大肆說起波蘭語。

不過新創立的議會沒有立法權，選舉權也受到限制，反而引發了民眾的怒火，原本逐漸平息的罷工和抗爭又繼續在各地上演，整個帝國的交通都變得極不穩定，科瓦爾斯基雖然樂觀其成，卻也回不了家，只能繼續待在符拉迪沃斯托克。

「約瑟夫也認為這次的戰爭是祖國獨立的好機會，所以正在積極地活動。他去年還去日本尋求援助，弄到了一些武器和資金。不過看今年這些亂象，說不定願望真能實現。」

「武器和資金……」布羅尼斯瓦夫終於聽見了。「約瑟夫打算發動武力抗爭嗎？」

「難道還有其他路可走嗎？」

科瓦爾斯基皺起眉頭。

「六月在羅茲蓋了路障的勞工在鎮壓之中死了三百多人。如果他們有優秀的武器和訓練，或許就不會死了，你不這麼想嗎？」

布羅尼斯瓦夫也聽說過波蘭第二大都市羅茲發生的騷動。

「不可以使用暴力。」

他實在想不出更好的說法，只能說出連自己都覺得幼稚的發言。暴力只會招致暴力，試圖暗殺沙皇的民意黨遭到掃蕩，布羅尼斯瓦夫的朋友們因而被處死。

「我也同意，不過只限於條件相等的對手，但現在的對手是俄羅斯帝國，我們的祖國才是遭到暴力壓迫，無論有沒有更好的方法，若是一味地反對暴力我實在難以苟同。那些只會空口說白話的一般社會主義者不可能撼動這個世界。」

這男人真的是小說家嗎？布羅尼斯瓦夫有些訝異。他確實是空口說白話，但柯瓦爾斯基的說法聽起來彷彿完全不信任言語的力量。

「約瑟夫在波蘭社會黨裡面是個特別的人物，他對純理論的討論沒興趣，只專注於軍事訓練和培養指揮官。」

科瓦爾斯基繼續說著「布羅尼斯啊」，原本很和善的圓臉已經沒有笑容了。

「你應該回故鄉，你身為哥哥，有義務幫助弟弟的壯舉。你不這麼想嗎？」

「我不這麼想。」

布羅尼斯瓦夫不知道自己已經拒絕了多少次，但他還是一樣堅決。

「我是個學者，又是異族人的朋友，而且我還有深愛的妻子和兒子。」

雖然稱不上人生使命這麼誇張，但他更想要繼續探索人類，多少償還朋友的恩情，並以丈夫及父親的身分活下去。他真心如此期望。

「我確實想要回故鄉，但我並不是為了參與武力抗爭。我由衷期盼祖國獨立，不過那並不是我的工作。」

在他回答時，傳入耳中的、顫動喉嚨的波蘭語讓他感受到了微弱的熱意。即使已經在薩哈林島展開第二段人生，布羅尼斯瓦夫還是無法否認驅動了他第一段人生的熱意又再湧現。

「你的故鄉在哪裡？」

被這麼一問，他不知道該怎麼回答。

九

戰爭結束後的符拉迪沃斯托克正鬧得不可開交。

被找來建造要塞的大量勞工在戰爭結束後突然失去了工作，如今到處都充滿了革命的氣氛，他們聚集在街角和酒吧，一副氣勢洶洶的樣子。

海軍陸軍因遲遲沒有復員，都變得很焦躁，拒絕向軍官敬禮之類的小騷動一再發生，叛亂的謠言也不絕於耳。

整個俄羅斯帝國都遠稱不上和平。

在寬廣的歐俄平原上，農民的暴動從停戰之前一直延續至今。一開始由首都印刷工發動的罷工不斷蔓延，波蘭和高加索的鐵路和全國的都市都停電了。自來水的供應開始限制時間，報紙也有好幾天沒出版了。蓋上國家檢閱印的原稿無法印刷，檢閱制度名存實亡。身為近代國家，俄羅斯陷入了猶如全身麻痺般的處境。

往薩哈林島的交通依然沒有恢復。布羅尼斯瓦夫每天都心焦不已。

十月，秋天的冷風將行道樹染上了色彩。他在形式上依然每天規規矩矩地去博物館上班，某天突然在二樓臥室門邊的信箱裡發現一封信，上面蓋著英國的郵戳，但他不認識寄件者。

他走進房間，用拆信刀拆開信封，裡面是一個從日本函館寄往英國的信封。他一頭霧水地打開，裡面又是用他不懂的日語寫的信封，他又繼續拆下去，終於在裡面找到了用俄語寫的信。

寫信的人是阿伊村的首領巴夫恩凱。

這封信是千德太郎治代筆的，裡面寫著這封信是藉著駐紮在薩哈林島的日本軍的軍事郵政先寄往中立國再寄過來，之後的內容令布羅尼斯瓦夫的目光停了下來。

信中寫著秋芙桑瑪和兒子都平安無事，現在戰爭結束，危險已經解除，糧食供應的情況也正在逐漸恢復。

「太好了。」

布羅尼斯瓦夫喃喃說道。他把這封信反覆讀了二十遍左右，然後在房間裡雀躍地來回走著，最後還跳了起來。

盡情享受了安心與歡喜後，他對工作開始湧出源源不絕的熱情。他成天泡在博物館的倉庫裡，把仍未拆封、從薩哈林島搜集而來的東西取出，製作目錄，再仔細地收好。花了幾天做完這個工作之後，他又開始寫論文。

哪天就可以回薩哈林島了，必須在那之前先把工作大致處理完。布羅尼斯瓦夫懷著這種心思，連假日都不停地工作。在街道上，士兵和勞工的聚會和小騷動則是日漸增加。

這股悄然醞釀的不安穩能量在城市中沸騰是發生在十月的最後一天，星期日。

這一天布羅尼斯瓦夫在位於博物館的臥室裡趴在桌上睡覺，在午前醒了過來，他先確認口水沒有滴到論文原稿上，然後去盥洗室洗臉，為了轉換心情和用餐而穿上外套出門了。

外面是一片晚秋的清澈藍天，氣候仍然漸漸地變冷。博物館前方的大街正在舉行週日慣例的慈善義賣。城市裡充滿了因戰爭結束而回歸的市民和找尋商機的行商，雖然盛況不如從前，至少恢復了活力。是要去店裡吃呢，還是要在路邊攤隨便買來吃呢，不管去哪裡吃，總之吃完以後都要到處走走散散心。他一邊走著，一邊悠哉地這麼想著。

接著他發現情況不對。原本應該來來往往的人群此時全都朝他的方向湧來，而且擦身而過的人們臉上都帶著害怕和警戒。

他直覺應該發生了什麼事，就朝著人群的反方向走去。他聽見了慌亂的腳步聲和怒吼聲。人龍在十字路口附近中斷了，在石頭和磚頭搭建的高樓之間，群眾和警察正在對峙。

讓我們回家！給我們工作！給我們飯吃！警察滾回去！給我們薪水！摻雜著士兵和勞工的群眾不斷地推擠叫嚷。穿著黑色制服的警察像古城牆一樣沉靜而堅固地排列在前方。

此時他聽見了無數軍靴踏過石板地面的聲音。憲兵衝了過來，站在警察的前方。群眾頓時安靜下來。突然間，一個不合時宜的歌聲打破了可怕的沉默。

——舊世界一定要徹底打垮，舊勢力一定要連根拔！

那是《工人馬賽曲》，是俄羅斯革命家用法國的革命歌曲重新填詞的。突然唱起的歌曲陸陸續續有粗獷的聲音加入，一下子就變成了大合唱。在遠處眺望的布羅尼斯瓦夫也能看出，人們都被鬥志昂揚的歌詞和雄壯威武的旋律給鼓舞了。

——前進！

隨著簡潔至極的歌詞，群眾一起踏步向前。警察和憲兵後仰似地退了一步。

——前進！前進！前進！前進！

重複的歌詞結束後，憲兵全部一起對空鳴槍。

「立刻解散！不然統統逮捕！」

憲兵隊長的命令被激動地前仆後繼的群眾……應該說是暴徒的喊聲和歌聲掩蓋掉了。他們雖然沒有拔出槍或軍刀，但揮起警棒和鞭子一點都不客氣。低沉的撞擊聲、哀號和咒罵混雜在一起。站在遠方看著的民眾不是拔腿逃跑就是衝過來加入混戰。

近處傳來其他的聲音，他忍不住轉頭望去，看見有些人砸破了朝向大街的店面的玻璃，隨即破門而入，他們大聲呼喊著衝進店內。分不清是暴徒還是罪犯的人們陸續湧入，大肆破壞，趁火打劫。

布羅尼斯瓦夫感到危險，打算回博物館。他轉過身，在不斷增加的群眾之中前進。走到一半，人群中斷了。獨自處於空曠之中的布羅尼斯瓦夫不禁戰慄。

扛著槍的軍隊排列成和街道同寬的隊伍逐漸走來。無數軍靴威嚇似地敲擊著石板地面，刺刀發出寒光。

——這簡直就是戰爭。

在人們害怕的慘叫聲中，布羅尼斯瓦夫呆若木雞。

一聲號令，軍隊在兩步之後停下來，再一聲號令，所有軍人舉起了槍。人群喊叫的聲音變了。布羅尼斯瓦夫回過神來，左顧右盼，然後衝向被砸爛的商店前的一堆瓦礫。

聽到那聲「開槍」時，他正躲在瓦礫後面抬頭往上看。右邊傳來激烈的槍聲，雖然眼睛沒看見，但想必有無數子彈從他的眼前掠過。左邊不遠之處持續傳來子彈打進肉體的悶響。慘叫聲不絕於耳。混亂和被打死的人撞擊著石板地面。

殺戮隨即展開，軍隊如機械一般以固定的頻率持續開槍，群眾哭喊著像潮水般退去。一聲號令，軍隊停止射擊，然後又繼續行進。布羅尼斯瓦夫趕緊把頭縮回去。軍靴經過的聲音移向剛才群眾聚集的地方，漸漸遠去。

他從瓦礫後面探出頭，立刻聞到了火藥味和血腥味。路邊到處都是不同姿勢的屍體，以及被砸爛的商店。他沒有看到還活著的傷者，可能是被群眾帶走了吧。在可怕的寂靜之中，他聽見了遠方的騷動、槍聲，以及《工人馬賽曲》。

秋天的清涼空氣彷彿失蹤了，他渾身冒汗，拔腿狂奔，不停地奔跑。

大概跑了五分鐘，博物館出現在眼前。職員們都跑到博物館的庭院，在面向街道的鐵欄杆之後議論紛紛，看起來暴動應該沒有蔓延到此處。他來到了只有門柱沒有門扉的大門，看見一堆桌椅胡亂地堵在那邊。他從旁邊繞了過去。

「喔，你回來啦。」

只穿著一件襯衫、捲起袖子的科瓦爾斯基開朗地抬手說道。

「我好久沒看過這種景象了，真是令人激動啊。我一聽到騷動就從旅館跑過來了。」

這位小說家兼革命家一臉愉快地說著，還一副熟練的樣子指揮著職員們搬東西。

「這是在做什麼？」

「搭路障啊。市區的暴動要是沒這東西就熱鬧不起來了。」

真不知科瓦爾斯基這句話有幾分是認真的。他繼續說道：

「我是開玩笑的啦，不過我們總得保護博物館不被暴徒攻擊。雖然這裡沒有值錢的東西，但這建築物還是很寶貴的。你也來幫忙吧。」

布羅尼斯瓦夫別無選擇，只好跟其他職員一起把舊桌子和其他用不著的大家具搬出來堆在一起。科瓦爾斯基跟職員進行著詭異的問答：「你們沒有槍嗎？」「這裡可是博物館！」

過了不久，博物館這裡也出現了暴徒。職員們看到暴徒就加以驅趕，看到有人逃難則是收留。市區裡到處揚起白煙，其中幾處隨即冒出巨大的火焰。

《工人馬賽曲》依然沒有停止。對於那些唱歌的人來說，這場暴動等於是要奪回人民權利和尊嚴的革命。

被歌聲和火焰鼓吹的暴動和掠奪持續了一整晚，到了隔天早上才逐漸平息。疲累不堪的職員們坐在博物館的庭院和走廊，領了分發的輕食和茶水，稍事歇息。

「這裡明明沒有財物可以搶。」

科瓦爾斯基把手指插進骯髒襯衫的衣襟，苦笑著說道。

「科瓦爾斯基先生，請你跟我來一下。」

布羅尼斯瓦夫話一說完，不等對方回答就走向大門。沉重的腳步聲從後面跟過來。

他爬過路障，到了街上，寧靜清晨的冷空氣中還瀰漫著濃濃的燒焦味。

「太慘了。」

靈活爬下路障的科瓦爾斯基說道。布羅尼斯瓦夫依然不等他就開始往前走。路上看不到任何行人，只能看見髒汙的牆壁和破碎的門窗，石板地上散落著玻璃和木塊。

屍體也是隨處可見。市民的屍體都仍維持原樣，但軍人——尤其是軍官——的屍體都毫無例外地遭到破壞，大概是民眾為了洩憤而做的。

「科瓦爾斯基先生。」

布羅尼斯瓦夫駐足回頭。

「暴力就是這麼回事。伴隨著破壞和死亡，而且開始以後就越來越難停止。約瑟夫想做的事所造成的結果，就是我們現在看到的這副景象。」

「別把我們跟這些人相提並論。」

科瓦爾斯基皺起了臉。

「我並不想貶低這個城市死去的人的尊嚴，但約瑟夫和我們想做的並不是這種魯莽的暴力，而是祖國的獨立。」

「我擔心的不是約瑟夫做那件事的目的，而是結果。我擔心立陶宛、波蘭也會變得像這個城市一樣。」

「難道我們應該拋下失去的尊嚴和獨立，乖乖地對宗主國言聽計從嗎？」

「要找回我們的祖國和尊嚴應該用其他的方法。現在帝國局勢這麼不穩，或許不靠暴力就能達成目標了。」

布羅尼斯瓦夫看見俄羅斯帝國已經走到了控制不了民眾的階段，不過發生在這個城市裡的只是純粹的暴力，這種時候應該回歸「到民間去」的理念才是。想到這裡，他才意識到「糟糕」。

一直靜靜聽著的科瓦爾斯基抬起頭來，「喔」了一聲，笑著說：
「也就是說，你也認為現在正是取回祖國的機會囉？」
他明明一直聽著科瓦爾斯基說波蘭語，此時卻從中感受到一股無法抗拒的吸引力。
「我再說一次，我們的目的是祖國獨立，你應該也希望這樣吧。」
他不由得點頭。
「至於要用什麼方法，你再和約瑟夫好好談一談吧。他是我們的領袖，是你的弟弟，如果他的方法有什麼該被制止的理由，全世界也只有你說服得了他。」
科瓦爾斯基露出試探的眼神。
「能拯救故鄉的人只有你。」
「你說得太誇張了。」
「約瑟夫只是拜託我把他哥哥帶回去，至於他哥哥要怎麼想就不關我的事了。」
科瓦爾斯基伸出粗胖的手。
「回去吧，布羅尼斯。」
紅屋頂和迷宮般的石板街道，古城的尖塔。在他想要找回的故鄉風景之中，他彷彿看見了身穿海豹皮衣的妻子抱著嬰兒。她嘴邊的刺青有著鮮豔的青色。
布羅尼斯瓦夫渾然不覺地握住了對方的手。

十

陰翳的天空下，船擠破了開始凍結的薄冰行駛著。前方浮現了薩哈林島森林的青綠色。

三十九歲的布羅尼斯瓦夫心焦如焚地注視著十八年前失去指甲和未來、在二十歲來到這裡時相同的景色。他的妻子和兒子如今就在這裡。

不久之前，來自薩哈林島的船隻對符拉迪沃斯托克剛發生暴動的事一無所知，悠哉地駛進港口。船上載的是割讓給日本的南薩哈林島遷走的居民，聽說在韃靼海峽結冰之前會再回去一趟。布羅尼斯瓦夫急忙辦好手續搭上了船。

這次他和被送來當懲役囚犯的時候一樣，從薩哈林島中部西岸的亞歷山德羅夫斯克登陸。在四處有日本兵遊蕩的海邊搭起的帳篷下，他將俄羅斯帝國自由臣民的護照拿給俄羅斯事務官看，簡單幾句問答以後，就得到了登陸的許可。他雇了馬車，經過積雪的道路回到阿伊村，零散的夏屋和大宅邸還是一如往常，看不出歷經戰火的痕跡。雖然他在信中已經得知這裡沒事，親眼見到時還是鬆了口氣。

繫著凶猛狗兒的巴夫恩凱宅邸前面，有個搖晃行走的幼兒和一位女性。

「秋芙桑瑪，是我。」

他跳下馬車，邁足奔去。臉上有著鮮豔刺青的秋芙桑瑪睜大眼睛，還來不及改變表情就被他一把抱住。

「對不起，讓妳久等了。我回來了。」

妻子纖細的肩膀顫抖著，令他憐愛不已。他正想緊緊抱住妻子時，突然發現感覺怪怪的。他稍微退後，往下一看，秋芙桑瑪的肚子鼓鼓的。

「難道……」

秋芙桑瑪的刺青靦腆地動著。

「是第二個嗎？是第二個孩子嗎？」

妻子點點頭，丈夫再次抱住了她。接著他抱起孩子，走進屋內，到他們夫妻的房間裡，坐在床上，逗弄著還沒取名的孩子。秋芙桑瑪用托盤捧著茶壺和茶杯走進房間。

「這次你會待久一點嗎？」

秋芙桑瑪把倒好的茶端給他時如此問道。

「這個嘛……」

他苦笑著含糊其詞。就算不用去符拉迪沃斯托克，他還是常常為了忙學術調查和學校的事而不在家。布羅尼斯瓦夫也知道自己實在不是個好丈夫。

「今後我們都會在一起。我暫時不會再做調查旅行了。」

他盡量開朗地說。

「我打算回故鄉，妳也會來吧？」

「為了學術的工作嗎？」

秋芙桑瑪拿著自己的茶杯坐在床邊的椅子上。

「不是。」布羅尼斯瓦夫挺起胸膛。「是為了革命，我要找回我的祖國。」

他偷偷觀察妻子的表情，她依然面帶微笑，其中卻摻雜著迷惘的神色。秋芙桑瑪沒有立刻給他答覆，他也沒有繼續追問。

傍晚時，穿著長大衣的巴夫恩凱和外出彈琴的伊沛卡拉回來了。伊沛卡拉在客廳角落哄著孩子，首領及姪女和她的丈夫圍坐在桌邊的沙發上。

眾人都為彼此的平安而稱慶。

「你的第二個孩子就快出生了，你最近可別再出遠門喔。」

巴夫恩凱雖然和顏悅色，但口中的話語像是在牽制他。

「關於這件事……」

布羅尼斯瓦夫說出了自己想為祖國獨立而奮鬥，巴夫恩凱的臉色卻越來越難看。

「畢蘇斯基先生。」

巴夫恩凱依然用過去的稱呼叫他。

「我了解你的心情。故鄉和家人都很重要，但是以你的情況，兩邊都顧不到。」

村子的首領嚴厲地說道。

「若是繼續待在這裡，秋芙桑瑪和孩子都會很安全。難道你忘了自己曾經因夥伴的罪行而被逮捕嗎？就連只是犯人女友都受到了嚴苛的刑罰，你也因為是主謀朋友而獲罪。」

首領毫不放鬆地繼續說。

「你的孩子才一歲大，秋芙桑瑪還懷著第二個孩子，你把不方便旅行的妻兒帶到異國，還打算過那麼危險的生活，到底是在想什麼？就算秋芙桑瑪答應，我也不會允許的。」

他的語氣越來越氣憤。

「我絕不容許任何人折磨我寶貴的族人。你只有兩個選擇，要麼和妻子繼續在島上生活，要麼就是自己一個人回去玩革命遊戲。」

巴夫恩凱站了起來，丟下一句「我言盡於此，我要去睡了」，就踩著不悅的腳步聲離開了客廳。

布羅尼斯瓦夫目送著首領的背影離去，然後偷偷望向妻子。秋芙桑瑪帶著不解的神色，看著伊沛卡拉哄著的兒子在地上爬行。

「妳怎麼想？」

「我……」秋芙桑瑪抬起頭時，露出了堅決的表情。「是你的妻子。布羅尼斯瓦夫・畢蘇斯基。」

看到妻子的眼神時，他意識到自己非得保護她不可。

旁邊傳來一句「我有個好辦法」，布羅尼斯瓦夫轉頭望去，在盤起的腿上抱著「信」的伊沛卡拉得意洋洋地挺起胸。

「只要偷溜就行了。我想到一個方法，我可以告訴你們。」

夫妻對看了一眼。秋芙桑瑪先開口追問：「妳可以告訴我們嗎？」

「就是啊……」伊沛卡拉壓低聲音說了起來。

布羅尼斯瓦夫要先假裝拋下秋芙桑瑪，搭著馬車從村子裡出發，然後悄悄躲在森林裡。秋芙桑瑪當著巴夫恩凱的面送丈夫離開，等放心了的巴夫恩凱出門拜訪官員或去漁場巡視時，伊沛卡拉就去通知布羅尼斯瓦夫，然後布羅尼斯瓦夫回來接秋芙桑瑪和孩子，再一起離開村子。

「這個方法很妙。」

先開口的是妻子。布羅尼斯瓦夫覺得沒有好到「很妙」的地步，但確實可行。

「妳是什麼時候想到這方法的？」

布羅尼斯瓦夫不經意地問道，伊沛卡拉的眼中頓時浮現寂寥的神色。

「很久以前，這本來是我打算在有什麼事的時候使用的。」

他不知道她是要用在什麼事上，但還是向她致謝。

「不過，秋芙桑瑪，妳真的要這樣做嗎？這等於是背叛了妳的叔叔耶。」

布羅尼斯瓦夫問道，秋芙桑瑪不帶半點遲疑地點頭。

「你要走嗎？」隔天早上，巴夫恩凱聽到他的決定之後不悅地說。「那就快點走吧。真不是個人。」

布羅尼斯瓦夫只能虛偽地回應。因為在薩哈林島什麼都不方便，如果不依賴首領要花兩天才叫得到馬車，這段時間內，他都懷著坐立不安的心情住在巴夫恩凱家中。

兩匹馬拉的馬車在午後來到，布羅尼斯瓦夫早已收拾好行李，馬車離開巴夫恩凱家之後走了十分鐘，大概是步行三十分鐘的距離，進入森林，在小河邊一棵傾倒的大樹旁停下來。摘野菜和野果的情況姑且不論，巴夫恩凱平時是不會來到這地方的。

「要走的時候就叫醒我。」

馬車夫說完就悠閒地打起瞌睡。他是個俄羅斯人，在薩哈林島割讓給日本仍選擇留下來的俄羅斯人不在少數，日本的統治尚未遍及的南薩哈林島都是靠著像他這樣繼續做著和俄羅斯統治時代一樣職業的人們在支撐的。

布羅尼斯瓦夫獨自坐在馬車裡。他的心中充斥著近乎歡喜的焦躁，難以冷靜。

他被關在薩哈林島十八年，終於要回到故鄉，參與獨立運動。他首先要說服約瑟夫，召集從前波蘭共和國的人，不是瞬間的爆發，而是要踏實地一步步邁進。他要奪回他們的母語、他們的祖國、他們的尊嚴。

他想著，暫時先住在維爾諾吧，那是他成長的地方，住起來比較習慣，又很有感情。有著紅色屋頂、象牙色牆壁，如迷宮一般的石板地古都。

從薩哈林島來的妻子在其中行走。她站在異鄉的土地上還是一樣美麗，一手牽著他稚齡孩子的手。

想到這裡，突然有些念頭如黑霧般湧出。

被處死的朋友，因為一些細微得近乎冤罪的小罪被流放薩哈林島的自己，激起了民意黨和獨立運動的苛政，不久前在符拉迪沃斯托克看到的景象。

這些記憶改變成各種不同的模樣，刺進了他的夢想之中。

長靴粗魯地踏過維爾諾的街道，穿著黑色制服的警察在警笛聲中跑過來，抓住妻子的肩膀，帶著哭泣的幼兒一起坐上護送的馬車。拿著槍和棍棒的勞工和學生從四面八方衝出來，和警察起了衝突。路上搭起了路障。人群之中傳出豪邁的演講和歌聲，接著被鎮壓的槍聲打散。妻子的身影消失在滿是火焰和喧鬧的遠方。

——能阻止約瑟夫的只有你。

科瓦爾斯基這麼說過。他不認為自己一定能阻止弟弟，但若阻止不了，就無法保護故鄉。

——你只有兩個選擇。

巴夫恩凱對他這麼說過。的確，他非選擇不可。

有人敲著馬車的車門。他隔著窗戶看到伊沛卡拉氣喘吁吁的身影，想必是跑過來的。布羅尼斯瓦夫緊張地站起來，打開門。

「快去吧，巴夫恩凱的叔叔說他太陽下山前就會回來。」

布羅尼斯瓦夫的身體自己動了起來，擋在伊沛卡拉的面前，像是阻止她坐上馬車。

「幹麼？」

伊沛卡拉訝異地抬頭看著他。

「我……」

布羅尼斯瓦夫感到自己變得面無血色。

「我要一個人回去。我非得回故鄉不可，但是我在故鄉保護不了秋芙桑瑪和我的孩子。」

「等等。那些複雜的事情我不懂，可是……」

伊沛卡拉急忙插嘴說。

「事到如今，難道你想要拋下秋芙桑瑪和孩子嗎？」

「是的。」

說出這句話時，他的心都碎了。他不禁想要感嘆人生真是太艱難了，但這個念頭一浮現，就立刻被他抹去。他沒有資格沉浸在這種悲壯的自憐中。

「一句話都不說就跑掉太過分了，你至少要親自去跟秋芙桑瑪說。」

「我不去。如果去見她，我就走不了了。」

布羅尼斯瓦夫搖著頭老實地回答。他知道自己確實很過分。

「我聽不懂啦，你到底想幹麼？」

伊沛卡拉對他露出憤怒和輕蔑的眼神。這也是應該的。

「我要奪回我的故鄉，避免無謂的死亡和破壞，還要保護妻子。如果要全部達成，我就只能這麼做。」

聽到他這麼說，伊沛卡拉的神情變了，雖然還是一樣憤怒，但那譴責的目光彷彿失去了目標。

「我也沒想過自己有一天會被逼著做出這種選擇，不過奪回故鄉之後我一定會回到這座島。這個地方給了我重生的熱意，是我第二個故鄉。到那個時候我再向秋芙桑瑪道歉，到時她想罵我或打我都可以。妳幫我這樣告訴她。」

「太任性了。」伊沛卡拉的表情更像是憐憫。「但你應該下定決心了吧。」

布羅尼斯瓦夫點頭。想要再見妻子一面的渴望如今才厚臉皮地浮現。

「出發吧！」

馬車夫聽到他的呼喊，趕緊抓起韁繩。車軸軋軋作響，馬車開始行進。他關上車門，像是要把伊沛卡拉大罵「笨蛋！」的聲音隔絕在外。

布羅尼斯瓦夫呆坐於搖晃的馬車中。

他在出生前就被奪走了故鄉，接著又被剝奪了一半的人生，恢復自由之後的一連串抉擇還導致他捨棄了妻子。

「既然如此，若不搶回一兩個故鄉就太不值得了。」

他本來打算豪邁地說出這句話，眼淚卻自己掉了下來。

十一

布羅尼斯瓦夫仍在旅程中。

在廣闊的田園後方，沒有結冰的海洋散發著蔚藍的光芒。

和妻子分開一個半月後，布羅尼斯瓦夫有生以來第一次經歷沒有下雪的冬天。

「你能不能去日本一趟？」

布羅尼斯瓦夫從薩哈林島回到符拉迪沃斯托克之後，科瓦爾斯基就給了他獨立運動的第一份工作。

「我不能跟弟弟見面嗎？」

布羅尼斯瓦夫心想，那我是為了什麼才拋下妻子的？科瓦爾斯基看到他怒氣沖沖地抗議，就回答「不用擔心，約瑟夫沒辦法立刻起義的」，然後說出一段奇妙的解釋。

據他所說，約瑟夫率領的社會黨和一個叫作德莫夫斯基的人率領的民族民主黨一直在搶奪波蘭獨立運動的領導權。因為俄羅斯帝國還是一樣動盪不安，俄羅斯統治下的前共和國不斷出現恐怖攻擊和示威遊行，但還不至於發展成一氣呵成的起義和獨立戰爭。

「德莫夫斯基打算藉著親近俄羅斯來獲得自治權，和我們社會黨的理念完全背道而馳。」

科瓦爾斯基難得露出了苦澀的表情。

俄羅斯和日本打仗時，約瑟夫計畫在波蘭起義，並且打算遊說利害關係一致的日本提供協助。日方也積極接觸俄羅斯統治地區的獨立運動人士，由於他們的介紹，約瑟夫得到了在東京的日本陸軍參謀本部直接交涉的機會。

不過德莫夫斯基搶先一步去了日本，和參謀本部的成員見面。德莫夫斯基希望和俄羅斯打好關係，當然不希望發生起義，據科瓦爾斯基所說，他向日本的軍人說了很多關於約瑟夫的不實謠言。拜此所賜，約瑟夫和他們談得很不順利，只得到了一些武器和金錢。順帶一提，約瑟夫和德莫夫斯基在東京遇上了彼此，吵得不可開交。

「所以你要我去日本做什麼？」

「我希望你去散播關於德莫夫斯基的謠言。」

布羅尼斯瓦夫還以為科瓦爾斯基是在開玩笑，但他似乎挺認真的。他要布羅尼斯瓦夫去調查德莫夫斯基和日本是否還有聯繫，如果找到為德莫夫斯基提供具體支援的人際網絡，就想辦法加以破壞。

「不要。這種工作不適合我。」

「我也這麼想，因為你人太好了。」

科瓦爾斯基愉快地笑著說。這種無法反擊的情況真令人火大。

「那你就去找些還沒跟德莫夫斯基接觸過的日本政要，看他們能不能為波蘭獨立提供協助。約瑟夫上次去日本時沒有太多時間。反正日本也不只有參謀本部。這件事你應該做得到吧？」

「我該去找誰？」

「隨便你。我們在日本那邊有認識的仲介，你可以去找他談談。至於回波蘭的時間，我之後會再通知你。」

「真的可以隨便我嗎？」

「我在用人時會很注重自主性。」

布羅尼斯瓦夫正準備答應時，科瓦爾斯基豎起了食指。

「我只要求你一件事，不要背叛約瑟夫。如果你們兄弟想法不同，就好好地溝通，千萬不要在背後偷偷捅他一刀。」

科瓦爾斯基說出這話的時候，露出了令人膽戰的冰冷眼神。

就這樣，布羅尼斯瓦夫坐船離開了符拉迪沃斯托克。如今俄羅斯和日本之間的交通已經恢復，他在日本海這一側的港都敦賀進入日本，接著搭火車到新橋站。

首都東京和西邊國土聯繫幹道的終點站裡擠滿了進進出出的旅客和迎接的人。打贏一場大戰後，人人的臉上都洋溢著開朗和自信。

幫他安排了旅程的科瓦爾斯基說，會有一個經常和革命分子往來的日本人來接他，但至今還沒看到。布羅尼斯瓦夫在人潮之中站了一陣子，發現稍遠之處有個男人目不轉睛地看著他。

軟呢帽和小眼鏡，如同用東亞那種沾墨水的毛筆在左右各畫一撇的鬍子，扁平的臉孔，黑色外套。

因為眼鏡反光，布羅尼斯瓦夫看不出那人的表情，只能看出那人視線的高度和他差不多，站在矮小的日本人之中就像浮在海面上的浮標，削瘦的臉頰有些蒼白。他想起了過去和科瓦爾斯基及千德太郎治在北海道旅行時一直跟著他們的陰險日本官員，心中有些不舒服。

他繃緊身子，注視著那個男人，對方隨即朝他走來。那人來到他面前，他才發現對方雖然穿著挺拔的外套，上面卻全是毛球，就像在炫耀那人的清貧。看來他和那些官員應該不是同一類人。

「你就是畢思多斯基先生吧。」

對方的俄語說得很好，語氣卻像在盤問。布羅尼斯瓦夫直覺地想要點頭答是，隨即換了個念頭，緩慢而堅定地說「我的名字是布羅尼斯瓦夫・畢蘇斯基。請你這樣稱呼我」。男人用母語喃喃說著「挺有骨氣的嘛」，但布羅尼斯瓦夫聽不懂。

「你是來日本做什麼的？應該和你的夥伴一樣是在玩革命遊戲吧？」

這人明明是來接他的，卻用嘲諷的口吻說個沒完。

「我真後悔答應支援你們。你們真的了解社會主義嗎？不會是把這個當成讓年輕人發洩過剩精力，或是讓老年人覺得自己依然年輕的工具吧？」

布羅尼斯瓦夫已經不是社會主義者了，但這刻薄的言論還是令他很生氣。

「那你為什麼還要來接我？」

「為了『信』。」

男人毅然地回答，臉上帶著些許的自嘲。

「『信』？」

想起了為自己和妻子生的兒子所取的名字，他的胸中就隱隱作痛。那男人不知道他的心痛，還是一個勁地說個不停。

「這是儒家『五常』之中的一項，意思是行事不違背信義。我是深受這種教化薰陶的最後一代了。雖然我很受不了你們這種人的膚淺，但我還是把你們當成朋友，朋友叫我照顧隻身來到遠東異國的人，我實在拒絕不了。」

布羅尼斯瓦夫在心中感嘆，沒想到事情變得這麼麻煩。這趟日本之行想必會很不愉快。

「你應該很了解俄國文學吧？」

那人突然換了個話題。

「完全不懂。在薩哈林島很難買到書。」

「真可悲。」

男人一臉遺憾地搖頭。

「東方有一句諺語，叫作『知己知彼，百戰百勝』。你也應該多了解一下。有一個叫契訶夫的短篇小說名家寫過關於薩哈林島的報導文學，裡面把應該寫成小說的人的煩惱描寫得淋漓盡致。」

男人依然說個不停。

「這本書在我國還沒有譯本，但遲早會出版的。不，我來翻譯吧，沒有比我更適合的人了，我絕不會把這件工作讓給別人。」

男人開始自言自語，而且還換成了日語。他低下頭、對著空氣比手畫腳說話的模樣很有意思，布羅尼斯瓦夫呆呆看了好一陣子，才開口說：

「你有在做翻譯嗎？」

「為了錢。」

男人突然板起了臉。

「我寫的小說只會玷汙文壇、羞辱藝術，但我為了生計還是不能放下筆，擅自把偉大作家的鉅作拿來日本賣錢。」

「你也有在寫小說？」

此話一出口，布羅尼斯瓦夫就後悔了。那人的態度一開始是「敵對」，之後變成「厭煩」，如今則是「絕望」。

「我一直覺得像我這種人還是死了乾淨。」

「對了……」

布羅尼斯瓦夫急忙伸出手去。

「這段時間就要請你多多照顧了。可以請教你的名字嗎？」

男人說著「喔喔」，摘下帽子。他的頭髮剃得像新兵一樣短。

他蒼白的臉龐喚醒了布羅尼斯瓦夫的某段記憶。拯救他脫離絕望的少年——印丁——在短暫人生的末期也有相同的臉色。這是肺結核患者的特徵。

男人凝視他片刻，同樣伸出右手。

「我叫長谷川辰之助。請多指教。」

對方以將熄蠟燭般的開朗聲音報上姓名。

十二

長谷川是一個奇特的人。

他出身於被日本人稱為明治維新的革命之後已不復在的戰士階級，對俄羅斯的帝國主義抱持著強烈的警戒和反感。他為了保護祖國，考了三次軍校，結果還是因為近視而落榜，他無奈地去外語學校學習俄語，因此愛上了俄國文學，他在將近二十年前出版的小說在日本文壇頗受矚目，但他對自己的文學素養評價極低，他用的筆名是二葉亭四迷，念起來很像日語的「死了乾淨」，似乎是一種鬱悶的自嘲。他寫了一本作品就不再創作，之後都是靠著翻譯、政論、外語教學，或是預支根本不打算寫的稿費來過活。

說得難聽點，長谷川雖然熱衷於俄國文學和政論，卻又有著強烈到誇張、帶著反省的自嘲習慣，所以兩條路都走不下去，只能到處閒晃，過著散漫的人生。不過因為他非常擅長社交，所以閒晃之餘也在各界結交到不少知己。

此時的日本是憂心祖國的人士在海外的一個據點，有不少俄羅斯和中國的革命分子居住在這個遠東的島國。

原是政治犯、革命家，又是新秀民族學家的布羅尼斯瓦夫・畢蘇斯基在東京的生活非常忙碌，長谷川為他介紹了來自不同國家的各方人士，他又透過這些人認識其他人。

長谷川每隔一天就會跑到布羅尼斯瓦夫住的日式旅館，喝喝酒，聊聊天，然後就走了。在布羅尼斯瓦夫身上的旅費不夠時，他還幫忙找到了位於鬧區銀座角落的住宿處。

「俄羅斯遲早會再和日本開戰。」

每次喝醉時，長谷川就會這樣說。他支持俄羅斯的革命分子就是為了給俄羅斯添亂，免得他們有心力開戰。

沒有雪的冬天過去了，在枝頭綻放的梅花香味漸漸變淡的某日，長谷川一大早就帶著布羅尼斯瓦夫出門。

「今天我們要去早稻田。在那之前先去另一個地方。」

他們由步行換成電車，再換成人力車，現代化的東京熱鬧街景變得越來越冷清、越來越寂寥。

以木、土和紙搭建成的低矮淺色建築出現在眼前，之後逐漸變成綠色基調的田園。對於在石造建築的古都長大、在充滿壯麗建築的城市讀書的布羅尼斯瓦夫而言，這裡猶如異世界。

遠方的地表覆蓋著一片淺桃色的雲彩，走近之後，那片雲彩變成了枝枒上開滿小花的樹木。

「這是櫻花。這地方的櫻花非常有名。」

長谷川一邊走一邊說，然後走下河岸。布羅尼斯瓦夫知道類似的花，俄語也有這種花的名字，但長谷川說的卻是日語。（註21）

兩人在櫻色雲彩之下漫步。頭上覆蓋著一片開滿花朵的粗枝，感覺彷彿被淺桃色的

21　俄語的櫻花也讀作「sakura」。

雲朵包圍。陽光和藍天在花朵之間若隱若現。寬廣河面漂著幾艘小船，不知是貨船還是觀光船。護岸石牆遍布著鮮綠的苔蘚。

河邊有一排販賣輕食和零嘴的攤販正在忙碌地準備開店。插滿小小紙風車的店家已經開始營業了。

「客人，今天真是個好日子啊。」

中年的老闆親切地笑開了削瘦的臉龐。長谷川回答「嗯，是啊」，正要摘起帽子時，突然有一陣風吹過來。

長谷川的手抓空了，飛起的帽子被樹梢飄落的花瓣遮蔽了。所有風車都喀啦喀啦地轉動。觀光客紛紛發出「呀啊、嗚哇」之類聽似愉快的叫聲。長谷川喊著「等一下」，匆匆跑去追帽子。

飄落的花瓣越來越密集，布羅尼斯瓦夫的視野全都是淺桃色的雲霧。

布羅尼斯瓦夫從未見過這種景色，卻感到一陣揪緊心頭的鄉愁，這令他不禁感到疑惑。

日本。從前擁有驍勇的戰士階級、近代還戰勝了中國和俄羅斯的尚武國家。這裡沒有任何東西會令他想到日本的這種形象，只見人們安詳地在淡淡的色彩中交錯往來。這是超越了膚色、語言和頭骨尺寸，全人類共通的景象。

淺桃色的雲霧散去，長谷川也順利地撿回軟呢帽，他把帽子戴得很低，一副小眼鏡閃著光芒。

「這裡的風景如何啊？」

「很美。」

布羅尼斯瓦夫坦率地讚美。

長谷川轉向河流的方向，布羅尼斯瓦夫跟著望去，看見剛才飛舞的花瓣紛紛落水，把河流染成一片粉紅。

「在之前的戰爭裡，日本的軍隊死了將近九萬人，傷患超過十五萬人。他們一定是為了保護這片美景和住在其中的人們而奮戰的吧。」

長谷川淡淡地說出和這片美景極不搭軋的話題。花瓣失去了風力推動，持續地落在河中。

「俄羅斯的死傷人數應該也不在日本之下，但是，死在戰場上的俄羅斯軍人一定很想把日本的櫻花樹全部砍倒，把河流全部填平吧。」

長谷川的聲音有些顫抖。

「我是日本人，看到日本戰勝當然開心，對英勇奮戰的將士也是滿懷感激和尊敬。但我同時又是人，一想到在冰冷荒野堆積如山的敵軍屍體就覺得毛骨悚然，我也打從心底厭惡要靠著這麼龐大的死傷而活著的自己。」

「這不是你的責任。」

布羅尼斯瓦夫插嘴說。

「戰爭並不是你發起的，你也沒有能力阻止。這確實是一場慘禍，但是你不需要為這場慘禍負任何責任。」

長谷川依然注視著河中的花瓣。

「若非如此，日本就沒辦法存活下來嗎？兩軍死傷人數加起來恐怕有四十萬，非得造成這麼多的死傷不可嗎？那麼，難道我們要坐以待斃嗎？這是絕無可能的。這樣說起來，我國還是必須靠著四十萬死傷而存活下來吧。」
後方那間擺了風車的商店傳來了孩子的嬉鬧聲，雖然布羅尼斯瓦夫聽不懂日語，還是聽得出其中摻雜著女人的聲音，大概是孩子的母親吧。中年的老闆和藹可親地跟客人說話。
「畢蘇斯基先生。」
長谷川轉過頭來。
「我們生活的世界是這麼地殘酷嗎？我們日本人渴望加入的、夢想著在其中占有一席之地的文明世界就是這樣的嗎？」
布羅尼斯瓦夫感到非常徬徨無助，彷彿失去了立足之地。

十三

兩人著迷於櫻花滿布的美景，一邊往上游走去，在走了二十分鐘路程後的一座橋邊遇到了長谷川的朋友橫山源之助。
布羅尼斯瓦夫過去和橫山源之助見過幾次面，他是個報紙記者，同時還積極地撰寫關於東京無產階級的報導文學，他對於政治活動雖然不太熱衷，但在觀念上是個根深柢固的社會主義者。這人很喜歡穿和服，他今天也穿著一件鬆垮垮的灰色和服，外面搭著一件同樣鬆垮同樣顏色的外掛。
原本似乎是河岸的區域如今成了荒涼的田園，其中有空著的水田和整齊種植著長長幼苗的田地。遠方有一塊一塊零散的深綠色，像是把一片森林撕碎灑在各處。聚集的民宅、商店和兩層樓的長屋偶爾像是突然想到似地出現。

「早稻田這裡有一所大學，旁邊是創校者大隈伯爵的住處。我們等一下就是要去見大隈伯爵。」

長谷川邊走邊說，臉上一副眉飛色舞的愉快神情，剛才在河邊的對話彷彿沒有發生過。這是他在高談政治時會有的表情。

「伯爵擔任過我國外交和財政方面的要職，還曾經大力推動立憲制，現在是議會第二大黨的主席。」

橫山工作的那間報社的老闆和伯爵是老相識，藉著這條管道，他們今天才得以去拜訪伯爵。

走著走著，前方出現高聳的白色圍牆，圍牆長長地延伸出去，像是要把廣大的建地和田園區隔開來。布羅尼斯瓦夫本來以為這是學校，原來這就是伯爵的住宅。

在歐風的高大門前站著一位穿黑色制服的老守衛，他一聽橫山說出來意就放行了，但三人還是得在一旁紅屋頂的守衛室接受嚴格的搜查。

「伯爵在擔任外交大臣的時候遇過暴力恐嚇，失去了一隻腳。」

長谷川被老守衛和他的同事搜身時一邊解釋說。

「堅忍不拔是伯爵的優點之一。」

長谷川直言不諱，大概是覺得守衛一定不懂俄語。

「暴力攻擊……是用刀劍嗎？」

現在的俄國沙皇還是皇太子時曾經來過日本，竟然被警察拿刀攻擊。布羅尼斯瓦夫會這樣問是因為知道日本在革命前有過名為武士的戰士階級，但長谷川回答「不是」。

「是用炸彈。」

這個跨越了東洋和西洋的共通點令布羅尼斯瓦夫非常感慨。就像社會制度、血緣親情和虔誠信仰一樣，或許使用炸彈進行恐怖攻擊也是人類的一項共識。

檢查結束後，老守衛帶著三人走出守衛室。鋪著沙子的廣大庭院以精心規劃過的各種樹木區隔開來。一行人花了不少時間繞過巨大的洋房和日式房屋，到了宅邸後方。

那裡有一片美麗的庭園。以靜靜鋪在地面的青草為基調，不同濃淡的綠色層層相疊，其中摻雜著紅色和黃色的花朵，還可以看見櫻花。

在清新的草香和和煦春光之中，不搭軋的四人行走於其中。有表情溫和但穿著威嚴的守衛、穿著褪色和服的窮記者、抑鬱不得志且作品稀少的作家，最後是穿著黑沉沉外套的外國人。

佇立在寬廣庭園的玻璃溫室裡走出兩個像是園丁的男人，兩人都穿著日本風格的務農打扮，一個是中等體型的年輕人，另一個是比布羅尼斯瓦夫更高大的老人。老人用跳躍般的奇妙步伐走著，一邊和年輕人融洽地說笑。

走在比較前面的長谷川和橫山用日語說著悄悄話時，那兩人逐漸接近他們。守衛朝老人深深一鞠躬，長谷川和橫山也用熱情的語氣打招呼，老園丁都用清晰的聲音回應。

「畢蘇斯基先生。」

布羅尼斯瓦夫還愣愣地看著，長谷川就緊張地叫道。

「這位是大隈伯爵。」

聽到這句話，布羅尼斯瓦夫大吃一驚。擁有伯爵身分的務農打扮老園丁爽朗地向他說話，他從語調可以聽出那是英語，但他的英語並沒有好到可以跟人交談。他會說俄語、波蘭語、立陶宛語、在學會裡使用的法語，還有薩哈林島的吉里亞克語和阿伊努語，在他過去的人生中所學的全部語言都無法用來和眼前的老人溝通。

布羅尼斯瓦夫回想著在薩哈林島拜訪異族人村莊的情況，一邊用誇張的肢體動作、俄語的單字、眼神和表情來表達和對方相遇的喜悅。

老人露出了看到奇特事物的愕然表情，然後隨和地笑開了緊繃的國字臉，朝他伸出手來。

「瓦他西嘎大隈得阿魯得阿魯。（我是大隈。）」

兩人都感受到了對方的友善。

布羅尼斯瓦夫握住對方的手時，又想起了薩哈林島的景色。

伯爵自豪地帶他們逛了庭園一圈，然後說是要換衣服，就回屋子裡了。有一間茅草屋頂、鋪著木板的涼亭，布羅尼斯瓦夫等人脫了鞋子在那裡等候。沒過多久，穿著樸素和服的伯爵就出現了，一個身穿燕尾服的傭人跟在他的身後，扛著箱型的椅子。

傭人在涼亭裡擺上椅子，伯爵熟練地移動高大的身軀走上涼亭，坐在椅子上，處於坐在地板上的客人之中猶如鶴立雞群，但伯爵開朗地說了些什麼。

「伯爵說，他的腳有些問題，請大家包涵。」

長谷川用俄語小聲地翻譯給他聽。伯爵親切隨和又不失莊重的態度，令布羅尼斯瓦夫覺得很有好感。

「橫山。」

伯爵叫道。橫山回答著「是」，但他或許是因為社會主義者的尊嚴，依然盤腿坐著，不卑不亢地看著伯爵。至於長谷川則是以兩腳彎曲、小腿貼在地板的姿勢坐著。布羅尼斯瓦夫覺得那種姿勢看起來很不舒服，不過聽說那是稱為「正座」的日本禮儀。這或許也是他帶著自嘲提起的儒家教育的其中一項成果吧。

「我看了你的書，學到很多事情。」

布羅尼斯瓦夫聽著長谷川的低聲翻譯，看到橫山以近乎高傲的態度點頭。伯爵似乎很欣賞他這種態度，還請橫山為他詳細說明東京府無產階級的情況。橫山滔滔不絕地說著，伯爵也聽得不住點頭。

「沙貼，二葉亭桑。（然後是二葉亭先生。）」

伯爵結實的臉龐轉向長谷川。聽到伯爵加上了敬稱，布羅尼斯瓦夫才意識到長谷川的筆名在日本還挺有分量的。

伯爵動起大大的嘴巴，開始說話。長谷川的模樣十分畏縮。沒了翻譯的布羅尼斯瓦夫把注意力集中在伯爵說話的聲音。

「得阿魯得阿魯。」

伯爵經常說出這句奇妙的話，這似乎是他的口頭禪。

正當長谷川的身子縮到不能再縮的時候，剛才那位年輕園丁捧著一個銀托盤走過來。他也換過衣服了，他現在穿著一套樸素但乾淨的白襯衫和卡其褲。

園丁把托盤放在涼亭的一角，先把其中一個盛著切片哈密瓜的小盤子呈給伯爵，接著再一一端給其他客人。伯爵一邊親切地和園丁說話，一邊津津有味地吃著綠色的果實。

伯爵很愛吃哈密瓜，聽說他為了整年都能吃到哈密瓜，還特地在庭園裡搭了一座溫室。如果他有時間，就會像今天這樣在園丁的指導下親自照料或採收。

布羅尼斯瓦夫一邊抓起水果，一邊向長谷川問起剛才的對話。

「伯爵對我唯一寫過的那本小說大加讚賞，說是完美地融合了東洋的精神性和西洋的哲學性，還叫我快點再寫下一本。」

長谷川一臉難受地回答。就連受人讚美都覺得受傷，這個人的抑鬱要到何時才能紓解呢？布羅尼斯瓦夫不禁為他感到擔憂，同時也為自己的人生沒有牽扯上如此令人煩惱的文學而感到慶幸。

「畢蘇斯基桑。（畢蘇斯基先生。）」

伯爵一邊把用過的小盤子還給園丁，一邊開朗地對他說話。

「聽說你是民族學家，而你的太太是『樺太島』的阿伊努人。」

長谷川雖然用俄語翻譯，說到薩哈林島的時候還是以日本的名字稱呼。日本人認定了薩哈林島是從自己國家被俄羅斯搶走的一塊領土。

布羅尼斯瓦夫點頭，伯爵笑著說「很好很好」，接著毫無脈絡地說起「我之前看了一本英國的小說」。

「大綱是說火星上住著文明更勝於地球的異人種，他們利用先進科技跑來征服地球。非常有意思。」

伯爵舉起兩手，互相交錯，像是盤起手臂似地把手伸進袖中。

「小說的開頭就寫到，火星人看不起地球的人類，就像地球人看不起猴子和狐狸一樣，而火星人想要消滅地球人，也跟地球人的所作所為如出一轍，人類造成了不少物種的滅絕，譬如野牛、稀有的鳥類，還有……」

欲言又止的不是伯爵，而是長谷川。

「比我們劣等的人種。」

伯爵露出近乎挑釁的微笑，興致盎然地看著布羅尼斯瓦夫。

「小說還寫到，塔斯馬尼亞島上的種族雖然跟人沒什麼差別，還是被歐洲移民給滅絕了。」

啪的一聲，伯爵拍拍自己的右腿。這聲音清脆得不像拍在肉上。聽說他那隻腳是義肢。

「我們的國家不會制裁在我國犯罪的歐洲人，也不對歐洲人帶進來的物品課關稅。不制裁歐洲人是因為我們是沒有文明的野蠻人，沒有關稅自主權則是因為我們的力量不足。」

伯爵的臉上依然掛著微笑。彷彿在試探身為白種人的布羅尼斯瓦夫。

「在名為維新的革命之後，我們致力於改正從前的不平等，也做了一些愚蠢的事，像是每晚舉行西洋風格的宴會。我在擔任外交大臣的時候失去了右腳。日本的人民被填補關稅的重稅壓得喘不過氣，沉船時得不到救援而淹死，被拒絕檢疫的外國人帶進來的疾病威脅著性命。就這樣，我國在兩次對外戰爭都打贏了。」

此時傳來了風聲，以及青草摩擦的聲音。

「我想要請教以學者身分探索人類真理的畢蘇斯基先生。我們是劣等的人種嗎？除了白種人以外的人種都該滅絕嗎？我們只是很像人類的另一個種族嗎？」

布羅尼斯瓦夫搖頭。在這個試圖區分人種優劣的世界裡掙扎的日本雖然很悲哀，但也很積極進取。不過，伯爵接下來所說的話卻出乎他的意料。

「我覺得，是不是都無所謂。」

伯爵的臉上已經沒有笑容了。

「所幸這是一個弱肉強食的世界，只要力量夠強大就好了。當白種人自認是強者，專心一志地研究其他人種是弱者的證據時，我們會變得越來越強，遲早有一天會凌駕於歐洲列強。」

「為什麼要對我說這些話呢？」

開口之後，布羅尼斯瓦夫才意識到自己的喉嚨發乾。

「我要說的是，你是因為力量不足才失去了故鄉。這是可能會消滅的遠東小國在政界打滾四十年的老人的建議。」

伯爵挑釁似地說著「沙貼，畢蘇斯基桑（好啦，畢蘇斯基先生）」，探出上身。

「在弱肉強食的法則之下，我們選擇了戰鬥。那你們要怎麼做？」

「我們……不，我……」

布羅尼斯瓦夫低頭思考。他想起薩哈林島上的妻子和朋友們。最後他抬起頭來。

「我要和這個法則戰鬥。」

伯爵打量似地瞇起眼睛。布羅尼斯瓦夫繼續說：

「弱小的就會被吃掉，只有競爭才能活下去。使人滅亡的正是這種法則。但我要以人的身分和這個法則戰鬥。既然這是人類世界的法則，人類就有辦法改變它。如果這是超越人類智慧的法則，文明也會讓我們的手可以觸及那裡。我認為人是不會結束或滅亡的，但是有些東西非得結束不可。」

那座島上的人們分享給布羅尼斯瓦夫的熱意在他的體內化為言語和決心。他不希望這個世界吞噬了那些男人女人，斷絕了那份熱意。

輪到伯爵陷入了沉思。最後他笑了，笑得很豪邁。

「我們在法則之下戰鬥，你要和法則本身戰鬥。很好很好。」

大隈伯爵起身，踩著跳躍似的腳步離去。

「我們會變得越來越強……」

長谷川用細微的聲音喃喃說著。

十四

夏至過後不久，布羅尼斯瓦夫跟長谷川相約再會，離開了東京。他先搭船，接著搭火車橫越美洲，又搭船前往歐洲，接著轉成馬車和火車到達了知名的避暑勝地扎科帕內。

扎科帕內是位於從前波蘭境內的山中小鎮，現在屬於奧匈帝國的領土。他穿越染上金色和紅色的森林，翻過山嶺，到達小鎮之時已經是秋末了。他在事先訂好的旅館中、牆壁和家具都是清一色淺褐色木材的寬敞房間裡解下行囊。

入住第三天，他開始擔心會不會因為錯過而見不到面，結果晚餐之後就聽見了敲門聲。門一打開，外面站著一個戴著黑色報童帽的男人。

「你變老了哪，哥哥。」

他的弟弟約瑟夫・克萊門斯・畢蘇斯基懷念地笑開了一張和哥哥很相似的臉。他已經是一方勢力的領袖，卻隻身一人前來。

他讓弟弟進了房間，拿出蜂蜜酒對飲。室內充滿了溫暖昏暗的燈光和敘舊的話語。

蒐集禁書、建立祕密圖書館的事。憐憫地聽著那喜歡吹噓自己和知名革命家見過面、自己卻什麼都沒做的傢伙的事。和波蘭獨立運動鬥士握手而興奮不已的事。父母的回憶，哥哥的青澀初戀。

「科瓦爾斯基是個很有意思的人。」

布羅尼斯瓦夫提起在北海道調查阿伊努人的事，約瑟夫修剪整齊的鬍子就苦笑似地動著。

「科瓦爾斯基幫了我很大的忙，不過他有點憂慮過頭了。他的文采確實是不可多得，但他並不是可以指揮組織的人。」

弟弟淡淡地評論著別人。

「你覺得日本怎樣？東京怎樣？很漂亮吧？」

布羅尼斯瓦夫彷彿要揮開那種異樣感，隨即換了個話題。

「一切都令人失望。」

約瑟夫一臉不屑地說道。

「日本的軍人和政治家都是投機主義者，看在他們眼中，我們只是用來牽制俄羅斯的道具。他們明明還答應援助德莫夫斯基那個膽小鬼呢。結果戰爭一結束，日本就立刻和俄羅斯握手言和，現在又對中國興起了野心。」

我們會變得越來越強。布羅尼斯瓦夫想起了大隈伯爵那張結實的老邁臉龐說起這句話的模樣。

「不過現在機會終於來了。」

寒冷的夜晚漸漸發白，如同與之呼應，弟弟的聲音也加強了力道。

「俄羅斯發生了前所未有的動盪，現在正是革命的好時機。只要我們起義，人民一定會響應的。波蘭一定可以獨立，勞工也能擺脫壓榨。」

就是現在。布羅尼斯瓦夫想起了將近二十年前在聖彼得堡聽過的話語。

「現在的情況和我們被逮捕的時候截然不同。」

約瑟夫似乎看穿了他的心思。

「當時就算把哥哥加進去也只有十五位同志，現在我的身邊有訓練有素的武裝組織和幾萬個黨員，我們今後發起的獨立戰爭一定可以讓共和國復活。」

約瑟夫清晰地說道。

「你們贏得了俄羅斯嗎？」

布羅尼斯瓦夫非常擔心。俄羅斯帝國就算輸給了日本，也還是擁有超過幾十萬人的陸軍。

「我們可以讓他們付出不值得繼續統治的代價。」

約瑟夫和自己相似的五官露出了中邪般的恍惚神情。布羅尼斯瓦夫彷彿看見了他的背後是燃燒的城市和無數的燒焦屍骸。

「我聽科瓦爾斯基說過哥哥的想法了，姑且不論對錯，這確實很像哥哥的風格。不過獨立就在不遠處，共和國就快要復活了。要擊敗德莫夫斯基，趕走俄羅斯，我們才能重新得到祖國。所以哥哥也和我們一起戰鬥吧。」

布羅尼斯瓦夫喝了一口溫水，而不是喝酒。

「如果你們要訴諸暴力，我就不會幫忙。」

他明白地說道。

「你害怕嗎？」約瑟夫扭曲了臉孔。「還是腦袋壞了？」

「都不是。我確實不敢誇口說自己有多勇敢，但我的腦袋還是很清楚的。」

「那你就是靈魂墮落了。看來你已經失去尊嚴了。」

約瑟夫的語氣像是在嘲弄，但那悲傷的表情和憤怒的動作透露出他心情的複雜。

「使用暴力只會帶來無止境的競爭。」

「說什麼蠢話！」

約瑟夫拍著桌子，上面的玻璃杯和酒瓶發出哀號。

「不然要怎樣才能把俄羅斯趕出去？如果選擇人道主義，我們就沒辦法奪回故鄉。弱者只能努力變強，如果強者變弱，就要全力擊潰。」

「有一個日本的政治家也說過一樣的話，不過那樣真的算是勝利嗎？」

布羅尼斯瓦夫探出上身。

「戰場上屍橫遍野，就像櫻花蓋滿河面一樣，好不容易才存活下來。故鄉真的需要這麼殘酷的奇蹟嗎？共和國不是，薩哈林島也不是。」

說出這句話之後，布羅尼斯瓦夫才意識到。

他有兩個故鄉，而兩地想必都會在暴力的法則之下繼續凍結。

「真無趣。」約瑟夫露出了令人心寒的冷笑。「是阿伊努人嗎？還是吉里亞克人？哥哥在信裡提到的朋友也一樣，如果他們力量夠大，就不需要哥哥那可厭的幫助了。弱肉強食的生存競爭才是這個世界的法則。」

「我已經決定了，我要和這個法則戰鬥。只有這樣才能讓故鄉恢復，繼續存在。」

布羅尼斯瓦夫說出這句話時，弟弟那雙和他一樣的藍眼睛露出了悲傷的神色。

「那麼……」

約瑟夫的表情漸漸轉變，臉上浮現了自信和熱情，眼神充滿攻擊性。那應該就是他的夥伴最受鼓舞、他的政敵最厭惡的表情。

「今後就是我和哥哥的競爭了。到底我們哪一個人才是正確的，就留給歷史來評論吧。」

曾經是他弟弟的男人站了起來。

「我不會妨礙哥哥。不過哥哥若是妨礙我……」

約瑟夫猶豫了片刻。

「我無法手下留情。」

約瑟夫說的是「無法」而非「不會」，像是在表示他會堅持這份兄弟情誼到最後。

第五章　故鄉

一

這座島特有的濕氣在早晨化為露水，凝聚在湖泊與森林裡，到了接近中午的此時又化為蒸蒸熱氣。難得晴朗的天空一片蔚藍。

樺太島迎來了短暫的夏天。

「哎呀呀，這不是副總代嗎？」

亞尤馬涅克夫一走進歐袠波卡村，路過的老婆婆就親切地向他打招呼。

「喔喔，妳好。身體還好嗎？」

聽到他客氣的回答，老婆婆就牽動臉上褪色的刺青說「託你的福」。

他行了禮，繼續走向村內。繫在桿子上的狗兒們看到他已經不會再吠了。亞尤馬涅克夫很高興狗兒認識他了，但他或許只是被狗當成了同類。

島嶼南部變成日本統治的樺太島已經快要兩年了。

接續軍隊統治的樺太廳在各個阿伊努村之中設立「土人部落總代」的職位，並交由公家機關和村民來推薦人選。亞尤馬涅克夫在周遭人們的推舉之下不甘願地擔任了包括他所住的通納伊查村在內的四個村子的副總代。今天他就是為了副總代的工作，專程從通納伊查村來到沿海往北半里（大約兩公里）的歐袠波卡村。

他先前往這村子的總代家打招呼，在途中卻看到了陌生的情景。村中的孩子們喧鬧地大叫，圍繞著一個穿白襯衫、捲起袖子的男人。

男人一邊高亢地叫著，一邊指向四面八方。

「黑嘛塔！黑嘛塔！（什麼！什麼！）」

亞尤馬涅克夫想起這幾天熱到令人頭昏腦脹的暑氣。那個男人該不會是熱壞腦袋了吧？說不定他會對孩子做出什麼不軌的行為。亞尤馬涅克夫停下腳步觀望。

「黑嘛塔！黑嘛塔！（什麼！什麼！）」

每當男人大叫，孩子們就興奮地喊著「姆恩！（草！）」、「努布魯！（山！）」、「尼西庫魯！（天空！）」。

「黑嘛塔！（什麼！）」

男人挺起胸膛，指著自己的臉。他彷彿為了逗孩子開心，動作大得誇張，表情猙獰扭曲。亞尤馬涅克夫看不清那人的臉，只覺得他似乎是日本人，白皙的皮膚有著年輕的光澤，相貌應該挺文雅的。

「南！（臉！）」

孩子們齊聲叫道，但之後又有人叫了一聲「歐亞希！（妖怪！）」。大家都笑了起來。孩子們愉快地大喊著「有妖怪，快逃啊」、「不對，快打倒他」，被包圍其中的男人恢復正常的表情，接著露出困惑的神情。

「是『臉』嗎？」

他用日語問道，語氣雖然困惑卻很清晰，一點都沒有搞笑的味道。

亞尤馬涅克夫走了過去。孩子們揮舞著雙手繞著男人跑，男人從胸前的口袋拿出小筆記本，專注地讀起來。沒有一個人注意到亞尤馬涅克夫。

「南，歐亞希，是哪個呢？」

「是南，意思是臉。」

亞尤馬涅克夫走過去說道，男人猛然抬頭。

「那歐亞希是？」

男人追問道。亞尤馬涅克夫有點擔心造成誤會，最後還是回答了，因為那男人的眼中充滿了渴望。

「在日本人的語言裡應該是『妖怪』吧。」

男人說著「原來如此」，年輕的臉龐苦笑似地咧開。

「你是誰？」

亞尤馬涅克夫不確定盤問可疑人物是不是副總代的職責，總之還是問了。男人把筆記本放回口袋，面對亞尤馬涅克夫。

「金田一。」

雖然亞尤馬涅克夫懂日語，對這個詞還是很陌生。

「我叫金田一京助。金銀的金，田地的田，一二三的一。我是東京帝大的學生。」

金田一很習慣地一併說明了漢字的寫法。

「你是學生啊……那你在這裡做什麼？」

「我在研究阿伊努人的語言，村裡的孩子正在教我單詞。」

「有這種學問嗎？」

在亞尤馬涅克夫的心中，學問指的是科學、醫學、語言學那些很實用的、探究天下國家的東西，他從沒想過語言這種鄙俗的東西也是學問。但那位學生一臉自豪地點頭說「有的」。

「我去年去北海道，聽到那邊的阿伊努人流傳下來的『敘事詩』，所以我來樺太島調查這裡是不是也有人傳唱。我在北海道學過阿伊努語，在這裡卻完全聽不懂，所以我得先學會樺太島的語言。」

流暢回答的金田一令他想起了藍眼睛的朋友。

「『敘事詩』是什麼？」

「就是敘述古代英雄故事的歌曲。在全世界也找不到太多擁有敘事詩的民族。」

世界。民族。亞尤馬涅克夫摸摸剃短的頭髮思索著。

「你是日本人嗎？」

這個令人無法忽視的問題使他停止了動作和思考。

「我看起來像日本人嗎？」

他沒有留鬍子，戴著獵帽，穿著商標半纏，確實怎麼看都像日本人。

「不。」金田一搖頭。「你會講阿伊努語，臉也長得不像。我只是隨口問問。」

「因為你覺得如果我是日本人，被誤認成阿伊努人一定會生氣吧。」

看到金田一再次露出不知所措的表情，亞尤馬涅克夫有些後悔。如果不是孩子們繼續在旁邊吵鬧，他們之間的氣氛應該會變得更險惡。

「你住在歐裘波卡嗎？」

他一換話題，金田一就一臉抱歉地回答「是」。亞尤馬涅克夫心想，看來他應該不是壞人。

「你想打聽古老歌謠的話，我的村子裡有擅長歌謠的老人，下次我再把人帶來。」

「真的嗎！可以嗎！」

金田一的臉色立刻亮了起來。

亞尤馬涅克夫點頭回答「嗯」，同時感到了一陣懷念。那個藍眼睛的學者現在怎麼了呢？

不久之後，亞尤馬涅克夫開始協助金田一研究，教給他自己從小學習的語言，並為他介紹熟悉歌謠和傳說的老人，在金田一回日本本島的前一天，他還帶來了在通納伊查村擔任總代的老人。

在金田一借宿的家中，老人在亞尤馬涅克夫的請求之下用厚實的歌聲唱了「哈烏奇」（敘事詩）。那是被譜成歌謠的英雄冒險故事。老人躺在火爐邊，拍打著肚子唱起旋律獨特的壯闊故事，唱了一整晚。唱完以後，老人就直接躺在原地睡著了，金田一還忙著重溫抄下歌謠發音的筆記，有不懂的字就向亞尤馬涅克夫詢問，慢慢地加深了解。黯淡的晨曦從窗外射進來，照亮了勤奮學生的臉龐。

「山邊先生。」

金田一終於抬起頭來。他的臉上充滿疲憊，還有更多的興奮。

「我可以確定，這位老爺爺傳唱的……『哈烏奇』是吧？這和北海道阿伊努人的『攸卡拉』（歌曲）是一樣的，都是世界頂尖的高尚文化。」

「高尚嗎……」亞尤馬涅克夫露出苦笑。「太誇張了。」

「一點都不誇張。」

金田一神情真摯地探出上身。

「就算是在西洋，也只有希臘和羅馬這些優秀的民族擁有敘事詩。說句冒犯的話，阿伊努人一直被視為未開化的野蠻民族，但是『攸卡拉』和『哈烏奇』可以證明阿伊努是個偉大的民族。」

金田一的讚美讓亞尤馬涅克夫聽得心情很複雜。就算真的偉大，也不包括所有阿伊努人，而是只有這個正在打鼾的老人，或是創作出他唱的那首哈烏奇的某人。

「我沒有猜錯。」

金田一用嚮往和恍惚交融的表情看著遠方。

「我在這次的旅程找到了值得奉獻一生的事業。我證實了阿伊努民族的優秀，更深入了人類的深淵。所以我要把阿伊努人的歌曲和語言盡量完整的記錄下來。趁著還沒遺失時。」

「遺失……」亞尤馬涅克夫注意到這句話。

「是的。」金田一探出上身。「北海道的阿伊努人正在不斷地減少。一定要趁著這世界罕見的貴重文化遺失之前趕緊保存下來。」

「喂，學生。」

亞尤馬涅克夫摸摸下巴。

「聽你的說法好像已經認定我們會滅亡似的。」

他想起了太郎治在北海道聽到的話語，以及自己在少年時代感受到的恐懼和不安。

「如果真是這樣，那我們的容身之處就只剩下你手中的那本筆記本了。」

「這個……我……」金田一說不出話。對於這個天真直率的日本人而言，阿伊努人的滅亡似乎是一件理所當然的事。

他們聽見了吵雜的聲音，以及某人喊著「船來了喔，金田一先生」。金田一準備搭公家船回日本。

金田一仍然一臉沉痛，坐著不動。亞尤馬涅克夫終於發現自己問了一個充滿惡意的問題。金田一說著「對不起」，起身拿起了放在角落的方形旅行袋。

「我送你。有機會再來吧。」

亞尤馬涅克夫終究說不出「趁著我們還在時」這句話。

二

樺太島非常迅速地變化為「日本」，居住在島上的日本人已經多過原住民，街道上充斥著融合了東方與西方風格的建築物，日本的語言和風俗習慣不斷地滲入這座島。

在亞尤馬涅克夫當上副總代的兩年後，明治四十二年（一九〇九年）的夏天。佇立在通納伊查村子外的嶄新日式建築之前聚集了男女老少。

島上第一所「土人教育所」正要舉行啟用典禮。

「你就不能多用點心嗎？」

西西拉托卡一副受不了的樣子，亞尤馬涅克夫不解地歪著頭。

「我是說你的穿著。簡直像是剛從漁場回來。」

獵帽和商標半纏。他的打扮確實如西西拉托卡所說。相較之下，西西拉托卡則是涼快地穿著符合來賓身分的草皮衣。

「你是建立這所學校的人耶，亞尤馬涅克夫。我不是叫你炫耀，但你至少弄得體面一點嘛。」

「我只不過是找來了經費和老師。」

「這樣就夠多了。你是頭一號……不，是唯一的功臣耶。」

西西拉托卡笑了起來，彷彿懶得再板起臉。

當初亞尤馬涅克夫考慮要重新建立在戰爭時停擺的寄宿學校，他很久以前就向日本的樺太廳表達過設立學校的希望，但是等了很久都沒有下文，結果他只好自己想辦法，去向熱心的日本人募款，幾乎靠著一己之力創立了學校。

亞尤馬涅克夫看看周圍，日本人和阿伊努人混在一起談笑，日本人都是依照職業而穿戴，阿伊努人有一半穿的是和服。

「對了，副總代大人，你聽說南極的事了嗎？」

西西拉托卡用說笑的語氣換了話題。

「公所的人跟我提過買狗的事。」

西西拉托卡說著「喔，那件事啊」，露出厭煩的表情，亞尤馬涅克夫也有相同的感覺。

聽說有人要組織南極探險隊，那些人計畫前往還沒有任何人到達過的南極點，所以想要買一批樺太島的狗，於是公所就請亞尤馬涅克夫去勸村民協助提供。

「這次探險要到達沒人去過的地方，是全世界都在關注的壯舉，也是為日本建立聲譽的一項重要事業，所以希望土人也一起來努力支援……他們是這樣說的吧。」

西西拉托卡正經八百地說道，大概是在模仿公務人員的語氣。

「在通納伊查買得到嗎？」

「不太可能。」

對於島上的阿伊努人來說，狗是重要的財產，也是他們的驕傲，所以不惜傾家蕩產也要養。公所沒有強制要求一定要提供狗兒給探險隊，所以就算肯花錢也不一定有人願意賣。說是這樣說，亞尤馬涅克夫也不能不給公所一個交代，所以心情非常沉重。

「聽說那個什麼探險隊連最重要的人員都還沒找齊，畢竟那裡是全世界最冷，又沒有人去過的地方，搞不好會死耶。」

西西拉托卡用事不關己的態度說道。事實上，這事確實跟他們無關，只有日本人會在意。

此時西西拉托卡揮手喊著「喂」。穿著白色立領上衣的太郎治走了過來。

「你穿得很像老師嘛。」

西西拉托卡用揶揄有功者的語氣說道，太郎治不好意思地笑了。是亞尤馬涅克夫邀請了在本地漁場不熟悉地撒網、渴望成為老師的童年玩伴。雖然有其他日本人教師，但他總覺得光是這樣還不能放心。

「和寄宿學校當時的情景很像，我有一種不好的預感。」

這應該是太郎治風格的玩笑話吧。他的表情不只沒有不好的預感，反而充滿感慨。

「現在已經沒有戰爭了。」

西西拉托卡笑著說道。

在操場上舉行的啟用典禮首先由慷慨捐款的高級軍官向大家問候，這位軍官先說了一段樣板賀詞，然後用熱切的語氣說：

「我們日本帝國在兩場戰爭之中打贏了清國和俄羅斯，這件事證明了我國忠心臣民的努力，也展現了日本民族的優秀。」

亞尤馬涅克夫的個性不習慣擺出居功厥偉的模樣，所以站在比較遠的地方看著。西西拉托卡還在抱怨買狗的事，典禮就開始了，所以繼續待在人群中。

「北海道的阿伊努人在國家的保護之下平順地發展著，先前的日俄戰爭也有不少青年一起出征，還有阿伊努人獲得了金鵄勳章的榮譽。」

孩子們聽不懂日語，都露出了驚訝的表情。

「我要鼓勵學生們勤勉向學，致力和日本這個東洋的優秀民族同化，捨棄未開化的野蠻習慣，加入文明的行列。你們北海道的族人也證明了這是做得到的。」

亞尤馬涅克夫十分錯愕。

為了讓阿伊努人在文明中存活而教授知識的學校，竟然被當成了把阿伊努人改造成日本人的地方。

站在軍官身邊幫阿伊努學生翻譯的太郎治臉色鐵青，或許是想起了在北海道遇過的情況吧。

如果真有什麼力量會毀滅阿伊努人，那一定不是生存競爭或發自外界的攻擊，而是「不能繼續當阿伊努人」的想法，吸收了這種想法的阿伊努人說不定有一天會對自己的出身感到羞恥，加以遠離。

學校說不定會消滅阿伊努人。

「西西拉托卡。」

亞尤馬涅克夫壓低聲音叫道。若非如此，他幾乎想要發出吼叫。

「全世界都還沒人去過南極點，是這樣沒錯吧？」

「我是這麼聽說的。」
西西拉托卡一臉訝異地回答，接著睜大眼睛，隨即笑著說：
「你想要被寫進課本嗎？讓大家看看阿伊努人之中也有偉人之類的。」
從以前就是這樣。這位好友雖然粗枝大葉，直覺卻遠勝於他。
「說不定會死喔。」
「別小看我，我的運氣向來很好。」
亞尤馬涅克夫心想，一定要在失去故鄉之前去到那裡。
趁著阿伊努人還是阿伊努人的時候。

三

亞尤馬涅克夫自告奮勇加入南極探險隊照顧狗兒和駕駛雪橇，他的請求立刻就得到了應允。負責仲介的樺太島公所職員說，探險隊之中沒人懂狗，正在為此擔心。
亞尤馬涅克夫在十一月六日去到東京。
他去了文明輝煌的帝都的海邊、被稱為芝浦的一區。那裡是填海造出來的陸地，是一片如沙漠般只有白色乾土的空地。
在這個除了沙土之外彷彿只有天空和海洋的天地間，架著一頂藍色的帳篷，豎立在一旁旗桿上的藍底紅十字旗子沒有展開，只是搖曳著。
這就是打贏兩場戰爭、自誇晉升世界一等國家的日本，賭上尊嚴的大事業嗎？
他不安地轉頭望去。有三輛載滿木箱的推車，雇來的車夫一臉同情地看著這邊。箱子裡面分別裝了在樺太島辛苦蒐集來的二十隻狗。

亞尤馬涅克夫心想必須快點把狗放出來，於是走了過去。他鼓起幹勁穿出來的草皮衣在寂寥的秋風中掀起下襬。

架在海埔新生地上的帳篷前面有兩個男人，其中一人戴著眼鏡，正在忙著檢查擺在墊布上的各種器物；另一個人把桌椅搬到屋外，一旁擺著算盤，振筆疾書。

他向伏在桌上寫字的男人說道。在墊布上的那人先抬起頭，眼鏡閃現著光芒。

「不好意思。」

「武田。」

寫字的男人像是沒有發現亞尤馬涅克夫，叫了另一人的名字。墊布上的男人對亞尤馬涅克夫投以抱歉的目光，然後回答「是」。

「錢還是不太夠耶。其實想也知道啦，不過真的不夠。」

寫字的男人說起話也很快。亞尤馬涅克夫只看得到他剃光的頭上的髮旋。

「你應該有辦法處理吧？畢竟你當過運輸兵。」

叫作武田的男人用安慰般的溫柔語氣說道。

「這點我是有自信啦，但是不夠的東西就是不夠。」

寫字的男人一下子拿鉛筆一下子撥算盤，一邊喃喃自語。他似乎不是在抱怨，而是在念人名。或許是在思索如何籌錢吧。

「不好意思。」

亞尤馬涅克夫再次說道。武田看不下去，就說了一聲「有客人喔」，寫字的男人抬起頭來，面色不善地盯著亞尤馬涅克夫看，然後猛然跳了起來。

「要捐款嗎？現金還是支票？」
男人急躁地說道，簡直快要撲過來了。他穿著立領白襯衫和土色的褲子。亞尤馬涅克夫在戰爭時好幾次看過這種打扮，所以他猜這人是個軍人。
那人的臉像水煮蛋一樣光滑，眼皮惺忪地半閉著，聲音聽起來和年齡相符，表情卻像嬰兒一樣天真。
「還是你要捐物資？如果是罐頭、萊姆汁、醫療用品就太好了。」
嬰兒連珠炮似地說著。
「如果是鼓勵信之類的東西，我們這裡用不著，請你送到後援會。我們不喝酒，所以現在的分量就夠了。鼓勵和訓誡已經很夠了，如果你非說不可的話，也請去找後援會。」
「喂。」亞尤馬涅克夫忍不住開口。「請等一下。」
「對了，這位客人，您的打扮真是奇特。」
嬰兒變得比較客氣了，但還是一樣自說自話。
「您是阿伊努的富翁吧？我在照片上看過。能看到這樣的服飾可說是高雅的野趣啊，令人憶起了天地的悠久。在忙碌不已的東京真是難得一見啊。」
「我是山邊安之助。」
亞尤馬涅克夫心想非得打斷他不可，於是立即報上姓名。
「我是從樺太島來擔任馴狗員的。」
「喔喔！」
男人的眼中出現了另一種光芒。
「山邊啊，我一直在等你。狗雪橇是這次探險最重要的東西，我從電報上看到你想加入時，真是感到信心百倍，立刻回覆說『請務必參加』。對了，狗呢？」
「總共二十隻。在那裡。」
亞尤馬涅克夫指著後方。車夫們開始從推車上卸下木箱。
「喔喔！」
嬰兒再次大叫，朝推車衝去，依次望向每個籠子裡面，不斷地感嘆著「真可愛」、「真健壯」、「長得真不錯」。
「我想請隊長來看看。」
「我就是隊長。」
嬰兒盯著籠子輕鬆地回答。
他過了一陣子才站直，拍拍灰塵，伸出手來。
「我是陸軍輜重兵預備役中尉，白瀨矗。要麻煩你用樺太島的狗和雪橇帶我們去了。」
「你要去哪裡？」
白瀨說的只是尋常的寒暄，卻勾起了亞尤馬涅克夫其他回憶，令他提出奇怪的問題。或許會被視為駑鈍未開化人的問題吧。
「南極點。還沒有人去過的無主之地。」
白瀨不只沒有嘲笑他，還挺起胸膛自豪地說，充滿了讚許的味道。
「我很習慣下雪和嚴寒。」亞尤馬涅克夫淡淡地回答。「請務必讓我一起去。」
無主之地。如果有這種地方，他還真想去看看。
他的故鄉以前也是這樣的。

四

他領到了制服。縫了五顆金鈕扣的深藍立領上衣，同色的帽子和長褲，黑色皮鞋。衣服穿起來很合身，但鞋子太大了。

「山邊先生一起來幫忙吧。」

和白瀨一起的武田穿著同樣的深藍制服，帶著亞尤馬涅克夫出去。武田在探險隊裡是僅有一個成員的學術部部長，一肩扛下觀測和調查的任務。

「不過今天不是要觀測，而是要去演講募款。」

武田一邊解釋行程，一邊走向品川車站。「雖然不想花錢，但今天會用到不少體力。」他們在車站雇了人力車，這讓鞋子尺寸不合的亞尤馬涅克夫感到十分慶幸。

東京的景色看起來像是另一個世界，各種建材和風格的高聳建築物擠得密密麻麻的，比熊更大的電車往來交錯，熙攘的行人打扮亮眼、步伐迅速，而且充滿了信心。

這令他想起了對雁村的首領契可畢羅。率領著不知道是因自願還是被迫的理由從樺太島遷到北海道的阿伊努人的聰明年輕首領，在東京這裡感受到了什麼，之後他一直為了讓族人在日本站穩腳步而奮鬥，最後死於霍亂之手。

亞尤馬涅克夫必定正在用自己的方式繼承契可畢羅的遺志，但他是否做得對呢？穿著尺寸過大的皮鞋、坐在不習慣的人力車的他鬱悶地這麼想著。

「就是那裡。」

武田從行進的人力車中探出身體。

時髦的灰泥牆在右手邊掠過。在如同隔斷牆壁般突然出現的門柱前，人力車停了下來。

——白瀨南極探險隊　武田輝太郎學術部長演講

眼前這所學校的大門前豎著寫上這行大字的看板。演講廳裡擠滿了大人小孩。

「科學文明比起前一世紀有了飛越性的發展，這文明的光芒照亮了我們居住的整個世界。」

站在講臺上的武田在自我介紹之後就開始侃侃而談。

演講廳的角落擺著一張長桌，上面放著一個箱子，寫著「募款箱」，亞尤馬涅克夫站在箱子旁。武田請他幫忙的就是看著箱子，以及大聲向捐款者致謝。

「蒼茫廣闊的宇宙、連顯微鏡都看不見的微小病原體、萬物生長消滅的法則、人類進步的架構和歷史。新的事實、普遍的原理、永恆的真理陸陸續續被人發現。我雖不才，但畢竟是把人生奉獻給科學的人，在這時代也經常感到震驚不已。」

亞尤馬涅克夫本來以為武田的個性應該更內向一點，看來他口才還挺不錯的。

「人類的活動範圍越來越廣，但還是有一些尚未印上人類足跡的處女地。這地方就是南極點，前往那裡的路途中有著無法想像的嚴寒、極厚的冰層、尚未見過的生物、巨大的未知在等待著我們人類。」

聽眾一片安靜，專注地聽著武田的演講。

「到達南極點是人類發展的一大步，毫無疑問，這個壯舉必定會成為聚集智慧之精華的科學文明的一個重要里程碑。」

亞尤馬涅克夫感覺在寂靜之中有一道熱氣逐漸濃縮。

「我在此宣布！」

詳細解釋了關於南極的一切之後，武田舉起拳頭。

「我們白瀨南極探險隊的使命是在人類應當征服的道路插上太陽旗，領先世界的尊榮地位才是我們探險隊想要到達的目的地。我們將代表全日本，抱著必死的決心前往南極。我發誓，我們會讓日本揚名世界！」

現場響起如雷的掌聲和喝采。武田學術部長抬手回應說：

「最後，我要請求各位國民的支持，資助我們的行動。當然，小額捐款也歡迎。有意願的人請到那邊……」

武田指向募款箱的方向。現場所有目光都聚集過來，亞尤馬涅克夫不禁挺直腰桿。

「那邊的募款箱。拜託大家了。」

武田說出「感謝大家的聆聽」之後，全場觀眾同時站起來。看到這麼多人興奮地湧來，亞尤馬涅克夫不由得畏懼地抓緊募款箱。拿著鈔票和硬幣的手不斷朝他伸來。

「謝謝，謝謝大家。」

武田在講臺上喊著，亞尤馬涅克夫也死命地按穩箱子，一邊叫著「謝謝！謝謝！」，湧來的人們除了捐款以外，甚至會拍他的肩膀或擁抱他，把他推來擠去。

如暴動般的騷動漸漸退去，等到人走光以後，武田和亞尤馬涅克夫打開募款箱，加上散落在旁邊的硬幣共有二十圓。（註22）

「我們以前都沒有收到這麼多錢，都是多虧了你的協助。」

22　當年大學畢業起薪約三十圓。

武田開心地把錢收進包包。

聽到自己派上用場雖然開心，但他心中淡淡的不安卻轉變成強烈的突兀感。

這不就是乞討嗎？

五

「真令我驚訝，沒想到你會加入南極探險隊。」

金田一京助對亞尤馬涅克夫柔和地笑著說。

在樺太島相處過後，他和金田一互相寫過幾封信。在工作閒暇之餘，他想起金田一寫在信封上的地址而前去拜訪，金田一的反應非常驚喜。

亞尤馬涅克夫被請進客廳之後，先說了來東京的理由。金田一專心地聽著，但他去年結婚的太太端出來的茶壺裡面裝的不是茶而是白開水。

「你現在過得不好嗎？」

亞尤馬涅克夫說完自己的事情以後就輕聲問道，金田一笑著回答：

「我的薪水本來就不多，又要拿錢出來幫助朋友，所以只能讓太太過苦日子。」

他說有一位叫作石川、具有詩才的同鄉朋友經常跑來借錢。

「去年有一位作家二葉亭四迷從俄羅斯回國的途中客死異鄉，他還校對過那位作家的全集。他的工作能力很好，收入也遠勝過我，可惜平日行事不太檢點。」

金田一嘆著氣說。

「他即將出版的歌集裡還寫了給我的獻詞，但我更希望他能好好地生活。就算他寫了

『吾泣飄零與蟹遊』什麼的，但我比他還更想哭。」
亞尤馬涅克夫聽不懂他那個叫作石川的朋友寫的詩歌的意思。雖然他懂日語，但日語對他而言只是方便生活的工具，還沒有熟練到可以用來牽引心緒、觸動情感。
「探險隊好像很缺錢。」
亞尤馬涅克夫直截了當地說道，金田一落寞地附和說「和我一樣呢」。
「隊長和抽得出空的隊員正在到處籌錢，就連剛來的我也是。我帶來的那些狗都還不知道能不能餵飽。我本來還以為這是國家的計畫，結果好像不是。」
「以我聽到的情況，應該不是。」
金田一點頭說。
「白瀨先生非常渴望前往南極，他先請求議會撥下經費，議會通過了他的提案，但是並沒有通過預算，所以他又去了很多公家機關，結果國家還是不肯資助。之後他轉而尋求民間名士的支持，成功請出大隈伯爵來擔任後援會的會長，接著國民為之狂熱，至此才開始募到捐款。」
「大隈？」
「他是維新時期以來的政界大人物，還當過總理大臣，現在已經退出政壇，對文化事業非常投入。」
「你還真了解。」
「畢竟我有在看報紙，因為我工作的地方有訂報。」
說完以後，金田一探出上身。
「或許我不該說這種話，但是山邊先生，我覺得你最好還是不要參與這件事，如同我剛才所說，南極探險隊不是國家計畫，而是私人計畫，雖然得到了大隈伯爵的支持，也引起了國民的注意，但或許會碰到意想不到的失敗……不，是危險。」

亞尤馬涅克夫沒辦法立刻回答，只是摸著下巴思索。

他雖不害怕危險，但他不想送死，也不希望失敗。

「對了，你還在研究阿伊努語嗎？」

他想不出結論，乾脆換個話題。金田一用力地點頭回答「那當然」。

「我在做的工作包括大學的臨時講師和出版社的校對，但其他時間一直持續研究。雖然我在樺太島的那次被你責備過……」

金田一眼神游移，像是在思索措辭。接著說道：

「但阿伊努人的文化和記憶確實在時代的洪流中逐漸流失，而且，我可以不害臊地說一句，我知道我在北海道和樺太島投注熱情的是什麼。就算不能賺錢，就算我研究的不是主流學術，我也不打算放棄。我只是想把遺失會很可惜的東西寫下來，這樣有什麼不對的嗎？」

一口氣說完之後，金田一道歉說「對不起，我好像有些激動」。他的臉上有些泛紅。

「喂，學生。」

「我已經畢業了。」

「我要去南極，因為我已經答應了探險隊的隊長，如果我現在反悔，所有阿伊努人都會被看不起的。」

「我明白你的決心了。」金田一坐直身子說道。

「此外，我想拜託你一件事。」

「只要是我能做到的，你儘管說。」
「等我回來以後，你能幫我寫下紀錄嗎？用我的語言，寫下我的人生。」
「如果要用樺太島阿伊努語來記錄，那正符合我的心願。不過這是為什麼？」
「以防萬一。」
遙遠的未來，或是在不久的未來，阿伊努人失去本色的時代即將到來。亞尤馬涅克夫覺得只要還有人試著回憶起自己的根源，他想用阿伊努的語言述說一個阿伊努人的人生。藉著金田一的筆記本，他就能做到。
到達芝浦的露營地時，太陽已經快要下山了。
隊員們全都聚在帳篷前，他走近一看，有個穿草皮衣的男人正熱烈地和旁人說話。
他聽說過會多一位樺太島阿伊努人來當馴狗員，所以猜想是那個人來了。他悄悄融入人群，靠向那新來的馴狗員。
「我是花守信吉，三十二歲。今後請多多指教。」
用日語打招呼的那人令亞尤馬涅克夫很受不了地皺起臉孔。
「你和我一樣是四十三歲，西西拉托卡。為什麼你老是謊報年齡？」
他用阿伊努語說道。
「說得年輕一點比較容易找到老婆。」
西西拉托卡不以為意地回答。這是亞尤馬涅克夫第一次聽到他愛裝年輕的理由。
「你是要去南極找老婆嗎？」
「不太一樣。我是覺得變成名人以後，女人就會主動朝我貼過來了。」
花守信吉。西西拉托卡取這個氣派的日本名字似乎就是為了這個理由。

六

「臣白瀨矗誠惶誠恐，伏首三拜，奏請當今陛下。臣矗今日就要踏上南極探險的旅程……」

十一月二十八日，早上七點多。

白瀨隊長身穿別著藍色襟章的砂色軍服、配著軍刀，朗聲宣讀呈獻給天皇陛下的奏表。他的胸口還掛著幾個勳章。

南極探險隊整齊地在東京中央的城池之外、二重橋的前方列隊。登陸隊員穿著釘有金鈕扣的深藍立領制服，船員穿著水手服，除了船長之外還有幾個人穿著黑色雙排扣西裝、打著領結。

探險隊今天就要出發前往南極了。雖然資金不夠充裕，至少募到了航海所需的費用。由大隈伯爵擔任會長的後援會繼續籌措資金，預備送到前往南極途中的澳洲雪梨。

白瀨繼續用艱澀的詞彙表達即將出發的問候。

「惶恐懇求陛下惠然悅納臣等一片赤誠，臣叩首百拜。預備陸軍輜重兵中尉，從七位勳六等，白瀨矗。」

讀完以後，白瀨把奏表摺好，夾在腋下，深深一鞠躬。隊員們也做了相同的動作。

下午一點，亞尤馬涅克夫一回到芝浦的新生地就睜大了眼睛。

原本荒涼的一帶如今放眼望去全是人山人海，人人一起揮舞著小旗子歡呼迎接探險隊的到來。設計成藍底白星紅十字的探險隊旗猶如一片波濤洶湧的海洋。

歡送典禮即將開始。海埔新生地變成了巨大的會場。

「今天來了三萬人喔。」

工作人員興奮地說出不知道是怎麼得來的數字，帶領著探險隊成員穿越群眾。一行人在推擠之中來到了設立在中央、有屋頂的舞臺旁，坐在一排並列的椅子上。

典禮隨即開始，一些看起來有頭有臉的人依次上臺發表慷慨激昂的演講，幾個人演講過後，一個老人搖搖晃晃地走上舞臺時，人群之中傳出響亮的鼓掌和歡呼。那位似乎就是後援會的會長大隈伯爵。

「一發實彈勝過一百發的空包彈。我要告訴那些對白瀨隊長冷嘲熱諷說探險不可能成功、意志軟弱的傢伙，這就是真正的子彈。」

老人用響亮的聲音發表著火力十足的演講。

「首先登上南極點，能達成這項豐功偉業的就是白瀨中尉率領的日本人。這次的探險是要讓日本民族揚名全世界、充滿男子氣概又大快人心的偉大事業。」

老人用「得阿魯得阿魯」的奇特語尾結束了演講，在如雷的掌聲中舉起雙手示意。過了一陣子，他制止似地慢慢搖晃雙手，歡呼聲漸歇，寂靜降臨。在白瀨的指示下，亞尤馬涅克夫和其他隊員同時站起。

眼前這些比樺太島阿伊努總人口更多的人們都靜默不語。不過不只是安靜，這是一段奇妙的時間，人群中的熱氣每一秒鐘都變得更濃烈。

「天皇陛下～」

伯爵響亮的聲音彷彿越過人山人海的聽眾，到達海上。

「萬歲！」

「萬歲～」

三萬人累積至今的熱氣一股腦兒釋放了。聲音和無數隻手同時舉起。亞尤馬涅克夫感覺簡直快要耳聾了，同時也跟著高舉雙手。阿伊努人是會揚名日本，還是被日本所吞噬？今後的旅程將會帶來哪一種結果呢？雖然他懷著此般疑問，該去的還是得去。他要去那片還沒有人涉足過的土地。

「萬歲！」

「萬歲～」

「萬歲！」

「萬歲～」

會場持續籠罩在激昂的喧囂之中。大隈伯爵走下舞臺，探險隊成員被工作人員催著走上棧橋。

在雄壯威武的吹奏樂和黑壓壓的人潮的目送下，登上了停在海邊的小帆船「開南丸」。這一天帆船持續地搬進行李，到了半夜零點二十分，煙囪冒出黑煙的開南丸才緩緩地啟航。聚集在附近的大小船隻上有無數人在揮手，還不斷喊著「萬歲！」或「加油！加油！白瀨隊！」之類的呼喊。

隊員們身穿制服在甲板上一字排開，揮舞著帽子。

「聽說南極比樺太島更冷耶，搞不好會凍僵。」

西西拉托卡在一旁愉快地說道。

「那麼一定會……」

亞尤馬涅克夫望著盛大的送別民眾，像是要斬斷各種擔憂似地說：

「塞歐塞黑。（很熱。）」

與其說是預測，這更像是他的心願。

七

「梅呀伊奇！（好冷！）」

在激烈的風雪中，身旁的西西拉托卡叫道。

白茫茫的冰冷氣息籠罩了他沾滿雪花的鬍子。

厚重的灰色雲層下，開南丸展開船帆航進冰海。

夾帶著白雪的強風從後方吹來，小船死命地撥開浮冰駛向冰原。

亞尤馬涅克夫和西西拉托卡在搖晃的船頭抓緊扶手盯著前方。

亞尤馬涅克夫沒有回答好友的喊聲，只是專心一致地看著海的另一端。風雪遮蔽了那邊的雪白大地和山脈。

南極。從北到南跨越了大半地球的三個半月航程之後，白瀨探險隊和目的地的距離已經近到看得見了，但是如今是三月，南半球即將進入冬季，厚厚的浮冰阻擋了他們前方的路途。

最後開南丸卡在浮冰上，船頭高高舉起，就這麼停住了。風越吹越強，木造的船身發出可怕的擠壓聲。再這樣下去，船一定會被壓碎。

「收帆，動作快！」

船長大聲叫道，船員們慌張地奔跑。兩位馴狗員也在冰凍的甲板上舉步維艱地跑著，和船員一起抓住綁著船帆的繩子。

「這也太重了吧。」

西西拉托卡難得露出了傷腦筋的模樣。雖然有三個男人一起拉，但是船帆被強風灌滿，繩子怎麼拉都拉不動。

「把鍋爐燒旺，收帆之後就用輔助動力後退！」

船長的聲音被風吹散。船身發出的軋軋聲簡直像是慘叫。不知道會落在冰上，還是被冰塊和強風壓爛。下場似乎只有這兩種可能。

過了片刻，風勢減弱了。眾人上身前傾，一口氣拉扯繩子，就在船帆往上捲時，亞尤馬涅克夫跌倒了。

「後退！」

船長大喊。船身發出齒輪轉動的聲音，機械運作的聲音很不尋常。勉強安裝在木造小船上的十八馬力輔助動力機械氣喘吁吁地全力運轉。可是船沒有動，開南丸依然在擠壓之中哀號。

「後面也被冰堵住了！」

瞭望員喊道。亞尤馬涅克夫衝到船尾，探出上身。船後擠滿了碎冰，堵住了努力後退的船，動彈不得的開南丸只能繼續待在持續加強的暴風雪中。

——死定了。

這是亞尤馬涅克夫第三次出現這個念頭。第一次是在北海道發生傳染病時，第二次是在故鄉發生戰爭時。

船身上下搖晃，亞尤馬涅克夫回頭望去。排在甲板上的籠子裡只剩一隻狗緇緊四肢蹲著。其他的狗都因為不習慣航海而陸續死去，在途中就被海葬了。每次把包在布裡的狗屍丟進海裡，他都非常心痛。

如果自己也死在南極海洋，就跟那些狗一樣，因為適應不了環境的巨變，死在根本不知能否達成的旅途中。自從小時候被契可畢羅牽著手帶走之後，他一直沒有返回故鄉。他越是接近、越想找回，故鄉就離他越遙遠。

就算這樣，他還是只能前進。只要還活著。如果繼續前進，或許會找到能夠代替故鄉的新大地。

「快給我動！」

亞尤馬涅克夫大吼，一邊用力踹著甲板。

「給我動！我不能死在這裡，我還有該去的地方！」

首領想要打造的故鄉，或是他想帶著妻子回去的故鄉都只存在於未來。

他的腳突然浮起。不對。船頭用墜落的速度下沉，接著船尾也因反作用力而下降。甲板之下傳來船梁斷裂的聲音。

真的要死了。就在他這麼想的時候，船隻前後搖晃，如爬行一般開始後退。

「得救了！」

西西拉托卡用阿伊努語大喊，隊員們不知是否聽懂了，也一起發出歡呼。亞尤馬涅克夫望向船頭，視野中的南極漸漸變小，被風雪所掩蓋。

開南丸花了兩天在附近徘徊，但是因為海冰阻撓，他們只能放棄在南極登陸。探險隊抱著下次再挑戰的期望往北方行進，在五月到達澳洲的雪梨港。開南丸進了船塢維修，隊員們在善心人士免費提供的私人公園裡過起露營生活。公園裡蓋了一間可以容納將近三十名船員的小屋，外面擺了兩張長桌以供用餐和其他用途，不過兩個樺太島阿伊努人是住在外面的帳篷裡。

隊員們努力從事野外訓練和講習，船長和書記長為了向後援會報告及請求再次挑戰的援助而回國。

雪梨短暫而溫暖的冬天過去了，雖是春天卻很炎熱的十月某一天傍晚，隊員們聚在一起用餐，室外的兩張長桌擺滿了日式和西式的豪華料理，桌上還很罕見地出現了酒，那是船長從日本帶回來的清酒。

由於白瀨的原則和更重要的經濟狀況，平時只能吃得很簡樸又不能喝酒的隊員們吵吵鬧鬧地入席。

「各位，再出發的時刻已經來了。」

白瀨隊長站了起來，嬰兒般的臉頰有些泛紅。

「開南丸已經維修完畢，後援會的資金和物資送來了，新的一批狗也會在下週抵達。」

坐在角落的兩位馴狗員聽了都稍微皺起眉頭。

「瞧他把狗說得像物品一樣。」

西西拉托卡難得這麼憤慨，用阿伊努語低聲說道。亞尤馬涅克夫也有同感，但他也不打算出言糾正。更重要的是，新一批的狗送來之前有先讓獸醫看過，因為懷疑上一批狗大量死亡是因為寄生蟲，所以這次還先給狗吃了藥，拜此所賜，電報傳來的消息說開往雪梨的船上的狗全都很健康。日本人還是會用自己的方式善待狗的，就連令西西拉托卡如此氣憤的白瀨在每次幫狗海葬的時候也會眼角含淚。畢竟每個人對事物的觀點都不一樣。

這次他們真的要前進南極了。和日本人一起達成世界首次壯舉的阿伊努人將會在日本得到穩固的地位。

或許這只是個天真的想像，但亞尤馬涅克夫的心中還是為此激動不已。

「這次挑戰的目的是學術探險，我們要觀測天文氣象、蒐集礦物和生物的資料，為科學的發展盡一份心力。」

白瀨高聲說道，但他的表情不知為何有些僵硬。

「因此，我們不會前往南極點。」

聽到這裡，亞尤馬涅克夫的腦袋變得一片空白。西西拉托卡喃喃說著「搞什麼啊」。隊員們的議論紛紛和白瀨辯解般的話語從他的耳邊掠過。

「喂，這是為什麼？」

聽到好友驚慌的質問，亞尤馬涅克夫已經站了起來。

「隊長，我不能接受。」

亞尤馬涅克夫不知道自己想要做什麼，但他還是停不下來。

「我們的目標不是要達成世界首次的壯舉嗎？如果不去南極點，那我們辛苦至今、死了那麼多狗，到底是為了什麼？你說再出發到底是想要做什麼？我們到底要去哪裡？」

隊員們非常吵鬧，但是沒有人出言喝止。每個人的心情都一樣。白瀨也是面無表情，看來放棄征服南極點並不是他的意思。

「我也很難過啊。」

白瀨慢慢說道。

「裝備和經驗都勝過我們的英國探險隊和挪威探險隊已經在南極登陸了，落後的日本隊搶到第一的可能性很低。這是後援會的見解。」

「隊長，那你是怎麼想的？你不想去南極點嗎？」

「我當然想去！」

白瀨叫道。

「我白瀨雖然不才，但我從明治二十三年立志探險北極以來，一直都很賣力地實現這個理想。我第一次去千島探險時失去了夥伴，征服北極點那次又被美國人搶先，歷經千辛萬苦才促成這次的南極之行。我想去，無論如何都想去，但我是隊長，我不可以只是為了想要第一個踏上南極點的理想而讓隊員送死。」

上次在南極海上遇到的事讓亞尤馬涅克夫明白這並不是威脅，也不是毫無根據的想像。

亞尤馬涅克夫沒辦法再說什麼，他只是為自己的莽撞發言道歉，然後就坐下了。

「今天是出發前的宴會，大家盡情地喝吧。」

白瀨舉起斟滿酒的杯子，隊員們也齊聲大喊「乾杯」，但聲音聽起來似乎有些空虛。

到了十一月十九日。開南丸再次航向南半球閃爍著夏日陽光的海洋，聚集在棧橋旱船上的人們都在鼓掌、吹口哨，或是高喊萬歲，交會而過的船隻也用汽笛聲和信號旗歡送他們。

亞尤馬涅克夫從甲板上眺望著發亮海洋的遠方。

八

突然地，亞尤馬涅克夫驚醒了。

他睜開眼睛，只看到一片黑暗。

喘不過氣，感覺全身都被沉沉地壓著。他繼續躺著，從下方掀起從頭蓋到腳的毛毯，眼前突然充滿光芒，刺眼得讓他不禁閉上眼睛。這對於才剛治好了雪盲症的眼睛似乎太過刺激，眼底隱隱作痛。

他閉著眼睛爬出睡袋，低下頭，慢慢睜開眼睛，逐漸適應了光明。他先前躺的睡袋在睡覺的時候被雪蓋住了。他抓起剛才蓋的毛毯，甩掉上面的雪。

毛毯之下是西西拉托卡被雪晒傷的臉孔。他們兩個馴狗員一起使用同一個睡袋。西西拉托卡因亮光而皺了皺臉孔，舒適地吸著清新的空氣，但還是繼續睡著。

虧我們沒有窒息。亞尤馬涅克夫的心底浮現出奇怪的感概。

頭上是一片蔚藍的天空。連風聲也聽不見，只有平穩的寂靜。

直到前天為止還一直斷斷續續地颳著風雪，昨天風雪漸歇，但還是雲層密布。他感覺好像很久沒有看到天空了。

現在亞尤馬涅克夫所在的地方幾乎沒有夜晚，他在不知能否稱為昨夜的凌晨兩點就寢時，世界還是籠罩著淡淡的光明。

南極。冰凍的光亮因雪和冰的反射而四射。

「早安。」

有人說道。離他一段距離之處，穿著厚重防寒衣物的武田學術部長坐在觀測機器的木箱上，他纖細柔和的臉上長滿鬍子，呼出來的氣都凍結在上面了。他正拿著紙筆，像是在寫東西。

武田背後有個小小的帳篷，白瀨隊長和三井所衛生部長正睡在裡面。

這次在搜尋登陸地點時，西西拉托卡摔下冰層裂縫，差點沒命，在同行隊員的協助下，好不容易才成功登陸了南極。白瀨、武田、三井所、兩名馴狗員、兩架狗雪橇，以及新來的三十隻狗組成了「極地突擊隊」，在南極的雪原上盡其所能地向前行。

從出發至今應該已經過了九天。在分不清白天黑夜的世界裡，他們不是看時間活動，而是看天氣，所以漸漸地失去了對日期的感覺。

在風的阻撓下、在大雪拍打下、在海市蜃樓的愚弄下，他們拖著凍僵的身體持續前進。雖然人和狗都沒死，但他好幾次覺得自己真的要死了，還有一隻狗凍傷了腳。

「現在幾點了？」

他才剛起床，腦袋還不太靈活，所以問得很簡潔。武田舉起左手，用右手拉起防寒衣物的袖子，臉突然皺了一下。武田幾天前凍傷了手，大概是還在痛吧。

「上午十一點。是說這地方也沒分白天晚上就是了。」

他聽見了「嗚嗚」的咆哮聲，狗兒們似乎也醒來了。

亞尤馬涅克夫向開始組裝風力計的武田道謝，然後踏著雪大步離去。他從雪橇上的行李之中取出魚乾，撕碎，丟在地上，狗兒們立刻敏捷地衝過來，喧鬧地搶食魚乾的碎片，有時還吃一些雪。

「早餐還沒好嗎？」

西西拉托卡睡眼惺忪地走過來幫忙餵狗。

「這些傢伙真有精神。」
馴狗員好友有稜有角的臉上露出笑容。
「看來應該還撐得下去。不愧是樺太島的狗。」
亞尤馬涅克夫也是這麼想的。應該還撐得下去。
此時白瀨走出帳篷，不知是不是被狗吵醒的。
「天氣真好。不管在哪裡，看到藍天都很令人舒暢。」
那愉快的聲音顯得有些刻意。白瀨喃喃說著「真可惜」，盯著藍天。
過了一會兒，三井所拿著煤油暖爐走出帳篷，白瀨就以一種逃避似的態度勤奮地動了起來。他們生火煮水，放入味噌鯛魚煮成味噌湯。
吃飯的時候沒有一個人說話，能聽到的只有啜飲味噌湯、咀嚼餅乾的聲音。白瀨很快就吃完了，他用雪洗了鍋子，再次煮水來泡茶。喝茶的時候還是沒有任何人開口。
武田看了好幾次手錶，然後站起來，跨著大步走了五步左右，走到觀測機器的所在，右手拿著六分儀，視線再次落在左手腕。白瀨跟著站起來，走到武田身邊。
「到正午了。」
學術部長說道，用熟悉的動作擺好六分儀，仔細觀望。在這沒有任何標記、蓋滿白雪的世界裡，只有靠著他的測量才能知道位置。每天上午四點和晚上八點測量經度，正午測量緯度。南極點位於南緯九十度，東經或西經零度。
武田看了六分儀顯示的角度，記錄在觀測筆記上。大家雙手握著金屬杯子，看著他的動作。白瀨從武田的手中接過筆記。
三井所放下杯子站起來，朝隊長伸長身子，亞尤馬涅克夫和西西拉托卡也做出相同的動作。
「今天是明治四十五年（一九一二年）一月二十八日。我們的位置在南緯……」
白瀨說到一半，就猶豫地閉上嘴巴。他望向雪原，彷彿在表示遺憾。過了片刻，但感覺非常漫長，白瀨才抬起視線。
「位置在南尾八十度五分，西經一百五十六度三十七分。」
白瀨的臉上充滿了苦澀，他從未在隊員面前露出這種表情。
「這裡是『突擊』的最後地點。大家辛苦了。」
眾人什麼話都說不出來。
雖然早就知道，但是每個人的心中都在期望，如果可以的話還是想要去到南極點。
「沒辦法了。」
西西拉托卡嘆著氣說道。
「武田先生。」
亞尤馬涅克夫極力鎮定地問道。
「南極點是在哪個方向？」
武田從口袋裡拿出圓規，打開蓋子，仔細盯著。
「應該是那邊吧，直線距離大約有一千一百公里。」
學術部長指著的地方只有一片平坦的雪原。
亞尤馬涅克夫點點頭，走向雪橇。他沒理會大喊著「喂」的西西拉托卡，用手按著堆在雪橇上的行李。南極的雪原此時沒有起風，但還是寒冷刺骨。
他一口氣推開所有行李，接著用手臂掃開剩下的物品。在一陣喧譁的喀啦喀啦聲之後，雪橇變空了。他把韁繩繞在手腕上，繞到雪橇的後方。

「托烏！（前進！）」

他拉緊韁繩，推動雪橇。前導犬吠了一聲，其他狗兒跟著跑起來。狗和雪橇以及亞尤馬涅克夫一起逐漸加速。

亞尤馬涅克夫準備跳上雪橇，用力在地上一踏。

此時側面有人把他撞飛。他倒在雪地上，韁繩還纏在他的手腕，前導犬被這麼猛然一拉，發出哀號，輕盈的雪橇翻倒。

西西拉托卡騎在仰躺的亞尤馬涅克夫身上。

「你到底在做什麼？你打算去哪裡？」

「這還用說嗎？當然是南極點！」亞尤馬涅克夫叫道。「如果就這麼回去，一切都還是和原來一樣。我們還是會因為軟弱無力而被人看不起、被人憐憫、被人認定遲早要滅亡！」

「你打算為此而死嗎？」

「無所謂，我若不這麼做，阿伊努人真的會滅亡。」

亞尤馬涅克夫斬釘截鐵地說道。

「不管挪威隊、英國隊還是誰想要搶先，我都要站上南極點。就算是凍得半死，或是真的凍死。」

「如果還是被人家搶先了，你要怎麼辦？」

「那我也要去打招呼。」

亞尤馬涅克夫咬牙切齒地說。

「就算被人搶先，我這個阿伊努人第二或第三個到達南極點，還是可以得到世界的肯定。現在那些日本人已經放棄了，所以我要去南極點。在阿伊努人死光或被改造成『堂堂正正的日本人』之前，我要打造出能讓樺太島阿伊努人以阿伊努人的身分活下去的故鄉。」

「你說的那個故鄉難道是在南極點嗎？」

「我只要去了南極點就有辦法做到。」

亞尤馬涅克夫還沒說完，右臉就挨了一拳。他閉上的眼睛還沒睜開，左臉又被打了一拳。

「你給我理智一點，亞尤馬涅克夫！」

西西拉托卡的拳頭不斷揮落。

亞尤馬涅克夫在被痛毆時急速伸出雙手，抓住西西拉托卡的衣襟往左一摔。他坐了起來，正想起身，西西拉托卡就撲上來，兩人扭打成一團。他好不容易把西西拉托卡推開，一拳揮去，接著對方又揮拳過來。

「我要繼承契可畢羅的遺志，我要遵守我對基薩拉絲伊的承諾！」

亞尤馬涅克夫叫著，手上不停出拳。

「我要打造新的故鄉，帶大家去到那裡。」

「就算會死？」

「沒錯，就算會死也要做。」

他正在回答時，西西拉托卡一拳打在他的下巴。他們從小到大打架過無數次，但這次是最有力的。他踉蹌幾步，支撐不住地倒在雪地上。他勉強坐起來之後，西西拉托卡無力地垂下雙手。

「亞尤馬涅克夫，那我要問你……」

他的語氣平靜得不像是才剛和人狠狠地互毆。

「一定要死人才能打造出來的地方，真的能讓人生活嗎？」

踏雪走來。

「契可畢羅・阿伊努不是為了建立村子而死的，你可別誤會了。還有……」

西西拉托卡蹲在地上，把臉湊近亞尤馬涅克夫。

「不管樺太島屬於誰，不管那裡有誰或是沒有誰，不管發生了什麼事，我們的故鄉都是那座島。你帶回來的兒子有一半是屬於基薩拉絲伊的，所以你已經實現諾言了。」

「我已經實現了嗎……」

亞尤馬涅克夫喃喃說話的聲音，比他穿著過短的絣織衣服的年紀還要尖細。

「實現了一半吧。我是這樣想的，好友。」

西西拉托卡點頭，他的表情和站在石狩川旁的時候一模一樣。

「所以你要活下去，實現另外一半。可別在這裡隨便死了。」

亞尤馬涅克夫看著好友有稜有角的臉龐，他終於發現了。

過去所見的故鄉、小小的木幣、裊裊的炊煙。雖然有很多悲傷的往事，但就是這些往事支撐著他活到現在，如今好友也鼓勵他要活下去。

讓人活下去的熱源正是人。

是人產生了熱意，留下了熱意，繼承了熱意。

他的生命還沒結束，因為這份熱意還沒消失。

燒灼的感覺傳遍他全身，令他流下了熱淚。很熱。他確實這麼感覺到了。

「回去吧。」

他如此說道，連眼淚也不擦。蹲著的西西拉托卡先站起來。亞尤馬涅克夫抓著他伸出的手站起來，然後緩緩地揮出一拳。「你做什麼？」睜大眼睛的西西拉托卡臉上挨了一拳。沒有提防的好友倒在雪地上。

「你這混帳，到底想幹麼？」

「西西拉托卡……」

亞尤馬涅克夫毅然地說道。

「今天一定要分出高下，看我和你誰比較厲害。」

九

亞尤馬涅克夫靠在窗邊的牆上，看著大家融洽地交談。

大隈重信伯爵的寬敞洋房裡聚集了身穿和服、西裝、長大衣的後援會會員，所有人都圍繞著身穿制服的探險隊。

昨天六月二十日，開南丸回到了芝浦。幾萬人前來迎接，在日本人高喊萬歲的聲音裡，隊員們舉著探險隊旗幟抬頭挺胸地登陸。夜晚仍有絡繹不絕的人群提燈祝賀。

過了一晚，今天要在位於早稻田的大隈宅邸向探險隊的後援會舉行報告會。隊員們在大隈會長和後援會的幹部面前整齊列隊，但這似乎只是儀式性的會面，沒多久就結束了。

之後要在庭園拍紀念照，在等待的期間，眾人自然而然開始了愉快的閒聊。

年邁而莊重的大隈夫人面帶微笑聽著白瀨隊長和西西拉托卡說話。西西拉托卡把南極鷹的巨大羽毛呈獻給夫人，接著白瀨也加入一起聊天。

剛剛下過一場雨，窗外綠意盎然的庭園還滴著水，在熱氣之中閃閃發光。亞尤馬涅克夫深受這片景象的吸引，所幸他沒有和誰在聊天，所以他穿越大廳，走到庭園。

他走在青綠的草地上，停下腳步，看看四周，又繼續走。不知第幾次站定腳步時，後面有人說道：

「這庭園很棒吧，我可是引以為傲喔。」

亞尤馬涅克夫回頭一看，有一位前額微禿、身穿和服外掛的老人，他顴骨高聳，嘴巴抿成「ㄟ」的形狀。

那是大隈伯爵。

「南極如何啊？」

伯爵一邊說，一邊靈巧地撐著拐杖如跳躍般地走來。

「很冷。」

他簡短地回答，伯爵聽得哈哈大笑，說道「這樣啊，這樣啊」。

「你叫山邊對吧？就連在多雪的地方長大的阿伊努人也覺得冷嗎？」

「真的很冷。」

「真是辛苦你們了。」伯爵點點頭。

「就算沒有去到南極點，能踏上南極的人也是鳳毛麟角。這件事一定能讓你們阿伊努人被世界刮目相看。」

「那就太好了。」

說完以後，他有點後悔不該回答得這麼平淡。

「你不開心嗎？」

伯爵似乎沒有受到冒犯，但還是露出訝異的表情。

「我一開始也是這麼想的。」

亞尤馬涅克夫摸著下巴。

「我一直很擔心阿伊努人會滅亡。」

伯爵默默地點頭。

「但是我回顧自己的人生，要死也不是那麼容易，就算遇上傳染病，就算遇上戰爭，就算去了南極，我還是沒死，所以我覺得族人的命運或許沒有那麼悲觀。雖然令人厭煩的事接連不斷，可是只要活著，只要還有夥伴，總是會有辦法的。而且……」

突然吹來一陣風，伯爵的和服裙褲隨風搖晃。亞尤馬涅克夫的帽子也差點被吹走，他急忙伸手按住。

「我們不需要如你所說地讓世界刮目相看。想讓人刮目相看等於是覺得自己卑微，但我們的生活並不卑微，我們只要抬頭挺胸地活著就好了。就連一個人要死掉都不容易，所以阿伊努人一定也不會滅亡。我現在是這樣想的。」

「我的想法不太一樣。」

伯爵興致盎然地說道。

「一旦成了弱者就會被吃掉，就會滅亡，所以我國才要奮發圖強，而且確實變得越來越強。」

「然後就要吃掉我們嗎？」

幸虧對方是個大人物，他忍不住諷刺地說道。畢竟他都賭上性命去了南極，應該可以享受一點特權吧。

「那就是世界的法則、人類的法則。」

伯爵不為所動。

「那你要怎麼做？是要變強，還是被日本吃掉？」

伯爵的問題像是挑釁，但亞尤馬涅克夫不知為何並不覺得厭惡。伯爵的臉上並沒有日本人常見的輕蔑神情，倒是有一種壞孩子在鼓吹朋友去做壞事的天真。

他正在思索答案時，伯爵突然挑起眉毛，像是想到了什麼。

「以前我問過別人一樣的問題，當時被我問的人是娶了樺太島阿伊努人的波蘭學者，那時是日俄戰爭結束的隔年。」

「咦！」亞尤馬涅克夫發出驚呼。「我應該認識那個人。」

「那我就更想問了。你要怎麼做呢？你會和異國的朋友做出相同選擇，還是另有目標？」

「我不知道他是怎麼回答的……」

亞尤馬涅克夫摸著下巴。

「但我們無論在怎樣的世界裡都能適應，因為我們是阿伊努人。」

「阿伊努人有這麼強悍嗎？」

「『阿伊努』這個字的意思就是『人』。」

既不強也不弱，既不好也不壞。因為生在世上，所以就活下去。接受一切，或是設法填補。既然已經活著，當然要活下去。

伯爵聽到答案之後想了一下，然後抬起頭來，臉上帶著理解的笑容。

「你的朋友說要和法則戰鬥。他說既然這是人類世界的法則，人類就有辦法改變它。」

亞尤馬涅克夫點點頭，覺得這很符合朋友的作風。

「因為是人，所以能活下去，也能改變法則。人是可以依靠自己的。我大隈真是受教了。」

老人笑了，卻顯得有些落寞。

「戰爭會變成怎樣呢？」

伯爵祈禱似地喃喃自語，踩著跳躍的腳步走掉了。

亞尤馬涅克夫抬頭看天。大概有六成都覆蓋著沉甸甸的雲，但晴朗之處還是有耀眼的陽光灑落。

今後他的族人想必還是會遭遇各種困難，譬如被同化的壓力，變質的疏遠、輕蔑、憐憫，逐漸淡化的記憶。

即使忘了祈禱的話語，即使失落了言語，即使連自己是誰都不知道，阿伊努（人）還是會活下去。亞尤馬涅克夫希望這可以成為一條法則。

「可以拍照了，請大家過來，各位，請過來。」

工作人員到處大喊著。

西西拉托卡不知何時也來到了庭園，他在遠方揮手，亞尤馬涅克夫朝著他走去。

十

高達天花板的巨大窗戶照進了巴黎五月的陽光。

在裝潢時髦的餐廳包廂裡，一個波蘭獨立組織——國民委員會——的成員和法國軍人及官員正在開午餐會。約有十位男性隔著擺滿料理的長桌相對而坐，眾人的目光都聚集在一個比手畫腳說話的男人身上。

「我對畢蘇斯基先生說的事很有興趣，世界真的是很廣闊呢。」

被法國那方的人們稱為「將軍」、身穿軍服的老人感慨地蠕動著白鬍子說道。

「是啊。」

剛才發言過的國民委員會成員、五十一歲的布羅尼斯瓦夫・佩托・畢蘇斯基以玩笑的態度挺起胸膛。

「不是我在自誇，但我的人生真的是跑遍了北半球。」

布羅尼斯瓦夫在像是今天這種談話的場合裡一定會提到自己在薩哈林島的生活，諸如遭受流放、和異族人交流之類的事。這在歐洲是難得聽見的話題，所以聽眾多半像現在的在場人士一樣極感興趣。

「但是異族人的生活卻因為接觸了文明而遭到威脅。就算時代的趨勢不變，我們應該還是可以想辦法降低這種相遇帶來的衝擊。」

布羅尼斯瓦夫今天一樣說出了每當他提起這些事一定會有的結論，而結果多半是冷場，就像現在一樣。

波蘭這一邊的出席者同時朝他投以譴責的眼神，布羅尼斯瓦夫只是不以為意地聳肩，再次拿起刀叉。

他像使用鋸子一樣切下一小塊牛排，放進嘴裡。牛排早就冷了，但是半輩子都過著囚犯貧窮生活的布羅尼斯瓦夫還是覺得好吃到令人讚嘆。

仔細想想，他在薩哈林島的木工所裡從來沒有用過鋸子。他一邊回憶一邊攤開肉塊，看到巴黎還有這麼好的食材，他突然有一種近乎反感的驚訝。

「將軍，戰況怎樣了呢？」

經過一段只能聽見餐具聲音的時間後，布羅尼斯瓦夫左方傳來這句僵硬的法語。一個過瘦的波蘭人正探出上身發問。

「阻止得了德軍入侵嗎？」

這位在平時就不太機伶的同事說出了明顯的不適當發言。

「當然。」果不其然，將軍稍微皺起眉頭。「我們正在逐步準備發動反攻。」

一九一八年，現在正是世界大戰的時候。以文明自豪的歐洲國家分成了兩個陣營，一邊是以法國、英國、俄國、美國為主的協約國，另一邊是以德國、奧匈帝國、鄂圖曼帝國為主的同盟國，被這些國家統治的其他地區也都被捲入了戰爭。如今世界大戰已經邁入第五年，只有俄羅斯帝國因為國內發生革命而退出，戰爭遲遲沒有結束的跡象，各種物資和年輕男性都在逐漸減少。

到了兩個月前，收拾了俄羅斯的德國開始大舉進攻法國，軍隊開到了距離巴黎一百二十公里的地方。對將軍來說，這鐵定不是有趣的話題。

「波蘭的情況又是怎樣呢？」

將軍似乎是在隱晦地譴責「都是你們不爭氣，我們才會這麼辛苦」。

如同取代俄羅斯一般，德國幾乎占領了波蘭共和國的全部領土，所以波蘭還無法恢復獨立。因為波蘭處於正在攻打法國的德國後方，所以波蘭的獨立運動越熱烈，對法國就越有利。

「就快了，還要請你們繼續協助。」

用斷定語氣如此回答的是布羅尼斯瓦夫。

「有無數的組織想要恢復波蘭獨立，這些組織分開來看都很微小，但是只要聯合起來，就能成為能改變局勢的巨大力量。」

左邊的同事不愉快地咳了幾聲。布羅尼斯瓦夫心想，就是這樣才沒辦法。

布羅尼斯瓦夫從遠東回到歐洲已經十二年，祖國仍然沒有達成獨立的目標，他擔心的起義也一直沒有發生，這是因為弟弟約瑟夫一直忙著和政敵德莫夫斯基鬥爭而力有未逮。不過，最後得到共和國民眾支持的還是約瑟夫，主張親近俄羅斯的德莫夫斯基得不到廣大支持，所以轉移到了海外，把活動的重心改成寫作。

布羅尼斯瓦夫的生活就算說得好聽點還是時運不濟，他很久以前就和約瑟夫分道揚鑣，所以沒有積極參與獨立運動，雖然結交了不少革命家好友，但還是以貧窮學者的身分輾轉流落歐洲各國。

去年八月，轉機終於到來，他受邀加入了德莫夫斯基為了東山再起而成立的國民委員會。德莫夫斯基在政治上的行動力十分旺盛，剛誕生的國民委員會被聯合國承認是波蘭的代表，頓時成了獨立運動的一大勢力。

約瑟夫從世界大戰開始後一直率領著自己培訓的武裝組織和俄羅斯作戰，最後被德軍逮捕，據說是因為他拒絕對德國效忠以換取德國支持波蘭獨立運動。布羅尼斯瓦夫受到邀請就是在這件事之後。
畢蘇斯基一派已經分崩離析，所以他們希望趁領袖不在的期間，由他的哥哥代為執掌。
布羅尼斯瓦夫雖然看穿國民委員會的企圖，也不認為自己有政治的長才，但還是接受了邀請，因為他認為這是讓畢蘇斯基一派與國民委員會邁向合作的良機。如果這兩大勢力聯合起來，整合各方組織，就能形成一股獨立的巨大力量。這是布羅尼斯瓦夫的計畫，或許該說是期望。
就這樣，他開始在國民委員會所在的巴黎生活。雖然他勸說合作的意見總是受到忽視，但他在異族部落培養出來的親切熱情得到大家的喜愛，所以經常被邀請至今天這種促進交流的場合。
「如果俄羅斯再努力一點就好了。」
坐在會場一角的法國官員插嘴說道。布羅尼斯瓦夫聽著他批評俄羅斯政局、闡述著近乎迷信社會主義的威脅論，不禁湧出另一種感慨。
俄羅斯去年發生了兩次革命，第一次推翻了帝政，第二次使得勞工、農民、士兵組成的蘇維埃（勞農委員會）掌握了政權，並和德國和談，停止了戰爭。
指導著世上第一個社會主義國家的男人使用「列寧」這個筆名，他的本名是佛拉迪米爾・伊里奇・烏里揚諾夫，即是布羅尼斯瓦夫大學學長、因暗殺沙皇而被判處死刑的亞歷山大・烏里揚諾夫的弟弟。
哥哥阻止不了夥伴的躁進，弟弟經過漫長歲月而成就了革命。布羅尼斯瓦夫突然想到，自己和約瑟夫又會是如何呢？

「俄羅斯正在邁向社會主義，日本也正在崛起，遠東的局勢有必要密切注意。」

官員繼續說道。國民委員會的成員事先就說好若非和波蘭有直接關聯的事就不要發表意見，所以每個人都只是默默點頭。

「日本趁著歐洲各國忙著打仗，在三年前向中國提出侵略性的要求，這真是太野蠻了。」

布羅尼斯瓦夫也從報紙上得知了這件事。當時的日本首相就是大隈伯爵，他彷彿可以從報紙的字句之中聽到伯爵又說出了那句「我們遲早有一天會凌駕於歐洲列強」。

「說到日本，他們還派出了南極探險隊呢。」

布羅尼斯瓦夫不知為何很想為日本說話，在這種衝動的驅使下，他打破事先商議的結論而開口了。他選擇的話題是在那座島上認識的朋友。

「雖然探險隊最後沒有到達南極點，但他們是靠民眾贊助而成行的，而且全員平安無事地回來，我覺得非常了不起。」

他婉轉地反駁了法國官員批評日本野蠻的發言。

日本在六年前挑戰的文化事業在歐洲被報導過幾次，當時世界還很和平，至少歐洲在拿破崙失敗以來將近百年都沒有發生過較大的戰爭。布羅尼斯瓦夫在清貧的生活中，從報紙上模糊的探險隊照片裡看到朋友的臉孔時，真的覺得世界逐漸往好的方向發展了。

「他們再囂張也囂張不久了。」

官員漠視了布羅尼斯瓦夫的發言，如此說道。

布羅尼斯瓦夫無心再開口，他的同事們則開始談論政治話題，他完全充耳不聞，只是享受著起司和甜點來打發時間。

午餐會結束，送走法國人以後，布羅尼斯瓦夫被同事們狠狠地教訓了一頓。不要談異族的事情，也不要談波蘭內部的問題。雖然他本來就常常被人這麼提醒，但還是很不愉快。他覺得完全提不起勁，也不回委員會的辦公室，直接回到自己的住處。

初夏的陽光把路邊整齊的行道樹照得翠綠光亮，原本應該是生氣盎然的巴黎如今冷清得令人心寒，只能偶爾隱約看見軍方車輛和士兵。他抬頭仰望，看見天空澄澈而蔚藍，飄浮著巨大的雲朵，三架一隊的軍機從旁掠過。

他垂下視線，成排高樓之中缺了一角，還有著焦黑的汙漬。

人們原本以為那是爆炸意外或轟炸，後來在檢查現場時找到砲彈碎片，才知道這是遭到砲擊。一般大砲的射程只有幾十公里，如今卻出現了能打到超過一百公里的砲彈，巴黎市民都對德軍的新武器感到恐慌，紛紛搬離。

回到位於高層公寓四樓的住處後，布羅尼斯瓦夫發現門沒有上鎖，他訝異地轉動門把朝內推，一邊責備著自己的疏忽。他不記得自己和誰結怨過，但他正積極從事政治活動，確實有可能遭人暗殺。

「你回來啦，布羅尼斯。真快呢。」

從他的家裡傳出一句親切的波蘭語。他心想，看來對方應該不會不由分說地就把他殺掉。門一打開，他就看見一個身穿西裝的肥胖男人朝他張開雙手。

那是瓦茨瓦夫・科瓦爾斯基，曾經和他一起旅行北海道進行調查、把他從遠東帶出來的人。這人一直協助他弟弟約瑟夫的活動，是畢蘇斯基一派的重要人物。他在獨立運動的領域之中非常有名，布羅尼斯瓦夫也經常聽到他的消息。

「和法國官員吃飯怎樣啊？你說的那些事應該很能炒熱氣氛吧。」
「你知道得真詳細。」
講得像是親眼所見的科瓦爾斯基那張親切的笑臉讓人有些不寒而慄。布羅尼斯瓦夫提起戒心，乖乖地坐在椅子上。科瓦爾斯基剛在他面前坐下，就立刻探出上身。
「對了，你在國民委員會裡面過得怎樣啊？一定很忙吧？」
「多多少少啦。那你呢？」
「忙翻了。」科瓦爾斯基一臉悲傷地說道。「我們畢蘇斯基一派失去了領袖約瑟夫，現在就連維持組織都很不容易，害我要不停地東奔西走，今天一大早還要潛入你家。」
「真令人同情。那你找我有什麼事？」
「嘿，布羅尼斯，你覺得我們是怎麼回事？」
科瓦爾斯基沒頭沒腦地說了這句話。
「我是有才華的文學家，你在民族學的領域有很不錯的表現。」
「我是不太苟同啦，不過你說這些話是要幹麼？」
「你打算放棄學者的工作了嗎？」
「目前是這樣沒錯，但我以後還想繼續做。」
「我支持你。」科瓦爾斯基點頭說。「有困難就儘管來找我，要我幫忙調查也行。」
「謝謝。有需要的話我會找你商量的。」
布羅尼斯瓦夫以為這只是客套話，但科瓦爾斯基的表情非常認真。
「我是說真的，你還是回去當學者比較好，政治活動不適合你。」
科瓦爾斯基把手伸進西裝裡面摸索，像是在掏香菸，結果拿出來的卻是一把發亮的手槍。

「都是因為你，讓我們現在非常頭痛。」

「我們？」

布羅尼斯瓦夫沒有感到驚訝或恐懼，這超乎想像的事實讓他無法理解。

「我說的是畢蘇斯基一派。因為約瑟夫被德國逮捕，我們的組織已經很脆弱了，如果再讓領袖的哥哥靠到敵對的一方，我們就會更沒有向心力了。」

這正是國民委員會邀請他加入的目的。

「你想要我怎麼做？」

「我給你兩個選擇。」

科瓦爾斯基沒有用槍指著他，只是拿在手上把玩。

「第一個是離開國民委員會，我不會叫你成為約瑟夫的夥伴。這是我比較推薦的選項，所以先說出來。」

「另一個呢。」

「就是現在被我殺死。」

「你這方法也太莽撞了吧。」聽到如自己所料的答案，布羅尼斯瓦夫忍不住笑了。「巴黎市民都逃走了，但警察還在，如果畢蘇斯基一派裡面出現了殺人犯，那不是更叫人頭痛嗎？」

「只要把你的屍體偽裝成自殺而死的樣子就好了。當你還在忙著服刑和享受學者生涯時，我們可是一直努力地從事地下活動喔。」

「科瓦爾斯基先生，我可以請教你一個問題嗎？」

布羅尼斯瓦夫探出上身。

「國民委員會裡面都是一些想要扮演達官顯要的知識分子，但並沒有實權，他們的領袖德莫夫斯基也得不到波蘭民眾的支持，現在說不定會對其他派系讓步、同意合作。」

「不合作。」科瓦爾斯基用堅定的語氣回答。「我們絕不跟討好俄羅斯的人聯手。」

科瓦爾斯基非常頑固，但布羅尼斯瓦夫不肯放棄。

「俄羅斯已經不在了。占領波蘭的德國會讓戰爭持續下去，英國和法國都希望在處於德國背後的波蘭找到戰友。現在的局勢是空前的好機會，我們一定能夠獨立。現在可不是內鬥的時候。」

「在你去日本之前，我已經警告過你了喔，布羅尼斯。」

科瓦爾斯基壓低了語氣。

「我提醒過你，不要背叛約瑟夫。你還記得吧？」

兩人好一陣子都沒有開口。

「是我弟弟叫你來找我的嗎？」

科瓦爾斯基搖頭。

「這是我自己決定的。我不想讓你感到遺憾，但這是千真萬確的。」

突然間，眼前出現強光。布羅尼斯瓦夫連忙閉眼，一陣爆炸聲震破了窗戶，也將他震倒，撞在地面的痛楚讓他知道自己還活著。一定是對面的建築物被那種能飛到超過一百公里的砲彈擊中了。他藉著滾動的力量站起，跑出去。

布羅尼斯瓦夫正要抓門把時，槍聲響起。從左側腹到右肩出現一陣撕裂的劇痛，他的手因衝擊和痛楚而抓空，他蹣跚幾步，撞上沒有打開的門，反彈之後摔在地上。他鼓起力氣想要爬起來，但力氣跟大量鮮血一起從左側腹的傷口流出。

打得還真準。痛得扭曲身體的布羅尼斯瓦夫想著。子彈可能在射穿動脈之後撕裂了內臟。

科瓦爾斯基已經站起來了，他右手握著一把冒出縷縷硝煙的手槍，對準布羅尼斯瓦夫。

「你對約瑟夫說過，要跟弱肉強食的法則戰鬥。」

科瓦爾斯基一邊說，一邊用左手從額頭上拿下什麼東西。可能是被玻璃碎片刺中了吧，他滿臉都是鮮血。

「簡直是痴人說夢。約瑟夫和我們會讓波蘭共和國復活，成為任何人都無法侵犯的強國。靠著妥協和政治而誕生的泡沫根本不算國家，我們的故鄉不需要這種東西。」

他覺得很冷。他的身體持續地失去血液和體溫。身體好沉重。

「故鄉啊……」

聽到這句話，布羅尼斯瓦夫不禁懷疑，他想回去的故鄉到底在哪裡？已經不存在的祖國、他成長時所居住的立陶宛鄉村，被禁止說母語的古都。

熱意漸漸浮上他的心頭。陰暗的天空、厚厚的積雪、凍原、狗雪橇、朋友、妻子。

他依然血流如注，但身體卻充滿力量。

我還活著。既然如此，我得活下去，我得回故鄉。

他坐起身來，膝蓋彎曲，重心往前移，慢慢站起來。可能是因為大量失血，剛剛還很沉重的身體似乎變輕了。

「難道你是不死之身嗎？」

科瓦爾斯基的語氣像在吐槽，但他的聲音卻害怕似地顫抖著。

他踏出一步，左側腹噴出鮮血。他按住傷口。血液很溫熱。

「我好像還死不了。」

他想要笑，但幾步之外的那張圓臉已經扭曲。

「我真的不想向你開槍。」

科瓦爾斯基的聲音拔尖了。

「我不會道歉的，但我很後悔。這不是我所希望的。」

都過去了，不用在意。他想要舉起右手這麼說，但手一動也不動。他想著，如果自己的身體再健壯一點就好了。

「我也不希望，但我還是得拜託你。」

他的聲音還很清晰。

「我弟弟，還有那邊的故鄉，就拜託你了。」

「那邊？」

「我還有另一個故鄉。」

讓他因流放而凍結的靈魂重獲熱意的那座島。雖然他離開之後也沒做些什麼大事業，但他一直希望有生之年還可以再回去看看。

「不，與其說是故鄉……」

他一邊說一邊抬起腳，往前移，向下踏。雖然不如平時的動作那般流暢，但至少還走得動。

「應該說是熱源吧。」

他又踏出下一步。離門把還剩一兩步的距離，只要伸手就能摸到。他的視野降低，逐漸變暗。

有著紅色屋頂的維爾諾開始下雪了。象牙色牆壁圍繞的道路，灰色的石板地上，妻子抬頭望著雪，戴著圓珠額飾的兩名幼童抓著她海豹皮衣的下襬。他揮手大叫，朝那邊走去。妻子回過頭來，嘴邊有著鮮豔的刺青。

布羅尼斯瓦夫凝視著她的表情。

十一

計程車在森林裡的山路中搖搖晃晃地走著。

「對不起，這一帶的路不太平。」

先前開車很粗魯的司機也不由得一臉愧疚地道歉。

金田一京助在後座重新坐正，含糊地回答「啊，不會啦」。

他預定這次要在睽違已久的樺太島待一個星期。陰暗的天空和濃重的濕氣、茂密深綠的針葉林，都是一如往昔，不過島上的開拓還是持續地在進行。如今車子行走的道路在金田一的記憶中只是雜草比其他地方稀少的一條細線，如今雖然有些崎嶇，但已是除去草木、鋪滿乾土的筆直馬路。

「再十五分鐘就會到了。」

他聽到司機有些得意地說著，瞄了左手腕一眼。從樺太島的門戶大泊港——在俄羅斯統治時代被稱為科爾薩科夫——出發至今還不到一個小時，這速度令他有些吃驚。他第一次來樺太島時從同一個地方出發，搭著動力船沿著海岸移動，在霧氣和巨浪之中花了兩天才到。當時他二十六歲，是即將畢業的東京帝大學生。

現在金田一已經四十八歲了，他因為在貧困之中仍勤奮不懈地研究阿伊努語而獲得佳譽，去年當上了母校的副教授。他對周圍的人說要慶祝新生活，一個人離開了東京。事實上，他是被自責的念頭折磨得不堪負荷。

那已經是七年前的事了。一位阿伊努少女知里幸惠在金田一位於東京的家中死去。他在北海道遇見的這個女孩擁有語言學的天分，對自己的母語也有著深深的執著，於是金田一邀請她去東京寫書。幸惠雖然有心臟疾病，還是勤奮地寫作，就在寫完了校對版所需的事項之後，她因承受不了過重的工作而停止了心跳。

她留下的稿子還附有清楚解釋了阿伊努語神謠、如詩一般的日語翻譯。辦完葬禮、處理完出版事宜之後，閒下來的金田一開始冒出自責的念頭，沒多久就變成沉重的心理壓力。

幸惠是為了他的研究而死的。如果他沒有邀請她來東京，如果她一直在熟悉的地方生活，或許她可以活得更久。他渴望用文明的光芒照亮人類的深淵，但他會不會只是粗暴地掠奪了人們生活過的證據和生命擺在檯面上展示呢？

他一直對自己的作為懷著疑慮，持續地做研究，到了任職副教授之後終於承受不住，所以當新工作和新生活處理到一個段落，他就搭船去了樺太島，如今正在坐計程車前往目的地。

車內突然一片光亮，金田一忍不住瞇起眼睛。

車子似乎已經出了森林。習慣了光亮的視野裡有三種色調相異的青色出現在差不多遠近的地方，最遠的是鄂霍次克海，右手邊是日本第四大的湖泊富內湖，左邊是小小的恩洞湖。計程車所在的山丘可以一覽無遺地觀賞這一片因夢幻般風景而知名的地區。

恩洞湖的左右兩邊各有一個村子，右邊是富內村，左邊是落帆村。看到這地方，懷念的感覺讓金田一短暫地忘記了他對知里幸惠的愧疚感。

落帆村以前被稱為歐裘波卡村。那是山邊安之助——阿伊努名字是亞尤馬涅克夫——住過的村子。

安之助死於大正十二年（一九二三年），知里幸惠過世的隔年。金田一如今還是時常想起那個在日俄戰爭與南極探險之中挺身而出的男人不高興的臉龐。

安之助在南極探險凱旋歸來之後，突然拜訪了金田一在東京的住處。

——只有教育能拯救我們窮困的族人。

他說了諸如此類的話。金田一依照他的期望用樺太島阿伊努語寫下了他口述的自傳，以《阿伊努物語》的標題發行。

一想起那時候的事，金田一如今悶悶不樂的心中還是會感到一種天真的趣味。安之助自己說要寫自傳，但他講出來的都是極度平淡簡潔的事。而且他動不動就說……

——這樣講好像是在炫耀，我不太喜歡，這件事就說到這裡吧。

所以要寫完這本書實在是很不容易。

安之助提到，從北海道回樺太島時是和妻子、兒子、其他村民共十三人一起搭船。說到這個，他並沒有向金田一介紹過那位一起回樺太島的妻子。

「她是怎樣的人呢？」

金田一不經意地問道。

「很漂亮。」

他回答得非常簡短。阿伊努語沒有時態之分，所以他說的或許是年輕時的事，用日語來表示的話就是「以前很漂亮」。

回到樺太島以後，安之助擔任了落帆村的總代，努力為村民引進農業技術和近代生活方式。十三年前金田一拜訪樺太島時，安之助已經和另一位女性再婚了。金田一沒有打探詳細情況，只覺得他們夫妻二人在改頭換面的村子裡似乎過得很幸福。

計程車發出喀隆喀隆的聲音行駛，進入了落帆村。以前這地方有十間左右的樹皮屋子分散在看得見海之處，如今已經變成房屋整齊排列的日式風光。

到了學校前，金田一要計程車停下來，向使丁（職員）表達參觀的意願。下午的課程正在進行，穿著和服和西服的孩子們規規矩矩地站著聽老師教學。他並沒有看見如記憶中那些額上戴著串珠飾品、身穿草皮衣和獸皮到處跑的孩子。

金田一再次坐上計程車，沿著樺太島東海岸走了一個半小時，到了白濱村。這裡原本是海邊的一片樹林，後來是樺太廳為了生活便利之故而聚集了周圍的樺太阿伊努人，形成一個村落。

金田一在此和司機道別，雖然他事先已經付過錢，還是再給了一筆小費。他拜訪了村中的幾戶人家，和舊識打招呼、閒聊。年長的村民還是穿著傳統的阿伊努裝扮，但年輕男女都是穿和服或西服，沒有人刺青，每個人的日語都說得很好。

到了日本本島已經黃昏、但在樺太島還是太陽高掛的時刻，他去了事先預約好的、簡單命名為「白濱」的旅館。

服務員帶他去了二樓的房間，他一邊喝著服務員泡的茶，一邊看著窗外的鄂霍次克海。

「打擾了。」

紙門拉開，旅館的年輕老闆娘以流暢的動作朝他行禮。

「好久不見，老師，你好嗎？」

「嗯嗯……」

金田一抬起頭來，感觸良多地說。

「妳長大了呢，阿清。」

他十三年前在落帆村和安之助重逢時，順便拜訪了位於樺太島東岸的首領巴夫恩凱的家，在當時看到的巴夫恩凱的姪孫女才十歲，如今已經亭亭玉立。他明知不該對成年女性說這種話，還是忍不住說了出來。

「我長高了，頭髮也長長了。」

阿清親切地笑了。她有著藍眼睛、紅褐色頭髮，以及雪白的皮膚。她相貌的特徵還是一如往昔，但如今多了一份成熟的美感，動作舉止完全是個溫婉的傳統日本女性。

「老師，聽說你當上了帝大的副教授，恭喜你。」

「沒什麼啦，啊哈哈，只不過是運氣好，剛好遇到了職缺。」

金田一含糊其辭，連他自己都覺得尷尬。

「對了，阿清，聽說最近有人從波蘭來找妳，妳有見到那個人嗎？」

他剛才已經從村民的口中聽過這件事了，但他很想聽聽阿清自己的說法，所以裝作不知情。

阿清搖頭。

「還是不想見啊。為什麼？」

「我只想靜靜地過自己的生活。連報紙記者都跑來了。」

每次聽到這種事，金田一就不禁為記者膚淺的一面感到唏噓。

領導波蘭獨立的英雄、獨裁者畢蘇斯基有一個哥哥，那位畢蘇斯基博士在這個島上和阿伊努女人結婚，之後拋下了阿清他們回到歐洲。十三年前，巴夫恩凱慈祥地看著活潑玩耍的阿清時跟他說過這些事。

至於博士死後的事他也聽村民說過了。從波蘭來找阿清的人聽說是受了畢蘇斯基元帥的命令，那個人提到博士沒有親眼見到祖國獨立，他在世界大戰結束之前就在巴黎四樓的住處墜樓而死了。

元帥為了找回哥哥的孩子，所以派人來到樺太島。

阿清是樺太島阿伊努人和歐洲人的混血兒，在人種被細膩區分的二十世紀看起來鐵定是奇怪的存在，對她來說，或許留在邊境地帶生活於熟悉的人群中才是最幸福的。

「對了，老師，我有東西想要交給你，請你等一下。」

阿清站起來，迅速走出房間，沒多久又快步走回來。她的動作讓金田一想起了十三年前的事，想起他拜訪巴夫恩凱家時看到的那個四處奔跑的女孩。他覺得，比起溫婉女性的舉止，那活潑的模樣更適合阿清。

「你知道千德先生嗎？千德太郎治。」

金田一見過那個人幾次，那個人長年在內淵當老師，人面非常廣，還幫他介紹了不少人。那個人一心想要編纂樺太島阿伊努語的字典，還給他看過一點一滴累積起來的稿子。金田一還聽他說過和畢蘇斯基博士一起創辦識字教室的回憶。

「他上個月過世了。」

這突如其來的噩耗令他不禁「咦」了一聲。

「這樣嗎？我什麼都不知道，真是太失禮了。」

「那位千德先生寫了一本書。就在他死前不久。」

阿清把一本書放在桌上，書名是《樺太阿伊努叢話》，旁邊還有一行「千德太郎治著」。

金田一拿起書本，先翻到版權頁，上面寫著昭和四年八月十日在東京的某出版社發行，定價是七十圓。

「這本書送給你，請你看一下。」

「妳看完了嗎？」

「裡面有太多我不認識的字。」

阿清不好意思地笑著說。

「如果看到關於我父親的事，請你告訴我。我聽說千德先生和我父親很要好。」

金田一想起了阿清沒有見過父親。

「當然，我會仔細地看，給我一些時間。」

他一邊說，一邊翻起書本。書裡寫到了樺太島阿伊努人的習俗和傳說，以及各個村落的成立及說明。

金田一突然想起知里幸惠在《阿伊努神謠集》的序言裡寫的句子。

——這些都會和脆弱不堪、即將滅亡的弱者一起消失嗎？

在她的眼中，自己的族人就是「即將滅亡的弱者」。

他又看看千德先生那本書的序文。

——世界正在跨越與邁向文明，面對此一新世界，先進後進諸國無不戮力充實知性，相互競爭，並漸次擴張領土。

從這篇遠比知里幸惠的著作更艱澀、更正式的文章可以感受到千德先生的苦衷，不過他們兩人看到的想必是同一個世界。

他們都想要留下一些東西，為了子孫必須回顧自己歷史的那一天，為了披著野心或博愛外衣的文明模糊了各個文化的界線、讓一切都變得含糊不清的時代。

「阿清。」

金田一指著某一頁。上面印了小男孩小女孩共六人以及兩隻狗的照片。有一行關於右邊那個最年長女孩的說明。

——身為波蘭人的俄國莫斯科大學教授和阿伊努女性生了一個混血兒，名叫木村清子（阿清）。

這行說明似乎有些誤會和誤植，不過無傷大雅。

「這是妳喔。」

照片裡的阿清握著身旁女孩的手，低著頭。這張是黑白照片，而且印刷得很模糊，如果沒有說明根本看不出是誰。

不過阿清還是全神貫注地凝視著那張照片。

「這是我嗎？頭髮好亂。」

她微笑著說道，視線依然沒有離開照片。

「身為波蘭人……」

只有打扮像年輕老闆娘的阿清念出了關於父親的敘述，眼中流下一滴淚，隨即變成源源不絕的湧泉。阿清的眼睛眨也不眨，也不擦眼淚，只是一心一意地看著那一頁。

我要繼續做研究。

金田一暗自下定決心。就算被視為無用，就算被批評袖手旁觀。

與那些堅決不肯滅亡的人們相遇、與他們遺留下來的子孫一起活著的他還有該做的事，一定有些像他這種做學問的人才能做到的事。

終章　熱源

一

細微的引擎聲很快地變成了可怕的轟隆聲。

「空襲來了！」

有人如此叫道，在白樺樹林之間擠滿了山路的難民都陷入了恐慌。隨即傳來的中彈聲削下了路面和人肉，灰塵、血花、哀號、慘叫同時飛起，隨後引擎聲才掃過這一帶。

有體力的人都衝進兩旁的樹林，沒體力的人只能當場趴下。放棄的人癱在地上，或是發出歇斯底里的笑聲朝天空揮手。

兩翼印著蘇聯空軍紅星標誌的敵機一邊開火一邊急遽地下降上升，繞行三趟之後離去。這已經不知道是第幾次了，這種耍人般的空襲結束之後，人們慢吞吞地站起，閃開或跨過剛死的屍體往前走。

哀嘆和哭泣聲被蹣跚的腳步聲蓋過，棉被家當之類辛苦搬出來的行李都丟都在路邊。八月十六日的燦爛陽光和濕氣蒸烤著穿著國民服裝工作褲日夜不停趕路的人們。（註23）

23　二次大戰時日本頒發國民服令，為因應戰時物資匱乏，要求國民改穿節省布料的長衣長褲。

伊沛卡拉蹲在白樺樹的樹蔭下，盯著敵機已經離去的藍天。

總算是活下來了。她鬆了口氣，站直身子，感到膝蓋有些疼痛。

這也是難免的，現在是昭和二十年（一九四五年），伊沛卡拉已經五十八歲了。

「哈伊塔庫魯！（混帳！）」

她痛罵著逐漸遠去的蘇聯軍機以及自己的膝蓋。

徒步逃難已經四天，雖然伊沛卡拉的優點就是健康，還是難免感到疲累。她攜帶的行李已經減少到只剩一把五弦琴，但她連這樣都覺得沉重。

「看來我的好運要用完了。」

她想起這段時間關關難過關關過的生活，不禁嘆著氣說道。

低下頭時，她看見自己深藍色的工作褲。如果沒有嘴邊的刺青，她看起來就像個隨處可見的日本老婦人。

伊沛卡拉結過一次婚，對象是個日本漁夫，但是因為合不來，很快就分手了。那段時間她在漁場的一場宴會上應邀彈琴，得到阿伊努人和日本人的喝采，當時她就決定了今後的生活方式。她成了在漁場巡演的旅行藝人，之後她抱著琴，一個人到處彈琴，跑遍島上各處。

養父巴夫恩凱沒有怪罪她，不知道是因為阿伊努人對職業和生活方式沒有像日本人那樣的觀念，還是因為他本人有文明素養、很尊重個人意願，又或者是因為憐憫她婚姻失敗，伊沛卡拉直到養父過世二十五年還是不確定。

生活確實不容易，但她還是一路走到了今天，因為她一直不缺客人。

日本比俄羅斯更積極地開拓樺太島，光靠日本人實在人手不足，所以從韓國和中國不斷有人自願或被招募來到島上。

在娛樂生活缺乏的樺太島上，伊沛卡拉的琴被視為貴重的寶物。雖然「充滿土人風味的演奏」之類的介紹令她很不高興，但就是這種愛湊熱鬧的人才會來找她，而且她只要能彈琴就沒什麼想抱怨的了。

伊沛卡拉並沒有陷入像是在販賣自己的自由和人生的危險和沉淪，而是像游泳、漂流一樣地活過來的。

後來日本和中國展開了曖昧不明的戰爭，後來又和美國及英國開戰，在日軍連戰皆捷和巧妙地推進之時，日本本土的各大都市也逐漸地化為碎瓦，但樺太島一直沒有受到戰火波及，除了氣氛變得沉重之外，一切都和戰前沒多大差別。

伊沛卡拉為了慰勞的工作而來到中部西海岸的惠須取町是在七天前，八月九日。

這一天，蘇聯軍隊突然入侵滿洲國，樺太島的國境也出現了砲擊和小部隊越境，所以人民從日本統治的樺太島北部開始陸續被迫逃難。到了十一日，邊境開始了正式的戰爭。

惠須取發布逃難命令是在十三日，也就是海邊的市鎮被燒夷彈焚燒的隔天。民眾紛紛步行前往位於東海岸、有火車站的內路村，或是位於西海岸南方的酒春內村，兩處都要走將近一百公里的山路，但車輛不是被軍方徵用就是被空襲燒毀了，所以他們只能靠自己的雙腳。

日軍彷彿沒有飛機，蘇聯的戰鬥機和轟炸機都大剌剌地飛進樺太島的上空。不知道是因為從空中看不到人還是故意的，他們連難民都漫不在乎地轟炸。

爆炸聲再次傳來。剛才只有一架，這次共有三架，一出現沒多久就開著機槍猛然往下衝，難民再次陷入絕望與混亂。

可能是因為三架同時出擊所以行有餘力，蘇聯戰機還朝著森林開火。樹葉和木屑落到伊沛卡拉身邊的草地和泥土上。

死掉還比較輕鬆。

伊沛卡拉衝進了直覺完全發揮不了作用的森林，她死命奔跑時，腳下突然踏空，滑下長滿苔蘚的山坡，倒在地上。她用事不關己的心情想著，這些折磨對自己老邁的身體實在太嚴苛了。停止下滑之後，她躺成大字型喘著氣。

她慢慢地等待身體的疲勞和疼痛退去。呼吸緩和下來以後，她聽到了嘩啦啦的流水聲。坐起來一看，她發現旁邊有條小河，就爬過去喝水、洗臉。

腦袋恢復清晰以後，她慌張地把手伸到背後，解開掛在肩上的帶子，打開背上的布包。

「太好了……」

她忍不住嘆氣。看到五弦琴平安無事，讓她感到了安心和活力。

她留心著小河的位置，在森林中胡亂地走。她剝開了找到的果實，放進嘴裡，層次豐富的酸甜滋味充斥在口中。什麼東西能吃她都大致知道，這令她覺得生為阿伊努人是一件幸運的事。

她又回到河邊。漱了漱被果實酸味麻痺的嘴巴，放下琴，躺在苔蘚上。

稀疏的白樺樹圍繞著藍天。她埋怨地想著，如果今天的天氣和平時島上的天氣一樣陰沉，就不會有這麼多的空襲了。

這座島到底是怎麼了？

以前在阿伊村和她一起生活的人全都不在了，現在已經是他們子輩或孫輩的時代了。雖然她期望那些人都能平安，經歷了劫後餘生又覺得長命不見得是好事。

這三天的戰況究竟如何？蘇聯軍隊如雪崩一般掃蕩了滿洲，新型炸彈被投擲在廣島，在逃跑時看見了燃燒的惠須取町。之後的事情伊沛卡拉一概不知。

她心想，自己或許也很危險。她已經迷失了來時路，沿著河流或許可以遇到民宅或村莊，但她並不確定。

「我就要死了嗎……」

伊沛卡拉突然這麼想。她並不覺得害怕，只覺得有一股冰凍般的寂寞。

她坐起來，抱住自己的肩膀，看著從帶有苔蘚的黑色岩石上流過的河面。

這有點像四十年前在阿伊村發生的事。當時她也以為會凍死在風雪中。

「死不了的，我的運氣好得很。」

她開朗地下了結論，但事態並沒有好轉的跡象。她不明所以地再次把視線拉回河面。

水流聲中出現了輕柔拍打苔蘚的聲音。她猛然抬頭，看到上游出現了奇妙的黑影。

她首先看到的是馴鹿，從那一對分歧的大角可以辨識出來。馴鹿在樺太島並不希罕，但卻有人像騎馬一樣騎在馴鹿的背上。鹿蹄發出踏過苔蘚的聲音小跑步過來，騎馴鹿的黑影逐漸接近。那人穿著淺綠色的制服和軍帽，肩上掛著槍。

「妳是日本人嗎？在這裡做什麼？」

馴鹿背上的人說道。那是年輕的日本軍人。

二

那個日本兵名叫源田。

他說他的部隊在邊境和蘇聯軍隊作戰而全滅，只有他一個人存活，如今他正在設法和友軍會合。

「你知道路嗎？」

伊沛卡拉問道，源田指著下游的方向。

「沿著河流走，就能找到通往惠須取町的路。」

「你真清楚。」伊沛卡拉敬佩地說道。

「島上的地理狀況我大概都知道。」

眼睛細長的源田說起話來語調平淡，不過他知道伊沛卡拉的年紀遠比自己大，所以態度還是比平時客氣了一點。

「我迷路了，你可以帶我去嗎？」

「我是要去惠須取町，沒關係嗎？」

「沒關係。」伊沛卡拉說：「我是從那裡逃出來的。」

「我正在勤務中，準備前往戰場。妳要跟著我也可以，但我不保證一定能帶妳去哪裡。」

「往上游的方向走就能到達某處了。」

「大概走一百公里就是我們部隊全滅的戰場。」

馴鹿咆咆地叫著。

結果伊沛卡拉就跟著這個軍人走了。源田雖然面無表情又嚴肅，但看起來不像是壞人，還讓她一起騎上馴鹿。馴鹿似乎因為太重而呻吟，真是太失禮了。

「現在的戰況怎麼樣？」

過了沉默的一個小時後，伊沛卡拉問道。

「是啊，戰況怎樣了呢？」源田頭也不回，平淡地回答。「我已經在森林裡遊蕩兩天了。」

他沒有說不知道。

「你為什麼還要回到戰場上？難得可以撿回一條命，最好還是別再糟蹋。」

伊沛卡拉說完才感到後悔，這種話對軍人來說似乎有些冒犯，但源田依然平靜地說：

「我是好不容易才當上軍人的。」

源田似乎感覺到了伊沛卡拉的疑惑，就背對著她說「妳是阿伊努人吧」。

「我是鄂羅克人（烏爾塔人）。」

伊沛卡拉明白了，難怪他會騎著馴鹿。鄂羅克人和阿伊努人、尼夫赫人（尼古奔人）同樣是島上的原住民，靠著捕魚、狩獵和放牧馴鹿維生。馴鹿除了作為食物以外也可以用來拉雪橇或騎乘。他們的槍法神準也是出了名的。

「我們在日本沒有戶籍。應該說，除了悉轄……除了日本人以外，在這個島上擁有日本戶籍的只有阿伊努人。學校總是教我們說總有一天要獲得戶籍、成為堂堂正正的日本人。」

日本人。這句奇怪的話讓伊沛卡拉非常疑惑。這樣說的話，島上的阿伊努人就是堂堂正正的日本人嗎？

「我們在三年前收到徵兵令，成了軍人。沒有戶籍的我們好不容易才能夠加入天皇陛下的軍隊。」

這時源田拉緊韁繩，不等慢慢停步的馴鹿完全靜止就跳了下去。

伊沛卡拉正想問「怎麼了呢？」，源田就把食指貼在嘴上。

「有敵人。安靜地下來。」

源田壓低聲音，伸出雙手。不習慣騎馴鹿的伊沛卡拉很高興能得到協助，但源田撐住她時悶哼了一聲，讓她很不高興。

「妳趴下。」

源田一邊讓馴鹿坐下，一邊對伊沛卡拉說道。他拿下背在背上的槍，用雙手舉起，走進幾步之外的草叢。

在得到休息而一臉舒暢的馴鹿身旁，伊沛卡拉冒起了雞皮疙瘩。敵人。除了飛機以外，連軍隊和戰車都已經來到附近了嗎？她悄悄地四處張望，除了樹木、青苔、灌木之外，什麼都沒看見。

槍聲響起。伊沛卡拉的身體猛然一顫。之後又傳來一次槍聲，然後源田從草叢走了出來。

「敵人有兩人。我射殺了一個，打中另一個的腳。我去看看情況，妳在這裡等著。」

「我才不要一個人在這裡等。」

聽到源田讀稿般的話語，伊沛卡拉慌張地站起來。

「我要一起去，我不會妨礙你的。」

「沒辦法。那妳要壓低身子。」
源田小跑步過去，伊沛卡拉跟在他身後。
「我什麼都沒看到，你是怎麼看見的？」
「鄂羅克人很擅長打獵。」
源田踏過青苔，有些得意地說道。

三

源田剛才射擊的地方有兩個蘇聯士兵。
一個人仰躺在地，動也不動。那人似乎被打中了心臟，一片鮮紅的血跡從他厚實的胸膛擴散出去。另一個人伸直右腳坐在地上喘氣，手按著嚴重出血的腿部。
伊沛卡拉在這幾天的逃難生活中看過很多情況比這更嚴重的傷患或死人，但她還是無法習慣。她正皺起臉的時候，突然注意到腳受傷的那個人。
「是女人耶！」
她忍不住叫道。
「蘇聯軍隊裡面也有女兵。你拿著這個對準她。」
源田把槍交給伊沛卡拉。
源田從肩上的行囊裡拿出繩子和小刀，割下適當的長度，緊緊綁住女人的雙手和她右腿傷處的上方。接著他用小刀割開她染血的長褲，毫不顧慮地直接去搓揉她的腿，不過他的動作看起來像機械一樣不帶感情。

「子彈穿過去了，動脈也沒有傷到，血應該很快就會止住了。」

他一邊說一邊用水壺的水幫她清洗傷口，裹上繃帶。伊沛卡拉很佩服地想著他的行李準備得真齊全。源田告訴伊沛卡拉「因為我們是在邊境打游擊戰」，但她對軍隊一無所知，所以聽了還是不明白。那個女兵不時痛得面孔扭曲，但還是乖乖地任由他處置。

源田說要俘虜這個女兵，把她背到小河附近。雖然離天黑還很久，但是為了讓俘虜止血，所以決定今晚在此露宿，明天一早再出發。源田用魔法般的技巧和速度生了火，又跳到河裡抓了三條魚，用煮開的河水和有些乾的麵包早早解決了晚餐。飢腸轆轆的伊沛卡拉吃得狼吞虎嚥，俘虜則是用被綁住的手艱辛地吃著。

「日本的軍人什麼都會做呢。」

伊沛卡拉聊起了無關緊要的事。她覺得晚餐就是閒聊的場合。

「槍法好，又會包紮，連煮飯的技巧都知道。」

源田一邊咀嚼著魚，一邊垂下視線像在思考。然後他抬起目光。

「我待過特務機關。」

他回答說。不了解軍隊的伊沛卡拉含糊地歪著頭。

「說得明白一點，就是間諜部隊。為了偵查在邊境一帶的蘇聯軍隊情況，日本才徵召了包括我在內的年輕鄂羅克人，讓我們接受教育。」

邊境地帶全都是蠻荒的原野和凍原，因此日軍認為熟悉地形、在蘇聯那邊也有居民的鄂羅克人最適合當間諜。

「你說出自己是間諜沒關係嗎？」

「現在不是從事諜報任務的時候，而且我有些事情想要讓妳知道。」

「讓我知道？」

「就是鄂羅克人也能成為不輸給日本人的軍人和間諜。如果有機會的話，我希望妳把這件事告訴其他人。」

伊沛卡拉感到一陣悲傷，她只能點頭。源田說著「拜託妳了」，然後把視線轉向俘虜。

「來問個話吧。我也想探聽戰況。」

源田首先問了俘虜的名字。

「亞歷山德拉・雅科夫列夫娜・庫尼可娃下士。」

樺太島延遲的黃昏光芒照在蘇聯女兵的臉上。她雖然面無血色，但低沉的聲音咬字清晰，就連很久沒聽到俄語的伊沛卡拉也能聽懂。

「我是源田。庫尼可娃下士，請告訴我妳為什麼會來到這座島上。」

源田用非常流暢的俄語問道，他的能力真是非比尋常。伊沛卡拉心想他一定真的很想成為優秀的軍人。

對了，她好久沒聽到俄語了。在日本人稱為日俄戰爭的那件事結束後，還有不少俄羅斯人留在島上，但日本人還是比較多，所以平時使用的主要是日語。

這裡的朝鮮人和中國人也不少，還有阿伊努人，源田之類的鄂羅克人、尼古奔人、其他原住民一起生活在日本的旗幟下、生活在樺太島上。

「我們為了截斷邊境日軍的後路，今天早上從塔路登陸。」

名叫庫尼可娃的女人爽快地回答。

「我軍已經占領了市鎮，聽說後續的部隊會走陸路前往惠須取。」

「計畫預定在八月二十五日之前拿下整個南薩哈林，但我沒聽說計畫是否如實執行。」

「妳能告訴我俄軍對薩哈林島的戰略嗎？」

「詳細情況我不知道，聽說似乎還沒攻破。」

「邊境的戰況如何？」

庫尼可娃看起來毫無隱瞞的意思。

「作戰的目的呢？」

「搶回被日本占領的土地。我是這樣聽說的。」

搶回。伊沛卡拉的心情很複雜。這座島原本究竟是屬於誰的？

「我也有事想問。」

俘虜抬起藍色的眼睛，望著源田。

「昨天八月十五日，日本已經向全國宣布投降。」

伊沛卡拉倒吸了一口氣，先前一直很冷靜的源田也愣住了。俘虜繼續說道：

「日本人還想繼續作戰嗎？為什麼不肯停手呢？」

「別騙人。」

源田的聲音在顫抖。

「我沒有理由騙你。」庫尼可娃搖著頭說。「你叫源田是吧。你不知道這件事嗎？」

「當然不知道，因為妳說的是謊話，不然就是搞錯了。」

聽到源田堅決地否認，伊沛卡拉的腦海裡浮現了住在阿伊村時遇到的大人。當時也發生了戰爭，日本吞噬了包含他們在內的半座島，他們為了適應而不斷掙扎。如今日本卻如煙一樣地消散了。

「如果日本真如妳所說的已經投降，那蘇聯軍隊為什麼沒有停戰？」

伊沛卡拉對日本的輸贏不感興趣。她不覺得自己受過日本多少照顧，日本人只不過是擅自跑來這座島，擅自發動戰爭，最後還打輸了。

但她並不認為單一的日本人罪孽深重到應該在逃難的途中被槍殺。

「這事不是我決定的。而且日本是想要掌控世界的法西斯國家，受到這種對待也是應當的。」

庫尼可娃的話語裡蘊含著一股力量。

「就算是法西斯，如果沒有發動戰爭，我就可以只當個普通的學生，平凡地在我出生的城市和父母一起生活，和戀人相遇，在大學讀書，我要的只是這樣，但這一切都消失了。」

「這座島上的人沒有對妳做過什麼。」

「對我做了什麼的是法西斯。」

「妳一個人就不能做決定嗎？就什麼都做不到嗎？」

俘虜平淡的臉上首次出現表情。那是困惑。

「我能做得了什麼？」

那藍眼睛裡沒有光彩，有如通往地獄的冰冷洞穴。

之後沒有任何一個人開口。太陽下山，夜幕降臨。

源田緩緩站起，說著「我去洗臉」，拿起一根燃燒的木頭，靠著火光走到河邊。

雖然夜晚比白天涼快，但還是很悶熱。

沉默良久的伊沛卡拉擦擦額頭上的汗水，接著她注意到俘虜的模樣。

「很冷嗎？」

她覺得自己的問題很奇怪。俘虜還是面無表情，只是抱著自己的肩膀輕輕點頭。

「可能是出血過多吧。」

伊沛卡拉覺得自己沒辦法做出比源田更好的處置，有點慌張，但庫尼可娃冷淡地說

「不用擔心，我習慣了」。

什麼嘛，虧我這麼關心妳。伊沛卡拉為了消氣，輕輕伸出手，拿起五弦琴，取下裹在外面的布，抱在懷裡。

「滴……」

她用手、歌聲和耳朵慢慢地調弦，彷彿把自己移入了琴中。

這幾天發生了太多事，尤其是今天。她承受不住心中的不安，求救似地彈起了琴。一直陪伴著她的母親遺物發出圓潤的聲響。她奏出樂聲，如同誕生出新世界。我沒問題的。伊沛卡拉每彈一個音，就更加確信。只要有琴在，我就沒問題。

「妳……」

伊沛卡拉聽見聲音，抬頭望去。俘虜正望著她。

「妳很有精神嘛。」

她停止彈琴。

「妳是薩哈林島的阿伊努人嗎？」

以這個問題開始的對話沒有一次是愉快的。但伊沛卡拉不想對被囚禁的傷患太刻薄，所以只是點頭。

「我聽過這個琴聲。」俘虜用平淡的語調說道。「我在大學裡聽過錄音。」

伊沛卡拉「喔？」了一聲。她把琴看得很重要，但她沒想到在海的另一端也有人對她的琴感興趣。這樣的人她只認識一個。

「那可能就是我彈的。曾經有一位波蘭的學者拜託我讓他錄音。」

伊沛卡拉緬懷著過往，開玩笑地說道，庫尼可娃一聽就稍微睜大眼睛。她的藍眼睛映出了搖曳的火光。

「那位錄音的學者名叫布羅尼斯拉夫・畢思多斯基，應該是波蘭人沒錯。」

伊沛卡拉差點把琴掉在地上。名字的發音聽起來不太一樣，但應該就是她認識的那個人。

「所以那真的是我。」

她的聲音顫抖著。

「那已經是四十年前的事了。怎樣啊，我的技術應該進步了一些吧。」

伊沛卡拉為了掩飾內心的驚慌而試圖說些輕鬆的話，俘虜搖著頭回答「我不知道」。

伊沛卡拉笑著說「妳好歹客套一下嘛」。

「難得有這機會，妳來唱首歌吧，俄羅斯的歌也行。」

「唱歌……？」

俘虜歪起了那女性化的細細頸子。

「我的琴更適合和歌聲搭配。」

——妳的琴演奏的是和人一起歌唱的聲音。

她想起說出這句話的男人戴著獵帽的不悅表情。伊沛卡拉開始帶著一把琴在島上遊歷時，聽說了他和從小照顧她的叔叔一起去了南極的事。

「我不知道什麼歌，我不會唱。」

俘虜呆板地說道。

「那妳先唱唱看吧。」

彷彿簡單得很，伊沛卡拉如此勸說道。不管是什麼事，只要試著去做就會有辦法的。

「我也不是一出生就會彈琴的。」

「我只會開槍。」

庫尼可娃回答得很奇怪。

「戰爭還在繼續，除了槍以外沒有其他該學的東西。除了打仗，我還能做什麼？」

她的藍眼睛再次蒙上了地獄般的陰影。或許這個俘虜見識過比她在這幾天空襲中看到的景象更可怕的地獄。伊沛卡拉難過得胸口發緊，不禁怨恨世界的不公義，接著她想到一件事，感到了安心，最後笑著說：

「妳遲早會找到自己該做的事。」

雖然伊沛卡拉說得斬釘截鐵，但她知道這只是自己的期望。

「妳還讀過大學不是嗎？那妳一定沒問題，放心吧。」

她一點都不覺得讀過書的人更了不起、沒上過學的人就比較差勁。

但她認識一些大人把希望寄託在學校上，相信著未來，持續地奔走，所以她由衷期盼他們為之奮鬥、他們深信不已的恩惠確實存在於這個世上。可以的話，她希望這個讀過大學、冷得發抖的俘虜也能得到這種恩惠。

河流的方向傳來介於人類和獸類之間的吼叫。

那個男人哭成什麼樣子了？伊沛卡拉猜到那是源田的哭聲，不禁如此想著。今天真的發生太多事了。即使如此，她依然活著。

四

隔天早上，伊沛卡拉等人從霧氣濛濛的森林出發。源田讓庫尼可娃騎在馴鹿上，自己和伊沛卡拉則是步行。

三人都沒有開口說話。伊沛卡拉聽到的人聲只有中午休息時，源田拿出幾顆金平糖說著「只剩這些了」。

走了半天以上，太陽還高掛在天空。當伊沛卡拉開始埋怨樺太島的太陽時，一陣細微的喧譁聲拂過了她的耳朵。從昨天開始他們就斷斷續續地聽見難民拖著腳步行走的聲音。

「離道路很近了。」源田看著手錶淡淡地說道。「現在剛過晚上六點，如果走快一點，或許在太陽下山之前就能到達惠須取。」

伊沛卡拉暗自叫苦，都已經累成這樣了怎麼快得起來啊？

又走了許久，河邊出現一道斜坡，他們一爬上去就看見了一大群人。

穿著髒汙國民服的老人、穿著工作褲背著包袱的婦女、哭著臉孔扭曲的孩子、頭上裹著染血繃帶的男人，所有人都想要盡快逃離，但行動就像老牛拖車一樣慢，想必是酷暑和不停趕路的疲憊拖慢了他們的腳步。

難民們看到路邊突然出現一頭馴鹿，上面騎著蘇聯的女兵，一個日本軍人牽著馴鹿，旁邊還跟著一個阿伊努女人，所有人都感到奇怪，但他們已經沒力氣探究了。

「伊沛卡拉女士，我們就在此道別吧。」源田轉過頭來。「妳跟著這些人走就行了。」

伊沛卡拉正想點頭，突然發現道路對面坐著一群士兵。他們臉上的疲憊不輸給難民，恍惚地看著天空或地面。

源田一看見日本軍隊，眼睛就立刻亮起來。他拉著馴鹿穿越人群，朝那些軍人直奔而去。

「我是敷香特務機關的源田一等兵。」

源田向他們敬禮，佩著軍刀的軍官慢吞吞地站起來，隨意地抬了一下右手。

「我是嵯峨少尉。」

軍官用寫滿疲憊、沾滿灰塵和油脂的臉回答。

「率領這個隊伍的是少尉您嗎？」

「是啊。」

「那我有事要拜託您。」

源田往前走了一步。

「請讓我加入你們的隊伍。我還可以作戰，我對槍法也很有自信。」

嵯峨少尉看到源田一臉堅決的模樣，就露出懷疑的眼神。

「你之前都待在哪裡？」

「安別。」源田說出了在西海岸邊境的一個漁村。「我本來在自己的部隊裡執行諜報活動，安別被占領之後就在附近打游擊戰，到了十四日，除了我以外的所有人都戰死了，所以我才獨自一人來到這裡。」

源田的語氣平淡得彷彿事不關己。伊沛卡拉不知道是他的個性本來就這樣，抑或是軍人的習性。

「我還抓到一個俄國俘虜，我現在把她交給少尉，請少尉盤問。」

「俘虜。」少尉的語氣顯得很不耐煩。

「事到如今，為什麼還要作戰！」

少尉突然吼道。

「為什麼啊……」源田平淡的聲音裡摻雜著一絲迷惘。「因為這是戰爭。」

少尉嘆著氣說：

「你還不知道嗎？日本投降了，戰爭已經結束了。」

源田的表情漸漸變得僵硬。俘虜說的確實是真話。

「這是什麼時候的事？」

源田謹慎地確認。

「昨天。」少尉說道。「天皇陛下在廣播裡說的。我所屬的中隊已經解散，各自往南方逃難。我只是繼續帶著這些人罷了。」

「你們已經不打仗了嗎？」

「是啊。」少尉厭煩地點頭。「沒辦法，戰爭都結束了。」

「還沒結束！」源田吼道。「大日本帝國還沒達成聖戰！」

「你說的大日本帝國已經消失了。」

「沒有消失！」

源田簡直像個耍賴的孩子。

「我已經成為大日本帝國的臣民了，我學會日語，當上軍人，天皇陛下的名字我學了，軍人敕諭和戰陣訓也都學了，我絕對可以作戰。」

「喔，你是島上的土人嗎？」

「是的。」源田的聲音縮小了。「我是鄂羅克人。」

「你家就在島上？」

少尉的語氣突然多了一種安撫的味道。

「是的。」

「那就回家吧。我不知道今後還會發生什麼事，以後你不用保護國家，去保護你的家族吧。」

少尉輕輕按著源田的肩膀。

「已經夠了，源田一等兵。你已經奮戰過了，沒必要再跟日本的事牽扯下去了。」

接著少尉看看手錶，對士兵說「十五分鐘後出發」，然後坐了下來。源田失神地站在原處。

伊沛卡拉也一樣感到困惑。

她的眼前是一群難民在緩緩地行走。戰爭真的結束了嗎？這些軍人不再保護難民了嗎？被丟在一旁的源田該怎麼辦呢？

「有狀況。」

坐在馴鹿背上的庫尼可娃臉色蒼白地說道。她的血已經止住了，但看起來還是很虛弱。

這時，突然響起一陣密集的槍聲。

慘叫聲、人體倒在地上的聲音接連不斷。難民都陷入了恐慌，但步伐還是一樣緩慢。他們已經太疲憊了。馴鹿躁動了起來，伊沛卡拉趕緊抓住轡繩。難民走來的方向可以隱約看見蘇聯士兵的身影。

「苟希普雪！」

源田恢復精神，放聲大叫。

「敢來的話就來吧，我可是日本軍人，我要把你們全都宰了！」

他動作敏捷地舉起槍，接連開了幾槍。在裝填子彈的時候也不斷地喊著「苟希普雪！」，那大概是鄂羅克語吧。

「快逃。」

庫尼可娃緩緩地說道。

「不然就得死了。」

伊沛卡拉也意識到有生命危險，渾身直冒冷汗。

一聲爆炸響起。她正要站起來，道路中央就被砲彈或手榴彈炸出了一個大洞，煙硝塵埃揚起，附近有幾個難民渾身是血地倒下。她回頭一看，馴鹿也趴在地上，嗚叫似地上下晃動脖子。庫尼可娃纖細的身體摔到路邊。伊沛卡拉急忙跑過去扶起她。

「妳沒事吧？」

庫尼可娃發出呻吟。

伊沛卡拉發覺動靜，轉頭望去，看到剛才那位嵯峨少尉帶著士兵跑過來。士兵都舉著槍，少尉則是拔出軍刀。

「源田一等兵！」

和伊沛卡拉擦身而過的少尉叫道，源田看到重拾鬥志的軍隊就睜大眼睛。

「你說的大日本帝國還能再支撐一下子。過來幫忙吧。」

源田大聲回答「是！」。少尉向軍隊發出號令。

「為了保護難民，我們要死守在這裡，絕對不能讓俄軍過去！」

二十個左右的士兵一字排開，迅速地趴下，開始射擊。難民們連滾帶爬，或是拖著腳步從旁邊經過。蘇聯兵在遠方時隱時現，一陣一陣地開著衝鋒槍。

「我們的射程比較遠，冷靜地繼續開槍，不要讓他們靠近。」

單膝跪地的嵯峨少尉大喊著，然後叫著「源田」，舉起軍刀，他的刀尖指著躲在路邊樹木後方的幾個蘇聯兵。源田開槍擊倒了兩人，其他蘇聯兵急忙逃走。

這個人真厲害。伊沛卡拉正在讚嘆，源田的脖子左邊突然噴出大量鮮血，似乎是被擊中了。源田慢慢地倒下，伊沛卡拉趕緊跑過去，抱起對一個老女人來說過於沉重的男人，讓他的頭靠在自己的腿上。

「源田先生，振作一點，沒事吧？」

她除了呼喊之外也沒辦法做什麼，她不知道要怎麼止血。

少尉大喊「源田、源田」跑了過來。

我是，日本，軍人，大日本帝國，萬歲，苟希普雪。源田似乎正逐漸失去意識，口中吐出不知所謂的話語和血泡。

「沒錯，你是大日本帝國的軍人，所以你得服從我這個長官的命令。別死，給我活著回家。」

少尉說完時，源田的脖子就停止了流血。

「小隊長！」

其中一個趴著的士兵叫道。

一輛戰車揚著飛沙慢慢前進，綠色的車體爆出火花，大概是被子彈擦過。

「哈伊塔庫魯！（混帳！）」

伊沛卡拉忍不住用母語叫道。

為什麼大家就是不能放過這座島呢？他們只是住在這裡，光是這樣也不行嗎？為什麼一定要帶來這些動亂呢？

伊沛卡拉跑到士兵前方，避開難民的屍體，站在道路中央。戰車轟隆隆地噴出煙，蘇聯兵跟在後面。

「漢卡奇！（住手！）」

她大叫。一陣槍林彈雨落在她的腳邊。塵埃飛起，遮蔽了她的視線。

「住手！」

伊沛卡拉再次叫道。她不熟悉俄語，還是用從小習慣的語言高喊著。

她不希望自己的故鄉繼續遭受炸彈和砲彈的摧殘，不希望自己的故鄉再有人死去。

戰車的砲管掃了過來，對準伊沛卡拉的方向。她因強光而閉上眼的瞬間，砲彈呼嘯著從旁邊掠過，把她推倒在地。後面傳來爆炸聲，接著是慘叫聲和爆風。

她想要起身，右肩卻感到劇痛。伸手一摸，有濕濕熱熱的感覺，大概是被砲彈的碎片割傷了。熱血噴出，體溫急速下降。

我真是個笨蛋。

伊沛卡拉在倒下時覺得自己真是可笑。她沒有任何的技術和智慧，明明上過學，但好像學得還不夠，原本想要過著漂泊般的自由生活，結果還是被抓到了。她被夾在不同的文明之間，最後被壓得粉碎。

好想再看一次雪。好想再彈一次琴。過去覺得稀鬆平常的事，如今都成了無法實現的心願。

她的視野漸漸變暗，全身冷得發抖。伊沛卡拉感慨地想著，原來人就是這樣死去的啊。

「好痛！」

背後撞擊地面的痛楚讓她回過神來。對了，我還活著。伊沛卡拉正想起身，卻被人拉著衣領往後拖。

「妳想死嗎？」

她在激烈的槍聲之中聽見了那個俘虜，庫尼可娃下士的低沉聲音。

「放開我！」伊沛卡拉掙扎著。「我才不會死。我要讓他們停止做那種蠢事。」

「放棄吧，沒用的，妳只是在自尋死路。」

「那要誰去阻止呢！」

「誰？」

伊沛卡拉聽見簡短的問句，轉頭一看，她發現庫尼可娃下士呆住了。

「人做的事只有人能阻止，既然如此，當然要有人去阻止。」

「妳是說自己嗎？」

「哎呀，真煩！不管是我還是妳都無所謂，誰都可以。」

「我也做得到嗎？」

「無論是戰爭還是什麼事，都是活人做出來的，只有活人肯努力才阻止得了。我和妳都還活著，既然活著就能做些什麼。」

伊沛卡拉站了起來。雖然腳沒有受傷，她卻站不穩。可能是因為失血吧。腦袋也不靈光了。

「妳給我靜靜地看著。我們是不會滅亡的，只要還想活下去，一定不會滅亡。」

她往前踏出一步。戰車發出轟隆隆的聲音逐漸逼近。她又往前走一步，心裡想著要去貼在駕駛座的窗上。腦袋脹痛，讓她很想吐。

一條人影越過了伊沛卡拉。那女人轉頭望來，眼中閃爍著藍色的光輝。伊沛卡拉覺得似曾相識。就像是很久以前說過自己在這座島上得到重生的男人。

伊沛卡拉再次倒下。她感覺臉頰接觸到地面，但已經感覺不到痛了。

「住手！」

她漸漸模糊的意識聽見這句俄語。

「住手！我是紅軍的庫尼可娃下士！」

那撕心裂肺的呼喊漸漸遠去。

五

「起床！起床！」

隔天早上，士官們粗魯的聲音劃破了淡淡的朝靄。

「要出發了，早餐在路上吃。」

不分道路或壕溝、如滾在地上的木材般睡了一地的紅軍士兵紛紛爬起來。有人如拋擲一般分發著黑麵包。

「要走了，站起來，快點站起來。」

士兵們默默起身，扛起槍械陸續往前走。

我叼著菸，背起槍帶，一站起來右腿就覺得痛，但也不是走不動，甚至可以短距離奔跑。

「真的阻止了。」

我聽著行軍的腳步聲，喃喃說道。

坐在地上、一隻手用三角巾吊著的女人悶哼了一聲，因傷口疼痛而皺起臉。她嘴邊的刺青蠕動著。醫護兵已經幫她仔細包紮過了，但會痛就是會痛。

指揮蘇聯軍隊的索羅金中隊長接受了我的提議，勸告敵軍投降，日軍以停止攻擊兩小時為條件答應投降，結束了戰鬥。兩小時以後，中隊長望著薩哈林島延後的黃昏，故意說道：

「夜晚在敵方陣地行軍太危險了，就在這裡紮營吧。」

不上前線卻熱愛戰爭的政治委員發出抗議，想要繼續前進，中隊長只是敷衍地回答「那你去拜託太陽吧」。日本的難民應該可以趁著這段時間走得更遠。

那個叫作嵯峨的日本軍官不卑不亢、抬頭挺胸地把軍刀交給中隊長，當晚就和士兵一起被卡車送往後方。俘虜運氣不好就會被槍決，運氣好一點則是強制勞動。我沒義務為他們擔心，但我還是希望他們能活久一點。

此刻坐在我腳邊的女人只是平民，所以不會被俘虜。中隊長刻意說著「妳以後要向人們宣傳我們紅軍的人道精神」，提供她醫療和餐飲。

「怎樣？很痛嗎？」

我隨口問道，然後思索著自己有多少年沒擔心過別人了。

「……我真是個笨蛋。」

顯得格外年輕的老女人盯著三角巾，一臉寂寥地喃喃說道。

「妳很了不起。」

我也很久沒稱讚過別人了。

氣溫逐漸上升，朝靄已經消散。濕氣很重，所以體感溫度比實際氣溫更悶熱。

那女人依然自言自語地抱怨。

「這樣就彈不了Tonkori（五弦琴）了。」

「Tonkori？」

我忍不住問道，女人抬起頭說：

「就是琴啦，我昨天晚上彈的那個。」

喔喔。我點頭。那的確會讓人很難過。就算傷口痊癒了，如果神經受損，可能沒辦法再像從前一樣彈琴。我可以感受到那女人的沉痛，以及她對殘酷命運的氣憤。這種時候該說什麼才好呢？我像個未經世事的孩子一樣陷入沉思。

「妳還活著，那一定可以再彈琴的。」

我引用了那女人昨天在槍林彈雨之中說過的話，然後臉頰自己扭動。我可能是在笑吧。我不知道自己說的話是否適當，不過那女人的刺青稍微動了動，也像是在笑。蠕動著。她大概是想報以微笑吧。

「妳以後打算怎麼辦？」

「不知道。」

女人以一副事不關己的態度回答，然後抬起沒受傷的那隻手指著我。

「妳去學唱歌吧，下次見面時就可以配合我的琴聲唱歌了。」

「下次……」

女人的提議讓我感到不解。

「我不知道我們會不會再見面。」

「我四十年前也沒想過會遇見妳。」

女人像是打從心底覺得好笑。

「什麼『下次』啦，『再次』啦，『說不定』啦，只要活著就有可能。」

——如果你遇見了我們的子孫，但願那就像是我們此時的相遇一樣幸運的事。

我彷彿又聽見了以前在大學的資料室裡聽過的聲音。我知道這只是錯覺。那句話是從我朦朧的記憶中挖出來的，所以我不確定是否記得一字不漏。

我不敢說我跟蹲在前面的這個女人相遇是一件幸運的事，畢竟我們是在無盡的戰爭之中相遇，有很多人死了，這女人也受傷了。

話雖如此，發生在戰場一角的小型戰鬥還是結束了。被我結束了。我還能做些什麼，因為我還活著。

「我要走了。」

我宣布說。女人扭曲著刺青，揮手說「再見」。

這場戰爭還會再持續一段時間。那些悽慘的景象大概還會再發生。

不過還是要活下去。我如此想著。直到我想活為止，就繼續活看看吧。

我丟下香菸，踩熄。面向前方。

「今天……」

我渴望戰場，來到這座島上。在硝煙的餘味和塵埃，以及悶熱的暑氣之中，我開始走上第二段人生。

「真熱。」

此話一出口，我就忍不住笑了。這真是奇妙的誕生啼聲。

本故事以史實改編而成。

主要參考文獻

《金田一京助全集　第六卷（アイヌ語Ⅱ）金田一京助全集編輯委員会編（三省堂）
《樺太島アイヌ叢話》千德太郎治著（市光堂市川書店）
《新版　学問の暴力》植木哲也著（春風社）
《人類学的思考の歴史》竹沢尚一郎著（世界思想社）
《チェーホフ全集１２　シベリアの旅　サハリン島》契訶夫著／松下裕譯（筑摩書房）
《南極に立った樺太アイヌ》佐藤忠悦著（東洋書店）
《ユーカラの人々》金田一京助著／藤本英夫編（平凡社）
《ゲンダーヌ　ある北方少数民族のドラマ》Dahinien Gendanu 口述／田中了著（現代史出版会）
《日本民俗文化資料集成２３　北の民俗誌》谷川健一編（三一書房）
《一九四五年夏　最後の日ソ戦》中山隆志著（中央公論新社）
《対雁の碑》樺太アイヌ史研究会編（北海道出版企画センター）
《ニコライ・ラッセル　国境を越えるナロードニキ》和田春樹著（中央公論社）
《近代アイヌ教育制度史研究》小川正人著（北海道大学出版会）
《サハリン・アムール民族誌　ニヴフ族の生活と世界観》Kreinovich, E. A. 著／枡本哲譯（法政大学出版局）

《樺太アイヌ・住居と民具》山本祐弘著（相模書房）
《日露戦争とサハリン島》原暉之編著（北海道大学出版会）
《国立民族学博物館研究報告別冊　5号》加藤九祚、小谷凱宣編（国立民族学博物館）
《南極大陸に立つ　私の南極探検記》白瀬矗著（毎日ワンズ）
《南極記　デジタル復刻版》南極探検後援会編（南極探検後援会、白瀬南極探検隊を偲ぶ会）
《ポーランドのアイヌ研究者　ピウスツキの仕事：白老における記念碑の序幕に寄せて》研究会報告集
《ブロニスワフ・ピウスツキのサハリン民族誌　二十世紀初め前後のエンチウ、ニヴフ、ウイルタ》布羅尼斯瓦夫・畢蘇斯基著／高倉浩樹監修／井上紘一編譯解說（東北大学東北アジア研究センター）
《月刊シロㇿ》二〇一五年三月号～二〇一八年四月号（アイヌ民族博物館）

協助取材：村崎恭子　　鹿兒島方言監修：桑畑正樹

嬉文化
熱源
（原名：熱源）

作者／川越宗一　譯者／HANA　裝畫／西川真以子
發行人／黃鎮隆　副總經理／陳君平　地圖／言語社
副理／洪琇菁　國際版權／黃令歡
執行編輯／呂尚燁　美術編輯／方品舒
企劃宣傳／邱小祐
發行／英屬蓋曼群島商家庭傳媒股份有限公司城邦分公司　尖端出版
台北市中山區民生東路二段一四一號十樓
電話：（〇二）二五〇〇─七六〇〇（代表號）
傳真：（〇二）二五〇〇─一九七九
中彰投以北經銷（含宜花東）／楨彥有限公司
電話：（〇二）八九一九─三三六九
傳真：（〇二）八九一四─五五二四
雲嘉經銷／威信圖書有限公司　嘉義公司
電話：（〇五）二三三─三八五二
傳真：（〇五）二三三─三八六三
客服專線：〇八〇〇─〇二八─〇二八
南部經銷／威信圖書有限公司　高雄公司
電話：（〇七）三七三─〇〇七九
傳真：（〇七）三七三─〇〇八七
香港總經銷／城邦（香港）出版集團有限公司
香港灣仔駱克道193號東超商業中心1樓
電話：（八五二）二五〇八─六二三一
傳真：（八五二）二五七八─九三三七
E-mail：hkcite@biznetvigator.com
馬新經銷／城邦（馬新）出版集團　Cite(M)Sdn.Bhd.
E-mail：Cite@cite.com.my
法律顧問／王子文律師　元禾法律事務所
台北市羅斯福路三段三十七號十五樓
二〇二一年三月一版一刷

■中文版■

郵購注意事項：
1. 填妥劃撥單資料：帳號：50003021戶名：英屬蓋曼群島商家庭傳媒(股)公司城邦分公司。2. 通信欄內註明訂購書名與冊數。3. 劃撥金額低於500元，請加附掛號郵資50元。如劃撥日起 10～14日，仍未收到書時，請洽劃撥組。劃撥專線TEL：(03) 312-4212 ・ FAX：(03) 322-4621。E-mail：marketing@spp.com.tw

國家圖書館出版品預行編目資料

熱源 / 川越宗一 著 ; HANA譯 . --初版.
--臺北市：尖端出版, 2021.03
面 ; 公分.--(嬉文化)
譯自: 熱源
ISBN 978-957-10-9374-1(平裝)

861.57　　　　110000065